「十四五」國家重點圖書

詞譜要籍整理與彙編（第二輯）

朱惠國◎主編　劉尊明◎副主編

天籟軒詞譜

[清] 葉申薌◎編著　余意◎整理

華東師範大學出版社
·上海·

圖書在版編目（CIP）數據

天籟軒詞譜/（清）葉申薌編著；余意整理．—上海：華東師範大學出版社，2023
（詞譜要籍整理與彙編）
ISBN 978-7-5760-4614-4

Ⅰ．①天… Ⅱ．①葉… ②余… Ⅲ．①詞（文學）—文學理論—中國—清代 Ⅳ．①I207.23

中國國家版本館 CIP 數據核字（2024）第 004936 號

上海市促進文化創意產業發展財政扶持資金資助出版

詞譜要籍整理與彙編
天籟軒詞譜

叢書編者 朱惠國 主編；劉尊明 副主編

編著者 ［清］葉申薌
整理者 余 意
責任編輯 時潤民
責任校對 龐 堅
裝幀設計 盧曉紅

出版發行 華東師範大學出版社
社 址 上海市中山北路 3663 號 郵編 200062
網 址 www.ecnupress.com.cn
電 話 021-60821666 行政傳真 021-62572105
客服電話 021-62865537 門市（郵購）電話 021-62869887
地 址 上海市中山北路 3663 號華東師範大學校内先鋒路口
網 店 http://hdsdcbs.tmall.com

印 刷 上海中華商務聯合印刷有限公司
開 本 890 毫米×1240 毫米 32 開
印 張 22
插 頁 2
字 數 400 千字
版 次 2024 年 10 月第 1 版
印 次 2024 年 10 月第 1 次
書 號 ISBN 978-7-5760-4614-4
定 價 178.00 元

出版人 王 焰

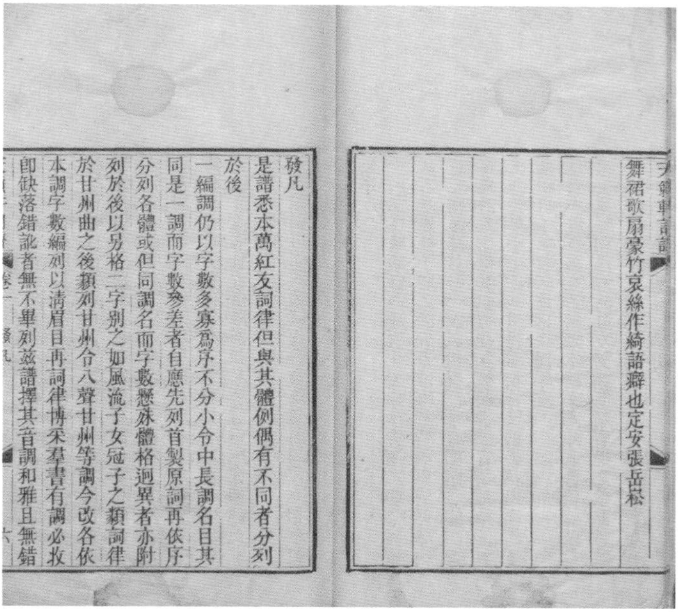
天籟軒詞譜
舞裙歌扇豪竹哀絲作綺語齋也定安張岳崧
發凡
是譜悉本萬紅友詞律但與其體例偶有不同者分列
於後
一編調仍以字數多寡爲序不分小令中長調名目其
同是一調而字數參差者自應先列首製原詞再依序
分列各體或但同調名而字數懸殊體格迥異者亦附
列於後以另格二字別之如風流子女冠子之類詞律
於甘州曲之後類列甘州令八聲甘州等調今改各依
本調字數編列以清眉目再詞律博采羣書有調必收
即缺落錯訛者無不畢列茲譜擇其音調和雅且無錯
天籟軒詞譜 卷一 發凡 六

中國國家圖書館藏

清道光刻本《天籟軒詞譜》書影（一）

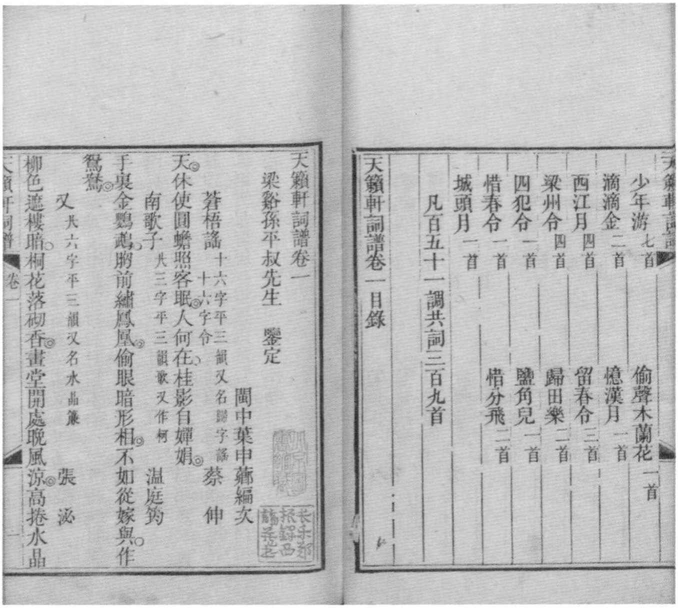

天籟軒詞譜

凡百五十一調共詞三百九首

天籟軒詞譜卷一目錄

天籟軒詞譜卷一

梁谿孫平叔先生　鑒定

閩中葉申薌編次

蒼梧謠 十六字平三韻又名歸字謠 十六字令　蔡伸

天。休使圓蟾照客眠。人何在。桂影自嬋娟。

南歌子 共廿三字平三韻歌又作柯　溫庭筠

手裏金鸚鵡。胸前繡鳳凰。偷眼暗形相。不如從嫁與。作鴛鴦。

又 共廿六字平三韻又名水晶簾　張泌

柳色遮樓暗。桐花落砌香。畫堂開處晚風涼。高捲水晶

天籟軒詞譜　卷一　一

中國國家圖書館藏

清道光刻本《天籟軒詞譜》書影（二）

總序

詞譜，這裏主要指格律譜，產生於明中期，是詞樂失傳後，爲規範詞的創作而逐漸發展起來的一種專門性質的工具書。廣義的詞譜包括音樂譜和格律譜，但就明清詞譜而言，除極少數詞譜，如《自怡軒詞譜》、《碎金詞譜》是從《九宫大成》輯録而成，具有音樂性外，一般都是格律譜。

晚清以來，詞譜研究一直處於較少被關注的邊緣位置，相比詞史與詞論，詞譜研究的成果不多，且研究格局也比較狹窄，可以説，至今缺乏整體性、系統性的研究。晚清民初的詞譜研究大多集中在細部的考察和瑣碎的考訂上，對詞譜文獻尚未有全面的整理和系統的考察。民國時期，學者們多撰文專門探討四聲陰陽及詞人用調等問題，亦有一些學者熱心於增補詞調，至於詞譜的全面系統研究，則依然缺乏。一九四九年後，由於時代原因，詞譜以及與之關係密切的詞調與詞律研究長期受到冷落，直到進入新時期，相關研究才零星逐漸復甦，却也呈現出十分不均衡的面貌：詞調研究成果相對多一些，但總體上缺乏規劃性；詞律、詞韻等方面的研究成果很少，且多見於語言學等外圍學科；詞譜文獻研究有一些進展，但主要是單個詞譜的研究，成果也比較零散；至於詞譜史的研究，不僅成果少，而且多是以史論方式介紹明清以至民國詞譜著作的編撰過程、詞律研究進程及相關學者的詞律思想主張，並没有觸及問題的實質。因此，明清詞譜的研究總體比較冷寂。

一

進入新世紀，尤其是二〇〇八年前後，明清詞譜研究開始受到重視，相關研究也逐步展開，並取得一些成績。在此過程中，有兩方面的研究推進速度較快，取得的成果也比較突出。

其一，重要詞譜的研究取得明顯進展。明清詞譜的研究起步較晚，但一些重要詞譜因爲影響較大，學術地位重要，吸引了一批學者投入較多精力進行研究，並已取得非常明顯的進展。這在《詩餘圖譜》、《欽定詞譜》、《詞繫》三部重要詞譜的研究方面表現得尤其充分。

《詩餘圖譜》是中國真正意義上的第一個詞譜，地位十分特殊，但以往專門的研究並不多。學術界雖然常常提及該譜，事實上對它的認識還比較模糊，其表現主要有兩方面：一是張冠李戴，將之和賴以邠、查繼超等的《填詞圖譜》相混淆，將後者的問題算在前者上；二是没有梳理《詩餘圖譜》版本，分不清初刻本和後續版本的區別，將後續版本中出現的問題誤以爲是張綖《詩餘圖譜》初刻本的。這兩種情況在以往的研究文章和著作中經常會遇到，直到張仲謀在臺灣發現《詩餘圖譜》初刻本，才徹底扭轉了局面。此後《詩餘圖譜》各種版本的發掘和梳理，進一步呈現了該詞譜的真實面貌和流傳過程。可以説，由於文獻資料的突破，《詩餘圖譜》的研究在最近十餘年快速推進，形成的成果也與之前有了質的變化。

《欽定詞譜》由於是「欽定」，在清代幾無討論的可能，更談不上去指謬糾誤，清以後，雖然「欽定」的禁忌不復存在，但由於該譜的「權威性」，也很少有人去留意、審視譜中的問題，部分學者也只是重視詞調補遺工作，而非對原譜本身作研究，因此《欽定詞譜》存在的問題也長期得不到糾正。但最近幾十年情況正在發生變化，陸續有學者關注此譜，將其納入研究範圍，而研究的核心内容，就是對其糾誤匡謬。大致而言，對《欽定詞譜》的研究可以分爲三個階段：第一個階段是一九九七年周玉魁發表《略論〈欽定詞譜〉的幾個問題》一文，開始對該譜進行整體性研究，並且研究的方向也十分明確，就是指出其存在的問題。這種思路事實上對《欽定詞譜》之後的研究路徑有明顯的導向作用。但作者發表此文後，再没見到其後續研究成果。第二階段是新世紀以後，主要是二〇一〇年前後，謝桃坊和蔡國强兩位發表了一系列論文，對《欽定詞譜》的問題作進一步討論，其研究思路與周文大致相近。其中謝桃坊偏重於《欽定詞譜》收録詞調標準的討論，也涉及譜中調名、分體、韻位等方面的具體問題，蔡國强則更偏重於調名、韻脚等具體問題的討論。蔡文的許多觀點之後被集中吸收到其考正著作中。第三階段是二〇一七年蔡國强的《欽定詞譜考正》出版，標誌着《欽定詞譜》的研究進入了一個新的階段。三個階段層層推進，進展較快。《詞繫》是最有價值的明清詞譜之一，但由於戰亂以及編撰者秦巘家道中落等原因，一直没有機會刊刻，外界所知甚少，因此相關的研究也就無從談起。直到二十世紀末，該書稿本被重新發現並整理出版後，學界才開始了對該書的研究。研究工作主要圍繞三個方面進行：首先是整體性介紹，由於該譜是第一次整理，這類介紹是必要的，以便於把握該譜的基本特點；其次是價值發現與詞譜史評價，這對於《詞繫》的深度認識以及詞譜史定位尤其重要；第三是文獻的發現與完善。北京師範大學出版社一九九六年出版了《詞繫》一書，是根據收藏在北京師範大學圖書館的未定稿本整理而成，其間唐圭璋、鄧魁英、劉永泰等先生做出重要貢獻。但是該稿本與夏承燾、龍榆生等先生描述的稿本不同，夏承燾等看到的是更加完善的謄清本，此事一度成爲迷案。此後有學者據《中國古籍善本書目》的著録，在北京大學圖書館發現了珍貴的謄清本，國家圖書館出版社於二〇一四年對其進行複製性出版，收入「中華再造善本續編」。至此，《詞繫》的最終面目得以被公諸於世，便於學者作進一步深入研究。《詞繫》的研究，從零到現在大致成熟，其推進速度也比較快。

其二，研究視野有所拓展，對冷僻的詞譜和海外的詞譜開始有所關注。明清詞譜研究之前主要集中在幾部比較著名的詞譜上，但最近十幾年一個明顯的變化，就是開始對冷僻的詞譜有了一定的關注，並取得初步進展。比較典型的例子是對鈔本《詞學筌蹄》、稿本《詞家玉律》、稿本《詞榘》、鈔本《詞海評林》等詞譜的關注與研究，及對稀見詞譜《牖日譜詞選》、《記紅集》、《三百詞譜》、《詩餘譜纂》、《詩餘協律》、《有真意齋詞譜》、《彈籥館詞譜》等的介紹與初步研究。其中對鈔本《詞學筌蹄》、稿本《詞榘》、稿本《詞家玉律》的研究代表了三種不同的類型。

《詞學筌蹄》以鈔本的形式存在，但在很長一段時間内被視爲一部詞選，較少受到關注。唐圭璋《全宋詞》「引用書目」將此書列爲第五類的「詞譜類」，是非常有識見的判斷，此後蔣哲倫、楊萬里編《唐宋詞書録》，也順着唐先生的思路，將其列爲「詞譜、詞韻類」。至此，該書詞譜的身份大體被確認。此書真正受到關注，進入詞譜研究的視野，是在張仲謀二〇〇五年發表《〈詞學筌蹄〉考論》一文之後。文章對該譜作了比較全面的介紹與討論，進一步論證其詞譜性質，以爲是中國現存最早的詞譜。但總體來看，作爲中國最早的詞譜，或者説詞譜的雛形，其産生的過程、背後的深層原因及詞譜學意義等問題，仍有待作進一步深入研究。

《詞榘》的編撰者方成培是有很高造詣的詞學家，其《香研居詞麈》一書向爲學界稱道，但同爲其重要詞學著作的《詞榘》却未曾刊刻，也久未見著録，只在民國時期《歙縣志》等地方文獻上稍有提及。加上此書稿本長期保存在安徽博物院，鮮爲人知。直到二〇〇七年鮑恒在《文學遺産》上發表文章介紹《詞榘》的兩個不同稿本，該書才進入學者的研究視野。作者在撰文的同時，還聯合王延鵬開始整理《詞榘》，在文獻比對、字迹辨識等基礎性工作上花費了大量心血。《詞榘》稿本的整理與出版，將對中國明清詞譜史的研究産生重要影響。

《詞家玉律》的情況則有所不同，編撰者王一元並非名家，書稿也只是保存在其家鄉的無錫市圖書館，因此幾無人知。二〇一〇年，顔慶餘撰文介紹該稿本，這部詞譜才進入研究者的視野。但此稿的價值究竟如何，是否有整理的必要？仍需作進一步的考察與研究。總體來講，最近十來年，一些之前少有人關注的珍稀詞譜開始受到重視，並被不斷發掘與介紹，這對明清詞譜史的研究具有重要意義。就我們所知，此類詞譜有一定數量，該方面的研究工作將會持續一段時間。

最近十幾年，學者們對域外詞譜也開始加以關注。由於歷史原因，中國周邊的日本、朝鮮半島、越南三個地區在古代均採用漢字書寫系統，漢文詩詞創作十分普遍。詞譜作爲漢詞創作的工具書，也較早流傳到了這些國家。以往的詞譜研究對留存域外的明清詞譜關注不多，對域外國家本土編製的詞譜更是所知甚少。這種情況目前已有所改變，不少學者開始將目光投向域外，並嘗試將域外主要是日本的詞譜納入研究範圍。此方面的研究工作起步不久，大致可以分爲三個方面。第一，是研究流傳到域外的明清詞譜。如上所述，明清時期有不少詞譜流入域外，這些詞譜大部分都能在國内找到相同版本，但也有一些比較特殊的鈔本或批本，是國内所没有的，具有較高的文獻價值。對此已有一些學者開始關注並展開實際研究工作，如江合友《關於張綖〈詩餘圖譜〉的日藏抄本》，詳細介紹了《詩餘圖譜》的兩種日藏抄本；又如日本詞學家萩原正樹《關於〈欽定詞譜〉兩種内府刻本的異同》對日本京都大學一九八三年影印「京都大學漢籍善本」中的一種《欽定詞譜》底本作了介紹，並將其與中國書店一九七九年影印本作了詳細比對與析論。第二，是對域外國家本土編製詞譜的關注與研究。域外國家本土編製的詞譜一般是以中國傳過去的詞譜爲母本，在此基礎上作一些本土化改造。這些詞譜在彼處取得成功，有的甚至還返流回中國，受到中國詞人的喜愛，如日本田能村孝憲編的《填詞圖譜》。目前學界對這些詞譜也有所關注，如江合友《田能村孝憲〈填詞圖譜〉探析——兼及明清詞譜對日本填詞之影響》，朱惠國《古代詞樂、詞譜與域外詞的創作關聯》也涉及這一問題。其三是對域外詞譜學研究的關注，如日本學者萩原正樹近年研究森川竹磎的《詞律大成》，撰有《森川竹磎〈詞律大成〉原文與解題》，該書在整理《詞律大成》的同時，另附《森川竹磎略年譜》和《〈詞律大成〉解題》於書後，頗具資料價值。萩原正樹的著作代表了日本詞譜學的一些特點與最新進展，已引起國内詞學界的注意，有關的資料收集與評價也正在進行。從這三方面的研究看，明清詞譜研究的視野有了明顯的拓展，已進入了一個新的階段。

二

毫無疑問，近十幾年明清詞譜研究的進展是明顯的，但我們也清醒地看到，晚清以來，詞譜研究在詞學研究大格局中所占的比重偏小，積累不够，加上新時期成長起來的新一代學者普遍對詞調、詞律有陌生感，因此目前的明清詞譜研究總體上還存在基礎薄弱、人員短缺等問題。除此之外，研究工作本身也存在一些不足。這些不足主要有以下幾個方面。

一是基礎性、整體性的文獻研究缺乏。詞譜文獻學是目前明清詞譜研究中相對成熟的一部分，取得的成果也比較多，但問題是這些研究比較零散，不成系統。迄今爲止，學界對明清詞譜整體情況的認識還比較模糊，比如從明中葉《詞學筌蹄》産生以來，總共有過多少詞譜，其中存世的詞譜有多少，有哪些類型，收藏在什麼地方，保存情況如何？這些目前都是未知的，换句話説，時至今日，我們還未系統地摸過明清詞譜的家底。進一步看，這些詞譜各自有哪些編撰特點，作者的背景怎樣，當時是否被廣泛接受與普遍使用，實際評價又如何？對這些方面的研究工作雖然已有了一部分，但涉及的只是部分詞譜。因此説，詞譜文獻的基礎性研究還比較薄弱，很需要在調查研究的基礎上，編出一份相對齊全的明清詞譜收藏目録，如果在目録的基礎上，能撰寫系統性的明清詞譜叙録，或能反映明清詞譜總體情况的學術著作，就更好了。至於對明清詞譜的整理，目前主要集中在幾部著名的詞譜上，如《欽定詞譜》、《詞繫》、《碎金詞譜》等，一些在明清詞譜史上有重要地位的詞譜，如《填詞圖譜》、《嘯餘譜・詩餘譜》等，至今還没有被整理過，可見詞譜文獻研究雖然已取得一些進展，但依然缺乏大規模、集成性的研究成果。

二是大部分研究仍停留在淺層次的階段，没有深入到詞譜本身的内容中去。目前的明清詞譜研究雖然涉及到了詞譜的編製方式、文獻來源，以及與之關係密切的詞調、詞律、詞韻等多個方面，成果數量也已經有了一定的累積，但這些研究大部分停留在表面，缺少對實質性内容的深入思考。如大部分論著多集中在詞譜的作者、版本，以及編纂背景、標注符號、編排方法等外部要素上，而對於最能反映詞譜學本質的句式、律理、分體等問題的探討却不是很多，即使有一些涉及明清詞譜修訂的論文觸及了詞律問題，也多是專攻一隅，未能系統而全面。換句話説，目前的研究大部分還是在外圍，並没有深入詞譜的實質。事實上，詞譜作爲一種專門工具書，是明清人在詞樂失傳後，爲規範並方便詞的創作而發明的，編譜者所依據的文獻以及對詞調的體認程度無疑會影響到詞譜質量的高下。我們現在能看到的文獻比明清人要全，因此在總結前人研究成果的基礎上，對主要的詞譜進行細致分析，討論其譜式的準確性和合理性，應該是明清詞譜研究的主要内容。此外，除了個别的早期詞譜，絶大多數明清詞譜都不是憑空産生的，編寫者或多或少地借鑒了前人的詞譜，既有繼承，也有發展，因此梳理這些詞譜之間的内在關係，看看後者在前者的基礎上解决了什麽問題，還留下什麽問題，由此分析明清詞譜發展演化的過程與規律，也應該是明清詞譜研究的一項重要内容。而從明清詞譜研究的現狀看，此類研究目前還比較少見，這無疑是一個比較明顯的缺憾。

三是對明清詞譜的學術價值和詞學史地位普遍認識不足。已有的明清詞譜研究大部分是從形式的角度入手，將詞譜視爲技術層面的工具，很少從詞學發展的層面深入探討其歷史地位，也很少從詞譜編製與創作互動的關係來考察其學術價值。對一些深層次問題，如明清詞譜産生的根本原因，詞譜發展的内在動因和規律，詞譜在清詞中興過程中的實際作用等，很少有專門的討論。比如我們在談到詞譜的産生時，較多關注到《詞學筌蹄》和《草堂詩餘》的關係，關注詞譜中標注符號的來源等，至於爲什麼會在這個時候形成這部製作粗糙却又具有里程碑意義的詞譜，則目前還少有人去考量，而這個問題非常關鍵，是涉及到詞體能否生存、能否繼續發展的重大問題。又如我們現在討論清詞的中興，總結了很多因素，固然都有道理，而清詞的中興和詞譜的發達又有没有關係？這其中的綫索，也較少有人去作深入思考。可見在目前的詞譜研究中，理論的研究和思考還没有跟上去。這些都需要在今後的研究中加以改進，以對詞譜的學術價值有一個更加全面、深入的考量。

四是重要詞譜的校訂工作没有得到應有的重視。以《詞律》、《欽定詞譜》爲代表的明清詞譜從産生之日起，一直是詞創作的重要依據，將來無疑也會如此，因此詞譜的正確與完善對詞的創作至關重要。但如上所述，明清時期由於製譜者在文獻方面的不足和認識上的局限，導致這些詞譜在平仄、句式、韻律、分段等諸方面，都或多或少地存在一些瑕疵以及錯誤，即使明清詞譜中最著名、最權威、最流行的《欽定詞譜》和《詞律》，即通常所説的「譜」、「律」，也存在不少問題。《詞律》的問題，在清代已經有學者指出過；《欽定詞譜》由於是「欽定」，在清代無法展開討論，近年雖有學者陸續指出其中存在的各式問題，但是這些工作總體來説比較分散，且没有從詞譜的系統性校訂、完善這一層面來展開，因此對普通的詞譜使用者而言，詞譜中的這些問題和錯誤一直存在，並在不斷地誤導詞的創作。問題的嚴重性還在於，幾乎極少有人想到詞譜有錯誤，更沒有想到要去校訂明清詞譜，使之更加準確和完善。很少有一種工具書會像詞譜一樣，幾百年來一直不被加以校訂卻持續爲創作提供依據。即便是詞譜中由於文獻不足，僅依據殘詞製成之譜，如《欽定詞譜》中署名張孝祥的《錦園春》四十二字體，也至今依然被視爲創作的圭臬。因此對明清詞譜中影響最大，至今使用最廣泛的詞譜，如《詞律》、《欽定詞譜》等，在前人研究的基礎上，作一次系統、徹底的校訂，使之更加準確，是完全有必要也有可能的一項工作，這不僅是明清詞譜研究的重大突破，也是一項功在當代、利在長遠的重大文化工程。

最後是明清詞譜研究缺少規劃，沒有系統性。以上四方面問題之所以産生，非常重要的一個原因，就是現有的明清詞譜研究缺少總體規劃，沒有系統性。如對明清詞譜基礎性文獻大規模的搜集與著録，對詞譜要籍如《詩餘圖譜》、《嘯餘譜·詩餘譜》、《填詞圖譜》、《詞榘》、《詞繫》等的大規模整理與研究，對重要詞譜如《詞律》、《欽定詞譜》的研究與校訂等，都需要有一定的規劃與統籌，調動相應的人力和資金支持。而現有的研究主要基於學者的個人興趣來展開，因此上述大規模的研究計劃就難以得到實施。

三

目前明清詞譜研究雖有許多工作要做，但其中最爲迫切的是基礎性文獻的整理與研究，只有掌握了明清詞譜的基礎文獻，才能對其基本特點、編製原理、演化軌迹、發展動因和詞學史地位、學術價值等作出準確、詳細、符合歷史事實的描述與闡釋。基礎性文獻的整理與研究主要包括兩個方面：一是對明清詞譜的存世情況進行全面排查與記録，二是在此基礎上選擇一些重要的明清詞譜進行有計劃的整理與研究。「詞譜要籍整理與彙編」叢書就是基於後一點而編纂的一套明清詞譜整理本。

本套叢書，我們計劃挑選二十部左右學術價值較高的明清詞譜進行整理與初步研究，挑選的原則主要考慮四個方面，即代表性、學術性、重要性和珍稀性。

所謂代表性，主要是指挑選的詞譜在譜式體例、時代分布等方面均有一定代表性。詞譜的種類較多，從大的方面區分，可以分爲圖譜和文字譜，但同是圖譜，在標示符號和標示方式上也有不少差異，如黑白圈、方形框等，在圖和例詞的安排上，有的兩者分開，有的則合二爲一。至於文字譜，在譜式設計上也有不少差異，如有的與工尺合譜，有的則設計出獨特的文字表示不同的句式或體式。這些譜式不可能全部兼顧，但一些有代表性的譜式均在本叢書的考慮之內。時代的代表性，主要是兼顧不同時期編撰的詞譜。明清詞譜産生於明中葉，但在時段的分布上並不均衡，有的時期如清康熙、乾隆朝編撰的詞譜比較多，有的時期如雍正、嘉慶朝就少，除了詞譜本身發展原因外，與該時期的時間長短有關，但作爲一部叢書，還是要儘量兼顧各個歷史時期，以展示不同時期詞譜的特色。

學術性主要是關注詞譜本身的學術含量。詞譜是一種填詞專用工具書，同時也是詞調、詞律、詞韻研究成果的重要載體，體現出編譜者的學術水平和創新程度。作爲一套詞譜要籍整理叢書，詞譜的學術性是入選的一個重要標準。如張綖的《詩餘圖譜》是中國第一個真正意義上的詞譜，奠定了明清詞譜的編譜思路和基本體例，其學術性和創新性不容置疑；又如徐師曾《文體明辯·詩餘》「直以平仄作譜」，是第一個「去圖著譜」的詞譜，也是第一個明確有「分體」意識，調下以「各體別之」的詞譜。這些詞譜有較高的學術性，並在明清詞譜發展過程中具有重要作用，是我們重點予以整理與研究的。詞譜的重要性一般和其學術性相關，但也不能一概而論，有的詞譜儘管並不完美，却由於各種原因，實際影響力比較大。比如程明善的《嘯餘譜·詩餘譜》，現在研究者普遍認爲是承襲了徐師曾《文體明辯·詩餘》，並非自己獨立創作，而且本身還存在多種問題，但該譜在明清之際非常流行，萬樹甚至以「通行天壤」來形容，實際影響非常之大。又如賴以邠、查繼超等的《填詞圖譜》，萬樹以爲「圖則葫蘆張本，譜則臏捧《嘯餘》，持議或偏，參稽太略」，但作爲《詞學全書》的一種，在清初也十分流行，同樣具有重要影響。這些詞譜也是我們重點關注與進行整理的。另外，稀缺性也是我們重點考慮的一個因素。歷史上不少詞譜由於種種原因没有刊刻，一直以稿本或鈔本的形態保存在圖書館或博物館，這些詞譜除了學術價值，還有比較高的文獻價值，如方成培《詞榘》、毛晉《詞海評林》等。對這些詞譜的整理和研究，一定程度上還具有保存文獻的意義。其他稀見詞譜，如李文林《詩餘協律》、呂德本《詞學辨體式》等，雖是刻本，但由於存世數量有限，流傳不廣，也有整理、研究的必要。

綜合上述四方面的考慮，我們初步擬定需整理的詞譜要籍如下：

明代詞譜六種：張綖《詩餘圖譜》（附毛晉輯《詩餘圖譜補略》）、萬惟檀《詩餘圖譜》、顧長發《詩餘圖譜》、徐師曾《文體明辯·詩餘》、程明善《嘯餘譜·詩餘譜》、毛晉《詞海評林》。

清代詞譜十五種：吴綺《選聲集》並吴綺等《記紅集》、賴以邠等《填詞圖譜》、葉申薌《天籟軒詞譜》、孫致彌《詞鵠》、鄭元慶《三百詞譜》、李文林《詩餘協律》、許寶善《自怡軒詞譜》、方成培《詞榘》、禮思鵬《詞調萃雅》、郭鞏《詩餘譜式》、吕德本《詞學辨體式》、朱燮《朱飲山千金譜·詩餘譜》、舒夢蘭《白香詞譜》（並另增民國天虚我生《考正白香詞譜》）、錢裕《有真意齋詞譜》。

至於萬樹《詞律》、王奕清等《欽定詞譜》、秦巘《詞繫》這三部大譜，因有專門的研究與考訂計劃，故暫未考慮列入本套叢書中。而《碎金詞譜》偏重音樂性，且已有劉崇德先生整理並譯成現代樂譜，故不列入整理名單。隨研究深入並根據需要，以上書目也可能調整。

每一種詞譜的整理一般包括兩個方面：文獻整理和基礎研究。文獻整理遵循古籍整理的一般方法，並根據詞譜的特點作相應調整，主要包括有：底本選擇、校勘、標點、附録等。基礎研究主要對編撰者的生平行實、詞學活動進行考證，及對詞譜的編撰過程、基本特點、使用情況、版本與流傳等方面進行闡述，最後用「前言」的形式體現出來。

本叢書以「詞譜要籍整理與彙編」的總名出版。二十餘種詞譜以統一的體例，採用繁體直排的形式，各自成册(亦有合刊者)。原則上，每一種均包括書影、前言、凡例、正文、附録五個部分。附録主要收録詞譜編撰者的生平傳記資料以及該譜其他版本的序跋、題辭等資料，但不包括後人的研究文章。此項視每種詞譜的具體情況而定，不作强求。

由於本叢書是第一次具規模性地整理詞譜文獻，參與者缺少經驗，加之時間與精力問題，難免會存在各種問題，在此敬祈海内外方家、讀者不吝指正。

朱惠國

二〇二一年三月於上海

二〇二三年十一月略訂

目録

天籟軒詞譜卷四目録　

天籟軒詞譜卷四　

前言

余意

《天籟軒詞譜》的輯作者葉申薌，字維鬱，一字維彧，號小庚，自稱小庚子，一號培根、萁園、瀛壖詞叟、詞顛，閩縣（今福建福州）人，生於乾隆四十五年（一七八〇），卒於道光二十二年（一八四二），生平跨乾隆、嘉慶、道光三朝。葉申薌弱冠補弟子員，嘉慶六年（一八〇一）拔優貢生，九年（一八〇四）中舉，十四年（一八〇九）進士，入選翰林院庶吉士，散館後，本發任南昌府武寧縣知縣，竟改雲南富民縣知縣，後歷昆明知縣、巧家縣同知、曲靖府知府、廣南府知府、昭通府大關同知，三任雲南鄉試同考官。丁母憂後復出，改任浙江紹興府、湖州府同知，寧波府知府；繼任河南府知府，護河陝汝道，道光二十二年（一八四二）卒於任上。葉申薌天資聰穎，早年功名較爲順通，自翰林散館後，一直宦遊地方，鬱鬱不得志，常歎「遊宦成羈旅」（《金縷曲》），「名士半疏狂，笑古人，遷謫何妨」（《過秦樓》），頗多宦途貶謫之感，以此寄情書酒，偶爾以詩詞抒發羈旅思鄉之情。仕途沉淪，並未使其忘卻爲政一方的使命與責任，梁章鉅《小庚葉公墓志銘》評曰：「其令滇中，丞浙中，皆以廉明强幹稱，所到祛夙弊，疏滯獄，核荒政，制亂萌。大倚若左右手，以卓薦擢洛陽，益殫心，報稱蒞洛未滿秩，而吏畏民懷，爲前後所僅見。」一生仕履雲南、浙江、河南三地，均在扎扎實實地爲民謀福祉。特別是道光二十一年（一八四一）開封河決，遍地流民，葉氏安集勞來，全活無算，終憂勞成疾，竟卒於任上，居官盡職盡責，殫精竭慮，可謂良政。

葉申薌出自清代福州三山望族葉氏。三山葉氏，清初自福清遷至閩縣，開始功名仕途並不顯赫，繁衍至葉申薌父親葉觀國，高中進士並入翰林，一時之間，門楣光耀。此後子孫累代甲科，葉觀國之五子登科，葉觀國之尊孫六子登科。葉觀國後，六世之中共有十六名進士、二十九名舉人、八位翰林，人才濟濟，在清代科舉、文學、藏書、藝術等方面，均有卓越貢獻，是赫赫有名的文化望族。三山葉氏之所以能成爲文化望族，離不開葉觀國的涵養之功。葉觀國生於康熙五十九年（一七二〇），卒於乾隆五十七年（一七九二），字家光，號毅庵，晚年又號存吾，乾隆六年（一七四一）拔貢，乾隆十二年（一七四七）中舉，乾隆十六年（一七五一）進士，被選爲翰林院庶吉士，後授編修，典湖北、四川、雲南鄉試，督學湖南、廣西、安徽等，歷右春坊、翰林院侍讀學士等職，曾擔任乾隆帝皇子的老師。晚年歸鄉，於福州烏石山麓造别墅，築書屋，詩酒流連，讀書著述，優遊卒歲，有詩文集傳世。葉觀國特别重視教育，有子七人，均有仕履，其中五子登科，葉申薌乃其季子。

葉申薌少年時期曾伴其父觀國宦遊各地，開拓了視野。葉觀國卒時，葉申薌僅十三歲，在家族的支持下，入讀福州鰲峰書院，開始了專攻科舉的讀書生活。不過在枯燥的科舉試業的生活之餘，葉申薌表現出傳統文人寄興詩酒的精神風采，「幼即倜儻，聲如洪鐘，稍長作詩文，輒有驚人語」（梁章鉅《小庚葉公墓志銘》。喜讀書，喜飲酒，以此爲二樂，《沁園春・自題二樂園》云：「蠹可成仙，麯亦稱神，奇乎未奇。但擁將萬卷，百城何假，飲堪一石，卮酒安辭。惠子五車，平原十日，樂在其中奚復疑。從吾好，便曹倉高築，仲榼常攜。古人糟粕誰知。笑聖賢、還憑清濁爲。倘五經饋至，吾應束帶，一瓻借得，我且垂帷。文字生涯，醉鄉日月，消受清閒事事宜。君休笑，任相呼醉漢，或目書癡。」在傳統文體中，葉中薌最癡心於詞，自言「薌素不諳音律，而酷好填詞，自束髮受書即竊相摹擬」（《天籟軒詞譜・發凡》），多自稱「詞顛」、「詞叟」，大有盡抛心力作詞人的意味。其《驀山溪・自題庚午雅集新圖》曰：「頭顱依舊。廿載重回首。著破此青衫，滯滇雲、浮湛最久。軟紅頻踏，故態尚疏狂，杯在手。笑開口。肯負尊中酒。　故人知否。天意憐憨叟。且許學詞顛，任學他、蘇辛周柳。閒來拄笏，莫問鬼揶揄，身宜守。顏休厚。留對圖中友。」宦途失意，疏狂故態，以詞顛自許。還有如：「僕也顛比柘枝，癡同竹屋。癡既耽乎綺語，賦更慕乎閒情。」（《本事詞自序》）「大抵鍾情惟我輩，君最，笑我垂老學詞顛。」（《定風波・董鏡溪茂才妻楳仙館詞稿》）「筆墨供遊戲。笑年來、詞顛私署，新聲偷倚。」（《金縷曲・謝周稚圭撫軍寄示詞稿》）他以「詞顛」自名，世人亦以詞人、詞客目之，如「詞客前身，謫仙今日，酒酣能不悲歌」（戴鼎恒《小庚詞存題辭》），「此去鑒湖山色好，酒國詞人」（吴俊民《小庚詞存題辭》），「名刺史，舊詞客」（方秉《小庚詞存題辭》）等。葉中薌曾賦《滿庭芳》自題詞集曰：「鐵板高歌，紅牙低按，佳話分擅詞場。笑余迂拙，渾不辨絲簧。卻愛倚聲深妙，暗偷掐、竊效顰妝。怡情處、花天酒地，隨意譜宮商。清狂。

留幾許，零箋剩墨，結習難忘。向偷聲減字，子細評量。縱未盡諧音律，半生也、曾費吟腸。憑誰付、雙鬟試唱，紅豆記新腔。」他作詞從所謂「偷掐」、「竊效」到成爲「結習」，耗費半生吟腸，傳世詞作二百七十餘首，有詞集《小庚詞存》傳世。今《小庚詞存》版本呈現遞修狀態，有道光六年一卷本、道光十四年二卷本、道光十五年三卷本、道光十九年四卷本，隨著詞作數量的增加而增加卷數，四卷本光緒年間曾重印，陳乃乾《清名家詞》輯録《小庚詞存》不分卷本。詞集按照編年排列，卷一起乙丑迄丁亥，卷二起戊子迄癸巳，卷三收甲午年，卷四收乙未到戊戌年，真實客觀地展現了詞人宦遊各地的山川風物，以及個人體驗與情緒悸動。

葉申薌不僅深入詞的創作，而且對詞體有精深的研究，歐明俊《葉申薌詞學述論》評曰：「葉申薌重視詞學文獻整理和研究，精研詞律、詞韻，熟悉詞史詞本事，選詞精當，有鑒賞眼光，有理論，有創作，形成了比較完整的詞學體系，這樣的詞家並不多見。葉氏不僅對閩中近代詞學影響較大，在整個詞學史上亦占有一定地位。」除《小庚詞存》之外，葉申薌另有詞學著作五種：《天籟軒詞譜》五卷，《天籟軒詞韻》一卷，《本事詞》二卷，《閩詞鈔》四卷，《天籟軒詞選》六卷。《天籟軒詞選》是葉申薌官洛陽時所作，實爲其詞學著作五種中最後的作品，其自序曰：「僕少好倚聲，老而彌篤。近年以來，手輯詞譜、詞韻、閩詞鈔、本事詞諸種。守洛後，郡齋多暇，輒取汲古閣所刊《宋名家詞》，删其繁複，訂其錯謬，悉依原書次序，釐爲四卷。」「更將家藏各詞集以元爲斷，復成二卷，約九十家，題曰《天籟軒詞選》，倘有續得名作，意欲補足百家，故又名《百家詞》云爾。」在《宋名家詞》的基礎上選五十八家，成四卷；在家藏本基礎上選三十二家，成二卷。至於《閩詞鈔》四卷，葉申薌鑒於閩籍詞人在兩宋時期的突出表現，然後人已多不知諸多名詞人乃閩産，故蓄意爲之表白，專選閩籍詞人詞作，始宋徐昌圖，終元洪希文，附以方外、閨媛凡六十一家，詞作逾千首，以存閩詞人之梗概，是中國詞史上較早以地域爲視角編輯的詞選，啓發清代後期詞學的地域意識覺醒，催生諸如《粤西詞載》、《粤東詞鈔》、《湖州詞徵》等地域詞總集的後續産生。《本事詞》作於葉申薌丁母憂期間，採摭舊文，剪裁成篇，用資閒談。中國文藝批評崇尚知人論世，本事批評自在情理之中。唐吴兢《樂府解題》、孟啓《本事詩》高揚詩歌本事批評，北宋楊繪《時賢本事曲子集》，記北宋詞林掌故，梁啓超以之爲「最古之詞話」（《記時賢本事曲子集》），《本事詞》自覺弘揚唐吴兢《樂府解題》、孟啓《本事詩》之批評肌理，「美人香草，古來多寓意之文」，「或緣情而遺興，或對景以攄懷，或寫怨以騁思，或空言而寄諷」，希冀繼「楊元素之遺篇」，分上下二卷，卷上載唐五代北宋詞事，卷下南宋遼金元，敘事之餘，頗有評鑒，「《本事詞》二〇四則『本事』中，據詞序、史料自撰的約有三八則，占了近五分之一的内容，這無疑挖掘了一些重要的詞作本事，是葉申薌的『創造』」。（龔紅林《〈本事詞〉考論》）

在葉申薌的詞學體系中，最早産生的是《天籟軒詞譜》，緊接著是《天籟軒詞韻》。今《小庚詞存》存葉申薌詞作最早作於乙丑年（一八〇五，嘉慶十年），時年二十六歲。對於明清人而言，填詞意味著必須遵循一套自唐宋詞實踐中歸納而來的一套格律規則即明清人創製的詞譜，也就是説，在二十六歲、尚未考中進士時，葉申薌即已掌握創作詞的格律規則。後在仕宦滇南的二十年間，所謂不爲無益之事又何以遣有生之涯，「兹遠宦萬里，行篋無書，暇時輒取《詞律》親爲編次，乃竟裒然成帙，雖未足爲枕中之秘，亦便於取攜耳」（《天籟軒詞譜・發凡》），《天籟軒詞譜》初稿完成於此時。詞譜編竣，有感於詞譜中詞韻之重要，繼編詞韻，曰：「余既編成詞譜，不可無詞韻，然詞韻舊無善本。《欽定四庫書提要》存其目而未録其書，概可見矣。世所稱《菉斐軒詞韻》，近已刊行……細閱之，乃曲韻而非詞韻，且如東冬部未收風容等字，此類甚多」（《天籟軒詞韻》卷首），編《天籟軒詞韻》實有明晰的現實針對性，「以譜爲主，韻則輔之，共同建構了詞的格律規則」（江合友《明清詞譜史》）。

綜觀葉申薌的詞學體系，有宋名家詞選，有地域詞選，有本事批評，還有詞譜、詞韻，從形式以及内在的學科體系邏輯上看，未見有創新性，似難言開創性意義。宋名家詞選，這種類型題材歷代多有，其選源、選陣、選擇標準没有呈現出特別突出之處；地域詞選，前有朱彝尊《浙西六家詞》，展現地域詞學實力，已著先鞭，在後來的歷史中並未形成如馮登府所期望那樣「元鳳林書院詩餘之選，可以溯西江詞派，顧不盡豫章之人，後之言閩詞者，此爲真乳矣」（《閩詞鈔序》），形成以地域命名的詞學流派；本事批評，明朝有例，至清朝則徐釚《詞苑叢談・紀事門》及張宗橚《詞林紀事》、馮金伯《詞苑萃編》卷十三「紀事」亦多有跟從，亦非特立獨行之舉；葉氏輯作的《天籟軒詞譜》，反復申明以萬樹《詞律》爲鵠的；

《天籟軒詞韻》也是「分部依近行《緑漪亭詞韻》，四聲分爲十五部，編字依《廣韻》，分紐次列，以便檢閱」（《天籟軒詞韻》卷首）。故而，葉氏上述各著的體例，都呈現對相關文籍的因襲性特征，雖然難言開創性意義，但仍有各自存在的價值。這裏先以葉申薌詞學五種中最重要的一種《天籟軒詞譜》，來探討其所具有的價值。

葉申薌在《天籟軒詞譜》四卷後有一跋：「薌前取萬紅友《詞律》，去其俳俚缺譌諸調，輯成《天籟軒詞譜》，爲詞僅七百首。庚寅旋里後，復從《御定詞譜》、《御選歷代詩餘》暨《樂府雅詞》、《陽春白雪》、《花庵詞選》、《絶妙好辭》、《花草粹篇》各名家詞諸書，細加參校，補其缺落，訂其錯譌，仍依《詞律》原列調名，備增諸體，爲詞逾千首，其《詞律》未列之調，另輯《補遺》一卷附後，亦不忘原書之意云爾。」依此則跋語可知，於雲南編就的《天籟軒詞譜》係以萬樹《詞律》爲基礎重編，得詞僅七百首，道光十年（庚寅）回鄉後，據《御定詞譜》、《御選歷代詩餘》暨《樂府雅詞》、《陽春白雪》、《花庵詞選》、《絶妙好辭》、《花草粹篇》等對先前七百首的版本進行大幅度校補訂，其中同於《詞律》詞調者編進前四卷，《詞律》未收詞調編入補遺第五卷。最終呈現出來的規模是收調七七一式、收詞一一九四首，與《詞律》收調六六〇式、收詞一一八〇首，《欽定詞譜》收調八二〇式、收詞二三〇六首相比較，實際規模次於《欽定詞譜》而高於《詞律》。在這個校補訂過程中，如何「去其俳俚缺譌諸調」，「細加參校，補其缺落，訂其錯譌」，如何確定爲《詞律》未列之調，特别能考見編輯者的眼力與水準。葉申薌在《凡例》中提到「編調」、「選詞」、「辨韻」、「分句」等做法，呈現自身在相關技術性問題上的處理原則。然由於葉申薌在處理相關細節問題上未如《詞律》、《欽定詞譜》那樣作文字説明，使得其編譜思想没有得到充分展現。誠然，《天籟軒詞譜》在總體編排形式上和《詞律》趨同，但並未照抄《詞律》，而是在具體細節處理上呈現諸多的差異，正是這些細節處理上的差異，才具體而微地體現出葉申薌的詞譜思想。

《天籟軒詞譜・發凡》曰：「茲譜擇其音調和雅且無錯落者方收，如黄山谷《鼓笛令》之俳體等調，概不敢録。」茲以《詞律》第一卷作爲樣本，看看哪些詞調被選入，哪些詞調被刊落，刊落詞調是否僅僅是不合音調和雅的趣味或者有錯落者等標準，如果合乎標準也被刊落，那麽在音調和雅等標準之外，是否存在還未説明的標準呢？《詞律》第一卷收詞調四十二（不含類列詞調），被選擇入《天籟軒詞譜》的詞調十七調，刊落二十五調，包括《竹枝》、《閒中好》、《紇那曲》、《羅嗊曲》、《梧桐影》、《醉妝詞》、《塞姑》、《回波詞》、《舞馬詞》、《三臺》、《一點春》、《花非花》、《胡搗練》、《章臺柳》、《樂遊曲》、《小秦王》、《楊柳枝》、《浪淘沙》、《八拍蠻》、《阿那曲》、《清平調》、《字字雙》、《九張機》、《踏歌辭》，其中諸多詞調符合其「發凡」中所謂音調和雅且無錯落，不是俳調，甚至部分出現在代表主流趣味標準的《欽定詞譜》中。所以，没有選擇這些詞調，很大的可能性是葉申薌在言明的標準之外，潛在地堅持詩詞文體之辨，如二十八字《浪淘沙》，《詞律》、《欽定詞譜》均收皇甫松之作：「蠻歌豆蔻北人愁，蒲雨杉風野艇秋。浪起鵁鶄眠不得，寒沙細雨入江流。」《詞律》曰：「此亦七言絶句。」《欽定詞譜》曰：「此七言絶句也。」因屬詩類，而被葉氏拒於詞譜外。其他如《回波詞》、《舞馬詞》、《花非花》、《楊柳枝》、《八拍蠻》、《阿那曲》、《欸乃曲》、《清平調》等，在《詞律》的相關説明中均被作爲詩來看待，想必葉申薌因此而將這些調式黜落。至於詩詞的文體界限在哪裏，如何進行詩詞之辨？這是一個可以討論的專業學術問題。萬樹《詞律·發凡》於詩詞之辨亦有討論，曰：「詞上承於詩，下沿爲曲，雖源流相紹，而界域判然。如《菩薩蠻》、《憶秦娥》、《憶江南》、《長相思》等本是唐人之詩，而風氣一開，遂有長短句之别。故以此數闋爲詞之鼻祖，不必言已。若《清平調》、《小秦王》、《竹枝》、《柳枝》等竟無異於七言絶句，與《菩薩蠻》等不同，如專論詞體，自當捨而弗録，故諸家詞集不載此等調，而《花菴》、《草堂》等選亦不收也，蓋等而上之，如《樂府》諸作爲長短句者頗多，何可勝收乎？後人則以此等調爲詞，嚆矢遂取入譜，今已盛傳，不便裁去。」萬氏對《清平調》等詩的性質亦瞭然，然礙於既成事實，故仍入譜。《天籟軒詞譜》在嚴格的趣味之别的基礎上，自覺地進行詩詞之辨，不屈從於以往既成事實的詩、樂府調，這种詞譜意識是應該值得張揚的。

詞譜有主調名、又名之説，如《天籟軒詞譜》卷一：「《蒼梧謡》，十六字，平三韻，又名《歸字謡》、《十六字令》。」《詞律》卷一：「《十六字令》，十六字，又名《蒼梧謡》。」《欽定詞譜》卷一：「《歸字謡》，蔡伸詞名《蒼梧謡》，周玉晨詞名《十六字令》，袁去華詞亦名《歸字謡》，有刻《歸梧謡》者，誤。」從文字格律形式來看，無論是《蒼梧謡》、《歸字謡》、《十六字令》，都是單調、十六字、四句、三平韻，如何確定主調名，依據只能是文獻最早出現這格律形式的調名爲何即爲主調名，後出者爲又名。文獻中最早出現這種格律形式的是《蒼梧謡》調，作者是北宋蔡伸，《歸字謡》作者是南宋袁去華、張孝祥，《十六字令》最早作者爲元周玉晨。顯然，《天籟軒詞譜》對於《詞律》定主調名《十六字令》、《欽定詞譜》定主調名《歸字謡》並未盲從，而是有自己的獨立判斷，作《蒼梧謡》，這當然是建立在堅實的歷史文獻基礎上的。按照歷史文獻出現的順序，《蒼梧謡》早於《歸字謡》，《歸字謡》早於《十六字令》，所以主調名《蒼梧謡》，又名《歸字謡》、《十六字令》，《天籟軒詞譜》如此表述，非常科學。

《天籟軒詞譜補遺》卷首曰：「補遺者，補《詞律》所遺也。是卷所列各調，皆《詞律》所遺，從各詞書輯而補之，仍因《詞律》舊例，以元爲斷，如明人之《小諾皋》、《水漫聲》諸調不録，而元人小令《天淨沙》等篇，亦從删焉。余家藏書無多，問學又淺，祇就所經見者，彙成此帙，僅得百五十餘調，其掛漏自不待言。然尚冀勤加搜輯，以待續編於他日也已。」關於補遺，江合友《明清詞譜史》給出如下斷語：「葉申薌是較早動手輯補《詞律》的，後來甚至成爲徐本立《詞律拾遺》取資的重要依據。」「葉申薌補《詞律》之遺，雖得風氣之先，卻甚少自行考輯出新的詞調，而是因藉《欽定詞譜》爲多，故從原創性角度看，成就並不大。」此評有當有不當。補遺確有藉資《欽定詞譜》的地方，但亦有出自《欽定詞譜》之外者。如卷五調《謝新恩》，《欽定詞譜》列爲《臨江仙》諸體之一，以《謝新恩》爲《臨江仙》别名，然葉申薌並未盲從《欽定詞譜》，而是將《謝新恩》單列一調入補遺卷。另《天籟軒詞譜》所補詞調有不見於《欽定詞譜》者，如《回心院》、《薦金蕉》、《睡花陰令》、《落梅花》、《陽臺怨》、《喜長新》、《謫仙怨》、《添字采桑子》、《碧玉簫》、《鬬雞曲》、《八寶裝》、《憶人人》、《添字漁家傲》、《鈿帶長中腔》、《倚風嬌近》、《法曲第二》、《鳴梭》、《西窻燭》、《惜餘妍》、《孟家蟬》、《清夜游》、《泛清茗》等，以此可知，葉申薌重編時並非是完全依靠《欽定詞譜》，而是在《欽定詞譜》之外有自己獨立的思考，有自己新的發現。因此《天籟軒詞譜》雖然因襲成分較重，但也有創新的部分，而創新的部分因同治間徐本立融合進《詞律拾遺》之中，從而掩蓋了其獨特的貢獻。

《詞律》與《欽定詞譜》二書繼承明清以來詞譜撰述的各種優點，兼收並蓄，力臻完備，在詞譜學史上已成範式，無疑有著巨大的影響力。後來者在若不能再造乾坤的情勢下，唯有完善既有的範式。當然，《詞律》與《欽定詞譜》是否已然盡善盡美，晚清以來出現的對二書進行綜合考量、補遺校正工作的風氣蔓延，實際上已經對此作出了回答。無疑，在這種風氣中，最早且最深入的應是葉申薌的《天籟軒詞譜》。

整理説明

一、《天籟軒詞譜》現存有稿本，庋藏於湖北省博物館。常見者有道光刻本、民國三年（一九一四）上海掃葉山房石印本等。因稿本作文物存，窺見實難，故本次整理以通行之道光刻本爲底本，參校《詞律》、《欽定詞譜》、《全唐五代詞》、《全宋詞》、《全金元詞》、《全元詞》等相關文獻。

二、入清以來，詞譜以明人創製爲基礎，漸成專門一學。《詞律》與《欽定詞譜》弘規於前，於詞調、詞例、詞韻、詞句、詞讀等多有定式。《天籟軒詞譜》雖汲引《詞律》與《欽定詞譜》較多，但非盡善盡美，可議之處亦有，酌加説明。

三、本次整理，除韻讀符號「◎」、「○」自旁行移至正文外，原本編排體例、相關符號基本不作改動，遵從原本。除非明顯與原本衝突者則修改，並加標注。

四、本次整理，重在校調名、詞調説明、詞作者、詞句、詞章、詞文等。

五、校調名。調名在不同詞籍中有不同稱謂，兹另爲標注。於調名可議以至體例有舛時，則加按語於詞譜之後。

六、校詞調説明、詞韻、詞句、詞章。詞調説明注明詞字數、結構、詞韻等相關情況，詞譜的標韻以及斷句分章，本譜於此亦有多誤，對此加按語於詞譜之後。對於明顯失誤之處，徑改原文。

七、詞籍流傳不同，詞文、詞作者往往呈現差異。詞譜采源不一，詞文、詞作者亦有不同，對此，兹保留原文、原作者，但脚注標明歧異，以作提示。

孫序

孫爾準

溯自樂章大輅，託始散聲，曲譜翻香，越傳小令。高樓暝色，《菩薩蠻》即《子夜》之遺；金井秋波，《采桑子》改羅敷之艷。《清平》三調，《河滿》一聲，嚼徵含商，有自來矣。迨夫大晟既作，瀴曲肇興，則有八十四聲、二十八調。夢窗麗製，尤擅漫辭；竹屋新篇，更工癡語。換頭半闋，鸞鳳移巢；鬲指雙聲，湘湖吹月。《紅鹽》、《烏角》，宮製新腔；《疏影》、《暗香》，曲繇自度。然而摧場譜逸，燕樂書淆，徒沿大石之譌，莫灑《嘯餘》之陋。但求協律，爭改「大江東去」之詞；未解新裁，又斥「小樓連苑」之作。徒是循譌以學步，誰能識曲而聽真，此白石仙所以歎息於苕水清簫，紫霞翁所以擊節於蘋州漁笛也。小庾司馬，大羅天上，早詠霓裳，小劫輪中，旋辭閬苑，夜郎西上，一障乘邊，洱海南浮。廿年去國，碧雞金馬，本才人奉使之鄉；白僰烏蠻，亦詞客壯游之地。然而盧琦冷宦，馮衍長愁，水沸如湯，瘴濃似墨，上使君之艘艓，畫鼓撾閒；感商婦之琵琶，青衫淚濕。六詔風煙之下，恒益欷歔；中年哀樂之餘，方資陶寫。於是擊來蒼鶻，誰是參軍；望裏紅潮，都歸懸弄。瓢笙蘆管，收諸三部樂中；犵鳥獞花，織向九張機上。逢場作達，每減字而偷聲；對酒當歌，藉回腸以蕩氣。乃復轉新聲於車子，拍案紅牙；尋舊譜於羽衣，笙調銀字。三中句好，盡擷東澤綺語之精；四上聲嫻，不效西域梵書之體。霞牋玉滴，紅友之成律重排；水佩雲璈，白樸之命名堪借金白樸有《天籟詞》。洵足爲金荃之轄轄，蘭苑之喉衿矣。僕生無懸解，少好倚聲，牛鐸難諧，江花易落。金門一别，重逢於緑榕聽雨之鄉；錦紙百番，快讀於丹荔餐霞之候。爲憐同調，謬托知音，笑欲絶纓，喜如見獵。緣知長短，中和繆琴趣笛；家十五六，女郎李娟張態。從此曉風殘月，有井水喫處，能歌豪竹哀絲，令畫壁衆山皆響。館年弟孫爾準拜序。

顧序

顧　蒓

唐無詞，所歌皆詩。宋無曲，所歌皆詞。然詞實始於唐太白《憶秦娥》、《菩薩蠻》諸製，時因效之。後趙崇祚纂《花間集》，爲倚聲製詞之祖。元如張小山、喬夢符皆詞中翹楚，而入雜劇甚多，則論詞自當以宋人爲斷。詞之製，調有定格、字有定數、韻有定聲，至於句之短長、體之同異，雖亦時有損益，然皆非率意。葉小庚同年以名翰林出宰滇，琹堂多暇，恒以吟詠自適。其爲詞清空婉麗，直奪堯章、玉田之席，宜其節響諧聲不差絫黍，非如但以律詩手爲詞者之多澀舌而棘喉也。今以郡丞奉使入覲，復以此譜見示。悉本萬紅友《詞律》，而編調、選詞、辨韻、分句則有《詞律》之精覈而無其拘，有《詞律》之博綜而刪其冗，誠藝苑之圭臬，而詞壇之矩矱也。上追唐賢樂府，下汰元人雜曲，《花間》而後，此非其善本歟？余非諳於音律者，雜綴所聞以系之。道光九年孟秋，愚弟顧蒓書於宣南坊小草小石之居。

梁序

梁章鉅

詞始於唐，成於宋，盛於南渡之後，少衰於元，絶於明。至國朝康熙間，詞學始復昌於天下，長水朱氏《詞綜》出，而《草堂》之蕪穢治矣；陽羨萬氏《詞律》出，而《嘯餘》之雲霧掃矣。近世才人能詞者甚衆，大略瓣香南宋，講求四聲，辨别於陰陽清濁之微，俾大晟樂府九宫八十四調之變，復傳於不絶，不可謂非時士用心之勤也。夫詞爲詩餘，能詩者宜無不工詞，然非本其性之近而强爲之，未易合宫商之節，而宣幽妙之旨。余喜學爲詩，不諳詞律。葉君小庚，工吟詠而尤好倚聲，曩與余里中酬唱，往往以詞代詩，宦滇以後所作益富；暇復取堆絮園舊書正其謬誤，補其闕失，去其不可句讀者，都爲一集，自題曰《天籟軒詞譜》。吾鄉詩人，前後代興，而講此者蓋鮮。是譜出，不但承學者得資津筏，將使蘆川、樵隱之宗風藉以弗墜，是又東南嶠外，紹先啓後，不可少之書也。天籟之義，本乎蒙莊，而君之所作，動合繩尺，其以是爲遜言也。然而有韻之文，專恃乎人則已窒，亦可以悟君之微旨也夫。道光九年歲在己丑仲冬，愚弟梁章鉅拜序於中吴藩署之箴白堂。

張序

張岳崧

余不工度曲，顧每讀曩賢佳製，如李青蓮之飄逸，温飛卿之雅麗，蘇子瞻之豪宕，秦淮海之情韻，周清真、姜白石之精深華妙，每一諷詠，情興往來，有如贈答。嘗謂此事爲詩人緒餘，其粗似俚，其艷類俳，然言情最摯，託興尤深。昔晏小山「夢魂慣得無拘檢，又踏楊花過謝橋」，至爲伊川子所賞，不虛也。余同年友葉君小庚，負豪爽不羈之才，詩文之外，兼善倚聲。兹所選《天籟軒詞譜》，本萬紅友《詞律》而精審過之，俊語名章，足資吟諷，櫛字比句，尤具衡裁。學者金鍼斯在，無徒向舞裙歌扇、豪竹哀絲作綺語癖也。定安張岳崧。

發凡

是譜悉本萬紅友《詞律》，但與其體例偶有不同者，分列於後。

一、編調。仍以字數多寡爲序，不分小令、中、長調名目。其同是一調而字數參差者，自應先列首製原詞，再依序分列各體，或但同調名而字數懸殊、體格迥異者，亦附列於後，以「另格」二字別之，如《風流子》、《女冠子》之類。《詞律》於《甘州曲》之後類列《甘州令》、《八聲甘州》等調，今改各依本調字數編列，以清眉目。再《詞律》博采群書，有調必收，即缺落錯譌者，無不畢列。兹譜擇其音調和雅且無錯落者方收，如黄山谷《鼓笛令》之俳體等調，概不敢録。

一、選詞。自以原製之詞及名人佳作爲譜，如《憶秦娥》應選李詞，《憶江南》應選白詞之類。《詞律》往往捨原詞而別收他作。《如夢令》別名《宴桃源》，本以原詞「曾宴桃源深洞」之句立名，即「如夢」二字亦原詞中語，《詞律》不收原詞，而收秦詞。他如《漁家傲》不收晏同叔，《暗香》不收姜白石，不勝枚舉。最可笑者，《雨霖鈴》調不收柳耆卿而收黄勉仲，又注云：「『多情自古傷離別』如七言詩句，應從柳詞。」此非徒費筆墨而何？兹譜悉擇原詞及名作方録。

一、辨韻。詞以韻爲主，諸詞書每多錯漏，《詞律》互相參校，考訂最真，兹譜悉從之。但各調有增韻者，亦必補入。於用韻處以重圈印於句下，其每調或平幾韻、仄幾韻，幾換韻及平仄通叶者，均於題下注明，以便檢閱。

一、分句。自以文理爲憑，不必拘定字數。况詞原稱爲長短句，其同是一調，或一人連填數闋，或數人共填此調，在當時字數已有參差，如《河傳》、《酒泉子》等調甚多。《詞律》每有過拘之處，如張子野《于飛樂》詞，其後段「正陰晴天氣，更瞑色相兼」，自應以兩五字分句，方成文理。《詞律》以前段係兩三字、一四字分句，後段如之，似於文理未安，是誠膠柱鼓瑟也。兹譜悉憑文理分句，不敢過拘字數，庶有合乎攤破及添減字之例，於分句處以單圈記之，以別於用韻之重圈也。

【附識】

薌素不諳音律，而酷好填詞，自束髮受書即竊相摹擬。兹遠宦萬里，行篋無書，暇時輒取《詞律》親爲編次，乃竟裒然成帙，雖未足爲枕中之秘，亦便於取攜耳。其以天籟名軒者，惟不諳音律故也。道光戊子冬孟，閩中葉申薌識。

天籟軒詞譜卷一目録

起十六字，迄五十字。

(一)「中」，正文爲「天」，調應爲「洞天春」。

凡百五十一調，共詞三百九首。

天籟軒詞譜卷一

梁谿孫平叔先生鑒定、閩中葉申薌編次

蒼梧謠

十六字，平三韻，又名《歸字謠》、《十六字令》。　蔡　伸

天◎休使圓蟾照客眠◎人何在○桂影自嬋娟◎

南歌子

廿三字，平三韻，「歌」又作「柯」。　温庭筠

手裏金鸚鵡○胸前繡鳳凰◎偷眼暗形相◎不如從嫁與○作鴛鴦◎

又

廿六字，平三韻，又名《水晶簾》。　张　泌

柳色遮樓暗○桐花落砌香◎畫堂開處晚風涼◎高捲水晶簾額○襯斜陽◎

又

五十二字，雙調，平六韻，又名《望秦川》、《風蝶令》。　毛熙震

惹恨還添恨○牽腸即斷腸◎凝情不語一枝芳◎獨映畫簾閒立○繡衣香◎暗想爲雲

女○應憐傅粉郎◎晚來輕步出閨房◎髻慢釵橫無力○縱猖狂◎

又 五十四字，平六韻。 周邦彦

膩頸凝酥白○輕衫淡粉紅◎碧油涼氣透簾櫳◎指點庭花低映○雲母屏風◎　恨逐瑶琴寫○書勞玉指封◎等閒贏得瘦儀容◎何事不教雲雨○略下巫峰◎

又 五十二字，仄六韻 石孝友

春淺梅紅小○山寒嵐翠薄◎斜風吹雨入簾幕◎夢覺西[一]樓嗚咽數聲角◎　歌酒工夫懶○別離情緒惡◎舞衫寬盡不堪著◎若比那回相見更消削◎

【按】「夢覺西樓嗚咽數聲角」，《詞律》於「夢覺西樓嗚咽」處「句」，《欽定詞譜》於「夢覺西樓」處「讀」。「若比那回相見更消削」，《詞律》於「若比那回相見」處「句」，《欽定詞譜》於「若比那回」處「讀」。

[一]「西」，《詞律》、《欽定詞譜》同，唐圭璋編《全宋詞》作「南」。

荷葉杯　廿三字，三換韻，仄四平二。　温庭筠

楚女欲歸南浦◎朝雨◎濕愁紅◎小船摇漾入花裏◎波起◎隔西風◎

又　廿六字，兩換韻，仄二平四。　顧　敻

春盡小庭花落◎寂寞◎憑檻斂雙眉◎忍教成病憶佳期◎知麽知◎知麽知◎

又　五十字，雙調，四換韻，仄四平六。　韋　莊

絶代佳人難得◎傾國◎花下見無期◎一雙愁黛遠山眉◎不忍更思惟◎閒掩翠屏金鳳◎殘夢◎羅幕畫堂空◎碧天無路信難通◎惆悵舊房櫳◎

摘得新　廿六字，平四韻。　皇甫松

摘得新◎枝枝葉葉春◎管絃兼美酒○最關人◎平生都得幾十度○展香茵◎

漁歌子　廿七字，平四韻。　張志和

西塞山前白鷺飛◎桃花流水鱖魚肥◎青箬笠○緑蓑衣◎斜風細雨不須歸◎張詞別首，首次句平仄互異。

又　廿五字，仄三韻。　蘇　軾

漁父飲○誰家去◎魚蟹一時分付◎酒無多少醉爲期○彼此不論錢數◎

又　五十字，雙調，仄八韻　李　珣

荻花秋○瀟湘夜◎橘洲佳景如屏畫◎碧煙中○明月下◎小艇垂綸初罷◎　水爲鄉○篷作舍◎魚羹稻飯常餐也◎酒盈杯○書滿架◎名利不將心掛◎前後第三韻有不押者。

【按】五十字雙調體，《欽定詞譜》、《詞律》均以孫光憲「泛流螢」詞爲例，前後段各六句、三仄韻。此以李珣詞爲例，前後段各六句、四仄韻。詞例末注曰「前後第三韻有不押者」。

憶江南　廿七字，平三韻，又名《謝秋娘》、《步虛聲》　白居易

江南好○風景舊曾諳◎日出江花紅勝火○春來江水緑如藍◎能不憶江南◎

又　五十四字，雙調，平六韻，又名《望江南》　蘇軾

春未老○風細柳斜斜◎試上超然臺上望○半壕春水一城花◎煙雨暗千家◎寒食後○酒醒卻咨嗟◎休對故人思故國○且將新火試新茶◎詩酒趁年華◎

又　五十九字，另格，四換韻，仄四平四　馮延巳

去歲迎春樓上月◎正是西窗○夜涼時節◎玉人貪睡墜釵雲◎粉消妝薄見天真◎人非風月長依舊◎破鏡塵箏○一夢經年瘦◎今宵簾幕颺花陰◎空餘枕淚獨傷心◎

瀟湘神　廿七字，平四韻　劉禹錫

斑竹枝◎斑竹枝◎淚痕點點寄相思◎楚客欲聽瑶瑟怨○瀟湘深夜月明時◎

桂殿秋　廿七字，平三韻　　李德裕(一)

仙女侍○董雙成◎漢殿夜涼吹玉笙◎曲終卻從仙官去○萬户千門惟月明◎

解紅　廿七字，平三韻　　和　凝

百戲罷○五音清◎解紅一曲新教成◎兩箇瑶池小仙子○此時奪得(二)柘枝名◎

赤棗子　廿七字，平三韻　　歐陽炯

夜悄悄○燭熒熒◎金爐香燼酒初醒◎春睡起來回雪面○含羞不語倚雲屏◎

搗練子　廿七字，平三韻　　馮延巳(三)

深院靜○小庭空◎斷續寒砧斷續風◎無奈夜長人不寐○數聲和月到簾櫳◎

(一) 此詞作者一曰李白，曾昭岷、曹濟平、王兆鵬、劉尊明編著《全唐五代詞》入李白存目詞。《全唐五代詞》收李德裕《步虚詞》録有此調，並撰有「考辨」一則。

(二) 「得」，《欽定詞譜》、《詞律》、《全唐五代詞》均作「卻」。

(三) 此詞作者與《欽定詞譜》同，爲馮延巳；《詞律》作南唐後主；《全唐五代詞》作南唐後主李煜。

又 三十八字，雙調，平六韻 李石

心自小○玉釵頭◎月娥飛下白蘋洲◎水中仙○月下游◎江漢佩○洞庭舟◎香名薄倖寄青樓◎問何如○打拍浮◎

南鄉子 廿七字，兩換韻，平二仄三 歐陽炯

畫舸停橈◎槿花籬外竹橫橋◎水上游人沙上女◎回顧◎笑指芭蕉林裏住◎

又 廿八字，兩換韻，平二仄三 歐陽炯

洞口誰家◎木蘭船繫木蘭花◎紅袖女郎相引去◎游南浦◎笑倚春風相對語◎

又 廿八字，兩換韻，平二仄三 馮延巳

細雨濕秋風◎金鳳花殘滿地紅◎閒蹙黛眉慵不語◎情緒◎寂寞相思知幾許◎

又　三十字，兩換韻，平二仄三　李珣

煙漠漠○雨淒淒◎岸花零落鷓鴣啼◎遠客扁舟臨野渡◎思鄉處◎潮退水平春色暮◎

又　五十四字，雙調，平八韻　歐陽脩

雨後斜陽◎細細風來細細香◎風定波平花映水○休藏◎照出輕盈半面妝◎　路隔秋江◎蓮子深深隱翠房◎意在蓮心無問處○難忘◎淚裛紅腮不記行◎

又　五十六字，平八韻　辛棄疾

何處望神州◎滿眼風光北固樓◎千古興亡多少事○悠悠◎不盡長江滾滾流◎　年少萬兜鍪◎坐斷東南戰未休◎天下英雄誰敵手○曹劉◎生子當如孫仲謀◎

又　五十八字，平八韻　黃機

簾幕闃深沈◎燈暗香消夜正深◎花落畫屏○檐鳴細雨○涔涔◎滴破相思萬里心◎　曉色未平分◎翠被寒生不自禁◎待得夢成○翻多惡況○堪顰◎飛雁新來也誤人◎

又　五十八字，平八韻　趙長卿

楚楚窄衣裳◎腰身占卻○多少風光◎共説春來春去事○淒涼◎懶對菱花暈曉妝◎　閒立近紅芳◎游蜂戲蝶○誤采其香◎何事不歸巫峽去○思量◎故到人間惱客腸㈠◎。

春曉曲　廿七字，仄三韻，又名《西樓月》　朱敦儒

西樓月落雞聲急◎夜浸疏香淅瀝◎玉人酒㈡渴嚼春冰○曉色入簾横寶瑟◎

甘州曲　廿九字，平五韻　蜀主王衍

畫羅裙◎能結束○稱腰身◎柳眉桃臉不勝春◎薄媚足精神◎可惜許㈢○淪落在風塵◎

㈠ 五十八字體《南鄉子》，《詞律》未列，兹式採自《欽定詞譜》，詞例末句「故到人間惱客腸」，《全宋詞》作「故來塵世斷人腸」。

㈡ 「酒」，《欽定詞譜》、《全宋詞》同，《詞律》作「醉」。

㈢ 「許」，《詞律》無此字，《詞律》因此將《甘州曲》斷爲「二十八字」。此處「許」字以及句讀均從《欽定詞譜》。《全唐五代詞》亦有「許」字。

抛毬樂　三十字，平四韻

劉禹錫

五色繡團圓◎登君玳瑁筵◎最宜紅燭下○偏稱落花前◎上客如先起○應須贈一船◎

又　四十字，平四韻，又名《莫思歸》㈠

馮延巳

霜積秋山萬樹紅◎倚巖樓上掛朱櫳◎白雲天遠重重恨○黄葉煙深漸漸風◎彷佛梁州曲○吹在誰家玉笛中◎

又　百八十七字，雙調，另格，仄十四韻

柳　永

曉來天氣濃淡○微雨輕灑◎近清明㈡風絮巷陌○煙柳㈢池塘○盡堪圖畫◎艷杏暖妝臉匀開○弱柳困宫腰低亞◎是處麗質盈盈○巧笑嬉嬉○爭簇秋千架◎戲彩毬羅綬○金雞芥

㈠《欽定詞譜》曰「三十三字者始於馮延巳詞，因詞有『且莫思歸去』句，或名《莫思歸》」，誤。「且莫思歸去」，乃馮延巳四十字《抛毬樂》，此處又名《莫思歸》，是。

㈡《欽定詞譜》、《詞律》均於此處「讀」。

㈢「柳」，《欽定詞譜》、《詞律》、《全宋詞》均作「草」。

羽◯少年馳騁◯芳郊緑野◎占斷五陵游◯奏脆管(一)繁絃聲和雅◎向名園深處◯爭泥畫輪◯競羈寶馬◎　取次羅列杯盤◯就芳樹緑影紅陰下◎舞婆娑◯歌宛轉◯彷彿鶯嬌燕姹◎寸珠片玉◯爭似濃歡無價◎任他美酒◯十千一斗◯飲竭(二)仍解金貂貰◎恣幕天席地◯陶陶盡醉太平◯且樂唐虞景化(三)◎須信艷陽天◯看未足◯已覺鶯花謝◎對緑蟻翠蛾◯怎生輕捨◎

江南春(四)　三十字，平三韻　寇準

波渺渺◯柳依依◎孤村芳草遠◯斜日杏花飛◎江南春盡離腸斷◯蘋滿汀洲人未歸◎

(一)《欽定詞譜》、《詞律》均於此處「讀」。

(二)「任他美酒十千一斗飲竭」，《詞律》斷爲「任他美酒十千(句)一斗飲竭」。此處斷句同《欽定詞譜》。

(三)「陶陶盡醉太平，且樂唐虞景化」，斷句同《欽定詞譜》。《詞律》斷爲「陶陶盡醉(句)太平且樂(句)唐虞景化(叶)」。

(四)《欽定詞譜》將之列爲《秋風清》調格，並曰：「一名《秋風引》。寇準詞名《江南春》。劉長卿仄韻詞名《新安路》。」

法駕導引　三十字，平三韻　陳與義

朝元路○朝元路○同駕玉華君◎千乘載花紅一色○人間遥指是祥雲◎回望海光新◎

蕃女怨　三十一字，兩换韻，仄四平二。　温庭筠

萬枝香雪開已遍◎細雨雙燕◎鈿蟬箏○金雀扇◎畫梁相見◎雁門消息不歸來◎又飛回◎

一葉落　三十一字，仄六韻。　後唐莊宗

一葉落◎搴珠箔◎此時景物正蕭索◎畫樓月影寒○西風吹羅幕◎吹羅幕◎往事思量著◎

憶王孫　三十一字，平五韻，又名《憶君王》、《豆葉黄》。　秦　觀(一)

萋萋芳草憶王孫◎柳外樓高空斷魂◎杜宇聲聲不忍聞◎欲黄昏◎雨打梨花深閉門◎

(一)《詞律》、《欽定詞譜》作者作李重元，清杜文瀾《詞律校勘記》亦持秦觀，認爲《詞律》從顧從敬《草堂詩餘》而誤。《全宋詞》自《唐宋諸賢絶妙詞選》卷七録李重元詞四首，第一首即爲此首。作者應爲李重元。杜文瀾《詞律校勘記》曰「按此詞載於秦觀《淮海集》」，不知何據。

又　五十四字，雙調，另格，仄六韻。　周紫芝

梅子生時春漸老◎紅滿地落花誰掃◎舊年池館不歸來○又緑盡今年草◎　思量千里鄉關道◎山共水幾時得到◎杜鵑只解怨殘春○也不管人煩惱◎

調笑令　三十二字，三換韻，仄六平二，又名《轉應曲》、《三臺令》。　王　建

胡蝶◎胡蝶◎飛上金枝玉葉◎君前對舞春風◎百葉桃花樹紅◎紅樹◎紅樹◎燕語鶯啼日暮◎

又　三十八字，另格，仄七韻。　晁補之

腸斷◎越江岸◎越女江頭紗自浣◎天然玉貌鉛紅淺◎自弄芙蓉日晚◎紫騮嘶去猶回盼◎笑入荷花不見◎

【按】《欽定詞譜》將上首詞定爲《古調笑令》，與此首實爲兩調。《詞律》將此首作爲上首《調笑令》之又一體。《欽定詞譜》是。此式《調笑令》詞例，《詞律》、《欽定詞譜》均爲毛滂詞，此首用晁補之詞，二

人實同時代人，如以生年較，晁補之稍早。

遐方怨 三十二字，平四韻。 温庭筠

花半拆○雨初晴◎未卷珠簾○夢殘惆悵聞曉鶯◎宿妝眉淺粉山横◎約鬟鸞鏡裏○繡羅輕◎

又 六十字，雙調，平八韻。 孫光憲

紅綬帶○錦香囊◎爲表花前意○殷勤贈玉郎◎此時更自役心腸◎轉添秋夜夢魂長〔一〕◎ 思艷質○想嬌妝◎願早傳金盞○同歡臥醉鄉◎任人猜妒盡提防〔二〕◎到頭須使是〔三〕鴛鴦◎

〔一〕「長」，《全唐五代詞》作「狂」。
〔二〕「任人猜妒盡提防」，《全唐五代詞》作「任人情妒惡猜防」。
〔三〕「是」，《全唐五代詞》作「似」。

如夢令 三十三字，仄六韻，又名《憶仙姿》、《宴桃源》。 後唐莊宗

曾宴桃源深洞◎一曲舞鸞歌鳳◎長記別伊時○和淚出門相送◎如夢◎如夢◎殘月落花煙重◎

又 三十三字，平六韻。 吴文英

秋千爭鬧粉牆◎閒看燕紫鶯黄◎啼到緑陰處○喚回浪子閒忙◎春光◎春光◎正是拾翠尋芳◎

訴衷情 三十三字，三換韻，仄五平六。 温庭筠

鶯語◎花舞◎春晝午◎雨霏微◎金帶枕◎宫錦◎鳳凰帷◎柳弱燕交飛◎依依◎遼陽音信稀◎夢中歸◎

又 三十三字，兩換韻，平六仄二。 韋　莊

燭燼香殘簾半卷○夢初驚◎花欲謝◎深夜◎月朧明◎何處按歌聲◎輕輕◎舞衣塵暗生◎負春情◎

又　三十七字，兩换韻，平六仄二。　顧　敻

永夜抛人何處去○絶來音◎香閣掩◎眉斂◎月將沈◎爭忍不相尋◎怨孤衾◎换我心爲你心◎始知相憶深◎

又　四十一字，雙調，平八韻，又名《桃花水》。　毛文錫

桃花流水漾縱横◎春晝彩霞明◎劉郎去○阮郎行◎惆悵恨難平◎　愁坐對雲屏◎算歸程◎何時攜手洞邊迎◎訴衷情◎

甘州子㈠　三十三字，平五韻。　顧　敻

露桃花裏小樓深◎持玉盞○聽瑶琴◎醉歸青瑣入鴛衾◎月色照衣襟◎山枕上○翠鈿鎮眉心◎

㈠《欽定詞譜》將《甘州子》列爲《甘州曲》之又一體，《詞律》列爲「甘州」系列詞調。兹從《詞律》作另調。

西溪子　三十三字，三換韻，仄五平二。　牛嶠

捍撥雙盤金鳳◎蟬鬢玉釵搖動◎畫堂前○人不語◎絃解語◎彈到昭君怨處◎翠蛾愁◎不擡頭◎

又　三十五字，三換韻，仄五平二。　毛文錫

昨夜西溪游賞◎芳樹奇花千樣◎鎖春光○金尊滿◎聽絃管◎嬌妓舞衫香暖◎不覺到斜暉◎馬馱歸◎

天仙子　三十四字，仄五韻，又名《萬斯年》。　皇甫松

晴野鷺鷥飛一隻◎水葓花發秋江碧◎劉郎此日別天仙○登綺席◎淚珠滴◎十二晚峰青歷歷◎第三韻有不叶者。

又　三十四字，兩換韻，仄二平三。　韋莊

深夜歸來長酩酊◎扶入流蘇猶未醒◎醺醺酒氣麝蘭和◎驚睡覺○笑呵呵◎長笑人生能幾

何◎

又 三十四字，平五韻。 韋莊

悵望前回夢裏期◎看花不語苦尋思◎露桃宮裏小腰肢◎眉眼細○鬢雲垂◎惟有多情宋玉知◎

又 六十八字，雙調，仄十韻。 張先

水調數聲持酒聽◎午睡醒來愁未醒◎送春春去幾時歸○臨晚鏡◎傷流景◎往事後期空記省◎　池上並禽沙上暝◎雲破月來花弄影◎重重簾幕密遮燈○風不定◎人初靜◎明日落紅應滿徑◎

風流子 三十四字，仄六韻。 孫光憲

金勒玉銜嘶馬◎繫向緑楊陰下◎朱户掩○繡簾垂○曲院水流花謝◎歡罷◎歸也◎猶在九衢深夜◎

又 百十字，雙調，另格，平八韻。 張 耒

亭皋木葉下○重陽近○又是擣衣秋◎奈愁入庾腸○老侵潘鬢○漫簪黄菊○花也應羞◎楚天晚○白蘋煙盡處○紅蓼水邊頭◎芳草有情○夕陽無語○雁横南浦○人倚西樓◎ 玉容知安否○香牋共錦字○兩處悠悠◎空恨碧雲離合○青鳥沈浮◎向風前懊惱○芳心一點○翠眉兩葉○禁甚閒愁◎情到不堪言處○分付東流◎

又 百九字，平九韻。 周邦彦

新緑小池塘◎風簾動○碎影舞斜陽◎念金屋去來○舊時巢燕○土花繚繞○前度莓牆◎繡閣鳳幃深幾許○聽得理絲簧◎欲説又休○慮乖芳信○未歌先咽○愁轉(一)清商◎ 暗想新妝了○開朱户○應自待月西廂◎最苦夢魂○今宵不到伊行◎問甚時説與○佳音密耗○擬將秦鏡○偷換韓香◎天便教人○霎時廝見何妨◎

(一)「轉」，《欽定詞譜》、《全宋詞》均作「近」。

又　百十字，平十韻。　　吴　激

書劍憶游梁◎當時事○底處不堪傷◎望(一)蘭楫嫩漪○向吴南浦○杏花微雨○窺宋東牆◎鳳城外○燕隨青步障○絲惹紫游韁◎曲水古今○禁煙前後○暮雲樓閣○春草池塘◎　回首斷人腸◎年芳但如霧○鏡髮成霜◎猶賴(二)蟻尊陶寫○蝶夢悠揚◎聽出塞琵琶○風沙淅瀝○寄書鴻雁○煙月微茫◎不似海門潮信○猶到潯陽◎

歸自謡　三十四字，仄六韻。　　馮延巳

江水碧◎江上何人吹玉笛◎扁舟遠送瀟湘客◎　蘆花千里霜月白◎傷行色◎明朝便是關山隔◎

定西番　三十五字，兩換韻，仄三平四。　　温庭筠

漢使昔年離别◎攀弱柳○折寒梅◎上高臺◎　千里玉關春雪◎雁來人不來◎羌笛一聲

(一)「望」，《欽定詞譜》同，《全金元詞》作「念」。
(二)「賴」，《欽定詞譜》作「自」。「猶賴」，《全金元詞》作「獨有」。

愁絶◎月徘徊◎

又 三十五字，平四韻。 孫光憲

雞祿塞[一]前游騎○邊草白○朔天明◎馬蹄輕◎ 鵲面弓離短韔○彎來月欲成◎一隻鳴髇雲外○曉鴻驚◎

又 四十一字，平四韻。 張先

捍撥紫檀金襯○雙秀蕚○兩回鸞◎齊學漢宮妝樣○競嬋娟◎ 三十六絃蟬鬧○小絃蜂作團◎聽盡昭君幽怨○莫重彈◎

江城子 三十五字，平五韻，「城」又作「神」。 牛嶠

鵁鶄飛起郡城東◎碧江空◎半灘風◎越王宮殿○蘋葉藕花中◎簾捲水樓魚浪起○千片

[一]「塞」，《欽定詞譜》、《全唐五代詞》均作「山」。

雪○雨濛濛◎

【按】《詞律》：「《江城子》，三十五字，城一作神，又名《水晶簾》。」《欽定詞譜》將《水晶簾》列《南鄉子》另名。《詞律》與兹譜均以牛嶠詞爲主格，同失審。此調首作韋莊，《欽定詞譜》以韋莊詞作正格，是。

又 三十六字，平五韻。 尹鶚

裙拖碧○步飄香◎纖腰束素長◎鬢雲光◎拂面瓏璁○膩玉碎凝妝◎寶柱秦箏彈向晚○絃促雁○更思量◎

又 三十七字，平五韻。 張泌

浣花溪上見卿卿◎眼波秋水明◎黛眉輕◎高綰緑雲(一)○金簇小蜻蜓◎好是問他來得

(一)「高綰緑雲」，《全唐五代詞》作「緑雲高綰」。

麽○和笑道○莫多情◎

又　七十字，雙調，平十韻。　蘇軾

鳳皇山下雨初晴◎水風清◎晚霞明◎一朵芙蓉(一)○開過尚盈盈◎何處飛來雙白鷺○如有意○慕娉婷◎　忽聞江上弄哀箏◎若含情◎遣誰聽◎煙斂雲收○依約是湘靈◎欲待曲終尋問取○人不見○數峰青◎

望江怨　三十五字，仄六韻。　牛嶠

東風急◎惜別花前手頻執◎羅幃愁獨入◎　馬嘶殘雨春蕪濕◎倚門立◎寄語薄情郎○粉香和淚泣◎

【按】 茲「羅帷愁獨入」後分段。萬樹《詞律》未分段。《欽定詞譜》亦未分段。杜文瀾《詞律校勘

(一)「蓉」，《全宋詞》作「蕖」。

記》曰：「或於『入』字分段，然此小令，必不分段。」《全唐五代詞》不分段。兹以不分段爲是。

長相思　三十六字，平八韻，又名《雙紅豆》。　白居易

汴水流◎泗水流◎流到瓜州古渡頭◎吴山點點愁◎　思悠悠◎恨悠悠◎恨到歸時方始休◎月明人倚樓◎白詞別首換頭不叶韻。

思帝鄉　三十六字，平五韻。　温庭筠

花花◎滿枝紅似霞◎羅袖畫簾腸斷○卓香車◎回面共人閒語○戰篦金鳳斜◎惟有阮郎春盡不歸家◎

又　三十三字，平四韻。　韋莊

雲髻墜○鳳釵垂◎髻墜釵垂無力○枕函欹◎翡翠屏深月落○漏依依◎説盡人間天上○兩心知◎

又　三十四字，平五韻。　韋莊

春日游◎杏花吹滿頭◎陌上誰家年少○足風流◎妾擬將身嫁與○一生休◎縱被無情棄○不能羞◎

相見歡　三十六字，兩換韻，平五仄二，又名《烏夜啼》、《憶真妃》。　南唐後主

無言獨上西樓◎月如鈎◎寂寞梧桐深院○鎖清秋◎　剪不斷◎理還亂◎是離愁◎別是一般滋味○在心頭◎

又　三十六字，平六韻。　吴文英

西風先到巖扃◎月朧明◎金露啼珠滴翠小雲屏◎　一顆顆○一星星◎是秋情◎香裂碧窗煙破醉魂醒◎

河滿子　三十六字，平三韻，「河」又作「何」。　毛文錫

紅粉樓頭月照○碧紗窗外鶯啼◎夢斷遼陽音信○那堪獨守空閨◎恨對百花時節○王孫緑

草萋萋◎

又　三十七字，平三韻。　和凝

正是破瓜年紀○含情慣得人饒◎桃李精神鸚䳇舌○可堪虛度良宵◎卻愛藍羅裙子○羨他長束纖腰◎

又　七十四字，雙調，平六韻。　毛熙震

寂寞芳菲暗度○歲華如箭堪驚◎緬想前[一]歡多少事○轉添春思難平◎曲檻絲垂金柳○小窗絃斷銀箏◎　深院空聞燕語○滿園閒落花輕◎一片相思休不得○忍教長日愁生◎誰見夕陽孤夢○覺來無限傷情◎

又　七十四字，仄八韻。　毛滂

急雨初收珠點◎雲峰巉絕天半◎轆轤金井捲甘洌○簷[二]外翠陰遮遍◎波翻水晶重簾○

[一]「前」，《全唐五代詞》作「舊」。
[二]「簷」，《全宋詞》作「簾」。

秋在琉璃雙簟◎　漏永流光(一)緩緩◎未放崦嵫晼晚◎紅荷緑芰暮天好○小宴水亭風館◎雲亂香噴寶鴨○月冷釵橫玉燕◎

風光好　三十六字，兩換韻，平六仄二。　陶　穀

好姻緣◎惡姻緣◎只得郵亭一夕眠◎會神仙◎　琵琶撥盡相思調◎知音少◎待得鸞膠續斷絃◎是何年◎

望梅花　三十八字，仄六韻。　和　凝

春草全無消息◎臘雪猶餘蹤跡◎越嶺寒枝香自坼◎　冷艷奇芳堪惜◎何事壽陽無處覓◎吹入誰家橫笛◎

【按】此作雙調。《詞律》、《欽定詞譜》均以單調視之。單調是。

(一)「光」，《欽定詞譜》、《全宋詞》均作「花」。

又　三十八字，平五韻。　　孫光憲

數枝開與短牆平◎見雪萼紅跗相映○引起誰人邊塞情◎　簾外欲三更◎吹斷離愁月正明◎空聽隔江聲◎

又　六十八字，另格，仄十二韻。　　闕　名(一)

寒梅堪羡◎堪羡輕苞(二)展◎被天人製巧妝素艷◎群芳皆賤◎碎翦月華千(三)片◎綴向瓊枝欲遍◎　小庭幽院◎雪月相交無辨◎影玲瓏何處臨溪見◎謝家新宴◎別有清香風際轉◎縹緲著人頭面◎

【按】此格《詞律》未收。《欽定詞譜》曰「雙調七十字」，此作「六十八字」。

(一)《花草粹編》作者爲蒲宗孟，《欽定詞譜》從之。宋《梅苑》卷二作無名氏。此題闕名，是。
(二)《梅苑》卷二，「苞」後有「初」字。
(三)《梅苑》卷二，「千」後有「萬」字。

又　七十二字，另格，仄八韻。　蒲宗孟

一陽初起◎暖力未勝寒氣◎堪賞素華長獨秀○不並開紅抽紫◎青帝只應憐潔白○不使雷同衆卉◎　淡然難比◎粉蝶豈知芳蕊◎半夜[一]捲簾如乍失○只在銀蟾影裏◎殘雪枝頭君認取○自有清香旖旎◎

上行杯　三十八字，三換韻，平二仄五。　孫光憲[二]

草草離亭鞍馬○從遠道此地分襟◎燕宋秦吴千萬里◎　無辭一醉◎野棠開○江草濕◎佇立◎沾泣◎征騎駸駸◎

【按】《詞律》作雙調，《欽定詞譜》作單調。茲譜從《詞律》。實《詞律》亦不確定，於詞例標注雙調，並於説明文字中言：「以余斷之，只是單調小令，原不宜分作兩段，合之爲妥。」

[一]「半夜」，《梅苑》卷二同，《欽定詞譜》作「夜半」。

[二]《詞律》作者定爲鹿虔扆。《欽定詞譜》作孫光憲，是。

又　三十九字，兩換韻，仄八。　孫光憲(一)

離棹逡巡欲動◎臨極浦故人相送◎去住心情知不共◎　金船滿捧◎綺羅愁○絲管咽◎迴別◎帆影滅◎江浪如雪◎

【按】《詞律》作雙調，《欽定詞譜》作單調。兹從《詞律》。單雙調問題，參上詞按語。

又　四十一字，仄七韻。　韋莊

白馬玉鞭金轡◎少年郎離別容易◎迢遞去程千萬里◎　惆悵異鄉雲水◎滿酌一杯勸和淚◎須愧◎珍重意○莫辭醉◎

醉太平　三十八字，平八韻，又名《醉思凡》、《凌波曲》、《四字令》。　劉過

情高意真◎眉長鬢青◎小樓明月調箏◎寫春風數聲◎　思君憶君◎魂牽夢縈◎翠銷香

(一)《詞律》作者定爲鹿虔扆。《欽定詞譜》作孫光憲，是。

暖銀屏◎更那堪酒醒◎

又　四十五字，仄八韻。　辛棄疾

態濃意遠◎眉顰黛(一)淺◎薄羅衣窄絮風軟◎鬢雲欹(二)翠捲◎　南園花事(三)春光暖◎香徑(四)裏榆錢滿◎欲上秋千又驚懶◎且歸休怕晚◎

感恩多　三十九字，兩換韻，仄二平五。　牛嶠

兩條紅粉淚◎多少香閨意◎强攀桃李枝◎斂愁眉◎　陌上鶯啼蝶舞○柳花飛◎柳花飛◎願得郎心憶家還早歸◎牛詞別首換頭句作七字。

(一)「黛」，《詞律》、《全宋詞》均作「笑」。
(二)「欹」，《全宋詞》同，《詞律》作「欺」。
(三)「事」，《詞律》、《全宋詞》均作「樹」。
(四)「徑」，《全宋詞》同，《詞律》作「鏡」。

長命女　三十九字，仄六韻。　馮延巳

春日宴◎緑酒一杯歌一遍◎再拜陳三願◎　一願郎君千歲○二願妾身常健◎三願如同梁上燕◎歲歲長相見◎

春光好　四十字，平五韻。　和　凝

紗窗暖○畫屏閒◎嚲雲鬟◎睡起四肢無力○半春閒◎　玉指剪裁羅勝○金盤點綴酥山◎窺宋深心無限事○小眉彎◎

又　四十一字，平六韻。　歐陽炯(一)

蘋葉軟○杏花明◎畫船輕◎雙浴鴛鴦出緑汀◎棹歌聲◎　春水無風無浪○春天半雨半晴◎紅粉相隨南浦晚○幾含情◎

(一) 此處作者同《詞律》。《花間集》作和凝，《尊前集》作歐陽炯。《欽定詞譜》作者爲和凝。《全唐五代詞》從《花間集》。

又　四十一字，平六韻。　張元幹

疏雨洗○細風吹◎淡黄時◎不分小亭芳草緑○映簾[一]低◎　樓下十二層梯◎日光影裏鶯啼◎倚遍闌干看盡柳○憶腰肢◎

又　四十二字，平六韻，又名《愁倚闌》。　程　垓

春猶淺○柳初芽◎杏初花◎楊柳杏花交映[二]處○有人家◎　玉窗明暖烘霞◎小屏上水遠山斜◎昨夜酒多春睡重○莫驚他◎

又　四十二字，平七韻。　盧祖皋

惜春心◎步花陰◎怕春深◎風颺游絲吹落絮○滿園林◎　日長簾幕沈沈◎朱闌畔斜彈瓊簪◎笑折梨花閑照水○貼眉心◎

[一]「簾」，《詞律》同，《欽定詞譜》、《全宋詞》作「簷」。

[二]「映」，《全宋詞》作「影」。

【按】《詞律》、《欽定詞譜》均收《春光好》四十八字體，《詞律》以葛立方詞爲例，《欽定詞譜》以《梅苑》無名氏詞爲例，然兹譜《春光好》調下不收此格。兹譜將四十八字格另作《愁倚欄令》獨列一體，約源自《詞律》四十八字體下注：「此曲一名《愁倚欄令》，不知誰人名之。」

生查子　四十字，仄四韻。

韓偓

侍女動香(一)奩◯故故驚人睡◎那知本未眠◯背面偷垂淚◎　懶卸鳳凰釵◯羞入鴛鴦被◎時復見殘燈◯和煙墜金穗◎

【按】《全唐五代詞》以爲此詞以《生查子》調名始於《花草粹編》，其後《唐詞紀》、《詞統》、《詞綜》因之，並以之列入附編，是。萬樹《詞律》「生查子」調以魏承班四十字爲正體，《欽定詞譜》以韓偓此首爲正體。韓偓此詞本屬存疑，《詞律》所作當是。

(一)「香」，《欽定詞譜》、《全唐五代詞·副編》均作「妝」。

又　四十二字，仄六韻。　張泌

相見稀○喜相見◎相見還相遠◎檀畫荔支紅○金蔓蜻蜓軟◎　魚雁疏○芳信斷◎花落庭陰晚○可惜玉肌膚○消瘦成慵懶◎

酒泉子　四十字，三換韻，平三仄五。　温庭筠

日映紗窗◎金鴨小屏山碧◎故鄉春○煙靄隔◎背蘭釭◎　宿妝惆悵倚高閣◎千重雲影薄◎草初齊○花又落◎燕雙雙◎

【按】此式《詞律》用毛熙震詞，《欽定詞譜》與兹譜均用温庭筠詞，但具體詞例不同。

又　四十字，三換韻，平四仄四。　顧敻

羅帶縷金◎蘭麝煙凝魂斷◎畫屏欹○雲鬢(一)亂◎恨難任◎　幾回垂淚滴鴛衾◎薄情

(一)「鬢」，《詞律》作「鬟」，《花間集》等詞籍多作「鬢」。

何處去◎月臨窗○花滿樹◎信沈沈◎

又　四十一字，三換韻，平五仄五。　　韋莊

月落星沈◎樓上美人春睡◎緑雲傾(一)◎金枕膩◎畫屏深◎　子規啼破相思夢◎曙色東方纔動◎柳煙輕◎花露重◎思難任◎

【按】此格注句句用韻。《詞律》、《欽定詞譜》於上片「緑雲傾」、下片「柳煙輕」注句。揆以上下格式，當以《詞律》、《欽定詞譜》爲是。茲姑備一説。

又　四十一字，三換韻，平四仄四。　　顧夐

楊柳舞風◎輕惹春煙殘雨◎杏花愁○鶯正語◎畫樓東◎　錦屏寂寞思無窮◎還是不知消息◎鏡塵生○珠淚滴◎損儀容◎

(一)「傾」，《欽定詞譜》同，《詞律》作「欹」。

又　四十二字，兩換韻，平三仄五。　顧　敻

黛薄紅深◎約掠緑鬟雲膩◎小鴛鴦○金翡翠◎稱人心◎　錦鱗無處傳幽意◎海燕蘭堂春又至◎隔年書○千點淚◎恨難任◎

又　四十二字，兩換韻，平三仄三。　牛　嶠

記得去年○煙暖杏園花正發○雪飄香◎江草緑○柳絲長◎　鈿車纖手捲簾望◎眉學春山樣◎鳳釵低裊翠鬟上◎落梅妝◎

又　四十三字，三換韻，平五仄二。　顧　敻

小檻日斜○風度緑窗人悄悄◎翠幃閒掩舞雙鸞◎舊香寒◎　別來情緒轉難拚◎韶顔看卻老◎依稀粉上有啼痕◎暗銷魂◎

又　四十三字，三換韻，平四仄四。　張　泌

春雨打窗◎驚夢覺來天氣曉◎畫堂深○紅焰小◎背蘭釭◎　酒香噴鼻懶開缸◎惆悵更

無人共醉◎舊巢中○新燕子◎語雙雙◎

又 四十四字，兩換韻，平四仄五。 顧夐

黛怨紅羞◎掩映畫堂春欲暮◎殘花微雨◎隔青樓◎思悠悠◎　芳菲時節看將度◎寂寞無人還獨語◎畫羅襦○香粉污◎不勝愁◎

【按】 茲「殘花微雨◎隔青樓◎」作兩韻，此從《欽定詞譜》。《詞律》作「殘花微雨隔青樓叶平」，作一韻。

又 四十五字，平五韻。 司空圖

買得杏花○十載歸來方(一)始坼○假山西畔藥闌東◎滿枝紅◎　旋開旋落旋成空◎白髮多情人更(二)惜○黃昏把酒祝東風◎且從容◎

(一)「方」，《全唐五代詞》作「花」。
(二)「更」，《全唐五代詞》作「便」。

【按】此格《詞律》以毛文錫「緑樹春深」爲體，句、韻與兹同。《欽定詞譜》亦以司空圖此首爲體，但與此處整闋「平五韻」不同，「雙調，四十五字，前段五句一仄韻、兩平韻，後段四句一仄韻、三平韻」，「拆」、「惜」用仄韻。以毛文錫同調證之，「續」、「酌」分屬不同韻部，雖「拆」、「惜」同屬一韻部，但平仄不同，《欽定詞譜》以仄韻擬之，應誤。

蝴蝶兒　四十字，平七韻。　張泌

蝴蝶兒◎晚春時◎阿嬌初著淡黄衣◎倚窗學畫伊◎　還似花間見○雙雙對對飛◎無端和淚拭燕支◎惹教雙翅垂◎

添聲楊柳枝(一)　四十字，兩換韻，平六仄二。　顧敻

秋夜香閨思寂寥◎漏迢迢◎鴛帷羅幌麝煙銷◎燭花(二)摇◎　正憶玉郎遊蕩去◎無尋處◎更聞簾外雨瀟瀟◎滴芭蕉◎

(一)《花間集》調作「楊柳枝」，無「添聲」。《詞律》作調楊柳枝又一體，《欽定詞譜》作添聲楊柳枝正體。

(二)「花」，《欽定詞譜》、《全唐五代詞》均作「光」。

又　三十二字，平六韻。　朱敦儒

江南岸○柳枝江北岸○柳枝折送行人無盡時◎恨分離◎柳枝　酒一杯◎柳枝淚雙垂◎柳枝君到長安百事違◎幾時歸◎柳枝

【按】《詞律》與《欽定詞譜》均將泛聲「柳枝」作爲詞之内容，題作「四十四」字，納入句、韻考察。此將其作爲泛聲對待，是。

太平時　四十字，平七韻，又名《賀聖朝影》。　賀鑄

蜀錦塵香生襪羅◎小婆娑◎箇儂無賴動人多◎見橫波◎　樓角雲開風捲幕○月侵河◎纖纖持酒艷聲歌◎奈情何◎

【按】《太平時》調，《詞律》單獨列爲一體，以賀鑄此首爲正。《欽定詞譜》將其列調《添聲楊柳枝》内一格，揆其語句格式，確有可是之處。但《添聲楊柳枝》屬黄鐘商、《太平時》屬小石調，宜爲不同體式。單列一體，是。

醉公子　四十字，四换韻，仄四平四，又名《四换頭》。　顧　夐

河漢㈠秋雲澹◎紅藕香侵檻◎枕倚小山屏◎金鋪向晚扃◎　睡起横波慢◎獨坐情何限◎衰柳數聲蟬◎魂銷似去年◎

又　百六字，仄十二韻，另格。　史達祖

神仙無膏澤◎瓊琚珠佩○捲下塵陌◎秀骨依依○誤向山中○得與相識◎溪岸側◎倚高情自鎖煙翠○時點空碧◎念香襟沾恨○酥手翦愁○今後夢魂隔◎　相思暗驚清吟客◎想玉照堂前樹三百◎雁翅霜輕○鳳羽寒深○誰護春色◎詩鬢白◎總多因水村攜酒○煙墅留屐◎更時帶明月同來○與花爲表德◎

昭君怨　四十字，四换韻，仄四平四，又名《宴西園》。　万俟咏

春到南樓雪盡◎驚動燈期花信◎小雨一番寒◎倚闌干◎　莫把闌干頻倚○一望幾重煙

㈠「河漢」，《花間集》作「漠漠」。

水◎何處是京華◎暮雲遮◎

【按】此調體從《詞律》，並僅録此詞例。《欽定詞譜》有三格，除此格外，另有蔡伸三十九字體、周紫芝四十二字體。從現有詞學文獻看，最早之《昭君怨》作者爲蘇軾。

玉胡蝶 四十一字，平七韻。

温庭筠

秋風凄切傷離◎行客未歸時◎塞外草先衰◎江南雁到遲◎　芙蓉凋嫩臉○楊柳墮新眉◎摇落使人悲◎斷腸誰得知◎

又 四十二字，兩換韻，平七仄二。

孫光憲

春欲盡○景仍長◎滿園花正黄◎粉翅兩悠揚◎翩翩過短牆◎　鮮飆暖◎牽遊伴◎飛去立殘陽◎無語對蕭娘◎舞衫沈麝香◎

又　九十九字，另格，平十一韻。　柳　永

望處雨收雲斷○憑闌悄悄○目送秋光◎晚景蕭疏○堪動宋玉悲涼◎水風輕蘋花漸老○月露冷梧葉飄黄◎遣情傷◎故人何在○煙水茫茫◎　難忘◎文期酒會○幾辜風月○屢變星霜◎海闊山遥○未知何處是瀟湘◎念雙燕難憑遠信○指暮天空識歸航◎黯相望◎斷鴻聲裏○立盡斜陽◎

又　九十九字，平十一韻。　潘元質

睡起日高鶯囀○畫簾低捲○花影重重◎醉眼羞擡嬌困○猶自未惺忪◎繡牀近强來描翠○妝鏡掩不肯匀紅◎錦屏空◎對花無語○獨怨東風◎　匆匆◎庾郎去後○香銷玉減○是事疏慵◎縱鸞牋封了○何處問鱗鴻◎眼中淚萬行難盡○眉上恨一點偏濃◎杳無蹤◎夜來惟有○幽夢相逢◎

【按】以上首句韻構造來斷，「醉眼羞擡嬌困」句宜於「擡」斷，「嬌困」屬下句。

女冠子　四十一字，兩換韻，仄二平四。　温庭筠㈠

含嬌含笑◎宿翠殘紅窈窕◎鬢如蟬◎寒玉簪秋水○輕紗卷碧煙◎　雪胸鸞鏡裏○琪樹鳳樓前◎寄語青娥伴○早求仙◎

又　百七字，另格，仄十二韻。　康與之

火雲初布◎遲遲永日炎暑◎濃陰高樹◎黄鸝葉底○羽毛學整○方調嬌語◎薰風時漸動○峻閣池塘○芰荷爭吐◎畫梁紫燕○對對銜泥○飛來又去◎　想佳期容易成孤負◎共人人同上畫樓斟芳醑◎恨花無主◎卧象牀犀枕○成何情緒◎有時魂夢斷○半窗殘月○透簾穿户◎去年今夜○扇兒扇我○情人何處◎

又　百十二字，仄十四韻。　蔣捷

蕙風香也◎雪晴池館如畫◎春風飛到○寶釵樓上○一片笙歌○琉璃光射◎如今㈡燈漫

㈠《詞律》作者作牛嶠，誤。

㈡「如今」，《詞律》、《欽定詞譜》、《全宋詞》均作「而今」。

掛◎不是暗塵明月○那時元夜◎況年來心懶意怯○羞與鬧蛾爭耍◎　江城人悄初更打◎問繁華誰解○再向天公借◎剔殘紅炧◎但夢裏隱隱○鈿車羅帊◎吳牋銀粉砑◎待把舊家風景○寫成閒話◎笑緑鬟鄰女倚窗○猶唱夕陽西下◎

【按】詞末「笑緑鬟鄰女倚窗猶唱夕陽西下」，《詞律》作「笑緑鬟鄰女句倚窗猶唱句夕陽西下叶」，《欽定詞譜》同《詞律》。此處宜依《詞律》、《欽定詞譜》。

中興樂　四十一字，兩換韻，平四仄六。　毛文錫

豆蔻花繁煙艷深◎丁香軟結同心◎翠鬟女◎相與◎共淘金◎　紅蕉葉裏猩猩語◎鴛鴦浦◎鏡中鸞舞◎絲雨◎隔荔枝陰◎

【按】《詞律》視「女」、「與」、「雨」非韻。茲句韻同《欽定詞譜》。

又　四十二字，另格，平六韻，又名《濕羅衣》。　　牛希濟

池塘暖碧浸晴暉◎濛濛柳絮輕飛◎紅蕊凋來○醉夢還稀◎　春雲空有雁歸◎珠簾垂◎東風寂寞○恨郎抛擲○淚濕羅衣◎

又　八十四字，雙疊，平十二韻。　　李　珣

後庭寂寞日初長◎翩翩蝶舞紅芳◎繡簾垂地○金鴨無香◎誰知春思如狂◎憶蕭郎◎等閒一去○程遥信斷○五嶺三湘◎　休開鸞鏡學宮妝◎可能(一)更理絲簧◎倚屏凝睇○淚落成行◎手尋裙帶鴛鴦◎暗思量◎忍孤前約○教人花貌○虚老風光◎

紗窗恨　四十一字，兩换韻，仄二平四。　　毛文錫

新春燕子還來至◎一雙飛◎壘窠泥濕時時墜◎涴人衣◎　後園裏看百花發○香風拂繡户金扉◎月照紗窗○恨依依◎

(一)「能」，惟《詞律》作「容」。

又　四十二字，兩換韻，仄二平四。　毛文錫

雙雙蝶翅塗鉛粉◎咂花心◎綺窗繡户飛來穩◎畫堂陰◎　二三月愛隨風絮○伴落花來拂衣襟◎更剪輕羅片○傅黃金◎

醉花間　四十一字，仄七韻。　毛文錫

深相憶◎莫相憶◎相憶情難極◎銀漢是紅牆○一帶遥相隔◎　金盤珠露滴◎兩岸榆花白◎風摇玉佩清○今夕爲何夕◎毛詞別首換頭句用平，不叶。

又　五十一字，仄七韻。　馮延巳

晴雪小園春未到◎池邊梅自早◎高樹鵲銜巢○斜月明寒草◎　山川風景好◎自古金陵道◎少年看卻老◎相逢莫厭醉金杯○別離多○歡會少◎

點絳脣　四十一字，仄七韻。　林逋

金谷年年○亂生春色誰爲主◎餘花落處◎滿地和煙雨◎　又是離歌○一闋長亭暮◎王

孫去◎萋萋無數◎南北東西路◎

歸國謡　四十二字，仄八韻。　　温庭筠

香玉◎翠鳳寶釵垂𩮀𦆭◎鈿筐交勝金粟◎越羅春水緑◎　畫堂照簾殘燭◎夢餘更漏促◎謝娘無限心曲◎曉屏山斷續◎

又　四十三字，仄八韻。　　韋　莊

春欲暮◎滿地落花紅帶雨◎惆悵玉籠鸚鵡◎單棲無伴侣◎　南望去程何許◎問花花不語◎早晚得同歸去◎恨無雙翠羽◎

戀情深　四十二字，兩换韻，仄二平五。　　毛文錫

滴滴銅壺寒漏咽◎醉紅樓月◎宴餘香殿會鴛衾◎蕩春心◎　真珠簾下曉光侵◎鶯語隔瓊林◎寶帳欲開慵起○戀情深◎

贊浦子　四十二字，平四韻，「浦」又作「普」。　毛文錫

錦帳添香睡○金爐換夕熏◎懶結芙蓉帶○慵拖翡翠裙◎正是桃夭柳媚○那堪暮雨朝雲◎宋玉高唐意○裁瓊欲贈君◎

浣溪紗　四十二字，平五韻，「紗」又作「沙」。　韓偓

宿醉離愁慢髻鬟◎六銖衣薄惹輕寒◎慵紅悶翠掩青鸞◎羅襪況兼金菡萏◎雪肌仍是玉琅玕○骨香腰細更沈檀◎

又　四十二字，仄六韻。　南唐後主

紅日已高三丈透◎金爐次第添香獸◎紅錦地衣隨步皺◎佳人舞點金釵溜◎酒惡時拈花蕊嗅◎別殿遥聞簫鼓奏◎

清商怨　四十二字，仄六韻，又名《傷情怨》。　晏幾道

庭花春〔一〕信尚淺◎最玉樓先暖◎夢覺香衾○江南依舊〔二〕遠◎　回文錦字暗翦◎謾寄與也應歸晚◎要問相思○天涯猶自短◎

又　四十三字，仄六韻，又名《關河令》。　晏　殊

關河愁思望處滿◎漸素秋向晚◎雁過南雲○行人回淚眼◎　雙鸞衾裯悔展◎夜又永枕孤人遠◎夢未成歸○梅花聞塞管◎

醉垂鞭　四十二字，三換韻，平六仄四。　張　先

酒面灩金魚◎吴娃唱◎吴潮上◎玉殿白麻書◎待君歸後除◎　勾留風月好◎平湖曉◎翠峰孤◎此景出關無◎西州空畫圖◎

〔一〕「春」，《詞律》作「香」。
〔二〕「舊」，《詞律》作「夢」。

雪花飛　四十二字，平四韻。　黄庭堅

攜手青雲路穩○天聲迤邐傳呼◎袍笏恩章乍賜○春滿皇都◎　何處難忘酒○瓊花照玉壺◎歸裊絲鞘(一)競醉○雪舞郊衢◎

沙塞子　四十二字，平四韻。　朱敦儒

萬里飄零南越○山引淚○酒催愁◎不見龍樓鳳闕(二)○又經秋◎　九日江亭閒望○蠻樹遠○瘴煙浮◎腸斷紅蕉花晚○水西流◎

又　五十字，平六韻。　周紫芝

玉溪秋月浸寒波◎忍持酒重聽驪歌◎不堪對緑陰飛閣○月下羞蛾◎　夜深飛(三)鵲轉南柯◎慘別意無奈愁何◎他年事不須重問○轉更愁多◎

(一)「鞘」，《欽定詞譜》同，《詞律》、《全宋詞》作「稍」。
(二)「龍樓鳳闕」，《詞律補編》同，《欽定詞譜》、《全宋詞》作「鳳樓龍闕」。
(三)「飛」，《詞律》、《欽定詞譜》、《全宋詞》均作「驚」。

又　四十九字，仄六韻。　趙彦端

春水緑波南浦◎漸理棹行人欲去◎黯消魂柳際輕煙○花梢微雨◎　長亭放盞無計住◎但芳草迷人去路◎忍回頭斷雲殘日○長安何處◎

霜天曉角　四十三字，仄七韻。　林　逋

冰清霜潔◎昨夜梅花發◎甚處玉龍三弄○聲摇動○枝頭月◎　夢絶◎金獸熱◎曉寒蘭燼滅◎更㈠捲珠簾清賞○且莫掃○階前雪◎

又　四十三字，仄六韻。　辛棄疾

吴頭楚尾◎一棹人千里◎休説舊愁新恨○長亭樹○今如此◎　宦游吾倦矣◎玉人留我醉◎明日落花寒食○且小㈡住○爲佳耳◎

㈠「更」，《欽定詞譜》同，《全宋詞》作「要」。

㈡「且小」，《詞律》、《欽定詞譜》、《全宋詞》均作「得且」。

又　四十三字，平七韻。　蔣　捷

人影窗紗◎是誰來折花◎折則從他折去○知折去○向誰家◎　檐牙◎枝最佳◎折時高折些◎説與折花人道○須插向鬢邊斜◎

【按】《詞律》、《欽定詞譜》末句「須插向」處「逗」。揆此詞上片末句，於「知折去」處「逗」，《霜天曉角》正體上下片結構基本類似。玆不逗，應誤。

又　四十四字，仄六韻。　吴文英

煙林褪葉◎紅偶(一)藉游人屧◎十里秋聲松路○嵐雲重○翠濤涉◎　佇立閒素箑◎畫屏蘿嶂疊◎明月雙成歸去○天風裏○鳳笙浹◎

(一)《全宋詞》無「偶」字。《霜天曉角》第二句基本爲五字，玆句六字，「偶」當爲衍字。

又　四十四字，平四韻。　趙長卿

閣兒幽寂㈠處○圍爐面小窗◎好是鬭頭兒坐○梅煙炷○返魂香◎　對火怯寒㈡冷○猛飲消漏長◎飲罷且須自臥㈢○斜月照○滿林㈣霜◎

傷春怨　四十三字，仄六韻。　王安石

雨打江南樹◎一夜花開無數◎緑葉漸成陰○下有游人歸路◎　與君相逢處◎不道春將暮◎把酒祝東風○且莫恁匆匆去◎

菩薩蠻　四十四字，四換韻，仄四平四，又名《子夜歌》、《重疊金》。　李　白

平林漠漠煙如織◎寒山一帶傷心碧◎暝色入高樓◎有人樓上愁◎　玉階空佇立◎宿鳥

㈠「寂」，《詞律》、《欽定詞譜》、《全宋詞》均作「靜」。

㈡「寒」，《詞律》、《欽定詞譜》、《全宋詞》均作「夜」。

㈢「飲罷且須自臥」，《詞律》、《欽定詞譜》、《全宋詞》均作「飲罷且收拾睡」。

㈣「林」，《詞律》、《欽定詞譜》同，《全宋詞》作「簾」。

歸(一)飛急◎何處是歸程◎長亭連(二)短亭◎賀鑄詞後段即用前段韻，不另換。

采桑子　四十四字，平六韻，又名《羅敷媚》、《醜奴兒》。

和凝

蛸蠐領上訶梨子○繡帶雙垂◎椒户閒時◎競學樗蒲賭荔支◎　叢頭鞵子紅編細○裙窣金絲◎無事嚬眉◎春思翻教阿母疑◎

後庭花　四十四字，仄八韻。

毛熙震

鶯啼燕語芳菲節◎後庭花發◎昔時歡宴歌聲揭◎管絃清越◎　自從陵谷追游歇◎畫梁塵黦◎傷心一片如圭月◎閒鎖宮闕◎

(一)「歸」，《詞律》、《欽定詞譜》同，《全唐五代詞》作「回」。

(二)「連」，《詞律》同，《欽定詞譜》作「更」，《全唐五代詞》作「接」。

又　四十四字，仄六韻。

張　先

華燈火樹紅相鬭◎往來如畫◎河橋[一]水白天青○訝别生星斗◎　落梅穠李還依舊◎寶釵沽酒◎曉蟾殘漏心情○恨雕鞍歸後◎

訴衷情令　四十四字，平六韻。

晏　殊

芙蓉金菊鬭馨香◎天氣欲重陽◎遠村秋色如畫○紅樹間疏黄◎　流水澹○碧天長◎路茫茫◎憑高目斷○鴻雁來時○無限思量◎

又　四十五字，平六韻。

歐陽脩

清晨簾幕捲輕霜◎呵手試新[二]妝◎都緣自有離恨○故畫作遠山長◎　思往事○惜流芳◎易成傷◎擬歌先斂○欲笑還顰○最斷人腸◎

[一] 「河橋」，《欽定詞譜》、《全宋詞》均作「橋河」。

[二] 「新」，《詞律》、《欽定詞譜》、《全宋詞》均作「梅」。

又 四十五字，平六韻，又名《漁父家風》。 張元幹

八年不見荔枝紅◎腸斷故園東◎風枝露葉誰新採○悵望冷香濃◎ 冰透骨○玉開容◎想筠籠◎今宵歸夢○滿頰天漿○更御泠(一)風◎

減字木蘭花 四十四字，四換韻，仄四平四。 歐陽脩

樓臺向曉◎淡月低雲天氣好◎翠幕風微◎宛轉涼州入破時◎ 香生舞袂◎楚女腰肢天與細◎汗粉重匀◎酒後輕寒不著人◎韓玉詞後段即用前段韻，不另換。

卜算子 四十四字，仄四韻。 蘇軾

缺月掛疏桐○漏斷人初靜(二)◎時見幽人獨往來○縹緲孤鴻影◎ 驚起卻回頭○有恨無人省◎揀盡寒枝不肯棲○寂寞沙洲冷◎

(一)「泠」，《欽定詞譜》、《全宋詞》均作「泠」。
(二)「靜」，《欽定詞譜》、《全宋詞》同，《詞律》作「定」。

又　四十四字，仄六韻。　石孝友

見也如何暮◎別也如何遽◎別也應難見也難○後會難憑據◎　去也如何去◎住也如何住◎住也應難去也難○此際難分付◎

又　四十六字，仄五韻。　杜安世

尊前一曲歌○歌裏千重[一]意◎纔欲歌時淚已流○恨應更多於淚◎　試問緣何事◎不語如痴醉◎我亦情多不忍聞○怕和我成憔悴◎

一落索　四十四字，仄六韻，又名《玉連環》、《洛陽春》。　闕名

臘後東風微透◎越梅時候◎一枝芳信到江南○來報先春秀◎　宿醉頻拈輕嗅◎堪醒殘酒◎笛聲容易莫相催○留待纖纖手◎

(一)「重」，《全宋詞》同，《詞律》作「金」。

又　四十五字，仄六韻。　呂渭老

宮錦裁書寄遠◎意長詞短◎香蘭泣露雨催蓮○暑氣昏池館◎　向晚小園行遍◎石榴紅滿◎花花葉葉盡成雙○渾似我○梁間燕◎

又　四十六字，仄六韻。　周邦彦

眉共春山爭秀◎可憐長皺◎莫將清淚濕花枝○恐花也○如人瘦◎　清潤玉簫閒久◎知音稀有◎欲知日日倚闌愁○但問取○亭前柳◎

又　四十七字，仄六韻。　張先

來時露浥衣香潤◎綵絛垂鬢◎捲簾還喜月相親○把酒與○花相近◎　西去陽關休問◎未歌先恨◎玉峰山下水長流○流水盡○情無盡◎

又　四十八字，仄六韻。　秦觀

楊花終日飛舞◎奈久長難駐◎海潮雖是暫時來○卻有箇○堪憑處◎　紫府碧雲爲路◎

好相將歸去◎肯如薄倖五更風○不解與○花爲主◎

又　四十九字，仄六韻。　陳鳳儀

蜀江春色濃如霧◎擁雙旌歸去◎海棠也是別君難○一點點○啼紅雨◎　此去馬蹄何處◎向沙堤新路◎禁林賜宴賞花時○還憶著○西樓否◎

又　五十字，仄六韻。　黃庭堅

誰道秋來煙景素◎任遊人不顧◎一番時態一番新○到得意○皆歡慕◎　紫萸黃菊繁華處◎對風庭月露◎愁來即便去尋芳○更作甚○悲秋賦◎

好時光　四十五字，平四韻。　唐明皇

寶髻偏宜宮樣○蓮臉嫩○體紅香◎眉黛不須張敞畫○天教入鬢長◎　莫倚傾國貌○嫁取箇○有情郎◎彼此當年少○莫負好時光◎

更漏子　四十五字，三換韻，仄五平四。　温庭筠(一)

玉闌干○金甃井◎月照碧梧桐影◎獨自箇○立多時◎露華濃濕衣◎一晌◎凝情望◎待得不成模樣◎雖叵耐○又尋思◎怎生嗔得伊◎

又　四十六字，四換韻，仄五平四。　温庭筠

玉爐香○紅蠟淚◎偏照畫堂秋思◎眉翠薄○鬢雲殘◎夜長衾枕寒◎梧桐樹◎三更雨◎不道離情正苦◎一葉葉○一聲聲◎空階滴到明◎

又　四十六字，四換韻，仄四平四。　晏殊

蕣華濃○山翠淺◎一寸秋波如翦◎紅日永○綺筵開◎暗隨仙馭來◎遏雲聲○迴雪袖◎占斷曉鶯春柳◎纔送目○又顰眉◎此情誰得知◎

(一)《歷代詩餘》、《詞律》作者皆題作温庭筠。《尊前集》、《欽定詞譜》作者爲歐陽炯。《花間集》未收温庭筠此作。題歐陽炯，是。

又　四十九字，平七韻。　歐陽炯

三十六宫秋夜永○露華點滴高梧◎丁丁玉漏咽銅壺◎明月上金鋪◎　紅線毯○博山爐◎香風暗觸流蘇◎羊車一去長青蕪◎鏡塵鸞影孤◎

又　百四字，另格，平十韻。　杜安世

遥(一)遠途程◎算萬水千山○路入神京◎暖日春郊緑柳紅杏○香逕舞燕流鶯◎客館閒庭悄悄(二)○堪惹舊恨深◎有多少馳驅○驀嶺涉水○枉費身心◎　思想厚利高名◎漫惹得憂煩○枉度浮生◎幸有青松白雲深洞○清閒且樂昇平◎長是宦游羈思○別離淚滿襟◎望江鄉蹤跡○舊游題書○尚自分明◎

【按】《詞律》於上片末「有多少馳驅」、下片末「望江鄉蹤跡」一氣貫底，無句讀；《欽定詞譜》於此

(一)「遥」，《欽定詞譜》同，《詞律》、《全宋詞》作「庭」。

(二)「閒庭悄悄」，《詞律》、《欽定詞譜》、《全宋詞》均作「悄悄閒庭」。

各有兩句一韻。

謁金門　四十五字，仄八韻。　馮延巳

風乍起◎吹皺一池春水◎閒引鴛鴦香徑裏◎手挼紅杏蕊◎　鬬鴨闌干遍[一]倚◎碧玉搔頭斜墜◎終日望君君不至◎舉頭聞鵲喜◎

又　四十六字，仄八韻。　賀鑄

楊花落◎燕子橫穿朱閣◎常恨春醪如水薄◎閒愁無處著◎　緑野帶江山絡角◎桃葉參差前約◎歷歷危檣沙外泊◎東風晚來惡◎

柳含煙　四十五字，三換韻，平五仄二。　毛文錫

河橋柳○占芳春◎映水含煙拂路○幾回攀折贈行人◎暗傷神◎　樂府吹爲橫笛曲◎能

[一]「遍」，《全唐五代詞》作「獨」。

使離腸斷續◎不如移植在金門◎近天恩◎

杏園芳　四十五字，平七韻。　尹鶚

嚴妝嫩臉花明◎教人見了關情◎含羞舉步越羅輕◎稱娉婷◎　終朝咫尺窺香閣○迢迢似隔層城◎何時休遣夢相迎(一)◎入雲屏◎

好事近　四十五字，仄四韻。　宋祁

睡起玉屏空(二)○鶯去亂紅猶落◎天氣驟生輕暖○襯沈香羅薄(三)◎　珠簾約住海棠風○愁拖兩眉角◎昨夜一庭明月○冷秋千紅索◎

(一)「迎」，《欽定詞譜》、《花間集》、《全唐五代詞》均作「縈」。
(二)「空」，《欽定詞譜》、《全宋詞》均作「風」。
(三)「羅薄」，《欽定詞譜》、《全宋詞》均作「帷箔」。

又　四十五字，仄六韻。　汪　莘

風雨打黄昏○啼煞滿山杜宇◎到得人間春去◎問春歸(一)何處◎　桃紅李白競春光○誰共殘妝語◎最是梨花一樹◎照誰家庭户◎

華清引　四十五字，平六韻。　蘇　軾

平時十月幸蓮湯◎玉甃瓊梁◎五家車馬如水○珠璣滿路旁◎　翠華一去掩方牀◎獨留煙樹蒼蒼◎至今清夜月○依舊(二)過繚牆◎

天門謡　四十五字，仄八韻。　賀　鑄

牛渚天門險◎限南北七雄豪占◎清霧斂◎與閒人登覽◎　待月上潮平波灔灔◎塞管輕吹新阿濫◎風滿檻◎歷歷數西州更點◎

(一)「春歸」，《全宋詞》作「英雄」。揆上下文，似宜「春歸」更愜。
(二)「舊」，《全宋詞》作「前」。

萬里春　四十五字，仄六韻。　　周邦彦

千紅萬翠◎簇清明天氣◎爲憐他種種清香○好難爲不醉◎　我愛深如你◎我心在箇人心裏◎便相看老卻春風○莫無些歡意◎

憶悶令　四十五字，仄六韻。　　晏幾道

取次臨鸞勻畫淺◎酒醒遲來晚◎多情愛惹閒愁○長黛眉低斂◎　月底相逢見◎有深深良願◎願期信似月如花○須更教長遠◎

散餘霞　四十五字，仄六韻。　　毛　滂

牆頭花口寒猶噤◎放繡簾晝靜◎簾外時有蜂兒○趁楊花不定◎　闌干又還獨憑◎念翠低眉暈◎春夢枉斷(一)人腸○更厭厭酒病◎

(一)「斷」，《詞律》、《欽定詞譜》、《全宋詞》均作「惱」。

繡帶兒　四十五字，平六韻，又名《好女兒》。　曾　覿

瀟灑隴頭春◎取次一枝新◎還是東風來也○猶作未歸人◎　微月淡煙村◎漫佇立惆悵黃昏◎暮寒香細○疏英幾點○盡奈銷魂◎

彩鸞歸令　四十五字，平七韻。　張元幹

珠履爭圍◎小立春風趁拍低◎態閒不管樂催伊◎整朱衣◎　粉融香倦(一)隨人勸○玉困花嬌越樣宜◎鳳城燈夜舊家時◎數伊誰◎

清平樂　四十六字，兩換韻，仄四平三。　李　白

禁闈清夜◎月探金窗罅◎玉帳鴛鴦噴蘭麝◎時落銀燈香灺◎　女伴莫話孤眠◎六宮羅綺三千◎一笑皆生百媚○宸游教在誰邊◎

(一)「倦」，《御選歷代詩餘》同，《詞律》、《欽定詞譜》、《全宋詞》均作「潤」。

又　四十六字，仄七韻。　李白

畫堂晨起◎來報雪花墜◎高捲簾櫳看佳瑞◎皓色遠迷庭砌◎　盛氣光引爐煙○素影[一]寒生玉佩◎應是天仙狂醉◎亂把白雲揉碎◎

憶秦娥　四十六字，仄六韻，二疊韻，又名《雙荷葉》。　李白

簫聲咽◎秦娥夢斷秦樓月◎秦樓月◎年年柳色○灞陵傷別◎　樂游原上清秋節◎咸陽古道音塵絶◎音塵絶◎西風殘照○漢家陵闕◎

又　四十六字，平六韻，二疊韻。　賀鑄

曉朦朧◎前溪百鳥啼匆匆◎啼匆匆◎凌波人去○拜月樓空◎　去年今日東門東◎鮮妝輝映桃花紅◎桃花紅◎吹開吹落○一任東風◎

[一]「影」，《欽定詞譜》同，《全唐五代詞》作「草」。

又　三十八字，另格，仄八韻。　馮延巳

風淅淅◎夜雨連雲黑◎滴滴◎窗下芭蕉燈下客◎　除非魂夢到鄉國◎免被關山隔◎憶憶◎一句枕前爭忘得◎

又　四十一字，仄八韻。　張先

參差竹◎吹斷相思曲◎情不足◎西北高(一)樓窮遠目◎　憶苕溪寒影透清玉◎秋雁南飛速◎菰草綠◎應下溪頭沙上宿◎

又　三十七字，四換韻，仄四平四。　毛滂

夜夜◎夜了花開也◎連忙◎指點銀瓶索酒嘗◎　明朝花落知多少◎莫把殘紅掃◎愁人◎一片花飛減卻春◎

(一)「高」，《欽定詞譜》同，《全宋詞》作「有」。

巫山一段雲　四十六字，三換韻，平五仄二。　唐昭宗

蝶舞梨園雪○鶯啼柳帶煙◎小池殘日艷陽天◎苧蘿山又山◎　青鳥不來愁絶◎忍看鴛鴦雙結◎春風一等少年心◎閒情恨不禁◎

又　四十四字，平六韻。　毛文錫

雨霽巫山上○雲輕映碧天◎遠風吹散又相連◎十二晚峰前◎　暗濕啼猿樹○高籠過客船◎朝朝暮暮楚江邊◎幾度降神仙◎

【按】《詞律》以詞調字數少多爲序，《巫山一段雲》以李珣「古廟依青嶂」四十四字爲正體，以唐昭宗「蝶舞梨園雪」四十六字爲又一體，誤。茲譜此處同《欽定詞譜》，以調作時代先後爲序，後作字數並非定多於前作，如此處理，宜。

望仙門　四十六字，平八韻。　晏殊

玉池波浪碧如鱗◎露蓮新◎清歌一曲翠眉顰◎舞華茵◎　滿酌蘭英酒○須知獻壽千

春◎太平無事荷君恩◎荷君恩◎齊唱望仙門◎

占春芳　四十六字，平五韻。　蘇軾

紅杏了○夭桃盡○獨自占春芳◎不比人間蘭麝○自然透骨生香◎　對酒莫相忘◎似佳人兼合明光◎只憂長笛吹花落○除是寧王◎

朝天子　四十六字，仄八韻，又名《思越人》。　晁補之

酒醒情懷惡◎金縷褪玉肌如削◎寒食過卻◎早海棠零落◎　漸日照闌干煙淡薄◎繡額珠簾籠畫閣◎春睡著◎覺來失秋千期約◎

【按】馮延巳《陽春集》有調《思越人》，文字與此大同小異。此詞亦見《晁氏琴趣外篇》，調名《朝天子》，《欽定詞譜》採之。《天籟軒詞譜》顯然遵從《欽定詞譜》。《欽定詞譜》曰：「唐教坊曲名。《陽春集》名《思越人》。」誤。唐教坊曲有《思越人》，無《朝天子》。如此應先有《思越人》調名，而後有《朝天子》。然唐五代另有《思越人》調，與茲《朝天子》調格有異，茲譜於後單列一體。

憶少年　四十六字，仄五韻。　晁補之

無窮官柳○無情畫舸○無根行客◎南山尚相送○只高城人隔◎　罨畫園林溪紺碧◎算重來盡成陳跡◎劉郎鬢如此○況桃花顔色◎

西地錦　四十六字，仄六韻。　蔡伸

寂寞悲秋懷抱◎掩重門悄悄◎清風皓月○朱闌畫閣○雙鴛池沼◎　不忍今宵重到◎惹離愁多少◎蓬山路杳○藍橋信阻○黄花空老◎

又　四十八字，仄六韻。　石孝友

回望玉樓金闕◎正水遮山隔◎風兒又起○雨兒又煞(一)○好愁人天色◎　兩岸荻花楓葉◎爭舞紅吹白◎中秋過也○重陽近也○作天涯過客◎

(一)「煞」，《詞律》、《全宋詞》同，《欽定詞譜》作「急」。

琴調相思引　四十六字，平五韻，又名《玉交枝》。　趙彥端

拂拂輕煙(一)雨麴塵◎小庭深幕墜嬌雲◎好花無幾○猶是洛陽春◎　燕語似知懷舊壘(二)◎水聲(三)只解送行人◎可堪詩思○和淚漬羅巾◎

江亭怨　四十六字，仄六韻。　闕名

簾捲曲闌獨倚◎江展暮雲無際◎淚眼不曾晴○家在吳頭楚尾◎　數點落花亂委◎撲鹿沙鷗驚起◎詩句欲成時○沒入蒼煙叢裏◎

【按】萬樹《詞律》調名《荊州亭》，又名《江亭怨》，因惠洪《冷齋夜話》登荊州亭見亭柱間詞而名；作者被載爲吳城小龍女。黄昇《唐宋諸賢絶妙詞選》卷十録此詞，作者吳城小龍女，調名《清平樂令》。《欽定詞譜》於調《清平樂》下注曰「《花庵詞選》名《清平樂令》」，意四十六字《清平樂》即《清平樂令》，然《欽定詞

(一)「煙」，《詞律》、《全宋詞》均作「陰」。
(二)「壘」，《詞律》、《全宋詞》均作「主」。
(三)「聲」，《詞律》、《全宋詞》均作「生」。

譜》所列《清平樂》格式與本調大有不同，宜本調不同於《清平樂》，或《清平樂令》爲另一調也。

喜遷鶯　四十七字，三換韻，平六仄二，又名《鶴沖天》、《早梅芳》。　韋莊

街鼓動○禁城開◎天上探人回◎鳳街㈠金榜出雲來◎平地一聲雷◎　鶯已遷○龍已化◎一夜滿城車馬◎家家樓上簇神仙◎爭看鶴沖天◎

又　四十七字，兩換韻，平六仄三，又名《燕歸來》。　南唐後主

曉月墜○宿煙微◎無語枕頻欹◎夢回芳草思依依◎天遠雁聲稀◎　啼鶯散◎餘花亂◎寂寞畫堂深院◎片紅休埽盡從伊◎留待舞人歸◎

又　四十七字，兩換韻，平四仄三。　毛文錫

芳春㈡景○曖晴煙◎喬木見鶯遷◎傳枝偎葉語關關◎飛過綺樓㈢間◎　錦翼鮮○金

㈠「街」，各本作「衙」。「衙」應誤。
㈡「春」，《詞律》、《全唐五代詞》作「春」，《欽定詞譜》作「草」。
㈢「樓」，《詞律》、《欽定詞譜》、《全唐五代詞》均作「叢」。

毿軟◎百轉千嬌相喚◎碧紗窗外怕聞聲○驚破鴛鴦暖◎

又 四十六字，平七韻。 張元幹

文倚馬○筆如椽◎桂殿早登仙◎舊游策府記當年◎衮繡合貂蟬◎ 慶天申○瞻玉座○鵷鷺正陪班◎看君穩步過花磚◎歸院引金蓮◎

又 百三字，另格，仄十一韻。 蔣 捷

風濤如許◎被閒鷗笑(一)我○君行良苦◎槲葉深灣○蘆窠窄港○小憩倦篙慵櫓◎壯年夜吹笛去○驚得魚龍嗥舞◎悵今老○但篷窗緊掩○荒涼愁愫◎ 別浦◎雲斷處◎低雁一繩○闌斷家山路◎佩玉無詩○飛霞乏序○滿席快飆誰付◎醉中幾番重九○合度芳尊孤負◎便晴否○怕明朝蝶冷○黄花秋圃◎

(一)「笑」，《全宋詞》作「誚」。

又　百三字，仄十三韻。　王特起

東樓歡宴◎記遺簪綺席○題詩羅[一]扇◎月枕雙欹○雲窗同夢○相伴小花深院◎舊歡頓成陳跡○翻作一番新怨◎素秋晚◎聽陽關三疊○一尊相餞◎　留戀◎情繾綣◎紅淚洗妝○雨濕梨花面◎雁底關河○馬頭星月○西去一程程遠◎但願此心如舊○天也不違人願◎再相見◎老[二]生涯分付○藥爐經卷◎

烏夜啼　四十七字，平四韻，又名《聖無憂》。　南唐後主

昨夜風兼雨○簾幃颯颯秋聲◎燭殘漏斷頻欹枕○起坐不能平◎　世事漫隨流水○算來一夢浮生◎醉鄉路穩宜頻到○此外不堪行◎

【按】《詞律》於目録《錦堂春》下注：「按《相見歡》亦別名《烏夜啼》，今各歸正名，不列《烏夜

[一]「羅」，《全金元詞》作「紈」。

[二]「老」，《全金元詞》作「把」。

啼》名目。」《詞律》列《烏夜啼》調，曰：「唐教坊曲名。《太和正音譜》注南吕宫，又大石調。宋歐陽脩詞名《聖無憂》，趙令畤詞名《錦堂春》。按郭茂倩《樂府詩集》有清商曲《烏夜啼》，乃六朝及唐人古今詩體，與此不同，此蓋借舊曲名另翻新聲也。」兹譜《相見歡》、《烏夜啼》、《錦堂春》均專列一調。

阮郎歸　四十七字，平九韻，又名《醉桃源》。　　南唐後主

東風吹水日銜山◎春來長是閒◎落花狼籍酒闌珊◎笙歌醉夢間◎　春睡覺○晚妝殘◎憑誰整翠鬟◎留連光景惜朱顔◎黄昏獨倚闌◎

賀聖朝　四十七字，仄五韻。　　馮延巳

金絲帳暖牙牀穩◎懷香方寸◎輕顰輕笑○汗珠微透○柳沾花潤◎　雲鬟斜墜○春應未已○不勝嬌困◎半欹犀枕○亂纏珠被○轉羞人問◎

又　四十七字，仄六韻。　闕名

白露點曉星明滅◎秋風落葉[一]◎故址頹垣○冷煙衰草○前朝宮闕◎　長安道上行客◎依舊利深名切◎改變容顏○消磨今古○隴頭殘月◎

又　四十七字，仄五韻。　杜安世

牡丹盛拆春將暮◎群芳羞妒◎幾時流落在人間○半開仙露◎　馨香艷冶○吟看醉賞○歎誰能留住◎莫辭持燭夜深深○怨等閒風雨◎

又　四十九字，仄六韻。　葉清臣

滿斟緑醑留君住◎莫匆匆歸去◎三分春色二分愁○更[二]一分風雨◎　花開花謝○都

[一]《全宋詞》亦有無名氏《柳梢青》一首，首句曰：「曉星明滅。白露點，秋風落葉。」「依稀曉星明滅。白露點蒼苔敗葉。」

[二]「更」，《詞律》作「悶」。

來幾許〔一〕◎且高歌休訴◎不知〔二〕來歲牡丹時○再〔三〕相逢何處◎

【按】全詞句韻從《欽定詞譜》。詞文與《詞律》微異，句韻亦有差。「三分春色二分愁○更一分風雨◎」，《詞律》作「三分春色句二分愁悶句一分風雨叶」。詞下片「花開花謝○都來幾許◎且高歌休訴◎不知來歲牡丹時○再相逢何處◎」，《詞律》作「花開花謝花無語叶且高歌休訴叶知他來歲句牡丹時候句相逢何處叶」。

相思兒令　四十七字，平五韻。　晏　殊

昨日探春消息○湖上綠波平◎無奈繞堤芳草○還向舊痕生◎　有酒且醉瑤觥◎更何妨檀板新聲◎誰教楊柳千絲○就中牽繫人情◎

〔一〕「都來幾許」，《詞律》作「花無語」。
〔二〕「不知」，《詞律》作「知他」。
〔三〕「再」，《詞律》作「候」。

甘草子　四十七字，仄八韻。

寇　準

春早◎柳絲無力○低拂青門道◎暖日籠啼鳥◎初坼桃花小◎　遥望碧天淨如掃◎曳一縷輕寒（一）縹緲◎堪惜流年謝芳草◎任玉壺傾倒◎

又　四十七字，仄七韻。

柳　永

秋暮◎亂灑衰荷○顆顆真珠雨◎雨過月華生○冷徹鴛鴦浦◎　池上憑闌愁無侣（二）◎奈此個單棲情緒◎卻傍金籠教鸚鵡◎念粉郎言語◎

望仙樓　四十七字，仄六韻。

晏幾道

小春花信日邊來○未上江梅先坼◎今歲東君消息◎還自南枝得◎　素衣染盡天香○玉酒添成國色◎一自故溪疏隔◎腸斷長相憶◎

（一）「寒」，《欽定詞譜》作「煙」。
（二）「侣」，《詞律》作「似」，《欽定詞譜》已正其誤。

【按】《欽定詞譜》認爲《望仙樓》乃《胡搗練》。兹譜《望仙樓》、《胡搗練》兩列，誤同《詞律》，亦疏於比勘。

珠簾捲　四十七字，平五韻。　歐陽脩

珠簾捲○暮雲愁◎垂柳暗鎖青樓◎煙雨濛濛如畫○輕風吹旋收◎　香斷錦屏新別○人閒玉簟初秋◎多少舊歡新恨○書杳杳○夢悠悠◎

【按】本詞詞調説明曰「四十七字，平五韻」，然全詞實標有七韻。《詞律》、《欽定詞譜》於「别」、「杳」二字處均無韻，此標韻，誤，應改二字處韻爲句。兹徑改。

畫堂春　四十七字，平七韻。　秦　觀

東風吹柳日初長◎雨餘芳草斜陽◎杏花零落燕泥香◎睡損紅妝◎　寶篆煙消蘭麝(一)○畫屏雲鎖瀟湘◎暮寒微透薄羅裳◎無限思量◎

(一)「蘭麝」，《全宋詞》作「鸞鳳」。

又 四十九字，平七韻。　黄庭堅

摩圍小隱枕蠻江◎蛛絲閒鎖晴窗◎水風山影上修廊◎不到晚來涼◎　相伴蝶穿花徑○獨飛鷗舞溪光◎不因送客下繩牀◎添火炷爐香◎

眉峰碧 四十七字，仄六韻。　闕　名

蹙破眉峰碧◎纖手還重執◎鎮日相看未足時○便忍使鴛鴦隻◎　薄暮投村驛◎風雨愁通夕◎窗外芭蕉窗裏人○分明葉上心頭滴◎

【按】《眉峰碧》，《欽定詞譜》以之實爲《卜算子》，杜文瀾《詞律校勘記》以爲此詞同杜安世《卜算子》（深院花鋪地），惟後段末句較杜詞多一字，宜附杜詞後。

山花子 四十八字，平五韻，又名《攤破浣溪紗》。　南唐中主

菡萏香銷翠葉殘◎西風愁起緑波間◎還與韶光共憔悴○不堪看◎　細雨夢回雞塞遠○小樓吹徹玉笙寒◎多少淚珠無限恨○倚闌干◎

【按】本調説明「平五韻」，原實出六韻，「無限恨」處韻誤。兹徑改。《詞律》、《欽定詞譜》於「無限恨」處均作句。「恨」出《詞林正韻》第六部，其他韻脚均出第七部。「恨」處應「句」，非韻。

又　四十六字，平五韻。　闕　名

相恨相思一箇人◎柳眉桃臉自然春◎别離情思○寂寞向誰論◎　映地殘霞紅照水○斷魂芳草碧連雲◎水邊樓上○回首倚黄昏◎

【按】本調説明「平五韻」，原實出六韻，「紅照水」處韻誤，應改爲句。《詞律》、《欽定詞譜》於此處均作句。兹徑改。「水」與其他韻脚不屬同韻部，應「句」。

三字令　四十八字，平八韻。　歐陽炯

春欲盡○日遲遲◎牡丹時◎羅幌捲○翠簾垂◎彩牋書○紅粉淚○兩心知◎　人不在○燕空歸◎負佳期◎香燼落○枕函欹◎月分明○花淡薄○惹相思◎

秋蕊香　四十八字，仄八韻。　晏殊

梅蕊雪殘香瘦◎羅幕輕寒微透◎多情只似春楊柳◎占斷可憐時候◎　蕭娘勸我杯中酒◎翻紅袖◎金烏玉兔長飛走◎爭得朱顏依舊◎

又　九十七字，另格，平十韻。　趙以夫

一夜金風○吹成萬粟○枝頭點點明黃◎扶疏月殿影○雅淡道家裝◎阿誰倩天女散濃香◎十分熏透霓裳◎徘徊處○玉繩低轉○人靜天涼◎　底事小山幽詠○渾未識清妍○空自神傷◎憶佳人執手訴離湘◎招蟾魄和淚吸秋光◎碧雲日暮何妨◎惆悵久○瑤琴微弄○一曲清商◎

【按】本詞詞調說明「平十韻」，實出九韻，「道家裝」出句應爲韻。茲徑改。

撼庭秋　四十八字，仄五韻。　晏殊

別來音信千里◎恨此情難寄◎碧紗秋月○梧桐夜雨○幾回無寐◎　樓高目斷○天涯雲黯○只堪憔悴◎念蘭堂紅燭○心長焰短○向人垂淚◎

武陵春　四十八字，平六韻。　晏　殊(一)

緑蕙紅蘭芳信歇○金蕊正風流◎應爲詩人多怨秋◎花意與銷愁◎　梁王苑路香英密○長記舊嬉遊◎曾看飛瓊戴滿頭◎浮動舞梁州◎

胡搗練　四十八字，仄六韻。　晏　殊

夜來江上見寒梅○自逞芳妍標格◎爲甚東君(二)先坼◎分付春消息◎　佳人釵上玉尊前○朵朵濃香堪惜◎誰把彩毫描得◎免恁輕抛擲◎

【按】此詞文字從《欽定詞譜》，與《詞律》上片有異，《詞律》作：「小桃花與早梅花句盡是芳妍品格韻未上東風先坼叶分付春消息叶」，下片同。

(一)《全宋詞》作者作晏幾道。
(二)「君」，《欽定詞譜》作「風」。

桃源憶故人　四十八字，仄八韻，又名《虞美人影》。　歐陽脩

梅梢弄粉香猶嫩◎欲寄江南春信◎别後愁腸縈損◎説與伊爭穩◎小爐獨守寒灰燼◎忍淚低頭畫盡◎眉上萬重新恨◎竟日無人問◎

洞天春　四十八字，仄七韻。　歐陽脩

鶯啼緑樹聲早◎檻外殘紅未掃◎露點真珠遍芳草◎正簾幃清曉◎秋千宅院悄悄◎又是清明過了◎燕蝶輕狂○柳絲撩亂○春心多少◎

朝中措　四十八字，平五韻。　歐陽脩

平山闌檻倚晴空◎山色有無中◎手種堂前楊(一)柳○别來幾度春風◎文章太守○揮毫萬字○一飲千鍾◎行樂直須年少○尊前看取衰翁◎

(一)「楊」，《詞律》、《欽定詞譜》、《全宋詞》均作「垂」。

又　四十八字，平六韻。　辛棄疾

年年金蕊艷西風◎人與菊花同◎霜鬢經春重緑○仙姿不飲長紅◎　焚香度日盡從容◎笑語調兒童◎一歲一杯爲壽○從今更數千鍾◎

【按】本調説明「平六韻」，實標七韻，多出一韻，其中有誤。此詞前後段同，兹譜原標「一歲一杯爲壽」處爲韻，上片對應「霜鬢經春重緑」句，此處也須爲句。兹徑改。

又　四十八字，平五韻。　趙長卿

別來無事不思量◎霜日最淒涼◎凝想倚闌干處○攢眉應爲蕭郎◎　梅花豈管人消瘦○只恁自芬芳◎寄語行人知否○梅花得似人香◎

海棠春　四十八字，仄六韻。　秦　觀(一)

流鶯窗外啼聲巧◎睡未足把人驚覺◎翠被曉寒輕○寶篆沈煙裊◎　宿酲未解雙娥報○

(一)《詞律》、《欽定詞譜》均作秦觀，《全宋詞》作者無名氏。

道别院笙歌會[一]早◎試問海棠花○昨夜開多少◎

燭影揺紅

四十八字，仄五韻。

賀鑄

波影翻簾○淚痕凝燭青山館◎離魂千里念佳期○襟佩如相欵◎　悄悵更長夢短◎但衾枕餘香賸暖◎半窗斜月○照人腸斷○啼鳥不管◎

又

五十字，仄五韻，本名《憶故人》。

王詵

燭影揺紅○向夜闌○乍酒醒心情懶◎尊前誰爲唱陽關○離恨天涯遠◎　無奈雲沈雨散◎憑闌干東風淚眼◎海棠開後○燕子來時○黄昏庭院◎

又

九十六字，雙疊，仄十韻。

周邦彦

香臉輕匀○黛眉巧畫宫妝淺[二]◎風流天付與精神○全在嬌波轉◎早是縈心可慣◎更那

[一]「會」，《詞律》同，《欽定詞譜》、《全宋詞》作「宴」。

[二]「淺」，《欽定詞譜》作「淡」。

堪頻頻顧盻◎幾回得見○見了還休○爭如不見◎　燭影揺紅○夜闌飲散春宵短◎當時誰解唱陽關○離恨天涯遠◎爭奈雲收雨散◎憑闌干東風淚眼◎海棠開後○燕子來時○黄昏庭院◎

人月圓　四十八字，平四韻。　王　銑

小桃枝上春來早○初試薄羅衣◎年年此夜○華燈競處○人月圓時◎　禁街簫鼓○寒輕夜永○纖手同攜◎夜闌人靜○千門笑語○聲在簾幃◎

又　四十八字，仄五韻。　楊无咎

月華燈影光相射◎還是元宵也◎綺羅如畫○笙歌遞響○無限風雅◎　鬧蛾斜插○輕衫乍試○閒趁尖耍◎百年三萬六千夜○願長如此夜◎

【按】《詞律》中《人月圓》調楊无咎詞末第二句標叶韻。此注句。《欽定詞譜》亦注句。楊无咎此詞有平韻式，於此位置非韻，因此此處亦爲非韻。

慶春時　四十八字，平四韻。　晏幾道

倚天樓殿○昇平風月○彩仗春移◎鸞絲鳳竹○長生調裏○迎得翠輿歸◎　雕鞍游罷○何處還有心期◎濃熏翠被○深停畫燭○人約月西時◎

喜團圓　四十八字，平四韻。　晏幾道

危樓靜鎖○窗中列(一)岫○門外垂楊◎珠簾不禁春風度○解偷送餘香◎　眠思夢想○不如雙燕○得到蘭房◎別來只是○憑高淚眼○感舊離腸◎

錦堂春　四十八字，平四韻。　趙令時

樓上縈簾弱絮○牆頭礙月低花◎年年春事關心事○腸斷欲棲鴉◎　舞鏡鸞衾翠減○啼珠鳳蠟紅斜◎重門不鎖相思夢○隨意繞天涯◎

(一)「列」，《詞律》作「迢」，《欽定詞譜》、《全宋詞》作「遠」。

【按】《錦堂春》，《欽定詞譜》作爲《烏夜啼》之另名。宜並入《烏夜啼》。

愁倚闌令　四十八字，平六韻。　葛立方

禁煙卻釀春愁◎正繫馬清淮渡頭◎後日清明催疊鼓○應在揚州◎　歸時元已臨流◎要綺陌芳郊恣游◎三月羈懷當一洗○莫放觥籌◎

【按】《詞律》將此詞置《春光好》調又一體，《欽定詞譜》以爲《愁倚闌令》乃《春光好》另名。詞調宜並入《春光好》。

雙瀨鶒　四十八字，仄八韻。　朱敦儒

拂破秋江煙碧◎一對雙飛瀨鶒◎應是遠來無力◎稍下相偎(一)沙磧◎　小艇誰吹橫笛◎驚起不知消息◎悔不當初描得◎如今何處尋覓◎

(一)「稍下相偎」，《全宋詞》同，《欽定詞譜》作「相偎稍下」。

眼兒媚　四十八字，平五韻，又名《秋波媚》、《小闌干》。　左　譽

樓上黄昏杏花寒◎斜月小闌干◎一雙燕子○兩行征雁○畫角聲殘◎　綺窗人在東風裏○灑淚對春閒◎也應似舊○盈盈秋水○淡淡春山◎

【按】詞調説明「平五韻」，實際出現七韻。「東風裏」、「也應似舊」二處不應有韻，兹徑改爲句。

鬲溪梅令　四十八字，平八韻，「鬲」又作「高」。　姜　夔

好花不與殢香人◎浪粼粼◎又恐東(一)風歸去緑成陰◎玉鈿何處尋◎　木蘭雙槳夢中雲◎水横陳◎漫向孤山山下覓盈盈◎翠禽啼一春◎

伊州三臺　四十八字，平八韻。　趙師俠

桂花移自雲巖◎更被靈砂染丹◎清露濕酡顔◎醉乘風下臨世間◎　素娥襟韻蕭閒◎不

(一)「東」，《欽定詞譜》、《全宋詞》均作「春」。

與群芳並看◎蔌蔌絳綃單◎覺身輕夢回廣寒◎

雙頭蓮令 四十八字，平八韻。 趙師俠

太平和氣兆嘉祥◎草木總成雙◎紅苞翠蓋出横塘◎兩兩鬪芬芳◎榦摇碧玉並青房◎
仙髻擁新妝◎連枝不解引鸞凰◎留取映鴛鴦◎

河瀆神 四十九字，兩換韻，平四仄四。 温庭筠

河上望叢祠◎廟前春雨來時◎楚山無限鳥飛遲◎蘭棹空傷别離◎何處杜鵑啼不歇◎
艷紅開盡如血◎蟬鬢美人愁絶◎百花芳草佳節◎

又 四十九字，平六韻。 張泌

古木噪寒鴉◎滿庭楓葉蘆花◎晝燈當午隔窗紗◎畫閣朱簾影斜◎門外往來祈賽客○
翩翩帆落天涯◎回首隔江煙火○渡頭三兩人家◎

陽臺夢　四十九字，仄五韻。　後唐莊宗

薄羅衫子金泥縫◎困纖腰怯銖衣重◎笑迎移步小蘭叢○嚲金翹翠鳳◎　嬌多情脈脈○羞把同心撚弄◎楚天雲雨卻相和○又入陽臺夢◎

【按】詞調説明「仄五韻」，實標六韻，「小蘭叢」處標韻誤。《詞律》、《欽定詞譜》均作句。兹徑改。

又　五十七字，另格，三换韻，仄五平四。　解昉

仙姿本寓◎十二峰前住◎千里行雲行雨◎偶因鶴馭過巫陽◎邂逅他楚襄王◎　無端宋玉誇才賦◎誣誕人心素◎至今狂客到陽臺◎也有痴心○望妾入夢中來◎

月宮春　四十九字，平六韻。　毛文錫

水晶宮裏桂花開◎神仙探幾回◎紅芳金蕊繡重臺◎低傾瑪瑙杯◎　玉兔銀蟾爭守護○姮娥姹女戲相偎◎遥聽鈞天九奏○玉皇親看來◎

又　四十九字，平七韻，又名《月中行》。　陳允平

鬢雲斜插映山紅◎春重淡香融◎自攜紈扇出簾櫳◎花下(一)撲飛蟲◎　薔薇架底偏宜酒○纖纖(二)自引金鍾◎倦歌佯醉倚東風◎愁在落花中◎

【按】詞調説明「四十九字，平七韻，又名《月中行》」。自《月宫春》而《月中行》，昉周邦彦，五十字、平七韻，陳允平詞步趨周詞，稱之爲《月中行》，是。此詞「纖纖」後與《全宋詞》校，缺一「手」字，應誤。如此，詞調説明應爲「五十字，平七韻，又名《月中行》」，並詞例應取首創者周邦彦詞。下詞以周邦彦詞《月中行》爲譜，此譜例可棄置。

又　五十字，平七韻。　周邦彦

蜀絲趁日染乾紅◎微暖口脂融◎博山細篆靄房櫳◎靜看打窗蟲◎　愁多膽怯疑虚幕○聲不斷暮景疏鐘◎團圞四壁小屏風◎啼盡夢啼中◎

(一)「花下」，《全宋詞》作「意欲」。

(二)「纖纖」後，《全宋詞》多一「手」字。

應天長　四十九字，仄九韻。　馮延巳

一彎初月臨鸞鏡◎雲鬟鳳釵慵不整◎珠簾靜◎層樓迴◎惆悵落花風不定◎　緑煙低柳徑◎何處轆轤金井◎昨夜更闌酒醒◎春愁勝卻病◎

又　五十字，仄八韻。　韋莊

緑槐陰裏黄鸝[一]語◎深院無人春晝午◎畫簾垂○金鳳舞◎寂寞繡屏香一炷◎　碧天雲○無定處◎空有夢魂來去◎夜夜緑窗風雨◎斷腸君信否◎

【按】《應天長》詞調排列，將馮延巳列正體，韋莊又一體。兹亦有《詞律》機械按照字數多少前後排置之病。

又　五十字，仄八韻。　牛嶠

玉樓春望晴煙滅◎舞衫斜捲金條脱◎黄鸝嬌囀聲初歇◎杏花飄盡龍山雪◎　鳳釵低赴

[一]「鸝」，《欽定詞譜》同，《全唐五代詞》作「鶯」。

節◎筵上王孫愁絶◎鴛鴦對銜羅結◎兩情深夜月◎

又　九十四字，另格，仄十三韻。　柳　永

殘蟬聲斷絶◎傍碧砌修梧○敗葉微脱◎風露淒清○正是登高時節◎東籬霜乍結◎綻金蕊嫩香堪折◎聚宴處○落帽風流○未饒前哲◎　把酒與君説◎恁好景佳辰○怎忍虚設◎休效牛山○空對江天凝咽◎塵勞無暫歇◎遇良會剩偷歡悦◎歌未闋◎杯興方濃○莫便中輟◎

又　九十八字，另格，仄十韻。　周邦彦

條風布暖○霏霧弄晴○池塘遍滿春色◎正是夜堂[一]無月○沈沈暗寒食◎梁間燕○社前[二]客◎似笑我閉門岑寂◎亂花過○隔院芸香○滿地狼籍◎　長記那回時○邂逅相

[一]「堂」，《全宋詞》同，《欽定詞譜》作「臺」。
[二]「社前」，《欽定詞譜》同，《全宋詞》作「前社」。

逢○郊外駐油壁◎又見漢宫傳燭○飛煙五侯宅◎青青草○迷路陌◎强載酒細尋前跡◎市橋遠○柳下人家○猶自相識◎

又 九十八字，仄十一韻。 康與之

管絃繡陌○燈火畫橋○塵香舊時歸路◎腸斷蕭娘○舊日風簾映朱户◎鶯能舞◎花解語◎念後約頓成輕負◎緩雕轡獨自歸來○憑闌情緒◎ 楚岫在何處◎香夢悠悠○花月更誰主◎惆悵後期○空有鱗鴻寄紈素○枕前淚○窗外雨◎翠幕冷夜涼虚度◎未應信此度相思○寸腸千縷◎

歸去來 四十九字，仄八韻。 柳永

初過元宵三五◎慵困春情緒◎燈月闌珊嬉游處◎游人盡○厭歡聚◎ 憑仗如花女◎持杯謝酒朋詩侣◎餘酲更不禁香醑◎歌筵舞○且歸去◎

又　五十二字，仄八韻。　柳永

一夜狂風雨◎花英墜碎紅無數◎垂楊漫結黃金縷◎盡春殘○縈不住◎蝶飛(一)蜂散知何處◎殢尊酒轉添愁緒◎多情不管(二)相思苦◎休惆悵○好歸去◎

【按】《歸去來》調，僅見柳永《樂章集》。四十九字體，自注「正平調」；五十二字體，自注「中呂調」。

醉鄉春　四十九字，仄六韻。　秦觀

喚起一聲人悄◎衾冷夢寒窗曉◎瘴雨過○海棠開(三)○春色又添多少◎社甕釀成微笑◎半缺椰瓢共舀◎覺顛(四)倒○急投牀○醉鄉廣大人間小◎

(一)「飛」，《欽定詞譜》、《全宋詞》均作「稀」。
(二)「管」，《欽定詞譜》、《全宋詞》均作「慣」。
(三)「開」，《欽定詞譜》同，《全宋詞》作「晴」。
(四)「顛」，《欽定詞譜》同，《全宋詞》作「健」。

柳梢青　四十九字，平六韻。

秦　觀(一)

岸草平沙◎吴王故苑○柳裊煙斜◎雨後寒輕○風前香細(二)○春在梨花◎　行人一棹天涯◎酒醒處殘陽亂鴉◎門外秋千○牆頭紅粉○深院誰家◎

又　四十九字，平五韻。

趙汝愚

水月光中○煙霞影裏○湧出樓臺◎空外笙簫○人(三)間笑語○身(四)在蓬萊◎　天香暗逐風回◎正十里荷花盡開◎買箇輕舟○山南游遍○山北歸來◎

又　四十九字，仄五韻。

謝　逸

香肩輕拍◎尊前忍聽○一聲將息◎昨夜濃歡○今朝别酒○明日行客◎　後回來則須

(一)《類編草堂詩餘》將此詞作者誤爲秦觀。《全宋詞》作者仲殊。

(二)「細」，《詞律》、《欽定詞譜》同，《全宋詞》作「軟」。

(三)「人」，《全宋詞》作「雲」。

(四)「身」，《全宋詞》作「人」。

來○便去也如何去得◎無限離情○無窮江水○無邊山色◎

又　四十九字，仄五韻。　侯寘

小院輕寒○酒濃香軟○深沈簾幕◎我輩相逢○歡然一笑○春在杯酌◎家山辜負猿鶴◎軒冕意秋雲似薄◎我自西風○扁舟歸去○看君寥廓◎

鳳孤飛　四十九字，仄七韻。　晏幾道

一曲畫樓鐘動○宛轉歌聲緩◎綺席飛塵坐滿◎更小待金蕉暖◎細雨輕寒今夜短◎依前是粉牆別館◎端的歡期應未晚◎奈歸雲難管◎

極相思　四十九字，平五韻。　吕渭老

西園鬬草歸遲◎隔葉囀黄鸝◎闌干醉倚○秋千背立○數遍佳期◎寒食清明都過了○趁如今芍藥薔薇◎衩衣吟露○歸舟纜月○方解開眉◎

太常引　四十九字，平七韻，「常」又作「清」。　辛棄疾

一輪秋影轉金波◎飛鏡又重磨◎把酒問姮娥◎被白髮○欺人奈何◎　乘風好去○長安(一)萬里○直下看山河◎斫去桂婆娑◎人道是清光更多◎

又　五十字，平七韻。　高賓王

玉肌輕襯碧霞衣◎似爭駕翠鸞飛◎羞問武陵溪◎笑女伴東風醉時◎　不飄紅雨○不貪青子○冷淡卻相宜◎春晚湧金池◎問一片將愁寄誰◎

滿宮花　五十字，仄六韻。　尹鶚

月沈沈○人悄悄◎一炷後庭香裊◎草深輦路(二)不歸來○滿地禁花誰(三)掃◎　離恨多○相見少◎何處醉迷三島◎漏清宮樹子規啼○愁鎖碧窗春曉◎

(一)「安」，《全宋詞》作「空」。
(二)「草深輦路」，《欽定詞譜》同，《詞律》、《全唐五代詞》均作「風流帝子」。
(三)「誰」，《詞律》、《欽定詞譜》、《全唐五代詞》均作「慵」。

又　五十一字，仄六韻。　張泌

花正芳○樓似綺◎寂寞上陽宮裏◎細籠金鎖睡鴛鴦○簾冷露華珠翠◎嬌豔輕盈香雪膩◎細雨黄鸝〔一〕雙起◎東風惆悵欲清明○公子橋邊沈醉◎

少年游　五十字，平五韻。　晏殊

芙蓉花發去年枝◎雙燕欲歸飛◎蘭堂風軟○金爐香暖○新曲動簾帷◎家人並上千春壽○深意滿瓊卮◎緑鬢朱顔○道家裝束○長似少年時◎

又　五十字，平六韻。　張耒

含羞倚醉不成歌◎纖手掩香羅◎偎花映燭○偷傳深意○酒思入横波◎看朱成碧心還〔二〕亂○脈脈斂雙蛾◎相見時稀隔别多◎又春盡奈愁何◎

〔一〕「鸝」，《詞律》同，《欽定詞譜》、《全唐五代詞》均作「鶯」。

〔二〕「還」，《全宋詞》作「迷」。

又　五十一字，平五韻。　柳　永

日高花榭懶梳頭◎無語倚妝樓◎修眉斂黛○遥山横翠○相對結春愁◎　王孫走馬長楸陌○貪迷戀○少年游◎似恁疏狂○費人拘管○争似不風流◎

【按】詞調説明「平五韻」，實標七韻。「貪迷戀」、「費人拘管」韻，誤，應爲句，茲徑改。

又　五十一字，平四韻。　周邦彦

并刀如水○吴鹽勝雪○纖指破新橙◎錦幄初温○獸煙不斷○相對坐調笙◎　低聲問向誰行宿○城上已三更◎馬滑霜濃○不如休去○直是少人行◎

又　五十一字，平六韻。　杜安世

小樓歸燕又黄昏◎寂寞鎖重門◎輕風細雨○惜花天氣○相次過春分◎　畫堂無緒○初然絳蠟○羅帳掩餘熏◎多情不解怨王孫◎任薄倖一從君◎

又　五十二字，平五韻。　柳　永

一生贏得是淒涼◎追前事○暗心傷◎好天良夜○深屏香被○爭忍便相忘◎　王孫動是經年去○貪迷戀○有何常◎萬種千般○把伊情分○顛倒盡思(一)量◎

又　五十二字，平四韻。　高賓王

春風吹碧○春雲映綠○曉夢入芳裀◎輕(二)襯飛花○遠隨(三)流水○一望隔芳(四)塵◎　萋萋多少○江南舊恨(五)○翻憶翠羅裙◎冷落閒門○淒迷古道○煙雨正愁人◎

【按】《全宋詞》於「萋萋多少江南舊恨」中少一字「舊」，則句法變成「萋萋多少江南恨」，如此全詞調式爲「五十一字，平四韻」，同周邦彥《少年游》「并刀如水」式。《詞律》以兩四字攤破周邦彥詞七字句

(一)「思」，《詞律》、《欽定詞譜》、《全宋詞》均作「猜」。
(二)「輕」，《詞律》、《全宋詞》均作「輭」。
(三)「隨」，《詞律》、《全宋詞》均作「連」。
(四)「芳」，《詞律》、《全宋詞》均作「香」。
(五)「萋萋多少，江南舊恨」，《全宋詞》無「舊」字，因此句法爲「萋萋多少江南恨」。

法，單列一式。

偷聲木蘭花　五十字，四换韻，仄四平四。　張　先

畫橋淺映横塘路◎流水滔滔春共去◎目送斜暉◎燕子雙高蝶對飛◎　風花將盡持杯送◎往事只成清夜夢◎莫更登樓◎坐想行思已自〔一〕愁◎

滴滴金　五十字，仄六韻。　李遵勖

帝城五夜宴游歇◎殘燈外○看殘月◎都人〔二〕猶在醉鄉中○聽更漏初徹◎　行樂已成閒話説◎如春夢○覺時節◎大家重〔三〕約探春行○問甚花先發◎

〔一〕「自」，《全宋詞》作「是」。
〔二〕「人」，《全宋詞》同，《詞律》、《欽定詞譜》均作「來」。
〔三〕「重」，《詞律》、《欽定詞譜》、《全宋詞》均作「同」。

又　五十字，仄八韻。　晏殊

梅花漏洩春消息◎柳絲長○草芽碧◎不覺星霜鬢邊白◎念時光堪惜◎　蘭堂把酒留佳客◎對離筵○駐行色◎千里音塵便疏隔◎合有人相憶◎

【按】 詞調説明「仄八韻」，實標九韻，「柳絲長」標韻，誤，應改句。「柳絲長」，《詞律》標句，《欽定詞譜》標讀。兹徑改。

憶漢月　五十字，仄五韻，「憶」又作「望」。　歐陽脩

紅艷幾枝輕裊◎早被東風開了◎倚煙啼露爲誰嬌○故惹蝶憐蜂惱◎　多情游賞處○留戀向緑叢千繞◎酒闌歌[一]罷不成歸○腸斷月斜人老◎

西江月　五十字，平仄通叶，平四仄二。　蘇軾

三過平山堂下○半生彈指聲中◎十年不見老仙翁◎壁上龍蛇飛動◎　欲弔文章太守○

[一]「歌」，《詞律》、《欽定詞譜》、《全宋詞》均作「歡」。

仍歌楊柳春風◎休言萬事轉頭空◎未轉頭時皆夢◎後段有換韻者。

又 五十字，平仄通叶，仄四平四。 蘇軾

點點樓前(一)細雨◎重重江外平湖◎當年戲馬會東徐◎今日淒涼南浦◎ 莫恨黃花未吐◎且教紅粉相扶◎酒闌不必看茱萸◎俯仰人間今古◎

又 五十一字，兩換韻，仄四平四。 歐陽炯

月映長江秋水◎分明冷浸星河◎淺沙汀上白雲多◎雪散幾叢蘆葦◎ 扁舟倒影寒潭裏(二)◎煙光遠罩輕波◎笛聲何處響漁歌◎兩岸蘋香暗起◎

【按】《尊前集》無「裏」字，若取則於此，則此五十字《西江月》體與上式無甚區別，宜並置存爲一式。

(一)「前」，《欽定詞譜》、《全宋詞》均作「頭」。

(二)《尊前集》無「裏」字。《欽定詞譜》、《全唐五代詞》均有「裏」字。

又　五十六字，平六韻。　趙與仁

夜半沙(一)痕依約○雨餘天氣迷(二)濛◎起行微月偏池東◎水影浮花○花影動簾櫳◎量減難追醉白○恨長莫盡題紅◎雁聲能到畫樓中◎也要玉人○知道有秋風◎

留春令　五十字，仄五韻。　晏幾道

畫屏天畔○夢回依約○十洲雲水◎手撚紅牋寄人書○寫無限傷春事◎別浦高樓曾漫倚◎對江南千里◎樓下分流水聲中○有當日憑高淚◎

又　五十字，仄五韻。　李之儀

夢斷難尋○酒醒猶困○那堪春暮◎香閣深沈○紅窗翠暗○莫羨顛狂絮◎綠滿當時攜手路◎懶見同歡處◎何時卻得○低幃昵枕○盡訴情千縷◎

(一)「沙」，《全宋詞》作「河」。
(二)「迷」，《全宋詞》作「冥」。

又　五十四字，仄六韻。　黄庭堅

江南一雁横秋水◎歎咫尺斷行千里◎回文機上字縱横○欲寄遠憑誰是◎　謝客池塘春都未◎微微動短牆桃李◎半陰纔暖卻清寒○是瘦損人天氣◎

梁州令　五十字，仄七韻，「梁」又作「涼」。　晏幾道

莫唱陽關曲◎淚濕當年金縷◎離歌自古最銷魂○於今更有(一)銷魂處◎　南橋楊柳多情緒◎不繫行人住◎人情卻似飛絮◎悠揚便逐春風去◎

又　五十二字，仄七韻。　晁補之

二月春猶淺◎去年櫻桃開遍◎今年春色怪遲遲○紅梅常早○未露胭脂臉◎　東君故遣春來緩◎似會人深願◎蟠桃新鏤雙盞◎相期似此春長遠◎

(一)「有」，《欽定詞譜》、《全宋詞》均作「在」。

又 五十五字，仄六韻。 柳　永

夢覺紗窗曉◎殘燈闇然空照◎因思人事苦縈牽○離愁別恨○無限何時了◎　憐深定是心腸小◎往往成煩惱◎一生惆悵情多感○月不長圓○春色易爲老◎

【按】《詞律》此式不分段。此同《欽定詞譜》分段。

又 百四字，仄十二韻，雙疊。 歐陽脩

翠樹芳條颭◎的的裙腰初染◎佳人攜手弄芳菲○綠陰紅影○共展雙紋簟◎插花照影窺鸞鑒◎只恐芳容減◎不堪零落春晚○青苔雨後深紅點◎　一去門閒掩◎重來卻尋朱檻◎離離秋實弄輕霜○嬌紅脈脈○似見燕支臉◎人非事往眉空斂◎誰把佳期賺◎芳心只願(一)依舊○春風更放明年艷◎「芳心」句從《詞律》，刪「長」字。

(一)《全宋詞》「願」後有「長」。但此式前後段同，「芳心」句應六字，「長」字應衍，從《詞律》刪。

歸田樂　五十字，仄六韻。　蔡伸

風生蘋末蓮香細◎新浴晚涼天氣◎猶自倚朱闌○波面雙雙彩鴛戲◎　鸞釵委墜雲堆髻◎誰會此時情意◎冰簟玉琴横○還是月明人千里◎

又　七十一字，另格，仄十韻，六疊韻。　闕名

水繞溪橋緑◎泛蘋汀步迷花曲◎衣巾散餘馥◎種竹◎更洗竹詠竹題竹◎日暮無人伴幽獨◎　光陰雙轉轂◎可惜許等閒愁萬斛◎世間種種○只是榮和辱◎念足◎又願足意足心足◎忘了眉頭怎生蹙◎

【按】《欽定詞譜》於「種竹◎更洗竹詠竹題竹◎」作「種竹更洗竹韻詠竹題竹疊」，於「念足◎又願足意足心足◎」作「念足又願足韻意足心足疊」。

四犯令　五十字，仄八韻，又名《四和香》、《桂華明》。　侯寘

月破輕雲天淡注◎夜悄花無語◎莫聽陽關牽離緒◎拌酩酊花深處◎　明日江郊芳草

路◎春逐行人去◎不是荼蘼開獨步◎能著意留春住◎

鹽角兒　五十字，仄七韻。　晁補之

開時似雪◎謝時似雪◎花中奇絶◎香非在蕊○香非在萼○骨中香徹◎　占溪風○留溪月◎堪羞損山桃如血◎直饒更疏疏淡淡○終有一般情别◎

惜春令　五十字，平仄通叶，仄二平四。　杜安世

春夢無憑猶懶起◎銀燭盡畫簾低垂◎小庭楊柳黄金翠○桃臉兩三枝◎　妝閣慵(一)梳洗◎悶無緒玉簫頻吹(二)◎紛紛飄絮(三)人疏遠○空對日遲遲◎杜詞别首兩起句亦用平韻。

(一)「慵」，《詞律》、《全宋詞》同，《欽定詞譜》作「纔」。
(二)「頻吹」，《詞律》、《全宋詞》作「抛擲」、《欽定詞譜》作「慵吹」。
(三)「紛紛飄絮」，《詞律》、《全宋詞》均作「絮飄紛紛」。

惜分飛　五十字，仄八韻。　毛滂

淚濕闌干花著露◎愁到眉峰碧聚◎此恨平分取◎更無言語空相覷◎　斷雨殘雲無意緒◎寂寞朝朝暮暮◎今夜山深處◎斷魂分付潮歸[一]去◎

又　五十二字，仄八韻，又名《惜雙雙令》。　劉弇

風外橘花香暗度◎飛絮綰殘春歸去◎醞造黄梅雨◎冷煙曉占横塘路◎　翠屏人在天低處◎驚夢斷行雲無據◎此恨憑誰訴◎恁時卻倩危絃語◎

城頭月　五十字，仄六韻。　馬天驥

城頭月色明如晝◎總是青霞有◎酒醉茶醒○飢餐困睡○不把雙眉皺◎　坎離龍虎勤交媾◎煉得丹將就◎借問羅浮○蘇耽鶴侶○還似先生否◎

[一]「歸」，《欽定詞譜》、《全宋詞》均作「回」。

天籟軒詞譜卷二目録

起五十一字，迄八十字。

千秋歲三首　西施一首　卓牌子近一首　于飛樂三首　離亭宴二首
憶帝京一首　撼庭竹一首　粉蝶兒一首　惜奴嬌一首　風入松三首
師師令一首　郭郎兒近拍一首　隔浦蓮一首　荔支香近一首　百媚孃一首
碧牡丹二首　臨江仙引一首　傳言玉女一首　剔銀燈二首　越溪春一首
長生樂一首　隔簾聽一首　訴衷情近一首　下水船二首　解蹀躞一首
撲胡蝶二首　瑞雲濃一首　蕊珠閒一首　千年調一首　番槍子一首
御街行四首　荔支香一首　波羅門引一首　鳳樓春一首　四園竹一首
側犯一首　祝英臺四首　陽關引一首　一叢花一首　甘州令一首
金人捧露盤二首　紅林檎近一首　夢還京一首　鎮西一首　過澗歇一首
瑤階草一首　安公子四首

凡百七十七調，共詞二百九十二首。

天籟軒詞譜卷二

梁谿孫平叔先生鑒定、閩中葉申薌編次

思越人　五十一字，兩换韻，平二仄四。　孫光憲

古臺平○芳草遠○館娃宫外春深◎翠黛空留千古恨○教人何處相尋◎　綺羅無復當時事◎露花點滴香淚◎惆悵遥天横淥水◎鴛鴦對對飛起◎

探春令　五十一字，仄六韻。　宋徽宗

簾旌微動○峭寒天氣○龍池冰泮◎杏花笑吐香紅淺◎又還是○春將半◎　清歌妙舞從頭按◎等芳時開宴◎記去年對著東風○曾(一)許不負鶯花願◎

【按】詞調説明「仄六韻」。然首句「簾旌微動」韻、末句「曾許不負鶯花願」非韻，均誤。應改首句

(一)「曾」，《欽定詞譜》同，《詞律》作「嘗」。

非韻，末句用韻，《詞律》、《欽定詞譜》韻句如改。《詞律》於「記去年對著東風○曾許不負鶯花願◎」作「記去年對著句東風嘗許句不負鶯花願叶」。茲徑改。

又　五十二字，仄六韻。　晏幾道

綠楊枝上曉鶯啼○報融和天氣◎被數聲吹入紗窗裏◎又驚起○嬌娥睡◎　綠雲斜嚲金釵墜◎惹芳心如醉◎爲少年濕了鮫綃帕○上都是○相思淚◎

【按】《詞律》以此詞後段體式同宋徽宗詞後段，故於「爲少年濕了鮫綃帕○上都是○相思淚◎」作「爲少年濕了句鮫綃帕上句都是相思淚叶」。

又　五十二字，仄七韻。　楊无咎

梅英粉淡○柳梢金軟○蘭芽依舊◎見萬家燈火明如晝◎正人月○圓時候◎　挨香傍玉偷攜手◎盡輕衫寒透◎聽一聲畫角催殘漏◎惜歸去○頻回首◎

燕歸梁　五十一字，平七韻。　晏殊

雙燕歸飛繞畫堂◎似留戀虹梁◎清風明月好時光◎更何況○綺筵張◎　雲衫侍女○頻傾桂醑○加意動笙簧◎人人心在玉爐香◎逢佳會○祝延長◎柳詞次句作四字。

又　五十一字，平七韻。　史達祖

獨坐㈠秋窗桂未香◎怕雨點飄涼◎玉人只在楚雲旁◎也著淚○過昏黃◎　西風今夜梧桐冷○斷無夢○到鴛鴦◎秋鉦二十五聲長◎請各自○耐㈡思量◎

雨中花　五十一字，仄六韻。　晏殊

剪翠妝紅欲就◎折得清香滿袖◎一對鴛鴦眠未足○葉下長相守◎　莫傍細條尋嫩藕◎怕緑刺罥衣傷手◎可惜許月明風露好○恰在人歸後◎

㈠「坐」，《詞律》、《欽定詞譜》、《全宋詞》均作「臥」。
㈡「耐」，《欽定詞譜》同，《詞律》、《全宋詞》作「奈」。

又　五十二字，仄六韻。　歐陽脩

千古都門行路◎能使離歌聲苦◎送盡行人○花殘春晚○又別東君去[一]◎　醉藉落花吹暖絮◎多少曲堤芳樹◎且攜手流連○良辰美景○留作相思處◎

又　五十四字，仄六韻。　程垓

舊日愛花心未了◎緊峭得花時　一笑◎幾日春寒○連宵雨悶○不道幽歡少◎　記得去年深院悄◎畫粱畔　一枝香裊◎説與西樓○後來明月○莫把梨花[二]照◎

又　五十六字，仄六韻。　王觀

百尺清泉聲陸續◎映瀟灑碧梧翠竹◎面千步迴廊○重重簾幕○小枕欹寒玉◎　試展鮫綃看畫軸◎是一片瀟湘凝緑◎待玉漏穿花○銀河垂地○月上闌干曲◎

[一]「又別東君去」，《欽定詞譜》同，《詞律》作「又到東君去」，《全宋詞》作「又到君東去」。

[二]「梨花」，《欽定詞譜》同，《全宋詞》作「菱花」。

瑶池宴　五十一字，仄十三韻，又名《越江吟》。　蘇　軾

飛花成陣◎春心困◎寸寸◎别腸多少愁悶◎無人問◎偷啼自搵◎殘妝粉◎抱瑶琴尋出幽韻◎玉纖趁◎南風來解幽慍◎低雲鬟◎眉峰斂暈◎嬌和恨◎

迎春樂　五十一字，仄七韻。　賀　鑄

雲鮮日嫩東風軟◎雪初融○水清淺◎低鬟舞按迎春遍◎似飛動○釵頭燕◎漫折梅花曾寄遠◎問誰爲倚樓淒怨◎身伴未歸鴻○猶顧戀○江南暖◎

又　五十二字，仄七韻。　周邦彦

桃蹊柳曲閒蹤跡◎俱曾是○大堤客◎解春衣貰酒城南陌◎頻醉臥○胡姬側◎鬢點吴霜嗟早白◎更誰念玉溪消息◎他日水雲身○相望處○無南北◎

又　五十三字，仄七韻。　晏　殊

長安紫陌春歸早◎嚲垂楊○染芳草◎被啼鶯語燕催清曉◎正好夢○頻驚覺◎當此際青樓臨大道◎幽會處兩情多少◎莫惜明珠百琲○占取長年少◎

鳳來朝　五十一字，仄八韻。　周邦彦

逗曉看嬌面◎小窗深弄明未辨◎愛殘朱宿粉雲鬟亂◎最好是帳中見◎説夢雙蛾微斂◎錦衾温酒香未斷◎待起又如何拚◎任日炙畫樓暖◎

秋夜雨　五十一字，仄六韻。　蔣　捷

黄雲水驛秋笳咽◎吹人雙鬢如雪◎愁多無奈處○漫碎把寒花輕撚◎紅雲轉入香心裏○夜漸深人語初歇◎此際秋(一)更别◎雁影落西窗殘月◎

伊州令　五十一字，仄六韻。　范仲允妻(二)

西風昨夜穿簾幕◎閨院添蕭索◎才是梧桐零落時(三)○又(四)迤邐秋光過卻◎人情音

(一)「秋」，《詞律》、《欽定詞譜》、《全宋詞》均作「愁」。
(二)《詞律》作者范仲允妻，《欽定詞譜》引《花草粹編》作無名氏，《全宋詞》作花仲胤妻。
(三)「才是梧桐零落時」，《欽定詞譜》同，《全宋詞》作「最是梧桐零落」，《詞律》作「最是梧桐零落」並於「落」標韻，杜文瀾《詞律校勘記》力證其誤。
(四)「又」，《欽定詞譜》有，《全宋詞》無。

信難託◎魚雁成耽閣◎教儂(一)獨自守空房○淚珠與燈花共落◎

木蘭花 五十二字，仄六韻。 毛震熙

掩朱扉○鈎翠箔◎滿院鶯聲春寂寞◎勻粉淚○恨檀郎○一去不歸花又落◎ 對斜暉○臨小閣◎前事豈堪重想著◎金帶冷○畫屏幽○寶帳慵熏蘭麝薄◎

又 五十四字，仄六韻。 魏承班

小芙蓉○香旖旎◎碧玉堂深清(二)似水◎閉(三)寶匣○掩金鋪○倚屏拖袖愁如醉◎ 遲遲好景煙光(四)媚◎曲渚鴛鴦眠錦翅◎凝然愁望靜相思○一雙笑靨嚬香蕊◎

(一)「儂」，《欽定詞譜》、《全宋詞》均作「奴」。

(二)「清」，《欽定詞譜》、《全宋詞》同，《詞律》作「情」。

(三)「開」，《欽定詞譜》同，《詞律》、《全宋詞》均作「閉」。

(四)「光」，《詞律》、《欽定詞譜》、《全宋詞》均作「花」。

又　五十五字，兩換韻，仄六。　韋莊

獨上小樓春欲暮◎愁斷玉關芳草路◎消息斷○不逢人○卻斂細眉歸繡户◎　坐看落花空歎息◎羅袂濕斑紅淚滴◎千山萬水不曾行○魂夢欲教何處覓◎按《花間集》、《木蘭花》只此三體，共五十六字，皆題《玉樓春》。今諸詞書五十六字，亦題《木蘭花》，似誤。

【按】《欽定詞譜》曰：「按《花間集》載《木蘭花》、《玉樓春》兩調，其七字八句者爲《玉樓春》體，《木蘭花》則韋詞、毛詞、魏詞共三體，從無與《玉樓春》同者。」其義甚明。《玉樓春》七字八句，而非僅僅五十六字體即《木蘭花》。

青門引　五十二字，仄六韻。　張先

乍暖還輕冷◎風雨晚來方定◎庭軒寂寞近清明○殘花中酒○又是去年病◎　樓頭畫角風吹醒◎入夜重門靜◎那堪更被明月○隔牆送過秋千影◎

醉紅妝　五十二字，平七韻。

張　先

瓊林玉樹不相饒◎薄雲衣○細柳腰◎一般妝樣百般嬌◎眉兒秀○總如描◎　東風搖草雜花飄◎恨無計○上青條◎更起雙歌郎且飲○郎未醉○有金貂◎

思遠人　五十二字，仄五韻。

晏幾道

紅葉黄花秋意晚○千里念行客◎看〔一〕飛雲過盡○歸鴻無信○何處寄書得◎　淚彈不盡臨窗滴◎就硯〔二〕旋研墨◎漸寫到别來○此情深處○紅箋爲無色◎

望江東　五十二字，仄八韻。

黄庭堅

江水西頭隔煙樹◎望不見江東路◎思量只有夢來去◎更不怕江闌住◎　燈前寫了書無數◎算没箇人傳與◎直教〔三〕尋得雁分付◎又還是秋將暮◎

〔一〕「看」，《欽定詞譜》有，《詞律》、《全宋詞》無。
〔二〕「硯」，《詞律》、《全宋詞》同，《欽定詞譜》作「枕」。
〔三〕「教」，《欽定詞譜》同，《詞律》、《全宋詞》均作「饒」。

玉團兒　五十二字，仄六韻。　周邦彦

鉛華淡汙新妝束◎好風韻天然異俗◎彼此知名○雖然初見○情分先熟◎　爐煙淡淡雲屏曲◎睡半醒生香透肉◎賴得相逢○若還虛過○生世不足◎

入塞　五十二字，平十韻。　程垓

好思量◎正秋風半夜長◎奈銀釭一點○耿耿背西窗◎衾又涼◎枕又涼◎　露華淒淒月半床◎照得人真箇斷腸◎窗前誰浸木犀黄◎花也香◎夢也香◎

引駕行　五十二字，仄六韻。　晁補之

梅梢瓊綻○東風次第開桃李◎痛年年好風景○無事對花垂淚◎　園裏◎幽賞處幽葩柔條○一一動芳意◎恨心事春來間阻○憶年時○把羅袂◎雅戲◎

【按】《詞律》將「幽賞處幽葩柔條○一一動芳意」作「幽賞處幽葩柔條一一動芳意」一句，《欽定詞譜》將「柔條」歸入下句。

又　百字，仄十一韻。

柳　永

虹收殘雨○蟬嘶敗柳長堤暮◎背都門動消黯○西風片帆輕舉◎愁睹◎泛畫鷁翩翩○靈鼉隱隱下前浦◎忍回首佳人漸遠○想高城○隔煙樹◎幾許◎　秦樓晝永[一]○謝閣連宵奇遇◎算贈笑千金○酬歌百琲○盡成輕負◎南顧◎念吴邦越國○風煙蕭索在何處◎獨自箇萬水千山○指天涯去◎

傾杯令　五十二字，仄六韻。

吕渭老

楓葉飄紅○蓮房浥[二]露○枕席嫩涼先到◎簾外蟾華如掃◎枝上啼鴉催曉◎　秋風又送潘郎老◎小窗明疏紅殘照[三]◎登高送遠惆悵○白髮至今未了◎

品令　五十二字，仄五韻。

曹　組

乍寂寞◎簾櫳靜○夜久寒生羅幕◎窗兒外有箇梧桐樹○早一葉兩葉落◎　獨倚屏山欲

[一]「晝永」，《欽定詞譜》同，《詞律》、《全宋詞》作「永晝」。

[二]「浥」，《欽定詞譜》同，《詞律》、《全宋詞》作「肥」。

[三]「疏紅殘照」，《欽定詞譜》同，《詞律》、《全宋詞》作「疏螢淺照」。

寐○月轉驚飛烏鵲◎促織兒聲響雖不大○敢教賢睡不著◎

又　五十五字，仄九韻。　周邦彦

夜闌人静◎月痕寄梅梢疏影◎簾外曲角闌干近◎舊攜手處○花霧寒成陣◎　應是不禁愁與恨◎縱相逢難問◎黛眉曾把春山[一]印◎後期無定◎斷腸香銷盡◎

又　六十四字，仄八韻。　周紫芝

霜蓬零亂◎笑緑鬢光陰晚◎紫茱時節○小樓長醉○一川平遠◎休説龍山佳會○此情不淺◎　黄花香滿◎記白苧吴歌軟◎如今卻向○亂山叢裏○一枝重看◎對著西風搔首○爲誰腸斷◎

憶餘杭　五十二字，四換韻，仄四平四。　潘　閬

長憶西湖湖水上◎盡日憑闌樓上望◎三三兩兩釣魚舟◎島嶼正清秋◎　笛聲依約蘆花

[一]「山」，《欽定詞譜》同，《詞律》、《全宋詞》作「衫」。

裏◎白鳥成行忽飛起◎别來閑想整綸竿◎思人水雲寒◎此調有於起句落去「湖水上」三字，遂致失去兩韻，且有題爲《酒泉子》者，均誤。

【按】《欽定詞譜》首句無「湖水上」三字，遂致一二句非韻。以潘閬同調他詞相較，是。《詞律》有「湖水上」三字，收爲《酒泉子》又一體。

尋芳草 五十二字，仄七韻，又名《王孫信》。 辛棄疾

有得許多淚◎更閒卻許多鴛被◎枕頭兒放處都不是◎舊家時怎生睡◎　更也没書來◯那堪被雁兒調戲◎道無書卻有書中意◎排幾箇人人字◎

鋸解令 五十二字，仄五韻。 楊无咎

送人歸後酒醒時◯睡不穩衾翻翠縷◎應將别淚灑西風◯盡化作斷腸夜雨◎　卸帆浦潊◎一種悽惶兩處◎尋思卻是我無情◯便不解寄將夢去◎

雙雁兒　五十二字，平八韻。　楊无咎

窮陰急景暗催㈠遷◎減緑鬢○損朱顏◎利名牽役幾時閒◎又還驚○一歲圓◎　勸君今夕不須眠◎且滿滿㈡○泛觥船◎大家沈醉對芳筵◎願新年○勝舊年◎

醉花陰　五十二字，仄六韻。　李清照

薄霧濃雲愁永晝◎瑞腦銷㈢金獸◎佳節又重陽○寶㈣枕紗廚○半夜秋㈤初透◎　東籬把酒黄昏後◎有暗香盈袖◎莫道不銷魂○簾捲西風○人比黄花瘦◎

望遠行　五十三字，平八韻。　李珣

春日遲遲思寂寥◎行客關山路遥◎瓊窗時聽語鶯嬌◎柳絲牽恨一條條◎　休暈繡○罷

㈠「催」，《詞律》、《欽定詞譜》、《全宋詞》均作「摧」。
㈡「滿滿」，《詞律》、《全宋詞》同，《欽定詞譜》作「慢慢」。
㈢「銷」，《詞律》、《全宋詞》均作「噴」。
㈣「寶」，《全宋詞》作「玉」。
㈤「秋」，《詞律》同，《全宋詞》作「涼」。

吹簫◎貌逐殘花暗凋◎同心猶結舊裙腰◎忍辜風月度良宵◎

又　五十四字，平八韻。　南唐中主(一)

碧砌花光照眼(二)明◎朱扉鎮日長扃◎餘寒欲去夢難成◎爐香煙冷自亭亭◎　遼陽月○秣陵砧◎不傳消息但傳情◎黃金臺(三)下忽然驚◎征人歸日二毛生◎

又　六十字，兩換韻，平十。　韋　莊

欲別無言倚畫屏◎含恨暗傷神◎謝家庭樹錦雞鳴◎殘月落邊城◎　人欲別○馬頻嘶◎緑槐千里長堤◎出門芳草路萋萋◎雲雨別來易東西◎不忍別君後○卻入舊香閨◎

(一)《欽定詞譜》作者亦爲南唐中主，《詞律》作後主，《全唐五代詞》作中主。
(二)「照眼」，《全唐五代詞》作「錦繡」。
(三)「臺」，《全唐五代詞》作「窗」。

又　七十八字，另格，平八韻。　闕名

當時雲雨夢○不負楚王期◎翠峰中高樓十二掩瑶扉◎盡人間歡會○只有兩心自知◎漸玉困花柔香汗揮◎　歌聲翻別怨○雲馭欲回時◎這無情紅日○何似且休西◎但涓涓珠淚○滴濕仙郎羽衣◎怎忍見雙鴛相背飛◎

又　百六字，另格，仄九韻。　柳永

長空降瑞○寒風剪淅淅瑶花初下◎亂飄僧舍○密灑歌樓○迤邐漸迷鴛瓦◎好是漁人○披得一蓑歸去○江上晚來堪畫◎滿長安高卻○旗亭酒價◎　幽雅◎乘興最宜訪戴○泛小棹越溪瀟灑◎皓鶴奪鮮○白鷳失素○千里廣鋪寒野◎須信幽蘭歌斷○同雲散(一)盡○別有瑶臺瓊榭◎放一輪明月○交光清夜◎

【按】《詞律》亦作「滿長安高卻○旗亭酒價」，《欽定詞譜》作「滿長安讀高卻旗亭酒價」。

(一)「散」，《詞律》、《欽定詞譜》、《全宋詞》均作「收」。

紅窗聽　五十三字，仄六韻，「聽」又作「睡」。　晏殊

淡薄梳妝輕結束◎天付與臉紅眉綠◎連環書素傳情久○許雙飛同宿◎　一晌無端分比目◎誰知道風前月底○相看未足◎此心終擬○覓鸞膠(一)重續◎

紅窗迥　五十三字，仄七韻，「迥」又作「影」。　周邦彦

幾日來真箇醉◎早窗外亂紅(二)○已深半指◎花影被風搖碎◎擁春酲未起◎　有箇人人生(三)濟楚(四)○向耳邊問道○今朝醒未◎情性(五)慢騰騰地◎惱得人越(六)醉◎

【按】此詞文本基本同《欽定詞譜》，句讀韻亦同。然《全宋詞》多出相關文字，自然句型結構有差異。

(一)「膠」，《欽定詞譜》、《全宋詞》均作「弦」。
(二)「早窗外亂紅」，《全宋詞》作「不知道窗外亂紅」。
(三)「生」後，《全宋詞》多一「得」字。
(四)「楚」後，《全宋詞》多一「來」字。
(五)「性」後，《全宋詞》多一「兒」字。
(六)「越」，《全宋詞》作「又」。

紅羅襖　五十三字，平六韻。　周邦彦

晝燭尋歡去○羸馬載愁歸◎念取酒東壚○尊罍雖近○采花南圃○蜂蝶須知◎　自分袂天闊鴻(一)稀◎空懷(二)夢約心期◎楚客憶江籬◎算宋玉未必爲秋悲◎

上林春　五十三字，仄六韻。　毛滂

蝴蝶初翻簾繡◎萬玉女齊回舞袖◎落花飛絮濛濛○長憶著灞橋別後◎　濃香斗帳自永漏◎任滿地月深雲厚◎夜寒不近流蘇○只憐他後庭梅瘦◎

臨江仙　五十四字，平六韻。　和凝

披袍窣地紅宮錦○鶯語時囀輕音◎碧羅冠子穩犀簪◎鳳皇雙颭步摇金◎　肌骨細匀紅玉軟○眼波微送春心◎嬌羞不肯入鴛衾◎蘭膏光裏兩情深◎

(一)「鴻」，《詞律》、《全宋詞》同，《欽定詞譜》作「紅」。
(二)「懷」後，《詞律》多一「乖」字。

又　五十六字，平六韻。　趙長卿

夜久笙簫吹徹○更深星斗還稀◎醉拈裙帶寫新詩◎瑣窗風露○燭灺月明時◎　水調悠揚聲美○幽情彼此心知◎古香煙斷彩雲歸◎滿斟蕉葉○齊唱轉花枝◎

又　五十八字，平七韻。　毛文錫

暮蟬聲盡落斜陽◎銀蟾影掛瀟湘◎黃陵廟側水茫茫◎楚山紅樹○煙雨隔高唐◎　岸泊漁燈風颭碎○白蘋遠散濃香◎靈娥鼓瑟韻清商◎朱絃淒切○雲散碧天长◎

又　五十八字，仄六韻。　南唐後主

櫻桃落盡春歸去○蝶翻金粉雙飛◎子規啼月小樓西◎玉鉤羅幕○惆悵捲金泥◎　别巷寂寥人散後○望殘煙草低迷◎爐香閒裊鳳皇兒◎空持羅帶○回首恨依依◎

又　五十八字，平六韻。　徐昌圖

飲散離亭西去○浮生長恨飄蓬◎回頭煙柳漸重重◎淡雲孤雁遠○寒日暮天紅◎　今夜

畫船何處○潮平淮月朦朧◎酒醒人静奈愁濃◎殘燈孤枕夢○輕浪五更風◎

又　五十九字，平六韻。　馮延巳

秣陵江上多離别○雨晴芳草煙深◎路遥人去馬嘶沈◎青簾斜掛裏○新柳萬枝金◎　隔江何處吹横笛○沙頭驚起雙禽◎徘徊一晌幾般心◎天長煙遠○凝恨獨沾襟◎

又　六十字，平六韻。　顧　夐

碧染長空池似鏡○倚樓閒望凝情◎滿衣紅藕細香清◎象牀珍簟○山障掩○玉琴横◎　暗想昔時歡笑事○如今贏得愁生◎博山爐暖篆(一)煙輕◎蟬吟人静○殘日傍○小窗明◎

又　六十字，平六韻。　晁補之

緑暗汀洲三月暮○落花風静帆收◎垂楊低映木蘭舟◎半篙春水滑○一段夕陽愁◎　灞

(一)「篆」，《詞律》、《欽定詞譜》、《全宋詞》均作「淡」。

水橋東回首處○美人親上簾鈎◎青鸞無計入紅樓◎行雲歸楚峽○飛夢到揚州◎

又 六十二字，平六韻。 晏幾道

東野亡來無麗句○于君去後少交親◎追思往事好沾巾◎白頭王建在○猶見詠詩人◎

學道深山空自老○留名千載不干身◎酒筵歌席莫辭頻◎爭如南陌上○占取一年春◎

浪淘沙 五十四字，平八韻，又名《賣花聲》、《過龍門》。 南唐後主

簾外雨潺潺◎春意闌珊◎羅衾不耐五更寒◎夢裏不知身是客○一晌貪歡◎ 獨自莫憑

闌◎無限江山◎別時容易見時難◎流水落花春去也○天上人間◎

又 五十二字，平八韻。 柳永

有箇人人◎飛燕精神◎急鏘環佩上華裀◎促拍盡隨紅袖舉○風柳腰身◎ 簌簌輕裙◎

妙盡尖新◎曲終獨立斂香塵◎應是四肢(一)嬌困也○眉黛雙顰◎

又　五十四字，仄八韻。　宋　祁

扁舟欲解垂楊岸◎尚同歡宴◎日斜歌闋將分散◎倚蘭橈○望水遠天遠人遠◎　少年不管◎流光如箭◎因循不覺韶華换◎到如今○始惜月滿花滿酒滿◎

又　五十五字，仄七韻。　杜安世

念念相思苦◎黛眉長聚◎碧池驚散睡鴛鴦○當初容易分飛去◎恨孤負歡侶◎　又是春暮◎落花飛絮◎子規啼盡斷腸聲○秋千庭院○紅旗彩索○淡煙疏雨◎

金鳳鉤　五十四字，仄六韻。　晁補之

忽驚拂水雙來燕◎　雪晴閒步花畔◎試屈指早春將半◎櫻桃枝上最先到○卻恨小梅芳淺◎

(一)「四肢」，《詞律》、《欽定詞譜》同，《全宋詞》作「西施」。

燕◎暗自憶故人猶遠◎一分風雨占春愁○一來又對花腸斷◎

又　五十五字，仄七韻。　晁補之

春辭我向何處◎怪草草夜來風雨◎一簪華發○少歡饒恨○無計殢春且住◎春回常恨尋無路◎試向我小園徐步◎一闌紅藥○倚風含露◎春自未曾歸去◎

端正好　五十四字，仄八韻，又名《於中好》。　杜安世

檻菊愁煙沾秋露◎天微冷雙燕辭去◎月明空照別離苦◎透寒光○穿朱户◎夜來西風凋寒樹◎憑闌望迢迢長路◎花牋寫就此情緒◎待寄傳○知何處◎此調與《杏花天》起結處俱異，似應分列。

杏花天　五十四字，仄八韻。　周　密

漢宫乍出慵梳掠◎關月冷玉沙飛漠◎龍香撥指春風弱◎一曲哀絃漫託◎君恩厚(一)

(一)「厚」，《全宋詞》作「重」。

空憐命薄◎青冢遠幾番花落◎丹青自是難描摸◎不是當時畫錯◎

戀繡衾　五十四字，平五韻。　吴文英

頻摩書眼怯細文◎小窗陰天氣似昏◎獸爐暖○慵添困○帶茶煙微潤寶熏◎　少年驕馬西風冷○舊春衫猶涴酒痕◎夢不到○梨花路○斷長橋無限暮雲◎

【按】詞調説明「平五韻」，實標六韻。《詞律》、《欽定詞譜》及唐宋詞例，下片首句均用韻。兹譜原以「冷」字標韻，誤。徑改。

又　五十六字，平五韻。　趙汝茪

柳絲空有千萬條◎繫不住溪頭畫橈◎想今宵也對新月○過輕寒何處小橋◎　玉簫臺榭春多少○溜啼痕盈臉未消◎怪別來燕支慵傅○被東風偷在杏梢◎

江月晃重山 五十四字，平六韻。 元好問

塞上秋風鼓角○城頭落日旌旗◎少年鞍馬適相宜◎從軍樂○莫問所從誰◎ 候騎纔通薊北○先聲已過遼西◎歸期猶及柳依依◎春閨月○紅袖不須啼◎

【按】此《江月晃重山》以元好問詞爲體，《詞律》、《欽定詞譜》均以陸游詞爲體，宜後二者爲是。

擷芳詞 五十四字，兩換韻，又名《釵頭鳳》。 闕名

風摇動◎雨濛茸◎仄聲翠條柔弱花頭重◎春衫窄◎香肌濕◎記得年時○共伊曾摘◎ 都如夢◎何曾共◎可憐孤似釵頭鳳◎關山隔◎晚雲碧◎燕兒來也○又無消息◎

又 五十八字，兩換韻，仄十三，四疊韻，又名《摘紅英》。 史達祖

春愁遠◎春夢亂◎鳳釵一股輕塵滿◎江煙白◎江波碧◎柳户清明○燕簾寒食◎憶憶◎ 鶯聲晚◎簫聲短◎落花不許春拘管◎新相識◎休相失◎翠陌吹衣○畫樓横笛◎得得◎

【按】《欽定詞譜》於「憶憶」、「得得」各標一韻一疊。詞調説明「仄十二韻」，實標十三韻，兹徑改。

又　五十八字，兩換韻，仄六平六，四疊韻，又名《惜分釵》。　吕渭老

重簾掛◎微燈下◎背闌同説春風話◎月盈樓◎淚盈眸◎覷著紅裀○無計遲留◎休休◎　鶯花謝◎春殘也◎等閒泣損香羅帕◎見無由◎恨難收◎夢短屏深○清夜濃愁◎悠悠◎

【按】《欽定詞譜》於「休休」、「悠悠」各標一韻一疊。

又　六十字，兩換韻，仄十二，六疊韻，又名《玉瓏璁》。　陸　游

紅酥手◎黄縢酒◎滿城春色宫牆柳◎東風惡◎歡情薄◎一懷愁緒○幾年離索◎錯錯錯◎　春如舊◎人空瘦◎淚痕紅浥鮫綃透◎桃花落◎閒池閣◎山盟雖在○錦書難託◎莫莫莫◎

【按】《詞律》調名《釵頭鳳》，六十字，又名《玉瓏璁》、《折紅英》。前後段末三疊字，《詞律》均作「叶、疊、疊」。

又 六十字，兩換韻，仄六平六，六疊韻。 唐　氏

世情薄◎人情惡◎雨送黄昏花易落◎曉風乾◎淚痕殘◎欲牋心事○獨語斜闌◎難難難◎　人成各◎今非昨◎病魂嘗(一)似秋千索◎角聲寒◎夜闌珊◎怕人尋問○咽淚裝歡◎瞞瞞瞞◎

【按】前後段末各三疊字，《欽定詞譜》標爲「韻、疊、疊」。

河傳 五十五字，四換韻，仄五平十。 温庭筠

湖上◎閒望◎雨蕭蕭◎煙浦花橋◎路遥◎謝娘翠蛾愁不銷◎終朝◎夢魂迷晚潮◎　蕩

(一)「嘗」，《欽定詞譜》同，《全宋詞》作「常」。

子天涯歸棹遠◎春已晚◎鶯語空腸斷◎若耶溪◎溪水西◎柳堤◎不聞郎馬嘶◎

【按】《欽定詞譜》詞調仄五平九，與此相較，惟「煙浦花橋」無韻，且與「路遥」二字構成一韻，故少一平韻。《詞律》句韻同《欽定詞譜》。以温庭筠《河傳》另一首「江畔◎相喚◎曉妝鮮◎仙景個女採蓮◎請君莫向那岸邊◎少年◎好花新滿船◎」來看，第四句「仙景個女採蓮」之「女」字不韻，因此「煙浦花橋」也應不韻。故兹處支持《詞律》、《欽定詞譜》。

又　五十一字，仄九韻。　張　泌

渺莽雲水◎惆悵暮帆○去程迢遞◎夕陽芳草○千里萬里◎雁聲無限起◎　夢魂悄斷煙波裏◎心如醉◎相見何處是◎錦屏香冷無睡◎被頭多少淚◎

【按】《欽定詞譜》「渺莽雲水」，前二字標句。

又　五十一字，四換韻，仄五平六。　　張　泌

紅杏(一)◎交枝相映◎密密濛濛◎一庭濃艷倚東風◎香融◎透簾櫳◎　斜陽似共春光語◎蝶爭舞◎更引流鶯妒◎魂銷千片玉尊前◎神仙◎瑶池醉暮天◎

又　五十三字，四換韻，仄六平五，又名《月照梨花》、《怨王孫》。　　韋　莊

錦里◎蠶市◎滿街珠翠◎千萬紅妝◎玉蟬金雀寶髻○花簇鳴璫◎繡衣長◎　日斜歸去人難見◎青樓遠◎隊隊行雲散◎不知今夜何處○深鎖蘭房◎隔仙鄉◎

又　五十三字，四換韻，仄八平六。　　顧　夐

曲檻◎春晚◎碧流紋細○緑楊絲軟◎露華鮮◎杏枝繁◎鶯囀◎野蕪平似翦◎　直是人間到天上◎堪游賞◎醉眼疑屏障◎對池塘◎惜韶光◎斷腸◎爲花須盡狂◎

(一)《花草粹編》詞首「紅杏」二字疊，《欽定詞譜》二字疊。此不疊，同《詞律》、《全唐五代詞》。

【按】《欽定詞譜》本調詞説明：「雙調五十三字，前段八句五仄韻，後段七句三仄韻四平韻。」總體比本調詞多二韻。本調詞「露華鮮◎杏枝繁◎」二處標韻，《欽定詞譜》標句，兹從《欽定詞譜》。

又　五十四字，三换韻，仄七平四。　顧夐

繡幃香斷

燕颺晴景◎小窗屏暖○鴛鴦交頸◎菱花掩卻翠鬟攲○慵整◎海棠簾外影◎金瀲鵜◎無消息◎心事空相憶◎倚東風◎春正濃◎愁紅◎淚痕衣上重◎

【按】《欽定詞譜》於首句「燕颺」處標句，以顧夐同調來斷，應是。

又　五十四字，四换韻，仄六平二。　孫光憲

玉爐香

花落◎煙薄◎謝家池閣◎寂寞春深◎翠蛾煙斂意沈吟◎沾襟◎無人知此心◎斷霜灰冷◎簾鋪影◎梁燕歸文㈠杏◎晚來天◎空悄然◎孤眠◎枕檀雲髻偏◎

㈠「文」，《詞律》、《欽定詞譜》、《全唐五代詞》均作「紅」。

【按】本調説明「仄六平二」，誤，應爲「仄六平八」。

又　五十五字，三換韻，仄九平四。　孫光憲

風颭◎波斂◎團荷閃閃◎珠傾露點◎木蘭舟上○何處吴娃越艷◎藕花紅照臉◎　大堤狂殺襄陽客◎煙波隔◎渺渺湖光白◎身已歸◎心不歸◎斜暉◎遠汀鸂鶒飛◎

又　五十五字，四換韻，仄七平五。　李珣

春暮◎微雨◎送君南浦◎愁斂雙蛾◎落花深處◎啼鳥似逐離歌◎粉檀珠淚和◎　臨流更把同心結◎情哽咽◎後會何時節◎不堪回首相望○已隔汀洲◎艣聲幽◎

又　五十七字，仄九韻。　柳永

翠深紅淺◎愁蛾黛蹙○嬌波刀翦◎奇容妙伎○互逞舞裀歌扇◎妝光生粉面◎　坐中醉客風流慣◎尊前見◎特地驚狂眼◎不似少年時節○千金爭選◎相逢何太晚◎

又　六十一字，仄八韻。　秦　觀

恨眉醉眼◎甚輕輕覷著○神魂迷亂◎常記那回○小曲闌干西畔◎鬢雲鬆○羅襪剗◎丁香笑吐嬌無限◎語軟聲低○道我何曾慣◎雲雨未諧○早被東風吹散◎悶煞人○天不管◎

芳草渡　五十五字，兩換韻。平六仄五。　馮延巳

梧桐落○蓼花秋◎煙初冷○雨纔收◎蕭條風物正堪愁◎人去後○多少恨○在心頭◎燕鴻遠◎羌笛怨◎渺渺澄波一片◎山如黛○月如鉤◎笙歌散◎魂夢斷◎倚高樓◎

又　五十七字，平八韻。　張　先

主人宴客玉樓西◎風飄忽○雪雰霏◎唐昌花蕊漸平枝◎浮光裏○寒聲聚○隊禽棲◎驚曉日○喜春遲◎野橋時伴梅飛◎山明日遠霽雲披◎溪上月○堂下水○並春暉◎

【按】原「伴梅飛」標句，誤。據本調説明「平八韻」以及《欽定詞譜》、《詞律拾遺》句韻標注改句爲韻。

又

八十九字，另格，仄十韻。周邦彦

昨夜裏○又再宿桃源○醉邀仙侶◎聽碧窗風快○疏簾半捲愁雨◎多少離恨苦◎方留連啼訴◎鳳帳曉○又是匆匆○獨自歸去◎　愁顧◎滿懷淚粉○瘦馬衝泥尋去路◎漫回首煙迷望眼○依稀見朱户◎似癡似醉○暗惱損憑闌情緒◎澹暮色○看盡棲鴉亂舞◎

睿恩新

五十五字，仄六韻。晏　殊

紅絲一曲傍階砌◎珠露下獨呈纖麗◎翦鮫綃碎作香英○分綵線簇成嬌蕊◎　向晚群花新瘁◎放朵朵似延秋意◎待佳人插向釵頭○更裊裊低臨鳳髻◎

夜行船

五十五字，仄六韻，又名《明月棹孤舟》。歐陽脩

憶昔西郊歡縱◎自别後有誰能共◎伊川山水洛川花○細尋思舊游如夢◎　今日相逢情愈重◎愁聞唱畫樓鐘動◎白髮天涯逢此景○倒金尊殢誰相送◎

又　五十五字，仄六韻。　謝絳

昨夜佳期初共◎鬢雲低翠翹金鳳◎尊前和笑不成歌○意偷傳眼波微送◎　草草不容成楚夢◎漸寒深翠簾霜重◎相看送到斷腸時○月西斜畫樓鐘動◎

又　五十六字，仄六韻。　史達祖

不翦春衫愁意態◎過收燈有些寒在◎小雨空簾○無人深巷○已早杏花先賣◎　白髮潘郎寬沈帶◎怕看山憶他眉黛◎草色拖裙○煙光惹鬢○常記故園挑菜◎

又　五十八字，仄六韻。　趙長卿

緑蓋紅幢籠碧水◎魚跳處浪痕勻碎◎惜別殷勤○留連無計○歌聲與淚珠柔脆◎　一葉扁舟煙浪裏◎曲灘頭此情無際◎窈窕眉山○暮霞紅處○雨雲想翠峰十二◎

鷓鴣天　五十五字，平六韻，又名《思佳客》。　晏幾道

彩袖殷勤捧玉鍾◎當年拚卻醉顏紅◎舞低楊柳樓心月○歌盡桃花扇底風◎　從別後○

憶相逢◎幾回魂夢與君同◎今宵剩把銀釭照○猶恐相逢是夢中◎

徵招調中腔　五十五字，仄六韻。　王安中

紅雲蒨霧籠金闕◎聖運叶星虹佳節◎紫禁曉風馥天香○奏九韶○帝心悅◎瑶階萬歲蟠桃結◎睿算永壺天風月◎日觀幾時六龍來○金縷玉牒告功業◎

步蟾宮　五十五字，仄六韻。　汪存

玉京此去春猶淺◎正雪絮馬頭零亂◎姮娥翦就緑雲裳○待來步蟾宮與換◎明年二月桃花岸◎雙槳浪平煙暖◎揚州十里小紅樓○盡捲上珠簾一半◎

又　五十六字，仄六韻。　鍾過

東風又送荼蘼信◎蚤吹得愁成潘鬢◎花開猶似十年前○人不似十年前俊◎水邊珠翠香成陣◎也消得燕窺鶯認◎歸來沈醉月朦朧○覺花氣滿襟猶潤◎

亭前柳 五十五字，平六韻。 朱雍

佇立東風裏○放纖手淨試梅妝◎眉暈輕輕畫○遠山長◎添新恨○更淒涼◎ 嘗憶得(一)驛亭人別後○尋春去盡是幽香◎歸路臨清淺○在寒塘◎同水月○照虛廊◎

虞美人 五十六字，四換韻，仄四平四。 南唐後主

風回小院庭蕪緑◎柳眼春相續◎憑闌半日獨無言◎依舊竹聲新月似當年◎ 笙歌未散尊罍在◎池面冰初解◎燭明香暗畫樓(二)深◎兩鬢清霜殘雪思難禁◎後段有不換韻者。

又 五十八字，四換韻，仄四平六。 毛文錫

寶檀金縷鴛鴦枕◎綬帶盤官錦◎夕陽低映小窗明◎南園緑樹語鶯鶯◎夢難成◎ 玉爐香暖頻添炷◎滿地飄輕絮◎珠簾不捲度沈煙◎庭前閒立畫秋千◎艷陽天◎

(一)「得」，《詞律》、《全宋詞》有，《欽定詞譜》無。
(二)「樓」，《全唐五代詞》同，《欽定詞譜》作「闌」。

又　五十八字，兩換韻，平十。　顧　敻

觸簾風送景陽鐘◎鴛被繡花重◎曉幃初捲冷煙濃◎翠匀粉黛好儀容◎思嬌慵◎　起來無語理朝妝◎寶匣鏡凝光◎綠荷相倚滿池塘◎露清枕簟藕花香◎恨悠揚◎

瑞鷓鴣　五十六字，平五韻，又名《舞春風》。　馮延巳

纔罷嚴妝㈠怨曉風㈡◎粉牆畫壁宋家東◎蕙蘭有恨枝猶綠○桃李無言花自紅◎　燕燕巢時羅幕捲○鶯鶯啼處鳳樓㈢空◎少年薄幸知何處○每夜歸來春夢中◎

又　六十四字，平六韻。　晏　殊

越娥紅淚泣朝雲◎越梅從此學嬌顰◎臘月初頭○庾嶺繁開後○特染妍華贈世人◎　前溪昨夜深深雪○朱顏不掩天真◎何時驛使西歸○寄與相思客○一枝新◎報道江南別樣春◎

㈠「纔罷嚴妝」，《詞律拾遺》、《全唐五代詞》作「嚴妝纔罷」。
㈡「曉風」，《詞律拾遺》、《全唐五代詞》作「春風」。
㈢「樓」，《詞律拾遺》作「臺」。

又　八十八字，另格，平十韻。　柳永

寶髻瑤簪◎嚴妝巧○天然緑媚紅深◎綺羅叢裏○獨逞謳吟◎一曲陽春定價○何啻值千金◎傾聽處○王孫帝子○鶴蓋成陰◎　凝態掩霞襟◎動檀(一)板○聲聲怨思難任◎嘹亮處迴壓絃管沈沈(二)◎時恁回眸斂黛○空役五陵心◎須信道緣情寄意○別有知音◎

【按】「動檀板○聲聲怨思難任◎」，《欽定詞譜》作「動象板聲聲句怨思難任韻」，《詞律》如之。「嘹亮處迴壓絃管沈沈」，《欽定詞譜》作「嘹亮處句迴壓絃管低沈」，《詞律》如之。

玉樓春　五十六字，兩換韻，仄六。　牛嶠

春入橫塘搖淺浪◎花落小園空惆悵◎此情誰信爲狂夫○恨翠愁紅流枕上◎　小玉窗前嗔燕語◎紅淚滴穿金線縷◎雁歸不見報郎歸○織成錦字(三)封過與◎

(一)「檀」，《詞律》、《欽定詞譜》作「象」。
(二)「沈沈」，《欽定詞譜》作「低沈」。
(三)「織成錦字」，《欽定詞譜》作「錦字織成」。

又　五十六字，仄六韻。　南唐後主

晚妝纔了明肌雪◎春殿嬪娥魚貫列◎鳳簫聲斷水雲間○重按霓裳歌遍徹◎　臨風誰更飄香屑◎醉拍闌干情未切◎歸時休放燭花紅○醉踏馬蹄清夜月◎換韻有不叶韻者。

鳳銜杯　五十六字，仄八韻。　晏殊

青蘋昨夜秋風起◎無限箇露蓮相倚◎獨憑朱闌○愁放晴天際◎空目斷○遥山翠◎　彩牋長○錦書細◎誰信道兩情難寄◎可惜良辰美景歡娛地◎只恁空憔悴◎

又　五十六字，平八韻。　晏殊

柳條花纇惱青春◎更那堪飛絮紛紛◎一曲細絲○清脆倚朱脣◎斟緑酒○掩紅巾◎　追往事○惜芳辰◎暫時間留住行雲◎端的自家心下眼中人◎到處覺尖新◎

【按】「一曲細絲○清脆倚朱脣」，《欽定詞譜》作「一曲細絲清脆讀倚朱脣」。

又　六十三字，仄八韻。　柳永

有美瑤卿能染翰◎千里寄小詩長簡◎想初襞苔牋○旋揮翠管◎紅窗畔◎漸玉筯銀鈎滿◎　錦囊收○犀軸捲◎常珍重小齋吟玩○更寶若珠璣○置之懷袖時時看◎似頻見千嬌面◎

翻香令　五十六字，平六韻。　蘇軾

金爐猶暖麝煤殘◎惜香愛(一)把寶釵翻◎重匀(二)處○餘熏在○這一番(三)氣味勝從前◎　背人偷蓋小蓬(四)山◎更拈(五)沈水暗同煎(六)◎且圖得○氤氳久○爲情深嫌怕斷頭煙◎

(一)「愛」，《欽定詞譜》同，《詞律》、《全宋詞》作「更」。
(二)「匀」，《欽定詞譜》同，《詞律》、《全宋詞》作「聞」。
(三)「一番」，《詞律》、《全宋詞》同，《欽定詞譜》作「一般」。
(四)「蓬」，《詞律》、《全宋詞》同，《欽定詞譜》作「重」。
(五)「拈」，《詞律》、《全宋詞》均作「將」。
(六)「煎」，《詞律》、《欽定詞譜》、《全宋詞》均作「然」。

鵲橋仙　五十六字，仄四韻。　　秦　觀

纖雲弄巧○飛星傳恨○銀漢迢迢暗度◎金風玉露一相逢○便勝卻人間無數◎　柔情似水○佳期如夢○忍顧鵲橋歸路◎兩情若是久長時○又豈在朝朝暮暮◎

又　五十六字，仄六韻。　　元好問

梨花春暮○垂楊秋晚◎歸袖無人重挽◎浮雲流水十年間○算只有青山在眼◎　風臺月榭○朱唇檀板◎多病全疏酒盞◎劉郎爭得似當年○比前度心情更減◎

又　五十六字，仄八韻。　　辛棄疾

溪邊白鷺◎來吾告汝◎溪裏魚兒堪數◎主人憐汝汝憐魚○要物我欣然一趣◎　白沙遠浦◎青泥別渚◎剩有蝦跳鰍舞◎任君飛去飽時來○看頭上風吹一縷◎

又　八十八字，另格，仄十一韻。　　柳　永

屆征途○攜書劍○迢迢匹馬東歸去◎慘離懷○嗟年少易分難聚◎佳人方恁繾綣○便忍分

鴛侶◎當媚景○算密意幽歡○盡成輕[一]負◎　此際寸腸萬緒◎慘愁顔斷魂無語◎和淚眼片時幾番回顧◎傷心脈脈誰訴◎但黯然凝佇◎暮煙寒雨◎望秦樓何處◎

【按】詞調説明「仄十一韻」，實標十二韻。「算密意幽歡」，原標韻，誤，應改。《詞律》、《欽定詞譜》均標句。「歡」顯然不同本詞韻。《詞律》「和淚眼片時」標句。《欽定詞譜》「和淚眼」標讀，「片時幾番回顧」標韻。

思歸樂　五十六字，仄八韻。　柳　永

天幕清和堪宴聚◎想得盡高陽儔侶◎皓齒善歌長袖舞◎漸引入醉鄉深處◎　晚歲光陰能幾許◎這巧宦不須多取◎把酒共君聽[二]杜宇◎解[三]再三勸君歸去◎

[一]「輕」，《詞律》作「孤」。
[二]「聽」，《欽定詞譜》、《全宋詞》同，《詞律》作「勸」。
[三]「解」，《詞律》無。

玉闌干　五十六字，仄六韻。　杜安世

珠簾怕捲殘春（一）景◎小雨牡丹零欲盡◎庭軒悄悄燕高空（二）○風飄絮緑苔侵徑◎　欲將幽恨傳愁信◎想後期無箇憑定◎幾回獨睡不思量○還悠悠夢裏尋趁◎

【按】《詞律》曰「《玉闌干》五十四字」，此較多第一二句「怕」、「欲」二字。《詞律》曰「珠簾捲句殘春景韻小雨牡丹零盡叶」。無他詞可較，不知孰是。

遍地錦　五十六字，仄五韻。　毛滂

白玉闌邊自凝佇◎滿枝頭彩雲雕霧◎甚芳菲繡得成團○砌合出韶華好處◎　暖風前一笑盈盈○吐檀心向誰分付◎莫與他西子精神○不枉了東君雨露◎

（一）「殘春」，《欽定詞譜》、《全宋詞》作「春殘」。
（二）「空」，《詞律》、《全宋詞》同，《欽定詞譜》作「飛」。

茶瓶兒　五十六字，仄九韻。　李元膺

去年相逢深院宇◎海棠下曾歌金縷◎歌罷花如雨◎翠羅衫上○點點紅無數◎　今歲重尋攜手處◎空物是人非春暮◎回首青雲(一)路◎亂英飛絮◎相逐東風去◎

【按】「亂英飛絮」標韻，同《欽定詞譜》，《詞律》標句。《欽定詞譜》曰：「《詞律》以後結『絮』字非韻，不知前句不押韻後句押韻者詞中盡多，若在換頭後結更多。蓋詞以韻爲拍，過變曲終，不妨多加拍也。」

廳前柳　五十六字，平七韻。　趙師俠

晚秋天◎過暮雨○雲容斂○月澄鮮◎正風露淒清處○砌蛩喧◎更黄葉○舞翩翩◎　念故里千山雲水隔○被名韁利鎖縈牽◎莫作悲秋意○對尊前◎且同樂○太平年◎

(一)「雲」，《詞律》、《全宋詞》作「門」。

樓上曲　五十六字，四換韻，仄四平四。　張元幹

樓上(一)夕陽明遠水◎樓中人倚東風裏◎何事有情怨別離◎低鬟背立君應知◎　東望雲山君去路◎斷腸迢迢盡愁處◎明朝不忍見雲山◎從今休傍曲闌干◎

卓牌子　五十六字，仄六韻。　楊无咎

西樓天將晚○流素月寒光正滿◎樓上笑揖姮娥○似看羅襪塵生○鬟雲風亂◎　珠簾終夕捲◎拚不寐闌干憑暖◎好在影落清尊○冷侵香幄○歡餘未教人散◎

市橋柳　五十六字，仄六韻。　蜀　妓

欲寄意渾無所有◎折盡市橋官柳◎看君著上征衫○又相將放船楚江口◎　後會不知何日又◎是男兒休要鎮長相守◎苟富貴毋相忘○若相忘有如此酒◎

(一)「上」，《詞律》同，《欽定詞譜》、《全宋詞》作「外」。

一斛珠　五十七字，仄八韻，又名《醉落魄》。　南唐後主

曉妝初過◎沈檀輕注些兒箇◎向人微吐丁香顆◎一曲清歌○暫引櫻桃破◎羅袖裛殘殷色可◎杯深旋被香醪涴◎繡牀斜憑嬌無那◎爛嚼紅茸○笑向檀郎唾◎

夜游宮　五十七字，仄八韻。　周邦彥

一陣斜風橫雨◎薄衣潤新添金縷◎不謝鉛華更清素◎倚筠窗○弄么絃○嬌欲語◎小閣橫香霧◎正年少小娥愁緒◎莫是栽花被花妒◎甚春來○病懨懨○無會處◎

梅花引　五十七字，四換韻，仄五平六。　王特起

丹楓下◎瀟湘夜◎橫披省見王維畫◎畫無聲◎慘經營◎何如幻我清寒此道行◎馬頭風急催行色◎疑是山靈嫌俗客◎釣魚磯◎緑蓑衣◎有人坐弄滄浪獨(一)未歸◎

(一)「獨」，《全金元詞》作「猶」。

【按】唐圭璋《全金元詞》中王特起《梅花引》詞由上下兩段組成，此詞整體爲下段。《詞律》、《欽定詞譜》均收一百十四字《梅花引》，即合五十七字《梅花引》二詞爲一體，且以二詞前後意義關聯度來斷，《全金元詞》視爲一體，似無不可。但《詞律》收《梅花引》調，以万俟雅言詞爲正體，以王特起「山之麓」詞（即《全金元詞》王特起《梅花引》上段）五十七字又名《貧也樂》者爲又一體。《欽定詞譜》以賀鑄「城下路」詞爲正體，且以王特起詞相校。二譜認定《全金元詞》一首《梅花引》爲二首。此詞前後段末句「何如幻我」、「有人獨弄」處，《詞律》、《欽定詞譜》均作句，宜從之。

又 五十七字，兩換韻，平九仄二。

万俟咏

曉風酸◎曉霜乾◎一雁南飛人度關◎客衣單◎客衣單◎千里斷魂◯空歌行路難◎寒梅驚破前村雪◎寒鴉啼落西樓月◎酒腸寬◎酒腸寬◎家在日邊◯不堪頻倚闌◎

又 百十四字，雙疊，八換韻，仄十平十二，又名《小梅花》。

賀鑄

縛虎手◎懸河口◎車如雞棲馬如狗◎白綸巾◎撲黃塵◎不知我輩◯豈[一]是蓬蒿人◎衰

[一]「豈」，《欽定詞譜》、《全宋詞》均作「可」。

蘭送客長安(一)道◎天若有情天亦老◎作雷顛◎不論錢◎試(二)問旗亭○美酒斗十千◎　酌大斗◎起(三)爲壽◎青鬢常青古無有◎笑嫣然◎舞翩翩◎當壚秦女○十五語如絃◎遺音能記秋風曲◎事去千年猶恨促◎攬流光◎繫扶桑◎爭奈愁來○一日卻爲長◎

小重山　五十八字，平八韻，「重」又作「沖」。　薛昭藴

春到長門春草青◎紫(四)階華露滴○月朧明◎東風吹斷玉簫聲◎宮漏促○簾外曉啼鶯◎　愁起夢難成◎紅妝流宿淚○不勝情◎手挼裙帶繞花(五)行◎思君切○羅幌暗塵生◎

又　五十八字，仄八韻。　黄子行

一點斜陽紅欲滴◎白鷗飛不盡○楚天碧◎漁歌聲斷晚風急◎攬蘆花○飛雪滿林濕◎

(一)「長安」，《欽定詞譜》、《全宋詞》均作「咸陽」。
(二)「試」，《欽定詞譜》、《全宋詞》均作「誰」。
(三)「起」，《欽定詞譜》、《全宋詞》均作「更」。
(四)「紫」，《欽定詞譜》、《全唐五代詞》均作「玉」。
(五)「花」，《欽定詞譜》同，《全唐五代詞》作「階」。

孤館百憂集◎家山千里遠○夢難覓◎江湖風月好收拾◎故溪雲○深處著蓑笠◎

踏莎行　五十八字，仄六韻。　晏殊

細草愁煙○幽花怯露◎憑闌總是銷魂處◎日高深院靜無人○時時海燕雙飛去◎　帶緩羅衣○香殘蕙炷◎天長不禁迢迢路◎垂楊只解惹春風○何曾繫得行人住◎

東坡引　五十八字，仄八韻，二疊韻。　辛棄疾

玉纖彈舊怨◎還敲繡屏面◎清歌目送西風雁◎雁行吹字斷◎雁行吹字斷◎　夜深[一]拜月○瑣窗西畔◎但桂影空階滿◎翠幃自掩無人見◎羅衣寬一半◎羅衣寬一半◎換韻句從《花草粹編》刪半字。

七娘子　五十八字，仄八韻。　蔡伸

天涯觸目傷離緒◎登臨況值秋光暮◎手撚黃花○憑誰分付◎雝雝雁落[二]蒹葭浦◎

[一]「深」後，《花草粹編》有一「半」字，茲譜注已刪。《詞律》、《欽定詞譜》有「半」字。

[二]「雁落」，《詞律》作「落雁」。

憑高目斷桃溪路◎屏山樓外青無數◎緑水紅橋○鎖窗朱户◎如今總是銷魂處◎

又　六十字，仄八韻。　賀　鑄

京江抵海邊吴楚◎鐵甕城形勝無今古◎北固陵高○西津横渡◎幾人摧手分襟處◎　凄涼渌水橋南路◎奈玉壺難叩鴛鴦語◎行雨行雲○非花非霧◎爲誰來爲誰還去◎

花上月令　五十八字，平七韻。　吴文英

文園酒(一)渴愛江清◎酒腸怯○怕深觥◎玉舟曾洗芙蓉水○瀉清冰◎秋夢淺○醉雲輕◎　庭竹不收簾影去○人睡起○月空明◎瓦瓶汲井和秋菊(二)○薦吟醒◎夜深裏(三)○怨遥更◎

(一)「酒」，《詞律》、《全宋詞》均作「消」。

(二)「菊」，《詞律》、《欽定詞譜》、《全宋詞》均作「葉」。

(三)「裏」，《詞律》、《全宋詞》均作「重」。

繫裙腰 五十八字，平八韻。 魏氏

燈花耿耿漏遲遲◎人別後○夜涼時◎西風瀟灑夢初回◎誰念我○就單枕○皺雙眉◎錦屏繡幌與秋期◎腸欲斷○淚偷垂◎月明還到小窗西◎我憶你○我恨你○你爭知◎

【按】「我憶你」、「我恨你」，《詞律》、《欽定詞譜》二者位置互换，《全宋詞》同。

又 六十一字，平七韻。 張先

清霜蟾照(一)夜雲天◎朦朧影○畫勾闌◎人情縱似長情月○算一年年◎又能得○幾番圓◎　欲寄西江題葉字○流不到○五亭前◎東池始有荷新緑○尚小如錢◎問何日藕○幾時蓮◎

接賢賓 五十九字，平六韻。 毛文錫

香韉鏤襜五色驄◎值春景初融◎流珠噴沫躞蹀○汗血流紅◎　少年公子能乘馭○金鑣

(一)「清霜蟾照」，《詞律》作「濃霜淡照」，《全宋詞》作「惜霜蟾照」。

玉轡瓏璁◎爲惜珊瑚鞭不下○驕生百步千蹤◎信穿花○從拂柳○向九陌追風◎

朝玉階 五十九字，平八韻。 杜安世

春色欺人拂眼青◎柳條緑絲軟○雪花輕◎黄金繾鎖(一)掩銀屏◎陰沈深院○靜語嬌鶯◎ 美人春困寶釵横◎惜花芳態淚盈盈◎風流何處最多情◎千金一笑○須信傾城◎

【按】「陰沉深院○靜語嬌鶯◎」，《詞律》作「陰沉深院靜豆語嬌鶯叶」。此詞前後段相同，前後段末二句均作兩四字，《欽定詞譜》曰：「按《壽域集》杜詞二首，平仄如一，别無宋詞可校。」如其然，此詞當與下詞結構基本相同，則兩四字句宜五三，前段同《詞律》作「陰沉深院靜豆語嬌鶯叶」，後段則作「千金一笑須豆信傾城叶」，然則後段有詞意不暢之嫌。明清以來填此詞者，前後段句法基本作五三。下詞後段二三句乃攤破此詞後段二句，其他構造基本相同。

(一)「鎖」，《詞律》作「鉞」。

又　六十字，平八韻。　　杜安世

簾捲春寒小雨天◎牡丹花落盡○悄庭軒◎高空雙燕舞翩翩◎無風輕絮墜○暗苔錢◎擬將幽怨寫香牋◎中心多少事○語難傳◎思量真箇惡因緣◎那堪長夢見○在伊邊◎

冉冉雲　五十九字，仄八韻。　　韓淲

倚遍闌干弄花雨◎捲珠簾草迷芳樹◎山崦裏幾許雲煙來去◎畫不就人家院宇◎　社寒梁燕呢喃舞◎小桃紅海棠初吐◎誰信道午枕醒來(一)情緒◎閒整春衫自語◎

蝶戀花　六十字，仄八韻，又名《鵲踏枝》、《鳳棲梧》。　　馮延巳

六曲闌干偎碧樹◎楊柳風輕○展盡黃金縷◎誰把鈿箏移玉柱◎穿簾海燕雙飛去◎　滿眼游絲兼落絮◎紅杏開時○一霎清明雨◎濃睡覺來鶯亂語◎驚殘好夢無尋處◎

(一)「來」，《全宋詞》同，《欽定詞譜》作「時」。

惜瓊花　六十字，仄九韻。　張　先

汀蘋白◎苕水碧◎每逢花駐樂○隨處歡席◎别時攜手看春色◎螢火而今○飛破秋夕◎　汴河流○如帶窄◎任舟輕(一)似葉○何計歸得◎斷霞孤鶩青山極◎樓上徘徊○無盡相憶◎

【按】「汴河流，如帶窄」，《詞律》作「河流如帶窄」，二句成一句，且曰：「此調只後起五字比前不同，餘平仄無一字不合。」觀前後結構多同，此宜從本詞兩三句爲宜。

一翦梅　六十字，平六韻。　周邦彦

一翦梅花萬樣嬌◎斜插疏(二)枝○略點眉梢◎輕盈微笑舞低回○何事尊前○拍手相招(三)◎　夜漸寒深酒漸消◎袖裏時聞○玉釧輕(四)敲◎城頭誰恁促殘更○銀漏何如○

(一)「舟輕」，《全宋詞》同，《欽定詞譜》作「身輕」，《詞律》作「輕□」。
(二)「疏」，《全宋詞》作「梅」。
(三)「拍手相招」，《全宋詞》作「拍誤招」。
(四)「輕」，《全宋詞》無。

且慢明朝◎

又　六十字，平八韻。　吴文英

遠目傷心樓上山◎愁裏長眉○别後峨鬟◎暮雲低壓小闌干◎教問孤鴻○因甚先還◎瘦倚溪橋梅夜寒◎雪欲消時○淚不禁彈◎翦成釵勝待歸看◎春在西窗○燈火更闌◎

又　六十字，平八韻。　盧　炳

燈火樓臺萬斛蓮◎千門喜笑○素月嬋娟◎幾多急管與繁絃◎巷陌喧闐◎畢獻芳筵◎樂與民偕五馬賢◎綺羅叢裏○一簇神仙◎傳柑雅宴約明年◎盡夕流連◎滿泛金船◎

又　六十字，平十二韻。　蔣　捷

一片春愁待酒澆◎江上舟摇◎樓上簾招◎秋娘容與泰娘嬌◎風又飄飄◎雨又蕭蕭◎何日征帆卸浦橋◎銀字笙調◎心字香燒◎流光容易把人抛◎紅了櫻桃◎緑了芭蕉◎

散天花　六十字，平八韻。　舒亶

雲斷長空落葉(一)秋◎寒江煙浪盡○月隨舟◎西風偏解送離愁◎聲聲南去雁○下汀洲◎　無奈多情去復留◎驪歌齊唱罷○淚爭流◎悠悠別恨幾時休◎不堪殘酒醒○憑高(二)樓◎

錦帳春　六十字，仄九韻。　辛棄疾

春色難留○酒杯常淺◎把(三)舊恨新愁相間◎五更風○千里夢○看飛紅幾片◎這般庭院◎　幾許風流○幾般嬌懶◎問相見何如不見◎燕飛忙○鶯語亂◎恨重簾不捲◎翠屏天(四)遠◎

(一)「落葉」，《詞律》同，《全宋詞》作「葉落」。
(二)「高」，《詞律》同，《欽定詞譜》、《全宋詞》作「危」。
(三)「把」，《詞律》作「更」。
(四)「天」，《詞律》作「深」，《全宋詞》作「平」。

唐多令

六十字，平八韻，又名《南樓令》。

劉過

蘆葉滿汀洲◎寒沙帶淺流◎二十年重過南樓◎柳下繫船猶未穩○能幾日○又中秋◎

黄鶴斷磯頭◎故人今在否◎舊江山渾是新愁◎欲買桂花同載酒○終不似○少年游◎

攤破采桑子

六十字，平八韻。

趙長卿

樹頭紅葉飛都盡○景物淒凉◎秀出群芳◎又見江梅淺淡妝◎也囉○真箇是可人香◎

蘭魂蕙魄應羞死○獨占風光◎夢斷高唐◎月送疏枝過女牆◎也囉○真箇是可人香◎

【按】《欽定詞譜》前後段「也囉」二字均一字一句。

後庭宴

六十字，仄六韻。

闕名

千里故鄉○十年華屋◎斷(一)魂飛過屏山簇◎眼重眉褪不勝春○菱花知我銷香玉◎

(一)「斷」，《欽定詞譜》作「亂」。

雙雙燕子歸來○應解笑人幽獨◎斷歌零舞○遺恨清江曲◎萬樹緑低迷○一庭紅撲簌◎

䊧紅　六十字，仄八韻。　闕名

粉香猶嫩○霜[一]寒可慣◎怎奈向春心已轉◎玉容别是一般閒婉◎悄不管桃紅杏淺◎　月影簾櫳○金堤波面◎漸細細香風滿院◎一枝折寄故人雖遠◎莫輒使江南信斷◎

賀明朝[二]　六十一字，仄九韻。　歐陽炯

憶昔花間相見後◎只憑纖手◎暗抛紅豆◎人前不解○巧傳心事○别來依舊◎孤負春晝◎　碧羅衣上蹙金繡◎睹對對鴛鴦○空裛淚痕透◎想韶顔非久◎終是爲伊○只恁消瘦◎

[一]「霜」，《欽定詞譜》作「衾」。
[二] 調名《全唐五代詞》同，《欽定詞譜》作《賀熙朝》。

撥棹子　六十一字，仄九韻。　尹　鶚

風切切◎深院月◎千[一]朵芙蓉繁艷歇◎憑小檻細腰無力◎空贏得目斷魂飛何處説◎寸心恰似丁香結◎看看瘦盡胸前雪◎偏掛恨少年抛擲◎羞覩[二]見繡被堆紅閑不徹◎

玉堂春　六十一字，兩换韻，仄二平四。　晏　殊

帝城春暖◎御柳暗遮空苑◎海燕雙雙◯拂颺簾櫳◎女伴相攜◯共繞林間路◯折得櫻桃插髻紅◎　昨夜臨明微雨◯新英遍舊叢◎寶馬香車◯欲傍西池看◯觸處楊花滿袖風◎

贊成功　六十二字，平八韻。　毛文錫

海棠未坼◯萬點深紅◎香包緘結一重重◎似含羞態◯邀勒春風◎蜂來蝶去◯任繞芳叢◎　昨夜微雨◯飄灑庭中◎忽聞聲滴井邊桐◎美人驚起◯坐聽晨鐘◎快教折取◯戴

[一]「千」，《欽定詞譜》作「十」。

[二]「覩」，《詞律》、《欽定詞譜》同，《全唐五代詞》作「覷」。

玉瓏璁◎

定風波　六十二字，四換韻，平五仄六。　歐陽炯

暖日閒窗映碧紗◎小池春水浸晴霞◎數樹海棠紅欲盡◎爭忍◎玉閨深掩過年華◎　獨憑繡床方寸亂◎腸斷◎淚珠穿破臉邊花◎鄰舍女郎相借問◎音信◎教人羞道未還家◎

漁家傲　六十二字，仄十韻。　晏　殊

畫鼓聲中昏又曉◎時光只解催人老◎求得淺歡風日好◎齊揭調◎神仙一曲漁家傲◎　綠水悠悠天杳杳◎浮生豈得長年少◎莫惜醉來開口笑◎須信道◎人間萬事何時了◎

又　六十二字，平仄通叶，平四仄六。　杜安世

疏雨才收淡泞(一)天◎微雲綻處月嬋娟◎寒雁一聲人正遠◎添幽怨◎那堪往事思量

(一)「泞」，《欽定詞譜》作「淨」。

遍◎　誰道綢繆兩意堅◎水萍風絮不相緣◎舞鏡鸞腸虛寸斷◎芳容變◎好將憔悴教伊見◎

破陣子　六十二字，平六韻，又名《十拍子》。　晏　殊

燕子來時新社○梨花落後清明◎池上碧苔三四點○葉底黃鸝一兩聲◎日長飛絮輕◎

巧笑東鄰女伴○采桑徑裏逢迎◎怪道(一)昨宵春夢好○元是今朝鬭草贏◎笑從雙臉生◎

蘇幕遮　六十二字，仄八韻。　范仲淹

碧雲天○黃葉地◎秋色連波○波上含(二)煙翠◎山映斜陽天接水◎芳草無情○更在斜陽外◎　黯鄉魂○追旅思◎夜夜除非○好夢留人睡◎明月樓高休獨倚◎酒入愁腸○化作相思淚◎

(一)「怪道」，《全宋詞》作「疑怪」。

(二)「含」，《全宋詞》作「寒」。

金蕉葉 六十二字，仄八韻。 柳永

厭厭夜飲平陽第◎添銀燭旋呼佳麗◎巧笑難禁○艷歌無間聲相繼◎準擬幕天席地◎

金蕉葉泛金波霽◎未更闌已盡狂醉◎就中有箇風流○暗向燈光底◎惱遍兩行珠翠◎

【按】《欽定詞譜》後段三四句作「就中有箇句風流暗向燈光底韻」。此詞前後段相同。然前段三四與後段三四句句法例從《詞律》安排，後段應誤。

又 四十六字，另格，仄六韻。 蔣捷

雲褰翠幕◎滿天星碎珠迸索◎孤蟾闌外照我○看看過轉角◎　酒醒寒砧正作◎待眠來夢魂怕惡◎枕屏那更畫了○平沙斷雁落◎

又 四十八字，仄八韻。 袁去華

江楓半赤◎雨初晴雁空紺碧◎愛籬落黃花秀色◎帶零露旋摘◎　向晚西風淡日◎鬢蕭

蕭任從帽側◎更莫把茱萸歎惜◎且笑[一]持大白◎

好女兒　六十二字，平五韻。

賀　鑄

綺繡張筵◎粉黛爭妍◎記六朝舊數閨房秀○有長圓璧月○永新瓊樹○隨步金蓮◎　不減麗華標韻○更能唱想夫憐◎認情通色受纏綿處○似靈犀一點○吴蠶八繭○漢柳三眠◎

明月逐人來　六十二字，仄十韻。

李持正

星河明淡◎春來深淺◎紅蓮正滿城開遍◎禁街行樂○暗塵香拂面◎皓月隨人近遠◎天半◎鰲山光動○鳳樓兩[二]觀◎東風静珠簾不卷◎玉輦待歸○雲外聞弦管◎認得宫花影轉◎

[一]「笑」，《詞律拾遺》同，《欽定詞譜》、《全宋詞》作「更」。

[二]「兩」，《欽定詞譜》作「西」。

【按】「天半◎鰲山光動○鳳樓兩觀◎」，句法同《詞律拾遺》。《欽定詞譜》作「天半鰲山句光動鳳樓西觀韻」。

又　六十二字，仄十一韻。　張元幹

花迷珠翠◎香飄羅綺◎簾旌外月華如水◎軟(一)紅影裏◎誰會王孫意◎最樂昇平景致◎　長記◎宮中五夜○春風鼓吹◎遊仙夢輕寒半醉◎鳳幃未暖○歸去濃熏被◎更問陰晴天氣◎

【按】此與上詞句法基本相同。後段起十字與前詞後段起十字句法一致，是。《詞律》於此處作法同《欽定詞譜》，取四六句型。

攤破南鄉子　六十二字，平六韻，又名《青杏兒》。　程　垓

休賦惜春詩◎留春住説與人知◎一年已負東風瘦○説愁説恨○數期數刻○只望歸

(一)「軟」，《全宋詞》作「暖」。

時◎　莫怪杜鵑啼◎真箇也喚得人歸◎歸來休恨花開了○梁間燕子○且教知道○人也雙棲(一)◎

甘州遍　六十三字，平八韻。　毛文錫

春光好○公子愛閒游◎足風流◎金鞍白馬○雕弓寶劍○紅纓錦襜出長秋◎　花蔽膝○玉銜頭◎尋芳逐勝歡宴○絲竹不曾休◎美人唱○揭調是甘州◎醉紅樓◎堯年舜日○樂聖永無憂◎

别怨　六十三字，平七韻。　趙長卿

驕馬頻嘶◎曉霜濃寒色侵衣◎鳳帷私語處○翻成别怨不勝悲◎更與丁寧囑後期◎　素約諧心事○重來了比看相思◎如何見得○明年春事濃時◎穩乘金騕褭○來爛醉玉東西◎

(一)「棲」，《欽定詞譜》、《全宋詞》均作「飛」。

麥秀兩歧 六十四字，仄十二韻。 和凝

涼簟鋪斑竹◎鴛枕並紅玉◎臉蓮紅○眉柳緑◎胸雪宜新浴◎淡黄衫子裁春縠◎異香芬馥◎ 羞道交回燭◎未慣雙雙宿◎樹連枝○魚比目◎掌上腰如束◎嬌嬈不禁人拳跼◎黛眉微蹙◎

獻衷心 六十四字，平八韻。 歐陽炯

見好花顔色○爭笑東風◎雙臉上○晚妝同◎閉小樓深閣○春景重重◎三五夜○偏有恨○月明中◎ 情未已○信曾通◎滿衣猶自染檀紅◎恨不如雙燕○飛舞簾櫳◎春欲暮○殘絮盡○柳條空◎

又 六十九字，平八韻。 顧敻

繡鴛鴦帳暖○畫孔雀屏攲[一]◎人悄悄○月明時◎想昔年歡笑○恨今日分離◎銀釭背○

(一)「攲」，《詞律》作「高」。

銅漏永○阻佳期◎　小爐煙細○虚閣簾垂◎幾多心事○暗地思惟◎被嬌娥牽役○魂夢如痴◎金閨裏○山枕上○始應知◎

黄鐘樂　六十四字，平六韻。　魏承班

池塘煙暖草萋萋◎惆悵閒宵含恨○愁坐思堪迷◎遥想玉人情事遠○音容渾似隔桃溪◎　偏記同歡秋月低◎簾外論心花畔○和醉暗相攜◎何事春來君不見○夢魂長在錦江西◎

醉春風　六十四字，仄六韻，六疊韻。　趙鼎

寶鑑菱花瑩◎孤鸞慵照影◎魚書蝶夢兩消沈○恨恨恨◎結盡丁香○瘦如楊柳○雨疏雲冷◎　宿醉厭厭病◎羅巾空淚粉◎欲將遠意托湘絃○悶悶悶◎香絮悠悠○畫簾悄悄○畫長春困◎

【按】《詞律》、《欽定詞譜》均以趙德仁《醉春風》爲詞例，《欽定詞譜》曰此調只有趙鼎詞可校，於前

後段三疊字處均作韻疊疊。此調説明六疊韻，在詞中實未標出。

握金釵　六十四字，仄八韻。　呂渭老

風日困花枝○晴蜂自相趁◎晚來紅淺香盡◎整頓腰肢暈殘粉◎紘上語○意[一]中人○天外信◎　青杏已成雙○新尊薦櫻筍◎爲誰一和消損◎數著佳期又不穩◎春去也○怎當他○清晝永◎

侍香金童　六十四字，仄八韻。　趙長卿

一種春光○占斷東君惜◎算穠李昭華爭並得◎粉膩酥融嬌欲滴◎端的尊前○舊曾相識◎　向夜闌酒醒○霜濃寒又力◎但[二]與冰姿添夜色◎繡幕銀屏人寂寂◎只許劉郎○暗傳消息◎

[一]「意」，《詞律》、《欽定詞譜》均作「夢」。

[二]「但」後，《詞律》、《欽定詞譜》、《全宋詞》均多一「只」字。

輥繡毬　六十四字，仄五韻。　趙長卿

流水奏鳴琴○風月淨天無星斗◎翠嵐堆裏○蒼岩深處○滿林霜膩○暗香凍了○那禁頻嗅◎　馬上再三回首◎因(一)記省去年時候◎十分全似○那人風韻○柔腰弄影○冰腮退(二)做成清瘦◎

【按】《詞律》因前段「暗香凍了」謂後段「冰腮退」後少一字，《欽定詞譜》據《詞緯》補「粉」字，故後段作「冰腮退粉句」。

行香子　六十四字，平十韻。　趙長卿

驕馬花驄◎柳陌經從◎小春天十里和風◎箇人家住○曲巷橋(三)東◎好軒窗○好體面○好儀容◎　燭灺歌慵◎斜月朦朧◎夜新寒斗帳香濃◎夢回畫角○雲雨匆匆◎恨相逢○

(一)「因」，《詞律》同，《欽定詞譜》作「還」。
(二)「退」後，《欽定詞譜》補一「粉」字。
(三)「橋」，《詞律》、《欽定詞譜》、《全宋詞》均作「墻」。

恨分散○恨情鍾◎

又　六十六字，平八韻。　張先

舞雪歌雲◎閒淡妝勻◎藍溪水深染輕裙◎酒香醺臉○粉色生春◎更巧談話○美情性○好精神◎　江空無畔○凌波何處○月橋邊青柳朱門◎斷鐘殘角○又送黄昏◎奈心中事○眼中淚○意中人◎

又　六十六字，平九韻。　蘇軾

一葉舟輕◎雙槳鴻驚◎水天清影湛波平◎魚翻藻鑒○鷺點煙汀◎過沙溪急○霜溪冷○月溪明◎　重重似畫○曲曲如屏◎算當年空老嚴陵◎客星一夢○今古虚名◎但遠山長○雲山亂○曉山青◎

又　六十六字，平十韻。　辛棄疾

白露園蔬◎碧水溪魚◎笑先生釣罷還鋤◎小窗高臥○風展殘書◎看北山移○盤谷序○輞

川圖◎　白飯青芻◎赤脚長鬚◎客來時酒盡重沽◎聽風聽雨○吾愛吾廬◎歎苦無心○剛自瘦○此君疏◎

又　六十八字，平八韻。　杜安世

黃金葉細○碧玉枝纖◎初暖日當乍晴天◎向武昌溪畔○於彭澤門前◎陶潛影○張緒態○兩相牽◎　數株㈠堤面○幾樹橋邊◎嫩垂條絮蕩輕棉◎繫長江舴艋○拂深院秋千◎寒食下○半和雨○半和煙◎

風中柳　六十四字，仄十韻。　劉因

我本漁樵○不是白駒空谷◎對西山悠然自足◎北窗疏竹◎南窗叢菊◎愛村居數間茅屋◎　風煙草屨○滿意一川平綠◎問前溪今朝酒熟◎幽禽㈡歌曲◎清泉琴築◎欲歸

㈠「株」，《詞律》、《全宋詞》同，《欽定詞譜》作「枝」。

㈡「禽」，《詞律》作「泉」。後句有「清泉琴築」，作「泉」恐誤。

來故人留宿◎

喝火令　六十五字，平七韻。　黄庭堅

見晚情如舊○交疏分更[一]深◎舞時歌處動人心◎煙水數年魂夢[二]○無處可追尋◎昨夜燈前見○重題漢上襟◎更[三]愁雲雨又難禁[四]◎曉也星稀○曉也月西沈◎曉也雁行低度○不會[五]寄芳音◎

感皇恩　六十五字，仄八韻。　趙長卿

景物一番新○熙熙時候◎小院融和漸長晝◎東君有意○爲憐纖腰消瘦◎軟風吹破眉間皺◎　嫋嫋枝頭○輕黄微透◎舞到春深轉清秀◎錦囊多感○又更新來傷酒◎斷腸無語

[一]「更」，《詞律》、《欽定詞譜》、《全宋詞》均作「已」。

[二]「魂夢」，《詞律》作「夢魂」。

[三]「更」，《詞律》、《欽定詞譜》、《全宋詞》均作「便」。

[四]「禁」，《詞律》、《欽定詞譜》同，《全宋詞》作「尋」。

[五]「會」，《詞律》、《欽定詞譜》同，《全宋詞》作「曾」。

憑闌久◎

又 六十六字，仄八韻。 党懷英

碧玉撚條○藍袍裁葉◎明艷黄深軟金疊◎道裝仙子○謫墮蕊珠仙闕◎爲春閒管領○花時節◎ 漢額妝濃○楚腰舞怯◎襞積裙餘舊宫褶◎東君著意○留伴小庭風月◎任教鶗鴂唤○群芳歇◎

又 六十七字，仄八韻。 周邦彦(一)

小閣倚晴空○數聲鐘定◎斗柄垂寒暮天靜(二)◎朝來殘酒○又被春風吹醒◎眼前還認得○當時景◎ 往事舊歡○不堪重省◎自歎多愁更多病◎綺窗依舊○敲遍闌干誰應◎斷腸明月下○梅摇影◎

(一)《全宋詞》作者晁沖之。

(二)「靜」，《全宋詞》作「淨」。

又　六十七字，仄十韻。　晁沖之

胡蝶滿西園○啼鶯無數◎水閣橋南路◎凝竚◎兩行煙柳○吹落一池風(一)絮◎秋千斜掛起○人何處◎　把酒勸君○閒愁莫訴◎留取笙歌住◎休去◎幾多春色○怎禁許多風雨◎海棠花謝也○君知否◎

又　六十七字，仄十二韻。　賀鑄

蘭芷滿汀洲○游絲横路◎羅襪塵生步◎回顧◎整鬟顰黛○脈脈多情難訴◎細風吹柳絮◎人南渡◎　回首舊游○山無重數◎花底深朱户◎何處◎半黄梅子○向晚一簾疏雨◎斷魂分付與◎春歸去◎

又　六十字，另格，平十韻。　張先

廊廟當時共代工◎睢陵千里約○違相從◎欲知賓主與誰同◎宗枝内○黄閣舊○有三

(一)「風」，《欽定詞譜》、《全宋詞》均作「飛」。

公◎　廣樂起雲中◎湖山看畫軸○兩仙翁◎武林佳話幾時窮◎元豐際○德星聚○照江東◎按，張子野詞集平韻《感皇恩》二首，其五十八字者題中吕宮，與《小重山》無異。兹闋題曰道調宮，未知何義。

芭蕉雨　六十五字，仄八韻。　蔣捷(一)

雨過涼生藕葉◎晚庭消盡暑○渾無熱◎枕簟不勝香滑◎爭奈寶帳情生○金尊意愜◎玉人何處夢蝶◎思一見冰雪◎須寫箇帖兒丁寧説◎試問道肯來麼○今夜小院無人○重樓有月◎

淡黄柳　六十五字，仄十韻。　張炎

楚腰一捻◎羞翦青絲結◎力未勝春嬌怯怯◎暗託鶯聲細説◎愁蹙眉心鬭雙葉◎　正情

(一)《詞律》、《欽定詞譜》、《全宋詞》作者均作程垓。

切◎柔條未堪折◎應不解管離别◎奈[一]如今已入東風睫[二]◎望[三]斷章臺○馬蹄何處○閒了黄昏淡月◎

【按】《欽定詞譜》標此調仄九韻，此標仄十韻。此「東風睫」標韻，《欽定詞譜》「東風眼」標句。《詞律》、《欽定詞譜》此調均以姜夔《淡黄柳》（空城曉角）爲正體，後段第四句均標韻，故此處宜標韻，應爲「睫」。

錦纏道 六十六字，仄七韻。 宋 祁

燕子呢喃○景色乍長春晝◎覩園林萬花如繡◎海棠經雨燕支透◎柳展宫眉○翠拂行人首◎ 向郊原踏青○恣歌攜手◎醉醺醺尚尋芳酒◎問牧童遥指孤村○道杏花深處◎那裏人家有◎

[一]「奈」，《欽定詞譜》無。
[二]「睫」，《欽定詞譜》作「眼」。
[三]「望」前，《欽定詞譜》有一「空」字。

【按】後段第四、五句「問牧童遥指孤村○道杏花深處」，《詞律》、《欽定詞譜》均作「問牧童遥指孤村道句杏花深處」。《欽定詞譜》以《全芳備祖》無名氏詞可校。無名氏詞後段第五句爲五字句，《欽定詞譜》曰：「此與宋詞同，惟後段第五句添一字異，蓋襯字也。」此五字句因襯字，上五字句則爲標準體，毋乃過於拘執乎！兹從意義尋繹，上有「問」，下有「道」，可以無礙。

慶春澤　六十六字，仄八韻。

張　先

飛閣危樓(一)相倚◎人獨立東風○滿衣輕絮◎還記憶江南○如今天氣◎正白蘋花○繞堤漲流水◎　寒梅落盡誰寄◎方春意無窮○青空千里◎愁草樹依依○關城初閉◎對月黄昏○角聲傍煙起◎

酷相思　六十六字，仄十韻。

程　垓

月掛霜林寒欲墜◎正門外催人起◎奈離别如今真箇是◎欲住也留無計◎欲去也來無

(一)「樓」，《詞律》、《欽定詞譜》、《全宋詞》均作「橋」。

計◎　馬上離情[一]衣上淚◎各自箇供憔悴◎問江路梅花開也未◎春到也須頻寄◎人到也須頻寄◎

垂絲釣　六十六字，仄十三韻。　周邦彦

鏤金翠羽◎妝成纔見眉嫵◎倦倚繡簾看○舞風絮◎愁幾許◎寄鳳絲雁柱◎春將暮◎向層城苑路◎　鈿車如[二]水○時時花徑相遇◎舊遊伴侶◎還到曾來處◎門掩風和雨◎梁燕語○問那人在否◎

【按】前段第三句「倦倚繡簾看」，《欽定詞譜》將「看」字屬下句。方千里和清真詞，其《垂釣絲》作：「錦鱗繡羽。難傳愁態顰嫵。岸草際天，雲影垂絮。」兹據以斷《欽定詞譜》爲是。

[一]「情」，《詞律》、《欽定詞譜》同，《全宋詞》作「魂」。
[二]「如」，《欽定詞譜》、《全宋詞》均作「似」。

解佩令　六十六字，仄十韻。　王庭珪

湘江停瑟◎洛川回雪◎是耶非相逢飄瞥◎雲鬟風裳○照心事娟娟山月◎翦煙花帶蘿同結◎　留環盟切◎貽珠情徹◎解攜時玉聲愁絶◎羅襪塵生○早波面春痕欲滅◎送人行水聲凄咽◎

【按】首句「湘江停瑟」，《欽定詞譜》「瑟」字非韻。「瑟」與其後韻字均不屬於同一韻部，《欽定詞譜》斷爲非韻，是。因此此調説明應爲「仄九韻」。

轉調踏莎行　六十六字，仄八韻。　曾覿

翠幄成陰○誰家簾幕◎綺羅香擁處○觥籌錯◎清和將近○念(一)春寒更薄◎高歌看簌簌○梁塵落◎　好景良辰○人生行樂◎金杯無奈是○苦相虐◎殘紅飛盡○裊垂楊輕

(一)「念」，《詞律》無，《欽定詞譜》作「奈」。

弱◎來春定[一]不負〇鶯花約◎

【按】首句用韻，應誤，「陰」與後韻不同部，兹徑改。「高歌看籔籔」後，此作句，《詞律》作豆，《欽定詞譜》連後三字作一八字句。後段「來歲定不負鶯花約」，此與《詞律》均作五、三句法，《欽定詞譜》作八字句。

謝池春　六十六字，仄八韻，又名《賣花聲》。　陸　游

賀監湖邊〇初繫放翁歸棹◎小園林時時醉倒◎春眠驚起〇聽啼鶯催曉◎歎功名誤人堪笑◎　朱橋翠徑〇不許京塵飛到◎掛朝衣東歸欠早◎連宵風雨〇捲殘紅如掃◎恨尊前送春人老◎

【按】原本「賀監湖邊」標韻，實誤，兹徑改。

[一]「定」，《詞律》、《欽定詞譜》均作「斷」。

聲聲令　六十六字，平十韻。　俞克成(一)

簾移碎影○香褪衣襟◎舊家庭院嫩苔侵◎東風過盡○暮雲鎖緑窗深◎怕對人閒枕剩衾◎　樓底輕陰◎春信斷○怯登臨◎斷腸魂夢兩沈沈◎花飛水遠便從今◎莫追尋◎又怎禁驀地上心◎

【按】「花飛水遠便從今◎莫追尋◎」，《詞律》、《欽定詞譜》均作「花飛水遠句便從今韻莫追尋韻」，因二者認爲前段「舊家」一下與後段「斷腸」一下同故。以宋曹勛、彭子翔同調證之，《詞律》、《欽定詞譜》爲是。

玉梅令　六十六字，仄七韻。　姜　夔

疏疏雪片◎散入溪南苑◎春寒鎖舊家亭館◎有玉梅幾樹○背立怨東風○花未吐暗香已

(一)《詞律》、《欽定詞譜》均作俞克成，《全宋詞》作章楶。

遠◎　公來領客○梅下[一]花能勸◎花長好願公長[二]健◎便揉春爲酒○翦雪作新詩○拚一日繞花千轉◎

青玉案　六十六字，仄十二韻。　張炎

萬紅梅裏幽深處◎甚杖屨來何暮◎草帶湘香穿水樹◎塵留不住◎雲留卻住◎壺内藏今古◎　獨清懶入終南去◎有忙事修花譜◎騎省不須重作賦◎園中成趣◎琴中得趣◎酒醒聽風雨◎

又　六十六字，仄十韻。　趙長卿

結堂雄佔雲煙表◎萬象爭呈巧◎老木參天溪四繞◎亂山横秀○一湖澄照◎天付陰晴好◎　夜空喚客清尊倒◎明月飛來上林杪◎涼滿九霄風露浩◎酒慵起舞○一聲清嘯◎

[一]「下」，《詞律》無。
[二]「長」，《詞律》、《欽定詞譜》均作「更」。

平壓波聲小◎

又 六十七字，仄十韻。 賀鑄

凌波不過橫塘路◎但目送芳塵去◎錦瑟年華誰與度◎月樓花院○綺窗朱户◎惟有春知處◎　碧雲冉冉蘅皋暮◎彩筆空題斷腸句◎試問閒愁都[一]幾許◎一川煙草○滿城風絮◎梅子黄時雨◎前後第四韻有不押者。

又 六十八字，仄八韻。 張榘

西風亂葉溪橋樹◎秋在黄花羞澀處◎滿袖塵埃吹[二]不去◎馬蹄濃露○雞聲淡月○寂歷荒村路◎　身名多被儒冠誤◎十載重來漫如許◎且盡清樽公莫舞◎六朝舊事○一江流水○萬感天涯暮◎

[一]「都」，《詞律》、《欽定詞譜》、《全宋詞》均作「知」。
[二]「吹」，《詞律》、《全宋詞》均作「推」。

三臺子　六十七字，平八韻。　元好問

悵韶華流轉○無計留連◎行樂地○一凄然◎笙歌寒食後○桃李惡風前◎連環玉○回文錦○兩纏綿◎　芳塵未遠○幽意誰傳◎千古恨○再生緣◎閒衾香易冷○孤枕夢難圓◎西窗雨○南樓月○夜如年◎

【按】首句「轉」原標韻，誤，兹徑改。

夢行雲　六十七字，仄八韻，又名《六么花十八》。　吴文英

簟波皺纖縠◎朝炊熟◎眠未足◎青奴細膩○未拚真珠斛◎素蓮幽怨風前影○搔頭斜墜玉◎　畫闌枕水○垂楊梳雨○青絲亂○如乍沐◎嬌笙微韻○晚蟬亂(一)秋曲◎翠陰明月勝花夜○那愁春去速◎

(一)「亂」，《全宋詞》同，《欽定詞譜》作「理」。

【按】宋詞僅存此調一首，無别首可校。《詞律》認爲「朝炊下與後青絲下同」，故於「朝炊熟」標句，非韻。此與《欽定詞譜》同，標韻。考「熟」與全詞韻同部。標句標韻，不知孰是。

鳳凰閣 六十七字，仄八韻。 趙師俠

正薰風初扇○梅(一)黄暑溽◎並摇雙槳去程速◎那更黄流浩淼○白浪如屋◎動歸思離愁萬斛◎ 平生奇觀○頗快江山寓目◎日斜雲定晚風熟◎白鷺飛來○點破一川明緑◎展十幅瀟湘畫軸◎

又 六十八字，仄八韻。 柳永

匆匆相見○懊惱恩情太薄◎霎時雲雨又抛卻◎教我行思坐想○肌膚如削◎恨只恨相違舊約◎ 相思成病○那更瀟瀟雨落◎斷腸人在闌干角◎山遠水遠人遠○音信難託◎這滋味黄昏更惡◎

(一) 「梅」前，《全宋詞》有「雨細」二字。

殢人嬌　六十八字，仄八韻。　晏殊

二月春風○又[一]是楊花滿路◎那堪更別離情緒◎羅巾掩淚○任粉痕沾污◎爭奈向千留萬留不住◎　玉酒頻傾○宿眉愁聚◎空腸斷寶箏絃柱◎人間後會○又不知何處◎魂夢裏也須時時飛去◎

又　六十四字，仄八韻。　向子諲

白似梨[二]花○柔於柳絮◎胡蝶兒鎮長一處◎春風駘蕩○驀然吹去◎爭得倩[三]游絲半空惹住◎　波上精神○掌中態度◎分明是彩雲團做◎當年飛燕○從今休[四]數◎只恐是高唐夢中神女◎

[一]「又」，《欽定詞譜》、《全宋詞》均作「正」。
[二]「梨」，《全宋詞》作「雪」。
[三]「爭得倩」，《全宋詞》無「爭」、「倩」二字。
[四]「休」，《全宋詞》作「不」。

兩同心　六十八字，仄七韻。　　柳　永

佇立東風◯斷魂南國◎花光媚春醉瓊樓◯蟾彩迴夜游香陌◎憶當時酒戀花迷◯役損詞客◎　別有眼長腰搦◎痛憐深惜◎鴛鴦阻[一]夕雨淒淒[二]◯錦書斷暮雲凝碧◎想別來好景良時◯也應相憶◎

又　六十八字，仄十韻。　　楊无咎

行看不足◎坐看不足◎柳條軟斜倚春風◯海棠睡醉欹紅玉◎清堪掬◎桃李漫山◯真成麤俗◎　遥夜幾番相屬◎暗魂飛逐◎深斟酒低唱新聲◯密傳意解回嬌目◎知誰福◎得似風流◯可伊心曲◎

又　六十八字，平七韻。　　晏幾道

楚鄉春晚◯似入仙源◎拾翠處漫隨流水◯踏青路暗惹香塵◎心心在◯柳外青簾◯花下朱

[一]「鴛鴦阻」，《詞律》作「鴛衾冷」。
[二]「淒淒」，《欽定詞譜》作「朝飛」，《全宋詞》作「淒飛」。

門◎　對景且醉芳尊◎莫話銷魂◎好意思曾同明月○惡滋味最是黄昏◎相思處○一紙紅牋○無限啼痕◎

【按】詞調説明「平七韻」，實標六韻，後段首句應用韻，徑改。

看花回　六十八字，平八韻。　柳　永

玉城金階舞舜干◎朝野多歡◎九衢三市風光麗○正(一)萬家急管繁絃◎鳳樓臨綺陌○佳氣非煙◎　雅俗熙熙物態妍◎忍負芳年◎笑筵歌席連昏曉(二)○任(三)旗亭斗酒十千◎賞心何處好○惟有尊前◎

(一)「正」，《詞律》無。
(二)「連昏曉」，《詞律》作「連宵盡」，《欽定詞譜》、《全宋詞》作「連昏晝」。
(三)「任」，《詞律》作「在」。

又 百一字，另格，仄九韻。 周邦彦

蕙風初散輕暖○霽景澄潔◎秀蕊乍開乍斂○帶雨態煙痕○春思紆結◎危絃弄響○來去驚人鶯語滑◎無賴處○麗日樓臺○亂紛岐路總奇絶◎　何計解黏花繫月◎歎冷落頓辜佳節◎猶有當時氣味○掛一縷相思○不斷如髮◎雲飛帝國○人在雲邊心自㊀折◎語東風共流轉○漫作匆匆別◎

又 百四字，仄十一韻。 趙彦端

注目◎正江湖浩蕩○煙雲離屬◎美人衣蘭佩玉◎澹秋水凝神○陽春翻曲◎烹鮮坐嘯○清淨五千言自足◎横劍氣南斗光中○浩然一醉引雙鹿◎　回雁未歸書未續◎夢草處舊芳重緑◎誰憶㊁瀟湘歲晚○爲喚起長風○吹飛黄鵠◎功名異時○圯上家傳謝寵辱◎待封留○拜公堂下○願㊂授我長生籙◎

㊀ 「自」，《詞律》、《欽定詞譜》均作「暗」。
㊁ 「憶」，《詞律》作「想」。
㊂ 「願」，《詞律》無。

連理枝　七十字，仄八韻，又名《小桃紅》、《紅娘子》。　程垓

不恨殘花嚲◎不恨殘春破◎只恨流光○一年一度○又催新火◎縱青天白日繫長繩○也留春得麼◎　花院從教鎖◎花[一]事從教過◎燒筍園林○嘗梅臺榭○有何不可◎已安排珍簟小胡牀○待日長閒坐◎

雨中花令　七十字，平六韻。　周紫芝

山雨細○泉生幽谷○水滿平田◎雪繭紅蠶熟後○黃雲隴麥秋間[二]◎武陵煙暖○數聲雞犬○別是山川◎　嗟老去○倦遊蹤跡○長恨華顛◎行盡吳頭楚尾○空慚萬壑千巖◎不如休也○一庵歸去○依舊雲山◎

月上海棠　七十字，仄八韻。　陸游

斜陽廢苑朱門閉◎弔興亡遺恨淚痕裏◎淡淡宮梅○也依然點酥翦水◎凝愁處○似憶宣華

[一]「花」，《全宋詞》作「春」。
[二]「間」，《欽定詞譜》作「前」。

舊事◎　行人別有淒涼意◎折幽香誰與寄千里◎佇立江皋○杳難逢隴頭驛騎◎音塵遠○楚天危樓獨倚◎

又　七十字，仄八韻。　段成己

酒杯何似浮名好◎一入枯腸太山小◎喚起[一]夢中身○鵾鴂數聲春曉◎昂頭處○幾點青山屋杪◎　人生得計魚游沼◎視過眼光陰向來少◎須卜一枝安○笑月底驚烏三繞◎無窮事○畢竟何時是了◎

又　九十一字，另格，仄九韻。　陳允平

游絲弄晚○捲簾開看[二]○燕重來時候◎正秋千亭榭○錦窠春透◎夢回褪浴華清○凝溫泉絳綃微皺◎芳陰底○人立東風○露華如晝◎　宜酒◎啼香淚薄○醉玉痕深○與春同瘦◎想當

[一]「起」，《詞律》、《欽定詞譜》、《全金元詞》均作「醒」。
[二]「開看」，《全宋詞》作「看處」。

年金谷○步帷初繡◎彩雲影裏徘徊○嬌無語夜寒歸後◎鶯窗曉○花間重攜素手◎

惜黄花　七十字，仄十韻。　史達祖

涵秋寒渚◎染霜丹樹◎尚依稀是來時○夢中行路◎時節正思家○遠道仍懷古◎更對著滿城風雨◎　黄花無語◎碧雲欲暮◎美人兮美人兮○未知何處◎獨自捲簾櫳○誰爲開尊俎◎恨不得御風歸去◎

【按】《詞律》、《欽定詞譜》認爲前後段同，前段三四句作「尚依稀句是來時豆夢中行路叶」，對應後段爲「美人兮句美人兮豆未知何處叶」。兹亦認爲前後段同，惟於三四句處理不同。

且坐令　七十字，仄十一韻。　韓　玉

閒院落◎誤了清明約◎杏花雨過燕支綽◎緊了秋千索◎鬬草人歸○朱門悄掩○梨花寂寞◎　書萬紙恨憑誰託◎才封了又揉卻◎少年何處貪歡樂◎引得我心兒惡◎怎生全不思量著◎那人人情薄◎

佳人醉　七十一字，仄十一韻。　　柳　永

暮景蕭蕭雨霽◎雲淡天高風細◎正月華如水◎金波銀漢○瀲灩無際◎冷浸書帷○夢斷卻披衣重起◎　　臨軒砌◎素光遥指◎因念翠眉(一)○杳隔(二)音塵何處○相望同千里◎盡凝睇◎厭厭無寐◎漸曉雕闌獨倚◎

【按】「冷浸書帷○夢斷卻披衣重起◎」，《詞律》作「冷浸書帷句夢斷卻豆披衣重起叶」，《欽定詞譜》前段「冷浸書帷夢斷句卻披衣重起韻」。《詞律》於此調「姑依韻分句，恐有譌錯，未必確然」，且於分句「因無他作，難以訂正耳」。《欽定詞譜》鑒於此調無別首宋詞可校，於汲古閣本《樂章集》異文，莫衷一是，姑從《花草粹編》本。本調説明「仄十一韻」，實標十韻。《詞律》、《欽定詞譜》均於前段第三句「水」標韻，兹句，「水」與諸韻脚同部，標句應誤，兹徑改。北宋劉弇有《佳人醉》詞七十二詞，仄十韻，韻部同此詞，相關可參照。

(一)「眉」，《欽定詞譜》、《全宋詞》均作「娥」。

(二)「杳隔」，《詞律》無。

小鎮西犯 七十一字，仄十一韻。 柳永

水鄉初禁火○青春未老◎芳菲㈠滿柳汀煙島◎波際紅幃縹緲◎盡杯盤小◎歌祓禊○聲聲諧楚㈡調◎ 路繚繞◎野橋新市裹○花穠妓好◎引游人競來歡笑◎酩酊誰家年少◎任玉山倒◎家何處○落日眠芳草◎

【按】本調説明「仄十一韻」，實標十二韻。《詞律》、《欽定詞譜》首句均不押韻，兹標韻，「火」與他韻脚不同部，誤，兹徑改爲句。

千秋歲 七十一字，仄十韻。 秦觀

柳邊花㈢外◎城郭輕㈣寒退◎花影亂○鶯聲碎◎飄零疏酒盞○離別寬衣帶◎人不見○

㈠「菲」，《詞律》作「華」。
㈡「楚」，《詞律》無。
㈢「花」，《欽定詞譜》、《全宋詞》均作「沙」。
㈣「輕」，《全宋詞》作「春」。

碧雲暮合空相對◎　憶昔西池會◎鵷鷺同飛蓋◎攜手處○今誰在◎日邊清夢斷○鏡裏朱顔改◎春去也○飛紅萬點愁如海◎

【按】本調説明「仄十韻」，實標九韻。《欽定詞譜》詞例同，首句標韻。《詞律》詞例不同，首句亦標韻。「外」與後韻爲同一韻部。兹改。

又　七十一字，仄十二韻。　周紫芝

小春時候◎晴日吴山秀◎霜尚淺○梅先透◎波翻醽醁盞○霧滿芙蓉繡◎持壽酒◎仙娥特地回雙袖◎　試問春多少◎恩入芝蘭厚◎松不老○山長久◎星占南極遠○家是椒房舊◎君一笑◎金鑾看取人歸後◎

又　七十二字，仄十二韻。　葉夢得

曉煙溪畔◎曾記東風面◎化工更與重裁翦◎額黄明艷粉○不共妖紅軟◎凝露臉◎多情正是當時見◎　誰向滄波岸◎特地移閒館◎情一縷○愁千點◎煩君搜妙語○爲我催清

宴◎須細看◎紛紛亂蕊空凡艷◎

西施 七十一字，平七韻。 柳 永

自從回步百花橋◎便獨處清宵◎鳳衾鴛枕○何事等閒拋◎縱有餘香○也似郎恩愛○向日夜潛消◎ 恐伊不信芳容改○將憔悴○寫霜綃◎更憑錦字○字字說情憀◎要識愁腸○但看丁香樹○漸結盡春梢◎

卓牌子近 七十一字，仄九韻。 袁去華

曲沼朱闌○繚牆翠竹晴晝◎金萬縷搖搖風柳◎還是燕子歸時○花信來後◎看淡泞洗妝態○梅樣瘦◎春初透◎ 盡日明窗相守◎閒共我焚香○伴伊刺繡◎睡眼朦騰○今朝早是病酒◎那堪更困人時候◎

于飛樂 七十二字，平七韻。 晏幾道

曉日當簾○睡痕猶占香腮◎輕盈笑倚鸞臺◎暈殘紅○勻宿翠○滿鏡花開◎嬌蟬鬢畔○插

一枝淡蕊疏梅◎　每到春深○多愁饒恨○妝成懶下香階◎意中人○從别後○縈繫情懷◎良辰好景○相思字喚不歸來◎

又　七十三字，平八韻。　張　先

寶奩開○菱鑒淨○一掬清蟾◎新妝臉旋學花添◎蜀紅衫○雙繡蝶○裙縷鶼鶼◎尋思前事○小屏風仍畫江南◎　怎空教草解宜男◎柔桑暗又過春蠶◎正陰晴天氣○更暝色相兼◎幽期消息○曲房西碎(一)月篩簾◎

【按】「正陰晴天氣○更暝色相兼◎」，《詞律》作「正陰晴句天氣更句暝色相兼叶」。斷句應從前者。

又　七十六字，平八韻。　毛　滂

記瞢騰濃睡裏○一片行雲◎未許(二)時夢破雲驚◎聽轆轤聲斷也○井底銀瓶◎不如羅

(一)「碎」，《詞律》、《全宋詞》同，《欽定詞譜》作「醉」。

(二)「許」，《全宋詞》作「多」。

帶○等閒便結得同心◎　繫畫船楊柳岸○曉月亭亭◎記陽關斷韻殘聲◎被西風吹玉枕○酒魄還清◎有些言語○獨自箇説與誰應◎

離亭宴　七十二字，仄八韻。　張昇

一帶江山如畫◎風物向秋瀟灑◎水浸碧天何處斷○霽色冷光相射◎蓼嶼荻花洲○掩映竹籬茅舍◎　雲際客帆高掛◎煙外酒旗低亞◎多少六朝興廢事○盡入漁樵閒話◎悵望倚層樓(一)○寒日無言西下◎

又　七十七字，仄十韻。　張先

捧黄封詔卷◎隨處是離亭別宴◎紅翠成輪歌未遍◎早已恨野橋風便◎此去濟南非久○惟有鳳池鸞殿◎　三月花飛幾片◎又減卻春光過半◎千里恩深雲海淺◎民愛比春流不

(一)「層樓」，《欽定詞譜》、《全宋詞》均作「危欄」。

斷◎更上玉樓西望○雁俱(一)征帆俱遠◎

憶帝京 七十二字，仄八韻。 柳 永

薄衾小枕涼天氣◎乍覺別離滋味◎展轉數寒更○起了還重睡◎畢竟不成眠○一夜長如歲◎ 也擬把卻回征轡◎又爭奈已成行計◎萬種思量○多方開解◎只恁寂寞厭厭地◎繫我一生心○負你千行淚◎

撼庭竹 七十二字，仄九韻。 王 詵

綽約(二)青梅弄春色◎真艷態堪惜◎經年費盡東君力◎有情先到探春客◎無語泣寒香○時暗度瑤席◎ 月下風前空悵望○思攜手同摘◎畫闌倚遍無消息◎佳辰樂事再難得◎還是夕陽天○空暮雲凝碧◎有押平韻者，詞俚不録。

(一)「俱」，《詞律》、《欽定詞譜》、《全宋詞》均作「與」。
(二)「約」，《欽定詞譜》、《全宋詞》均作「略」。

粉蝶兒　七十二字，仄八韻。　辛棄疾

昨日春如○十三女兒學繡◎一枝枝不教花瘦◎甚無情便下得風僝雨㥏◎向園林鋪作地衣紅縐◎　而今春似○輕薄蕩子難久◎記前時送春歸後◎把春波都釀作一江醇酎◎約清愁楊柳岸邊相候◎

惜奴嬌　七十二字，仄十韻。　史達祖

香剝酥痕○自昨夜春愁醒◎高情寄冰橋雪嶺◎試約黄昏○便不誤黄昏信◎人靜◎倩嬌娥留連秀影◎　吟鬢簪香○已斷了多情病◎年年待將春管領◎鏤月描雲○不枉了閒心性◎慢聽◎誰敢把紅顏比並◎

風入松　七十二字，平八韻。　康與之

碧苔滿地襯殘紅◎緑樹陰濃◎曉鶯啼破眉心事○舊愁新恨重重◎翠黛不忺重掃○佳時每恨難同◎　花開花謝任東風◎此恨無窮◎夢魂擬逐楊花去○殢人休下簾櫳◎要見只憑清夢○幾時真箇相逢◎

又　七十四字，平八韻。　陸　游

十年裘馬錦江濱◎酒隱紅塵◎黄金選勝鶯花海○倚疏狂驅使青春◎弄(一)笛魚龍盡出○題詩風月俱新◎　自憐華髮滿紗巾◎猶是官身◎鳳樓曾(二)記當時語○問浮名何似身親◎欲寫吴牋寄與○這回真箇閒人◎

又　七十六字，平八韻。　俞國寶

一春長費買花錢◎日日醉湖邊◎玉驄慣識西湖路○驕嘶過沽酒樓前◎紅杏香中簫鼓○緑楊影裏秋千◎　暖風十里麗人天◎花壓鬢雲偏◎畫船載得春歸去○餘情付湖水湖煙◎明日重扶殘醉○來尋陌上花鈿◎

師師令　七十三字，仄十韻。　張　先

香鈿寶珥◎拂菱花如水◎學妝皆道稱時宜○粉色有天然春意◎蜀綵衣長勝未起◎縱亂

(一)「弄」，《全宋詞》作「吹」。
(二)「曾」，《全宋詞》作「常」。

霞(一)垂地◎　都城池苑誇桃李◎問東風何似◎不須回扇障清歌○唇一點小於朱蕊◎
正值殘英和月墜◎寄此情千里◎

郭郎兒近拍　七十三字，仄九韻。　柳　永

帝里◎閒居小曲深坊○庭院沈沈朱户閉◎新霽◎畏景天氣◎薰風簾幕無人○永晝厭厭如
度歲◎　愁悴◎枕簟微涼○睡久輾轉(二)慵起◎硯席塵生○新詩小闋○等閒都盡廢◎
這些兒寂寞情懷○何事新來常恁地◎

【按】本調句韻段斷，同《欽定詞譜》。「帝里◎閒居小曲深坊○」，《詞律》作「帝里閒居句小曲深坊句」；《詞律》「愁悴」置前段末，斷爲一韻。

(一)「霞」，《詞律》同，《欽定詞譜》、《全宋詞》作「雲」。
(二)「輾轉」，《欽定詞譜》、《全宋詞》同，《詞律》作「轉轉」。

隔浦蓮　七十三字，仄十二韻。　周邦彦

新篁摇動翠葆◎曲徑通深窅◎夏果收新脆○金丸落驚飛鳥◎濃靄迷岸草◎蛙聲閙◎驟雨鳴池沼◎　水亭小◎浮萍破處○檐花檐影顛倒◎綸巾羽扇○醉臥北窗清曉◎屏裏吴山夢自到◎驚覺◎依然身在江表◎

【按】「水亭小」，《詞律》置於前後末句。此句韻段依《欽定詞譜》，宜是。

荔支香近　七十三字，仄七韻。　周邦彦

夜來寒侵酒席○露微泫◎舄履初會○香澤方熏○無端暗雨催人○但怪燈偏簾捲◎回顧始覺驚鴻去遠◎　大都世間最苦○唯聚散◎到得春殘○看即是開離宴◎細思别後○柳眼花鬚更誰剪◎此懷何處消遣◎

【按】本調原前後段首均爲九字句。《詞律》同詞例爲六三，《欽定詞譜》異詞例爲六三。依句式句意，六三分斷爲宜。兹據改。

百媚孃　七十四字，仄十韻。　張　先

珠閣五雲仙子◎未省有誰得(一)似◎百媚等(二)應天付與○淨飾艷妝俱美◎取(三)次芳華皆可意◎何處無(四)桃李◎　蜀被錦文鋪水◎不放彩鴛雙戲◎樂事也知存後會○爭奈眼前心裏◎緑皺小池紅疊砌◎花外東風起◎

碧牡丹　七十四字，仄十一韻。　晏幾道

翠袖疏紈扇◎涼月(五)催歸燕◎一夜西風幾處傷高懷遠◎細菊枝頭○開嫩香還遍◎月痕依舊庭院◎　事何限◎悵望秋色(六)晚◎離人鬢華將換◎靜憶天涯○路比此情還(七)

(一)「得」，《詞律》、《欽定詞譜》、《全宋詞》均作「能」。
(二)「等」，《詞律》同，《欽定詞譜》、《全宋詞》作「算」。
(三)「取」前，《全宋詞》有「若」字。
(四)「無」，《全宋詞》作「比」。
(五)「月」，《詞律》、《欽定詞譜》、《全宋詞》均作「葉」。
(六)「色」，《詞律》、《全宋詞》均作「意」。
(七)「還」，《全宋詞》作「猶」。

短◎試約鸞[一]牋○傳素期良願○南雲應有新雁◎

又　七十五字，仄十一韻。　張先

步障搖紅綺◎曉月墮○沈煙砌◎緩拍[二]香檀○唱徹伊州[三]新製◎怨入眉頭○斂黛峰橫翠◎芭蕉寒○雨聲碎◎　鏡華翳◎閒照孤鸞戲◎思量去時容易◎鈿合瑤釵○至今冷落輕棄◎望極藍橋○但暮雲千里◎幾重山○幾重水◎

臨江仙引　七十四字，兩換韻，仄二平七。　柳永

上國◎去客◎停飛蓋○促離筵◎長安古道綿綿◎見岸花啼露○對堤柳愁煙◎物情人意向此○觸目無處不淒然◎　醉擁征驂猶佇立○盈盈淚眼相看◎況繡幃人靜○更山館春寒◎今宵怎向漏永○頓成兩處孤眠◎柳詞別首不押仄韻。

[一]「鸞」，《詞律》、《欽定詞譜》、《全宋詞》均作「鸞」。

[二]「拍」，《全宋詞》作「板」。

[三]「州」，《全宋詞》作「家」。

【按】「物情人意向此○觸目無處不淒然◎」，《欽定詞譜》作「物情人意句向此觸目句無處不淒然韻」。以柳永同調另首詞有「憑高念遠句素景楚天句無處不淒涼韻」參證，《欽定詞譜》句韻爲勝。

傳言玉女　七十四字，仄八韻。　晁沖之

一夜東風○不見(一)柳梢殘雪◎御樓煙暖○對鰲山彩結◎簫鼓向晚○鳳輦初回(二)宮闕◎千門燈火○九衢(三)風月◎　繡閣人人○乍嬉游○困又歇◎豔妝初試(四)○把珠簾半揭◎嬌羞(五)向人○手撚玉梅低説◎相逢長是○上元時節◎

剔銀燈　七十四字，仄十韻。　毛　滂

簾下風光自足◎春(六)到席間屏曲◎瑶甕酥融○羽觴蟻鬬○花映酃湖寒綠◎汨羅愁獨◎

(一)「不見」，《全宋詞》作「吹散」。
(二)「回」，《全宋詞》作「歸」。
(三)「衢」，《詞律》作「逵」，《全宋詞》作「街」。
(四)「豔妝初試」，《全宋詞》作「笑勻妝面」。
(五)「羞」，《全宋詞》作「波」。
(六)「到」前，《詞律》有「忽」字。

又何似紅圍翠簇◎　聚散悲歡箭速◎不易一杯相屬◎頻剔銀燈○别聽牙板○尚有龍膏堪續◎羅熏繡馥◎錦瑟畔低迷醉玉◎

又　七十六字，仄十韻。　沈子山

一夜隋河風勁◎霜混[一]水天如鏡◎古柳堤長○寒煙不起○波上月無流影◎那堪頻聽◎疏星外離鴻相應◎　須信道情多是病◎酒未到愁腸還醒◎數疊蘭衾○餘香未減○甚時枕鴛重並◎教伊須更◎將盟誓後約言定◎

越溪春　七十五字，平七韻。　歐陽脩

三月十三寒食日○春色遍天涯◎越溪閬苑繁華地○傍禁垣珠翠煙霞◎紅粉牆頭○秋千影裏○臨水人家◎　歸來晚駐香車◎銀箭透窗紗◎有時三點兩點雨霽○朱門柳細煙斜◎

[一]「混」，《全宋詞》作「濕」。

沈麝不燒金鴨○玲瓏(一)月照梨花◎

長生樂　七十五字，平九韻。　晏　殊

玉露金風月正圓◎臺榭早涼天◎畫堂嘉會○組繡列芳筵◎洞府星辰龜鶴○福壽來添(二)◎歡聲喜色○同入金爐泛濃煙◎　清歌妙舞○急管繁絃◎流霞(三)滿酌觥船◎人盡祝富貴又長年◎莫教紅日西晚○留著醉神仙◎

隔簾聽　七十五字，仄十二韻。　柳　永

咫尺鳳帷(四)鴛帳○欲去無因到◎蝦鬚窣地重門悄◎認繡履頻移○洞房窅窅◎强語笑◎

(一)「玲瓏」，《欽定詞譜》、《全宋詞》均作「冷籠」。
(二)「福壽來添」，《欽定詞譜》同，《詞律》、《全宋詞》作「來添福壽」。
(三)「流霞」，《詞律》、《欽定詞譜》、《全宋詞》均作「榴花」。
(四)「帷」，《詞律》、《欽定詞譜》、《全宋詞》均作「衾」。

逞如簧再三輕巧◎　梳妝早◎琵琶閒抱◎愛品相思調◎聲聲似把芳心〔一〕告◎但隔簾〔二〕贏得斷腸多少◎恁煩惱◎除非是〔三〕共伊知道◎

【按】「梳妝早」，《詞律》置前段末，且亦認爲「梳妝早」三字不應贅於前結之下，玩其語意，自爲過變起句。

訴衷情近　七十五字，仄九韻。　柳永

雨晴氣爽○佇立江樓望處◎澄明遠水生光○重疊暮山聳翠◎遥想斷橋幽徑○隱隱漁村○向晚孤煙起◎　殘陽裏◎脈脈朱闌靜倚◎黯然情緒○未飲先如醉◎愁無際◎暮雲過了○秋風老盡○故人千里◎竟日空凝睇◎

〔一〕「芳心」，《全宋詞》同，《詞律》、《欽定詞譜》作「相思」。
〔二〕「但隔簾」，《欽定詞譜》同，《詞律》無「但」字，《全宋詞》作「隔簾聽」。
〔三〕「是」，《詞律》、《全宋詞》均無。

下水船　七十五字，仄十三韻。　賀鑄

芳草青門路◎還拂京塵東去◎回想當年○離聲送君南浦◎愁幾許◎尊酒留連薄暮◎簾捲津樓煙雨◎　憑闌語◎草草蘅皋賦◎分首驚鴻不駐◎燈火虹橋○難尋弄波微步◎漫凝佇◎莫怨無情流水◎明月扁舟何處◎「水」字似借叶。

【按】詞調説明「仄十三韻」，實標十三韻。《欽定詞譜》十二韻。茲末云「『水』字似借叶」，《欽定詞譜》「水」字未標韻。本譜同調二首前後段末二句均用韻，本譜宜從。

又　七十六字，仄十二韻。　晁補之

上客驪駒繫◎驚喚銀屏睡起◎困倚妝臺(一)○盈盈正解螺髻◎鳳釵墜◎繚繞金盤玉指◎巫山一段雲委◎　半窺鏡○向我橫秋水◎斜領花枝交鏡裏◎淡拂鉛華○匆匆自整羅綺◎斂眉翠◎雖有愔愔密意◎空作江邊解佩◎

(一)「臺」，《全宋詞》同，《欽定詞譜》作「樓」。

解蹀躞　七十五字，仄十二韻。　周邦彦

候館丹楓吹盡○面(一)旋隨風舞◎夜寒霜月飛來伴孤旅◎還是獨擁秋衾○夢餘酒困都醒○滿懷離苦◎　甚情緒◎深念凌波微步◎幽房暗相遇◎淚珠都作秋宵枕前雨◎此恨音驛難通○待憑征雁歸時○寄(二)將愁去◎

撲胡蝶　七十五字，仄九韻。　趙師俠

清和時候○薰風來小院◎琅玕脱籜○方塘荷翠颭◎柳絲輕度流鶯○畫棟低飛乳燕◎園林緑陰初遍◎　景何限◎輕紗細葛○綸巾和雨(三)扇◎披襟散髮○心清塵不染◎一杯洗滌無餘○萬事消磨去遠◎浮名薄利休羡◎

(一)「面」，《欽定詞譜》作「回」。

(二)「寄」，《全宋詞》作「帶」。

(三)「雨」，應誤，《欽定詞譜》作「羽」，是。

又　七十七字，仄九韻。　　　　呂渭老

分釵綰髻○洞府難分手◎離觴短闋○啼痕冰舞袖◎馬嘶霜滑○橋回(一)路轉○人依古柳◎曉色漸分星斗◎　　怎分剖◎心兒一似○傾入離愁萬千斗◎垂鞭佇立○傷心還病酒◎十年夢裏嬋娟○二月花梢(二)豆蔻◎春風爲誰依舊◎

【按】「馬嘶霜滑○橋回路轉○人依古柳◎」，《詞律》按照本調上詞格式作「馬嘶霜滑橋橫句路轉人依古柳叶」。呂渭老同調詞有「乍涼衣著，輕明微醉，歌聲聽穩」，以句意度之，兹宜三個四字句爲是。

瑞雲濃　七十五字，仄八韻。　　　　楊无咎

睽離漫久○年華誰信曾換◎依舊當時似花面◎幽歡小會○記永夜杯行無算◎醉裏屢忘歸○任虛檐月轉◎　　能變新聲○隨語意悲歡感怨◎可更餘音寄羌管◎倦遊江浙○問似

(一)「回」，《全宋詞》作「横」。
(二)「梢」，《詞律》作「中」。

伊阿誰曾見◎度已無腸○爲伊可斷◎

蕊珠閒　七十五字，仄十韻。　趙彦端

浦雲濃(一)○梅風斷○碧水無情輕度◎有嬌黄上林梢○向春欲舞◎緑煙迷晝○淺寒欺暮◎不勝小樓凝佇◎　倦遊處◎故人相見易阻◎花事從今堪數◎片帆無恙○好在一篙新(二)雨◎醉袍宫錦○畫羅金縷◎莫教亂(三)傳幽句◎

千年調　七十五字，仄八韻。　辛棄疾

卮酒向人時○和氣先傾倒◎最要然然可可○萬事稱好◎滑稽坐上○又(四)對鴟夷笑◎寒與熱○總隨人○甘國老◎　少年使酒○出口人嫌拗◎此箇和合道理○近日方曉◎學人

(一)「濃」，《詞律》、《欽定詞譜》、《全宋詞》均作「融」。
(二)「新」，《詞律》、《全宋詞》同，《欽定詞譜》作「春」。
(三)「亂」，《詞律》、《欽定詞譜》、《全宋詞》均作「恨」。
(四)「又」，《詞律》、《欽定詞譜》均作「更」。

言語○未會十分巧◎看他門○得人憐○秦吉了◎

番槍子　七十五字，仄八韻，又名《春草碧》。　完顏璹

幾番風雨西城陌◎不見海棠紅○梨花白◎底事勝賞匆匆○政自天付酒腸窄◎更笑老東君○人間客◎　賴有玉管新翻○羅襟醉墨◎望中倚闌人○如曾識◎舊夢回首何堪○故苑春光又陳跡◎落盡後庭花○春草碧◎

御街行　七十六字，仄八韻。　張先

畫船橫倚煙溪半◎春入吴山遍◎主人憑客且遲留○程入花溪還(一)遠◎數聲蘆葉◎兩行霓袖○幾處成離宴◎　紛紛歸騎亭皋晚◎風順檣烏轉◎古今惟別最銷魂○因別有情須怨◎高臺獨上○不堪凝望○目與飛雲斷(二)◎

(一)「還」，《全宋詞》作「遠」。

(二)《全宋詞》末三句作：「更獨自、盡上高臺望，望盡飛雲斷。」

又　七十七字，仄八韻。　　　　張　先

夭非花艷輕非霧◎來夜半○天明去◎來如春夢不多時○去似朝雲何處◎遠(一)雞棲燕○沈星落月(二)○紞紞城頭鼓◎　參差漸辨西池樹◎珠閣斜開户◎綠苔深徑少人行○苔上屐痕無數◎殘香餘粉(三)○閒衾剩枕(四)○天把多情付◎

又　七十八字，仄八韻。　　　　范仲淹

紛紛墮(五)葉飄香砌◎夜寂靜○寒聲碎◎真珠簾捲玉樓空○天澹銀河垂地◎年年今夜○月華如練○長是人千里◎　愁腸已斷無由醉◎酒未到○先成淚◎殘燈明滅枕頭欹○諳盡孤眠滋味◎都來此事○眉間心上○無計相回避◎

(一)「遠」，《全宋詞》同，《欽定詞譜》作「乳」。
(二)「沈星落月」，《欽定詞譜》、《全宋詞》均作「落星沈月」。
(三)「殘香餘粉」，《全宋詞》作「餘香遺粉」。
(四)「閒衾剩枕」，《欽定詞譜》作「剩枕閒衾」，《全宋詞》作「剩衾閒枕」。
(五)「墮」，《全宋詞》作「墜」。

又　八十一字，仄八韻。　高賓王

香波半窣深深院◎正日上○花陰淺◎青絲不動玉鈎閒○看翠額輕籠葱蒨◎鶯聲似隔○篆煙微度○愛横影參差遍(一)◎　那回低掛朱闌畔◎念悶損○無人捲◎窺春偷倚不勝情○彷彿見如花嬌面◎纖柔緩揭○瞥然飛去○不似春風燕◎

荔支香　七十六字，仄八韻。　周邦彦

照水殘紅零亂○風喚去◎盡日側側輕寒○簾底吹香霧◎黄昏客枕無憀○細響當窗雨◎閒(二)看兩兩相依燕新乳◎　樓下水○漸緑遍行舟浦◎暮往朝來○心逐片帆輕舉◎何日迎門○小檻朱籠報鸚鵡◎共翦西窗蜜炬◎

(一)「遍」，《詞律》、《欽定詞譜》均作「滿」。
(二)「閒」，《欽定詞譜》、《全宋詞》均無。

波（一）羅門引　七十六字，平九韻。　曹組

帳（二）雲暮捲◯漏聲不到小簾櫳◎銀潢夜洗晴空（三）◎皓月堂軒高掛◯秋入廣寒宮◎正金波不動◯桂影玲瓏（四）◎　佳人未逢◎悵（五）此夕與誰同◎對酒當歌追念（六）◯霜滿愁（七）紅◎南樓何處◯想人在橫（八）笛一聲中◎凝望（九）眼立盡西風◎

鳳樓春　七十七字，平十一韻。　歐陽炯

鳳髻綠雲叢◎深掩房櫳◎錦書通◎夢中相見覺來慵◎勻面淚◯臉珠融◎因想玉郎何處

（一）「波」，應爲「婆」之誤。
（二）「帳」，《詞律》、《欽定詞譜》、《全宋詞》均作「漲」。
（三）「銀潢夜洗晴空」，《詞律》、《欽定詞譜》、《全宋詞》均作「銀河淡掃澄空」。
（四）「玲瓏」，《詞律》、《欽定詞譜》、《全宋詞》均作「朦朧」。
（五）「悵」，《詞律》、《欽定詞譜》、《全宋詞》均作「歎」。
（六）「對酒當歌追念」，《詞律》、《欽定詞譜》、《全宋詞》均作「望遠傷懷對景」。
（七）「愁」，《全宋詞》同，《詞律》、《欽定詞譜》作「秋」。
（八）「橫」，《詞律》、《欽定詞譜》、《全宋詞》均作「長」。
（九）「望」，《詞律》、《欽定詞譜》、《全宋詞》均作「淚」。

去○對淑景誰同◎　小樓中◎春思無窮◎倚闌凝望○暗牽愁緒○柳花飛起東風◎斜日照簾○羅幌香冷粉屏空◎海棠零落○鶯語殘紅◎

四園竹　七十七字，平仄通叶，平七仄二。　周邦彦

浮雲護月○未放滿朱扉◎鼠摇暗壁○螢度破窗○偷入書幃◎秋意濃○閒佇立庭柯影裏◎好風襟袖先知◎　夜何其◎江南路繞重山○心知漫與前期◎奈向燈前墮淚○腸斷蕭娘舊日書詞◎猶在紙◎雁信絶○清宵夢又稀◎

側犯　七十七字，仄十一韻。　周邦彦

暮霞霽雨○小蓮出水紅妝靚◎風定◎看步襪江妃照明鏡◎飛螢度暗草○秉燭游花徑◎人静◎攜艷質追涼就槐影◎　金環皓腕○雪藕清泉瑩◎誰念省◎滿身香猶是舊荀令◎見説胡姬○酒壚深迥◎煙鎖漠漠○藻池苔井◎

祝英臺近 七十七字，仄七韻。 程垓

墜紅輕○濃緑潤○深院又春晚◎睡起厭厭○無語小妝懶◎可堪三月風光○五更魂夢○又都被杜鵑催儹◎　怎消遣◎人道愁與春歸○春歸愁未斷◎閒倚銀屏○羞怕淚痕滿◎斷腸沈水重熏○瑤琴閒理○奈依舊夜寒人遠◎

【按】 詞調説明「仄七韻」，實標六韻，「羞怕淚痕滿」原標句，誤，應爲韻，徑改。

又 七十七字，仄九韻。 辛棄疾

寶釵分○桃葉渡◎煙柳暗南浦◎怕〔一〕上層樓○十日九風雨◎斷腸點點〔二〕飛紅○都無人管○更誰勸〔三〕流鶯聲住◎　鬢邊覷◎試把花卜歸期○纔簪又重數◎羅帳燈昏○哽咽夢中語◎是他春帶愁來○春歸何處◎卻不解帶將愁去◎

〔一〕「怕」，《詞律拾遺》、《全宋詞》同，《欽定詞譜》作「陌」。
〔二〕「點點」，《欽定詞譜》、《詞律拾遺》同，《全宋詞》作「片片」。
〔三〕「更誰勸」，《詞律拾遺》同，《欽定詞譜》、《全宋詞》作「倩誰喚」。

又 七十七字，仄十韻。 岳珂

淡煙橫○層霧斂◎勝概分雄占◎月下鳴榔○風急怒濤颭◎關河無限清愁○不堪臨鑒◎正霜鬢秋風塵染◎ 漫登覽◎極目萬里沙場○事業頻看劍◎古往今來○南北限天塹◎倚樓誰弄新聲○重城正掩◎歷歷數西州更點◎

【按】 詞調説明「仄十韻」，實標九韻。《欽定詞譜》岳珂此詞第二句「層霧斂」標韻，《詞律拾遺》亦標韻。「斂」與後韻脚同一韻部，且本調相關體式第二句有押韻、有不押韻，此押韻爲宜，姑徑改。

又 七十七字，平九韻。 蘇茂一

結垂楊○臨廣陌○分袂唱(一)陽關◎穩上征鞍◎目極萬重山◎歸鴻若到伊行○丁寧須記○寫一封書報平安◎ 漸春殘◎是他紅褪香收○綃淚點成斑(二)◎枕上盟言◎都做

(一) 原作「昌」，《詞律拾遺》、《全宋詞》作「唱」，應作「唱」，兹徑改。
(二) 「成斑」，《詞律拾遺》、《全宋詞》作「斑斑」。

夢中看◎銷魂啼鴂聲中○楊花飛處○斜陽下愁倚闌干◎

陽關引 七十八字，仄九韻。 寇準

塞草煙光闊◎渭水波聲咽◎春朝雨霽○輕塵斂(一)○征鞍發◎指青青楊柳○又是輕攀折◎動黯然○知有後會甚時節◎　更盡一杯酒○歌一闋◎歎人生裏(二)○難歡聚○易離別◎且莫辭沈醉○聽取陽關徹◎念故人○千里自此共明月◎

一叢花 七十八字，平八韻。 張先

傷春懷遠幾時窮◎無物似情濃◎離愁正恁牽(三)絲亂○更南(四)陌飛絮濛濛◎嘶騎漸遥○征塵不斷○何處認郎蹤◎　雙鴛池沼水溶溶◎南北小橋(五)通◎梯横畫閣黄昏後○又

(一)「斂」，《欽定詞譜》同，《全宋詞》作「歛」。
(二)「裏」，《欽定詞譜》同，《全宋詞》作「最」。
(三)「恁牽」，《全宋詞》作「引千」。
(四)「南」，《全宋詞》作「東」。
(五)「橋」，《全宋詞》作「橈」。

還是新[一]月簾櫳◎沈恨細思○不如桃杏○猶解嫁東風◎

甘州令　七十八字，仄八韻。　張先

凍雲深○淑氣淺○寒欺緑野◎輕雪伴早梅飄謝◎艷陽天○正明媚○卻成瀟灑◎玉人歌○畫樓酒○對此早[二]驟增高價◎　賣花巷陌○放燈臺榭◎好時代[三]怎生輕捨◎賴和風○蕩霽靄○廓清良夜◎玉塵鋪○桂莖[四]滿○素光裏更堪游冶◎

金人捧露盤　七十九字，平八韻，又名《上西平》。　曾覿

記神京○繁華地○舊游蹤◎正御溝春水溶溶◎平康巷陌○雕鞍錦勒躍花驄[五]◎解衣沽

㈠「新」，《全宋詞》作「斜」。
㈡「早」，《詞律》、《欽定詞譜》同，《全宋詞》作「景」。
㈢「代」，《詞律》、《欽定詞譜》同，《全宋詞》作「節」。
㈣「莖」，《詞律》、《欽定詞譜》同，《全宋詞》作「華」。
㈤「雕鞍錦勒躍花驄」，《全宋詞》作「繡鞍金勒躍青驄」。

酒醉絃管○柳緑花紅◎　到如今○餘霜鬢○嗟前事○夢魂中◎但寒煙滿目飛蓬◎雕闌玉砌○空餘三十六離宮◎塞笳驚起暮天雁○寂寞東風◎

又　八十一字，平八韻。　賀　鑄

控滄江○排青嶂○宴臺涼◎駐彩仗樂未渠央◎巖花磴蔓○妒千門珠翠倚新妝◎舞閒歌悄○恨流風(一)不管餘香◎　繁華夢○驚俄頃○佳麗地○指蒼茫◎寄一笑何與興亡◎量船載酒○賴使君相對兩胡牀◎緩調清管○更爲儂三弄斜陽◎

【按】本調説明「平八韻」，《欽定詞譜》作「前段八句五平韻，後段九句四平韻」，後者因首句標韻而多一韻，《詞律》亦首句標韻。據《金人捧露盤》詞調亦多首句用韻者，茲宜從之。

紅林檎近　七十九字，平八韻。　周邦彦

高柳春才軟○凍梅寒更香◎暮雪助清峭○玉塵散林塘◎那堪飄風遞冷○故遣度幕穿窗◎

(一)「流風」，《欽定詞譜》同，《詞律拾遺》、《全宋詞》作「風流」。

似欲料理新妝◎呵手弄絲簧◎　冷落詞賦客○蕭索水雲鄉◎援豪授簡○風流猶憶東梁◎望虛檐徐轉○迴廊未掃○夜長莫惜空酒觴◎

夢還京　七十九字，仄九韻，三疊。　柳　永

夜來匆匆飲散○欹枕背燈睡◎酒力全輕○夢(一)魂易醒○風揭簾櫳○夢斷披衣重起◎　悄無寐◎追悔當初○繡閣話別太容易◎日許時猶阻歸計◎　甚況味◎旅館虛度殘歲◎想嬌媚◎那裏獨守鴛幃靜○永漏迢迢○也應暗同此意◎

【按】詞調分段頗有參差，《詞律》分二段，第二段起句「追悔當初」，《詞律》云：「無可引證，姑爲分句，恐有差落，未必確然。」《欽定詞譜》分三段，並曰：「按《樂章集》及《花草粹編》俱作兩段，今依《詞緯》訂定。平仄無別首可校。」亦自覺非確論。茲調分三段實從《欽定詞譜》，《全宋詞》分段同《詞律》。

(一)「夢」，《詞律》、《欽定詞譜》、《全宋詞》均作「醉」。

鎮西　八十一字，仄十一韻。　蔡　伸

秋風秋(一)雨◯覺重衾寒透◎傷心聽曉鐘殘漏◎凝情久◎記紅窗夜雪◯促膝圍爐◯交杯勸酒◎如今頓孤歡偶◎　念別後◎菱花清鏡裏◯眉峰暗鬭◎想標格(二)怎經(三)消瘦◎忍回首◎但雲牋妙墨(四)◯鴛錦啼妝◯依然似舊◎臨風淚沾襟袖◎

過澗歇　八十字，仄八韻。　柳　永

淮楚◎曠望極◯千里火雲燒空◯盡日西郊無雨◎厭行旅◎數幅輕帆漸(五)落◯檥棹蒹葭浦◎避畏景◯兩兩舟人夜深語◎　此際爭可◯便恁奔名競利去◎九衢塵裏◯衣冠冒炎暑◎回首江鄉◯月觀風亭◯水邊石上◯幸有散髮披襟處◎

(一)「秋」，《詞律》、《欽定詞譜》同，《全宋詞》作「吹」。
(二)「格」，《欽定詞譜》同，《詞律》、《全宋詞》作「容」。
(三)「經」，《詞律》、《欽定詞譜》、《全宋詞》均作「禁」。
(四)「妙墨」，《欽定詞譜》、《全宋詞》同，《詞律》作「墨妙」。
(五)「漸」，《欽定詞譜》、《全宋詞》均作「旋」。

瑤階草　八十字，仄九韻。　　程垓

空山子規叫○月破黄昏冷◎簾幕風輕○緑暗紅又盡◎自從別後○粉消香減(一)○一春成病◎那堪晝閒日永◎　恨難整◎起來無語○緑萍破處池光淨◎悶理殘妝○照花獨自憐瘦影◎睡來又怕○飲來越醉○醒來卻悶◎看誰似我孤另◎

【按】《欽定詞譜》此調以爲前段四仄韻、後段六仄韻，兹標仄九韻。《欽定詞譜》惟後段「飲來越醉」句標韻。《詞律》曰「自從下與後睡來下同」，上「膩」（兹爲「減」）字非韻（「減」，兹與《欽定詞譜》均定非韻），故下「醉」亦非韻。據「醉」與其他韻字不同韻。因無別首宋詞校參，兹從《詞律》，亦以本譜是。

安公子　八十字，仄七韻，三疊。　　柳永

長川波瀲灔◎楚鄉淮岸迢遞○一霎煙汀雨過○芳草青如染◎　驅驅攜書劍◎當此好天好景○自覺多愁多病○行役心情厭◎　望處曠野沈沈○暮雲黯黯◎行侵夜色○又是急

(一)「減」，《詞律》、《全宋詞》均作「膩」。

槳投村店◎認去程將近○舟子相呼○遥指漁燈一點◎

【按】茲分三段。《詞律》、《欽定詞譜》、《全宋詞》均分二段，以「望處曠野沈沈」爲第二段首句。按《安公子》均二段，此三段，應誤。

又　百二字，另格，仄十二韻。　陸游

風雨初經社◎子規聲裏春光謝◎最是無情○零落盡荼蘼一架◎況我今年○憔悴幽窗下◎人盡怪詩酒消聲價◎向藥爐經卷○忘卻鶯窗柳榭◎　萬事收心也◎粉痕猶在香羅帕◎恨月愁花○怎信道如今都罷◎空憶前身○便面章臺馬◎因自來禁得心情怕◎縱遇歌逢酒○但說京都舊話◎

又　百六字，仄十二韻。　柳永

遠岸收殘雨◎雨殘稍覺江天暮◎拾翠汀洲人寂靜○立雙雙鷗鷺◎望幾點漁燈○掩映蒹葭浦◎停畫橈兩兩舟人語◎道去程今夜○遥指前村煙樹◎　游宦成羈旅◎短檣吟倚閒凝

佇◎萬水千山迷遠近○想鄉關何處◎自別後風亭月榭孤歡聚◎剛斷腸惹得離情苦◎聽杜宇聲聲○勸人不如歸去◎

又 百六字，仄十四韻。 杜安世

又是春將半◎杏花零落閒庭院◎天氣有時陰淡淡○綠楊輕軟◎連畫閣繡簾半捲◎招新燕◎斂殘黛(一) 獨倚闌干遍◎暗思前事○月下風流○狂蹤無限◎ 惜恐鶯花晚◎更堪容易相拋遠◎離恨結成心上病○幾時消散◎空際有斷雲片片◎遙峰暖◎聞杜宇終日啼哀怨(二)◎暮煙芳草○寫望迢迢○甚時重見◎

(一)「斂殘黛」，《詞律》、《欽定詞譜》、《全宋詞》均作「殘黛斂」。
(二)「啼哀怨」，《詞律》、《欽定詞譜》、《全宋詞》均作「哀啼怨」。

天籟軒詞譜卷三目録

起八十一字，迄一百字。

玉漏遲二首　尾犯二首　雪梅香一首　如魚水一首　六么令一首
一枝春一首　惜秋華一首　梅子黄時雨一首　塞孤一首　水調歌頭三首
掃花游一首　白雪一首　徵招二首　雙瑞蓮一首　玉京秋一首
玉女迎春慢一首　金浮圖一首　陽臺路一首　黄鶯兒一首　天香二首
漢宫春四首　塞垣春一首　步月二首　八聲甘州二首　迷神引一首
醉蓬萊一首　卓牌子慢一首　鳳凰臺上憶吹簫三首　夜合花二首　慶清朝二首
黄鸝遶碧樹一首　倦尋芳一首　帝臺春一首　採明珠一首　瑶臺第一層一首
暗香一首　西子妝一首　玉京謡一首　被花惱一首　緑蓋舞風輕一首
月邊嬌一首　長亭怨二首　玉簟涼一首　燕春臺一首　夏初臨一首
三部樂一首　雨中花慢三首　晝夜樂一首　留客住一首　粉蝶兒慢一首
芰荷香一首　逍遥樂一首　八節長歌一首　並蒂芙蓉一首　春草碧一首
繡停鍼一首　揚州慢一首　雙雙燕一首　孤鸞二首　雲仙引一首
玲瓏玉一首　夢揚州一首　聲聲慢四首　紫玉簫一首　無悶二首
月下笛二首　玲瓏四犯三首　丁香結一首　瑣窗寒一首　宴山亭一首
金菊對芙蓉一首　十月桃一首　大有一首　秋宵吟一首　三姝媚一首

凡百四十九調，共詞二百二十九首。

天籟軒詞譜卷三

梁谿孫平叔先生鑒定、閩中葉申薌編次

柳初新　八十一字，仄十韻。　柳永

東郊向曉星杓亞◎報帝里春來也◎柳擡煙眼○花勻露臉○漸覺緑嬌紅姹◎妝點層臺芳榭◎運神功丹青無價◎　別有堯階試罷◎新郎君成行如畫◎杏園風細○桃花浪暖○競喜羽遷鱗化◎遍九陌相將遊冶◎驟香塵寶鞍驕馬◎

鬬百花　八十一字，仄八韻，又名《夏州》。　柳永

煦色韶光明媚○輕靄低籠芳樹◎池塘淺蘸煙蕪○簾幕閑垂飛(一)絮◎春困厭厭○拋擲鬬草工夫○冷落踏青情(二)緒◎終日扃朱户◎　遠恨綿綿○淑景遲遲難度◎年少傅粉○

(一)「飛」，《欽定詞譜》、《全宋詞》均作「風」。
(二)「情」，《欽定詞譜》、《全宋詞》均作「心」。

依前醉眠何處◎深院無人○黄昏乍坼秋千○空鎖滿庭花雨◎

倒垂柳　八十一字，仄九韻。　楊无咎

曉來煙露重○爲重陽增勝致◎記一年好景(一)○無似此天氣◎東籬白衣至○南陌芳筵啓◎風流曾未遠○登臨都在眼底◎　人生如寄◎謾把茱萸看子細◎擊節聽高歌○痛飲莫辭醉◎烏帽任教○顛倒風裏墜◎黄花明日○縱好無情味◎

【按】《詞律》調名《倒垂楊》。

最高樓　八十一字，兩換韻，平七仄二。　辛棄疾

花知否○花一似何郎◎又似沈東陽◎瘦棱棱地天然白○冷清清地許多香◎笑東君○還又向○北枝忙◎　著一陳霎時間底雪◎更一個缺些兒底月◎山下路○水邊牆◎風流怕有人知處○影兒守定竹旁廂◎且饒他○桃李趁○少年場◎

(一)「景」，《詞律》、《欽定詞譜》、《全宋詞》均作「處」。

又　八十二字，兩換韻，平七仄二。　毛滂

微雨過○深院芰荷中◎香冉冉○繡重重◎玉人共倚闌干角○月華猶在小池東◎入人懷○吹鬢影○可憐風◎　分散去輕如雲與雪◎剩下了許多風與月◎侵枕簟○冷簾櫳◎剛能小睡還驚覺○略成輕醉早惺忪◎仗行雲○將此恨○到眉峰◎

又　八十三字，兩換韻，平七仄二。　程垓

舊時心事○説著兩眉羞◎長記得○憑肩遊◎緗裙羅襪桃花岸○薄衫輕扇杏花樓◎幾番行○幾番醉○幾番留◎　也誰料春風吹已斷◎又誰料朝雲飛亦散◎天易老○恨難酬◎蜂兒不解知人苦○燕兒不解説人愁◎舊情懷○消不盡○幾時休◎

拂霓裳　八十二字，平十一韻。　晏殊

樂(一)秋天◎晚荷花綴露珠圓◎風日好○數行新雁貼寒煙◎銀簧調脆管○瓊柱撥清弦◎

(一)「樂」，《欽定詞譜》、《全宋詞》同，《詞律》作「笑」。

捧觥船◎一聲聲○齊唱太平年◎　人生百歲○離别易○會逢難◎無事日○剩呼賓友啓芳筵◎星霜催緑鬢○風露損朱顏◎惜清歡◎又何妨○沈醉玉尊前◎

柳腰輕　八十二字，仄八韻。　柳永

英英妙舞腰肢軟◎章臺柳○昭陽燕◎錦衣冠蓋○綺堂筵會○是處千金爭選◎顧香砌絲管初調○倚輕風佩環微顫◎　乍入霓裳促遍◎逞盈盈漸催檀板◎慢垂霞袖○急趨蓮步○進退奇容千變◎笑（一）何止傾國傾城○暫回眸萬人斷腸◎

驀山溪　八十二字，仄六韻。　張元幹

一番小雨○陡覺添秋色◎桐葉下銀床○又送個淒涼消息◎故鄉何處○搔首對西風○衣線斷○帶圍寬○衰鬢添新白◎　錢塘江上○冠蓋如雲積◎騎馬傍朱門○誰肯念塵埃墨客◎佳人信杳○日暮碧雲深○樓獨倚○鏡頻看○此意無人識◎

（一）「笑」，《詞律》同，《欽定詞譜》、《全宋詞》作「算」。

又 八十二字，仄七韻。 沈會宗

想伊不住◎船在藍橋路◎别語未甘聽○更忍問而今是去◎門前楊柳○幾日轉西風○將行色○欲留心○忽忽城頭鼓◎ 一番幽會○只覺添愁緒◎邂逅卻相逢○又還有此時歡否◎臨岐把酒○莫惜十分斟○尊前月○月中人○明夜知何處◎

又 八十二字，仄七韻。 張震

青梅如豆○斷送春歸去◎小緑間長紅○看幾處雲歌柳舞◎偎花識面○對月共論心○攜素手○采香遊○踏遍西池路◎ 水邊朱户◎曾記銷魂處◎小立背秋千○空悵望娉婷韻度◎楊花撲面○香糝一簾風○情脈脈○酒厭厭○回首斜陽暮◎

又 八十二字，仄八韻 張震

春光如許◎春到江南路◎柳眼弄晴暉○笑梅老落英無數◎峭寒庭院○羅幕護窗紗○金鴨暖○錦屏深○曾記看承處◎ 雲邊尺素◎何計傳心緒◎無處説相思○空惆悵朝雲暮雨◎曲闌干外○小立近黄昏○心下事○眼邊愁○借問春知否◎

又 八十二字，仄八韻。 易祓

海棠枝上○留得嬌鶯語◎雙燕幾時來○並飛入東風院宇◎夢回芳草○緑遍小池塘○梨花雪○桃花雨◎畢竟春誰主◎ 東郊拾翠○襟袖沾飛絮◎寶馬趁雕輪○亂紅中香塵滿路◎十千斗酒○相與買春閑○吴姬唱○秦娥舞◎拚醉青樓暮◎

又 八十二字，仄十韻。 周邦彦

樓前疏柳○柳外無窮路◎翠色四天垂○數峰青高城闊處◎江湖病眼○偏向此山明○愁無語◎空凝佇◎兩兩昏鴉去◎ 平康巷陌○往事如花雨◎十載卻歸來○倦追尋酒旗戲鼓◎今宵幸有○人似月嬋娟○霞袖舉◎深盃注◎一曲黄金縷◎

【按】 詞調説明「仄十韻」，實標十一韻。後段「人似月嬋娟」標韻，《欽定詞譜》標句。「娟」與韻脚不屬一部，應爲非韻，兹徑改。

又 八十二字，仄十韻。 万俟咏

芳菲葉底◎誰會秋工意◎深緑護輕黃○怕青女霜侵憔悴◎開分早晚○都占九秋天○花四出○香十里◎獨步珠宫裏◎ 佳名巖桂◎卻是因遺子◎不自月中來○又那得蕭蕭風味◎霓裳舊曲○休問廣寒人○飛太白○酬仙蕊◎香外無香比◎

又 八十二字，仄十一韻。 黄庭堅

鴛鴦翡翠○小小思珍偶◎眉黛斂秋波○盡湖南山明水秀◎娉娉嫋嫋○恰近十三餘○春未透◎花枝瘦◎正是愁時候◎ 尋花載酒◎肯落他人後◎只恐遠歸來○緑成陰青梅如豆◎心期得處○每自不由人○長亭柳◎君知否◎千里猶回首◎

又 八十二字，仄十二韻。 石孝友

鶯鶯燕燕◎摇盪春光懶◎時節近清明○雨初晴(一)嬌雲弄暖◎醉紅濕翠○春意釀成愁○

(一) 原作「情」，《詞律》、《欽定詞譜》、《全宋詞》均作「晴」。作「情」應誤，茲徑改。

花似染◎草如剪◎已是春强半◎　小鬟微盼◎分付多情管◎癡騃不知愁○想怕他(一)貪春未慣◎主人好事○應許玳筵開○歌眉斂◎舞腰軟◎怎便(二)輕分散◎

千秋歲引　八十二字，仄九韻。　王安石

别館寒砧○孤城畫角◎一片(三)秋聲入寥廓◎東歸燕從海上去○南來雁向沙頭落◎楚臺風○庾樓月○宛如昨◎　無奈被他(四)名利縛◎無奈被些(五)情擔閣◎可惜風流總閑卻◎當初漫留華表語○而今誤我秦樓約◎夢闌時○酒醒處(六)○思量著◎

早梅芳近　八十二字，仄十韻。　周邦彦

繚牆深○叢竹遶◎宴席臨清沼◎微呈纖履○故隱烘簾自嬉笑◎粉香妝暈薄○帶緊腰圍

(一)「他」，《詞律》、《欽定詞譜》、《全宋詞》均作「晚」。
(二)「便」，《欽定詞譜》同，《詞律》、《全宋詞》作「向」。
(三)「片」，《詞律》、《欽定詞譜》、《全宋詞》均作「派」。
(四)「他」，《詞律》、《欽定詞譜》、《全宋詞》均作「些」。
(五)「些」，《詞律》、《欽定詞譜》、《全宋詞》均作「他」。
(六)「處」，《詞律》、《欽定詞譜》、《全宋詞》均作「後」。

小◎看鴻鷟鳳翥○滿座歎輕妙◎　酒醒時○會散了◎回首城南道◎河陰高轉○露腳斜飛夜將曉◎異鄉淹歲月○醉眼迷登眺◎路迢迢○恨滿千里草◎

新荷葉　八十二字，平九韻。　辛棄疾

人已歸來○杜鵑欲勸春(一)歸◎緑樹如雲○等閒付與鶯飛◎兔葵燕麥○問劉郎幾度沾衣◎翠屏幽夢○覺來水繞山圍◎　有酒重攜◎小園隨意芳菲◎往日繁華○而今物是人非◎春風半面○記當年曾(二)識崔徽◎南雲雁少○錦書無個因依◎

滿路花　八十三字，平八韻。　柳永

香靨融春雪○翠鬢軃秋煙◎楚腰纖細正笄年(三)◎鳳幃夜短○偏愛日高眠◎起來貪顛耍(四)○

(一)「春」，《全宋詞》作「誰」。
(二)「曾」，《全宋詞》作「初」。
(三)「笄年」，《欽定詞譜》、《全宋詞》同，《詞律》此二字闕如。
(四)「耍」，《欽定詞譜》、《全宋詞》同，《詞律》作「俊」。

只恁殘卻畫[一]眉◯不整花鈿◎　有時攜手閒坐◯偎倚緑窻前◎温柔情態盡人憐◎畫堂春過◯悄悄落花天◎長是嬌癡處◯尤殢檀郎◯未教拆了秋千◎

又

八十三字，平十韻。　　　　　　　　　　　　　　　　　吕渭老

西風秋日短◯小雨菊花寒◎斷雲低古木◯暗江天◎星娥尺五◯佳約阻[二]當年◎小語憑肩處◯猶記西園◎畫橋斜日闌干◎　烏啼花落◯春信遣誰傳◎尚容清夜夢◯小留連◎青樓何處◯寶鏡注嬋娟◎應念紅箋事◯微暈春山◎背窻愁枕孤眠◎

又

八十三字，仄十韻。　　　　　　　　　　　　　　　　　周邦彦

金花落燼燈◯銀礫鳴窻雪◎庭[三]深微漏斷◯行人絶◎風扉不定◯竹圃琅玕折◎玉人新

[一]「畫」，《詞律》、《欽定詞譜》、《全宋詞》均作「黛」。

[二]「阻」，《詞律》、《欽定詞譜》、《全宋詞》均作「誤」。

[三]「庭」，《欽定詞譜》、《全宋詞》均作「夜」。

間闊◎著甚情悰○更當恁地時節◎　無言欹枕○帳底清流(一)血◎愁如春後絮○來相接◎知他那裏○爭信人心切◎除共天公説◎不成也還○似伊無個分別◎

又　八十三字，仄十二韻。　秦觀

露顆添花色◎月彩投窻隙◎春寒(二)如中酒○恨無力◎洞房咫尺○曾寄青鸞翼◎雲散無蹤跡◎羅帳春(三)殘○夢回無處尋覓◎　輕紅膩白◎步步熏蘭澤◎約腕金環重○宜裝飾◎未知安否○一向無消息◎不似尋常憶◎憶後教人○片時存濟不得◎

洞仙歌　八十三字，仄六韻，又名《羽仙歌》。　蘇軾

冰肌玉骨○自清涼無汗◎水殿風來暗香滿◎繡簾開○一點明月窺人○人未寢○欹枕釵橫鬢亂◎　起來攜素手○庭户無聲○時見疎星渡河漢◎試問夜如何○夜已三更○金波淡

(一)「清流」，《欽定詞譜》、《全宋詞》均作「流清」。
(二)「寒」，《詞律》、《欽定詞譜》、《全宋詞》均作「思」。
(三)「春」，《欽定詞譜》同，《詞律》、《全宋詞》作「薰」。

玉繩低轉◎但屈指西風幾時來○又不道流年○暗中偷換◎

又　八十四字，仄九韻。　晁補之

年年青眼◎爲江梅腸斷◎一句新詩思無限◎向碧瓊枝上○白玉葩中○春猶淺◎一點龍香清遠◎　誰拋傾國豔◎昨夜前村(一)○都恐東皇未曾見◎正紅杏倚雲時○自覺銷香○驚何許飄零千片(二)◎待冰雪叢中看奇姿○解一笑春妍○盡回仙苑(三)◎

又　八十五字，仄八韻。　李元膺

雪雲散盡○放曉晴池苑(四)◎楊柳於人便青眼◎更風流多處(五)○一點梅心○相映遠◎約

(一)「前村」，《全宋詞》同，《欽定詞譜》作「村前」。

(二)「正紅杏倚雲時，自覺銷香，驚何許飄零千片」，《欽定詞譜》、《全宋詞》作：「正倚牆紅杏，芳意濃時，驚千片。何許飄零仙館。」

(三)「解一笑春妍，盡回仙苑」，《欽定詞譜》、《全宋詞》均作「乍一笑能回，上林冬暖」。

(四)「池苑」，《詞律》、《欽定詞譜》作「庭院」，《全宋詞》作「池院」。

(五)「處」，《全宋詞》同，《詞律》、《欽定詞譜》作「致」。

略顰輕笑淺◎　一年春好處○不在濃芳○小豔疎香最嬌軟◎到清明時候○百紫千紅花正亂◎已失春風一半◎蚤占取韶光共追游○但莫管春寒○醉紅自暖◎

又　八十七字，仄七韻。　康與之

若耶溪路◎别岸花無數◎欲斂嬌紅向人語◎與緑荷相倚○恨回首西風○波淼淼○三十六陂煙雨◎　新妝明照水○汀渚生香○不嫁東風被誰誤◎遣踟躕騷客意○千里綿綿仙浪遠○何處淩波微步◎想南浦潮生畫橈歸○正月曉風清○斷腸凝佇◎

【按】「與緑荷相倚恨回首西風」十字，《詞律》作五字兩句，並曰：「與緑荷下十字，作五字兩句。龍川亦有此體。若謝勉仲，則與緑荷下，仍用兩三一四，又稍不同。」《欽定詞譜》作兩三一四。兹從《詞律》五字兩句。

又 八十六字，仄八韻。

林外

飛梁壓(一)水○虹影澄清曉◎橘里漁村半煙草◎歎今來古往(二)○物換人非○天地裏○唯有江山不老◎　雨巾風帽◎四海誰知我◎一劍横空幾番過◎按玉龍嘶未斷○月冷波寒○歸去也林屋洞門無鎖◎認雲屏煙障是吾廬○任滿地蒼苔○年年不掃◎

迷仙引 八十三字，仄九韻。

柳永

才過笄年○初綰雲鬟○便學歌舞◎席上尊前○王孫隨分相許◎算等閒酬一笑○便千金慵覷◎常只恐容易蕣華偷換(三)○光陰虛度◎　已受君恩顧◎好與花爲主◎萬里丹霄○何妨攜手同歸去(四)◎永棄卻煙花伴侶◎免教人見妾朝雲暮雨◎

(一)「壓」，《全宋詞》同，《欽定詞譜》作「欹」。
(二)「古往」，《全宋詞》同，《欽定詞譜》作「往古」。
(三)「常只恐容易蕣華偷換」，《詞律》、《全宋詞》同，《欽定詞譜》作「常只恐蕣華容易偷換」。
(四)「歸去」，《欽定詞譜》、《全宋詞》同，《詞律》作「去去」，並曰「第二去字必訛」。

望雲涯引　八十三字，仄八韻。　李　甲

秋容江上○岸花老○汀蘋(一)白◎露濕蒹葭○浦溆(二)漸增寒色◎閒漁唱晚○鷩雁驚飛處○映遠磧◎數點輕(三)帆○送天際歸各(四)◎　鳳臺人散○漫回首○沈消息◎素鯉無憑○樓上暮雲凝碧◎危樓靜倚(五)○時向西風下○認遠笛◎宋玉悲懷○未信金樽消得◎

黃鶴引　八十三字，仄十三韻。　方闕名(六)

生(七)逢垂拱◎不識干戈免田隴◎士林書圃終年○庸非天寵◎才粗(八)闒茸◎老去支離何

(一)「汀蘋」，《詞律》、《欽定詞譜》、《全宋詞》均作「蘋洲」。
(二)「浦溆」，《欽定詞譜》作「溆浦」，《詞律》、《全宋詞》作「浦嶼」。
(三)「輕」，《詞律》、《全宋詞》同，《欽定詞譜》作「歸」。
(四)「各」，《詞律》、《欽定詞譜》、《全宋詞》均作「客」，當爲「客」之誤。
(五)「危樓靜倚」，《詞律》、《全宋詞》均無。
(六)《欽定詞譜》據宋方勺《泊宅編》，作者標方失名，《全宋詞》作者方資。
(七)「生」，《欽定詞譜》、《全宋詞》同，《詞律》作「先」。
(八)「粗」，《欽定詞譜》、《全宋詞》同，《詞律》作「初」。

用◎浩然歸棹◎似(一)黃鶴秋風相送◎　塵事塞翁心○浮世莊生夢◎漾舟遙指煙波○群山森動◎神閒意聳◎回首利鞿名鞚◎此情誰共◎問幾許淋浪春甕◎「棹」字應叶韻，似借叶或「弄」字誤。

秋夜月　八十四字，仄十一韻。　尹鶚

三秋佳節◎罩(二)晴空○凝碎露○茱萸千結◎菊蕊和煙細(三)撚○酒浮金屑◎徵雲雨○調絲竹○此時難輟◎歡極◎一片豔歌聲揭◎　黃昏慵別◎炷沈煙○熏繡被○翠帷同歇◎醉並鴛鴦雙枕○暖偎春雪◎語丁寧○情委曲○論心正切◎夜深窗透數條斜月◎

【按】《欽定詞譜》詞調說明「前後段各十句、五仄韻」，茲「仄十一韻」，較多一韻。茲「歡極」標韻，《欽定詞譜》標句，標韻應誤。此調前後段頗可對證，前段末句「歡極◎一片豔歌聲揭◎」，後段末句爲「夜深窗

(一)「似」，《全宋詞》同，《詞律》、《欽定詞譜》作「是」。
(二)「罩」，《欽定詞譜》同，《詞律》、《全宋詞》作「罥」。
(三)「細」，《詞律》、《欽定詞譜》、《全宋詞》均作「輕」。

透數條斜月◎」，如此句韻，似與理不愜。《詞律》以柳永同調詞後段斷前後段末句爲兩四字句。

踏青游　八十四字，仄十二韻。　蘇軾

改(一)火初晴○緑遍禁池芳草◎鬬錦繡大(二)城馳道◎踏青游○拾翠惜○襪羅弓小◎蓮步裊◎腰肢佩蘭輕妙◎行過上林春好◎　今困天涯○何限舊情相惱◎念摇落玉京寒早◎任關心○空目斷○蓬山難到(三)◎仙夢杳◎良宵又還(四)過了◎樓臺萬象(五)清曉◎

夢玉人引　八十四字，仄八韻。　沈會宗

追舊(六)遊處○思前事○儼如昔◎過盡鶯花○横雨暴風初息◎杏子枝頭○又自然别是般

(一)「改」，《欽定詞譜》同，《全宋詞》作「□」。
(二)「大」，《全宋詞》作「火」。
(三)「任關心，空目斷，蓬山難到」，《全宋詞》作「任劉郎、目斷蓬山難到」。
(四)「還」，《全宋詞》無。
(五)「象」，《全宋詞》作「家」。
(六)「追舊」，《欽定詞譜》同，《全宋詞》作「舊追」。

天色◎好傍垂楊○繫畫船橋側◎　小歡幽會○一霎時光景也堪惜◎對酒當歌○故人情分難覓◎山遠水長○不成空相憶◎這歸去重來○又卻是幾時來得◎

又　八十二字，平八韻。　呂渭老

上危梯望(一)○畫閣迴○繡(二)簾垂◎曲水飄香○小園鶯喚春歸◎舞袖弓彎○正滿城煙草淒迷◎結伴踏青○趁胡蝶雙飛◎　賞心歡計○從別後無意到西池◎自檢羅囊○要尋紅葉留詩◎嬾約無據(三)○鶯花都不知◎怕人問○强開懷細酌酴醿◎

【按】首句《詞律》作三字句，《欽定詞譜》作四字句，兹從後者。

蘭蕙芳引　八十四字，仄八韻。　周邦彦

寒瑩晚空○點清鏡斷霞孤鶩◎對客館深扃○霜草未衰更緑◎倦遊厭旅○但夢遶阿嬌金

(一)「望」，《全宋詞》作「盡」。
(二)「繡」，《全宋詞》作「晝」。
(三)「據」，《全宋詞》作「憑」。

屋◎想故人別後○盡日空疑風竹◎　塞北氈毹○江南屏[一]幛○是處温燠◎更花管雲箋○猶寫寄情舊曲◎音塵迢遞○但勞遠目◎今夜長○爭奈枕單人獨◎

祭天神　八十四字，仄八韻。　柳　永

歎笑筵歌[二]席輕抛嚲◎背孤城幾舍煙村停畫舸◎更深釣叟歸來○數點殘燈火◎被連綿宿酒醺醺○愁無那◎　寂寞擁○重衾臥◎又聞得行客扁舟過◎篷窻近○蘭棹急○好夢還驚破◎念平生[三]單棲蹤跡○多感情懷○到此厭厭○向曉[四]披衣坐◎

又　八十五字，仄七韻。　柳　永

憶繡衾相向輕輕語◎屏山掩紅蠟長明○金獸盛熏蘭炷◎何期到此○酒態花情頓孤負◎

[一]「屏」，《詞律》、《欽定詞譜》、《全宋詞》均作「圖」。

[二]「筵歌」，《詞律》同，《欽定詞譜》作「歌筵」。

[三]「平生」，《詞律》、《欽定詞譜》均作「生平」。

[四]「向曉」，《詞律》無。

愁〔一〕腸斷○還是黄昏○那更滿庭風雨◎　聽空階和漏碎聲○鬬滴愁眉聚◎算伊還共誰人○爭知此冤苦◎念千里煙波○迢迢前約舊歡〔二〕○省一向無心緒◎

【按】《詞律》於此詞不分段，曰：「與前調迥别，字句亦不確。風雨處，應是分段，然不敢强注也。」兹從《欽定詞譜》於「滿庭風雨」分段。「迢迢前約舊歡○省一向無心緒」，《詞律》作「迢迢前約句舊歡省豆一向無心緒叶」，《欽定詞譜》作「迢迢前約句舊歡省讀一向無心緒韻」，後二者相同。《欽定詞譜》曰：「此與『歎笑歌』詞截然不同，其宫調亦别。因調名同，故爲類列。」因無從參稽，難遽斷。

鶴沖天　八十四字，仄十韻。

賀　鑄

鼕鼕鼓動○花外沈殘漏◎華月萬枝燈○還清晝◎廣陌衣香度○飛蓋影○相先後◎個處頻回首◎錦坊〔三〕西去○期約武陵溪口◎　當時早恨歡難偶◎可堪流浪遠○分攜久◎小

〔一〕「愁」，《全宋詞》作「柔」。
〔二〕「歡」後，《全宋詞》有「慵」字。
〔三〕「坊」，《全宋詞》作「房」。

畹蘭英在○輕付與○何人手◎不似長亭柳◎舞風眠雨○伴我一春消瘦◎

又　八十七字，仄十一韻。　柳永

黄金榜上◎偶失龍頭望◎明代暫遺賢○如何向◎未遂風雲便○爭不恣○游(一)狂蕩◎何須論得喪◎才子詞人○自是白衣卿相◎　煙花巷陌○依約丹青屏障◎幸有意中人○堪尋訪◎且恁偎紅翠○風流事○平生暢◎青春都一晌◎忍把浮名○換了淺斟低唱◎

清波引　八十四字，仄十二韻。　姜夔

冷雲迷浦◎倩誰喚玉妃起舞◎歲華如許◎野梅弄眉嫵◎屐齒印蒼蘚○漸爲尋花來去◎自隨秋雁南來○望江國○渺何處◎　新詩漫與◎好風景長是暗度◎故人知否◎抱幽恨難語◎何時共漁艇○莫負滄浪煙雨◎況有清夜啼猿○怨人良苦◎

(一)「游」，《詞律》、《欽定詞譜》有，《全宋詞》無。

又　八十三字，仄十四韻。

張　炎

江濤如許◎更一夜聽風聽雨◎短篷容與◎盤礴那堪數◎弭節澄江樹◎不爲蓴鱸歸去◎怕教冷落蘆花○誰招得○舊鷗鷺◎　寒汀古漵◎盡日無人喚渡◎此中清楚◎寄情在談塵◎難覓真閒處◎肯被水雲留住◎冷然棹入川流○去天尺五◎

波[一]羅門令　八十六字，仄十韻。

柳　永

昨宵裏恁和衣睡◎今宵裏又恁和衣睡◎小飲歸來○初更過醺醺醉◎中夜後○何事還驚起◎　霜天冷○風細細◎觸疏窗閃閃燈摇曳◎空床展轉追思想[二]○雲雨夢任攲枕難繼◎寸心萬緒○咫尺千里◎好景良天○彼此空有相憐意◎未有相憐計◎

華胥引　八十六字，仄八韻。

周邦彦

川原澄映○煙月冥濛○去舟如[三]葉◎岸足沙平○蒲根水冷留雁唼◎別有孤角吟秋○對

[一]「波」，應爲「婆」之誤。

[二]「追思想」，《詞律》、《欽定詞譜》、《全宋詞》均作「重追想」。

[三]「如」，《欽定詞譜》作「似」。

曉風嗚軋◎紅日三竿○醉頭扶起還怯◎　離思相縈○漸看看鬢絲堪鑷◎舞衫歌扇○何人輕憐細閱◎檢點從前恩愛○但鳳箋盈篋◎愁剪燈花○夜來和淚雙疊◎

離別難　八十七字，六換韻，平十仄十。　薛昭蘊

寶馬曉鞴雕鞍◎羅幃乍別情難◎那堪春景媚◎送君千萬里◎半妝珠翠落○露華寒◎紅蠟燭◎青絲曲◎偏能勾引淚闌干◎　良夜促◎香塵緑◎魂欲迷◎檀眉半斂愁低◎未別心先咽◎欲語情難説◎出芳草○路東西◎摇袖(一)立◎春風急◎櫻花楊柳雨淒淒◎

又　百十二字，另格，平十韻。　柳　永

花謝水流倏忽○嗟年少光陰◎有天然蕙質蘭心◎美韶容何啻值千金◎便因甚翠弱紅衰○纏綿香體○都不勝任◎算神仙五色靈丹無驗○中路委瓶簪◎　人悄悄○夜沈沈◎閉香閨永棄鴛衾◎想嬌魂媚魄非遠○縱鴻都方士也難尋◎最苦是好景良天○尊前歌笑○空想遺音◎望斷處杳杳巫山十二○千古暮雲深◎

(一)「摇袖」，《詞律》作「遥相」。

江城梅花引　八十七字，平仄通叶，平八仄三。

王觀

年年江上見寒梅◎幾枝開◎暗香來(一)◎疑是月宮○仙子下瑶臺◎冷豔一枝春在手○故人遠○相思切(二)○寄與誰◎　怨極恨極嗅玉(三)蕊◎念此情○家萬里◎暮霞散綺◎楚天碧幾片斜飛(四)◎爲我多情特地點征衣◎花易飄零人易老○正心碎○那堪聞○塞管吹◎

又(五)　八十七字，平十三韻。

程垓

娟娟霜月冷侵門◎對黄昏◎又(六)黄昏◎手撚一枝○獨自對芳尊(七)◎酒又不(八)禁花又

(一)「幾枝開。暗香來。」《全宋詞》作：「暗香來。爲誰開。」
(二)「切」，《全宋詞》無。
(三)「玉」，《欽定詞譜》、《詞律拾遺》同，《全宋詞》作「香」。
(四)「楚天碧幾片斜飛」，《全宋詞》作「楚天碧片片輕飛」。
(五)《全宋詞》調名《攤破江城子》。
(六)「又」，《全宋詞》作「怯」。
(七)「手撚一枝，獨自對芳尊」，《全宋詞》作「愁把梅花，獨自泛清尊」。
(八)「不」，《全宋詞》作「難」。

惱○漏聲遠○一更更○總斷魂◎　斷魂◎斷魂◎不堪聞◎被半温◎香半熏[一]◎睡也睡也睡不穩◎誰與温存◎惟有床前○銀[二]燭照啼痕◎一夜爲花憔悴損[三]○人瘦也○比梅花○瘦幾分◎

又　八十七字，平十二韻　吴文英

江頭何處帶春歸◎玉川迷◎路東西◎一雁不飛○雪壓凍雲低◎十里黄昏成晚[四]色○竹根籬◎分流水○過翠微◎　帶書傍月自鋤畦◎苦吟詩◎生鬢絲◎半黄梅子[五]○翠禽語似説相思◎惆悵孤山○花盡草離離◎半幅寒香家住遠○小簾垂◎玉人誤聽馬嘶◎

[一]「熏」，《全宋詞》作「温」。
[二]「銀」，《全宋詞》作「紅」。
[三]「一夜爲花憔悴損」，《全宋詞》作「一夜無眠連曉角」。
[四]「晚」，《詞律》、《欽定詞譜》、《全宋詞》均作「曉」。
[五]「梅子」，《詞律》、《欽定詞譜》、《全宋詞》均作「細雨」。

又　八十六字，平十韻，又名《明月引》

陳允平

雨餘芳草碧蕭蕭◎暗春潮◎蕩雙橈◎紫鳳青鸞○舊夢帶文簫◎綽約佩環風不定○雲欲墮○六銖香○天外飄◎　相思爲誰蘭恨銷◎渺湘魂○何處招◎素紈猶在○真真意還倩誰描◎舞鏡空懸[一]○羞對月明宵◎鏡裏心○心裏月[二]○君去矣○舊東風○新畫橋◎

勸金船　八十八字，仄十二韻。

蘇　軾

無情流水多情客◎勸我如曾識◎杯行到手休辭卻◎這公道難得◎曲水池邊[三]○小字更書年月◎如對茂林修竹○似永和節◎　纖纖素手如霜雪◎笑把秋花[四]插◎尊前莫怪歌聲咽◎又還是輕別◎此去翺翔○遍賞玉堂金闕◎欲問再來何歲○應有華髮◎

[一]「懸」，《詞律》同，《全宋詞》作「圓」。
[二]「鏡裏心，心裏月」，《全宋詞》作「鏡裏心心心裏月」。
[三]「邊」，《欽定詞譜》同，《詞律》、《全宋詞》作「上」。
[四]「花」，《欽定詞譜》、《全宋詞》同，《詞律》作「光」。

醉思仙　八十八字，平九韻。　　吕渭老

斷人腸◎正西樓獨上○愁倚斜陽◎稱鴛鴦鸂鶒○兩兩池塘◎春又老○人何處○怎慣不思量◎到如今○瘦損我○又還無計禁當◎　小院呼盧夜○當時醉倒殘缸◎被天風吹散○鳳翼難雙◎南窻雨○西樓[一]月○尚未散○拂天香◎聽鶯聲○悄記得○那時舞板歌梁◎

惜紅衣　八十八字，仄十二韻。　　姜　夔

枕簟[二]邀涼○琴書換日○睡餘無力◎細灑冰泉○幷刀破甘碧◎牆頭喚酒○誰問訊城南詩客◎岑寂◎高樹晚蟬○說西風消息◎　虹梁水陌◎魚浪吹香○紅衣半狼藉◎維舟試望故國◎渺天北◎可惜柳邊沙外○不共美人遊歷◎問甚時同賦○三十六陂秋色◎

【按】「維舟試望故國◎渺天北」，《詞律》作「維舟試望句故國渺天北叶」，《欽定詞譜》作「維舟試望故國韻渺天北韻」。

[一]「樓」，《詞律》作「窻」。

[二]「枕簟」，《詞律》、《欽定詞譜》同，《全宋詞》作「簟枕」。

魚游春水　八十九字，仄十韻。　闕名

秦樓東風裏◎燕子還來尋舊壘◎餘寒猶峭○紅日薄侵羅綺◎嫩草方抽碧玉茵○媚柳輕窣黃金縷(一)◎鶯囀上林○魚游春水◎　幾曲闌干遍倚◎又是一番新桃李◎佳人應怪歸遲○梅妝淚洗◎鳳簫聲絶沈(二)孤雁○望斷清波無雙鯉◎雲山萬重○寸心千里◎

卜算子慢(三)　八十九字，仄九韻。　柳永

江楓漸老○汀蕙半凋○滿目敗紅衰翠◎楚客登臨○正是暮秋天氣◎引疎砧斷續斜(四)陽裏◎對晚景傷懷念遠○新愁舊恨相繼◎　脈脈人千里◎念兩處風情○萬重煙水◎雨歇天高○望斷翠峰十二◎儘無言誰會憑高意◎縱寫得離腸(五)萬種○奈歸鴻(六)難寄◎

(一)「縷」，《欽定詞譜》作「蘂」。
(二)「沈」，《全宋詞》作「無」。
(三)《全宋詞》調名《卜算子》。
(四)「斜」，《詞律》、《欽定詞譜》、《全宋詞》均作「殘」。
(五)「腸」，《欽定詞譜》、《全宋詞》同，《詞律》作「情」。
(六)「鴻」，《全宋詞》作「雲」。

又　九十三字，仄十一韻。　張先

溪山別意○煙樹去程○日落采蘋春晚◎欲上征鞍○更掩翠簾回面(一)◎相盼(二)◎惜彎彎淺黛長長眼◎奈畫閣歡遊○也學狂花亂絮(三)輕散◎　水影橫池館◎對靜夜無人○月高雲遠◎一晌相(四)思○兩眼(五)淚痕還滿◎難遣(六)◎恨私書又逐東風斷◎縱夢澤層樓萬尺○望湖城那見◎

雪獅兒　八十九字，仄十二韻。　程垓

斷雲低晚○輕煙帶暝○風驚羅幙◎數點梅花○香倚雪窗搖落◎紅爐對謔◎正酒面瓊酥初削◎雲屏暖○不知門外○月寒風惡◎　迤邐慵雲半掠◎笑盈盈○閑弄寶箏弦索◎暖極

(一)「面」，《全宋詞》作「眄」。
(二)「相盼」，《全宋詞》無，《欽定詞譜》作「相眄」。
(三)「狂花亂絮」，《詞律》作「狂風飛絮」。
(四)「相」，《欽定詞譜》、《全宋詞》均作「凝」。
(五)「眼」，《全宋詞》作「袖」。
(六)「難遣」，《全宋詞》無。

生春○已向横波先覺◎花嬌柳弱◎漸倚醉要人摟著◎低告託◎早把被香熏卻◎

石湖仙 八十九字，仄十二韻。 姜夔

松江煙浦◎是千古三高○遊衍佳處◎須信石湖仙○似鴟夷翩然引去◎浮雲安在○我自愛緑香紅嫵㈠◎容與◎看世間幾度今古◎ 蘆溝舊曾駐馬○爲黄花閒吟秀句◎見説燕山㈡○也解㈢綸巾敧雨㈣◎玉友金蕉○玉人金縷◎緩移箏柱◎聞好語◎明年定在槐府◎

探芳信 八十九字，仄十韻，「信」又作「訊」，又名《玉人歌》。 張炎

坐清晝◎正冶思縈花○餘醒倦酒◎甚探㈤芳人老○芳心尚如舊◎銷魂忍説銅駝事○不

㈠「嫵」，《詞律》、《全宋詞》作「舞」。
㈡「燕山」，《詞律》作「吴兒」，《全宋詞》作「胡兒」。
㈢「解」，《詞律》、《欽定詞譜》、《全宋詞》均作「學」。
㈣「雨」，《欽定詞譜》作「羽」。
㈤「探」，《全宋詞》作「采」。

是因春瘦◎向西園○竹掃頹垣○蔓蘿荒甃◎　風雨夜來驟◎歎歌冷鶯簾○恨凝蛾岫◎愁到今年○都(一)似去年否◎賦情怕聽(二)山陽笛○目極空搔首◎我何堪○老卻江潭漢柳◎

又　九十字，仄十韻。　史達祖

謝池曉◎被酒滯春眠○詩縈芳草◎正一堦梅粉○都未有人掃◎細禽啼處東風軟○嫩約關心早◎未燒燈○怕有殘寒○故園稀到◎　説道試妝了◎也爲我相思○占它懷抱◎靜數窻櫺○最忺聽鵲聲好◎半年白玉臺邊話○屢見銀鉤小◎指芳期○夜月花陰夢老◎

【按】 詞調説明「仄十韻」，實標十一韻。《欽定詞譜》標十韻。不同在於後段首句，《欽定詞譜》爲「説道試妝了」，兹則「説道」單獨一句，且標韻，《探芳信》諸體後段一二句均爲二五字句，本譜首句作二三，過於突兀。後段首句宜徑改作五字句，「説道」非韻。兹徑改。

(一)「都」，《全宋詞》作「多」。

(二)「賦情怕聽」，《詞律》作「賦情懶聽」，《全宋詞》作「舊情懶聽」。

八六子 九十字，平七韻。

杜牧

洞房深◎畫屏燈照○山色凝翠沈沈◎聽夜雨冷滴芭蕉○驚斷紅窗好夢○龍煙細飄繡衾◎辭恩久歸長信○鳳帳蕭疏○椒殿閑扃◎　輦路苔侵○繡簾垂遲遲漏傳丹禁○舜華偷悴○翠鬟羞整○愁坐[一]望處金輿漸遠○何時彩仗重臨◎正消魂○梧桐又移翠陰◎

【按】詞調説明「平七韻」，實標六韻。對比《欽定詞譜》本調本詞，「前段九句四平韻，後段八句三平韻」，於後段首句標韻。《詞律》後段首句亦標韻。茲處本標句，按照詞調説明，此處應爲韻。

又 八十八字，平八韻。

秦觀

倚危亭◎恨如芳草○萋萋剗盡還生◎念柳外青驄別後○水邊紅袂分時○愴然暗驚◎無端天與娉婷◎夜月一簾幽夢○春風十里柔情◎怎奈何[二]歡娛暗[三]隨流水○素弦聲

[一]「坐」，《詞律》作「重」。
[二]「怎奈何」，《欽定詞譜》、《全宋詞》均作「奈回首」。
[三]「暗」，《詞律》、《欽定詞譜》、《全宋詞》均作「漸」。

斷○翠綃香減○那堪片片飛花弄晚○濛濛殘雨籠晴◎正銷凝◎黄鸝又啼數聲◎

又　九十一字，平九韻。　晁補之

喜秋晴◎淡雲縈縷○天高群雁南征◎正露冷初減蘭紅○風緊漸[一]凋柳翠○愁人夢長漏驚[二]◎　重陽景物淒清◎漸老何時無事○當歌好在多情◎暗自想朱顔並遊同醉○宦名韁鎖○世路蓬萍◎難相見○賴有黄花滿把○從教緑酒深傾◎醉休醒◎醒來舊愁旋生◎

又　八十九字，平九韻。　楊纘

怨殘紅◎夜來無賴○雨催春去匆匆◎但暗水新流芳恨○蝶悽蜂慘○千林嫩緑迷空◎那知國色還逢◎柔弱華清扶倦○輕盈洛浦臨風◎細認得凝妝點脂勻粉○露蟬聳翠○蕊金團玉成叢◎幾許愁隨笑解○一聲歌轉春融◎眼朦朧◎憑闌干半醒醉中◎

[一]「漸」，《詞律》、《欽定詞譜》、《全宋詞》均作「潛」。
[二]「夢長漏驚」，《全宋詞》作「漏長夢驚」。

謝池春慢　九十字，仄十韻。　張先

繚牆重院○時聞有啼鶯到◎繡被掩餘寒○畫閣明清[一]曉◎朱檻連空闊○飛絮無多少◎徑莎平○池水渺◎日長風靜○花影閒相照◎　塵香拂馬○逢謝女城南道◎秀豔過施粉○多媚生輕笑◎鬭色鮮衣薄○碾玉雙蟬小◎歡難偶○春過了◎琵琶流韻[二]○都入相思調◎

一枝花　九十字，仄十二韻。　辛棄疾

千丈擎天手◎萬卷懸河口◎黃金腰下印○大如斗◎任千騎弓刀○揮霍遮前後◎百計千方久◎似鬭草兒童○贏個他家偏有◎　算枉了雙眉長[三]皺◎白髮空回首◎那時閑說向○山中友◎看丘隴牛羊○更辨賢愚否◎且自栽花柳◎怕有人來○但只道今朝中酒◎

[一] 「清」，《欽定詞譜》、《全宋詞》均作「新」。
[二] 「韻」，《全宋詞》作「怨」。
[三] 「長」後，《全宋詞》有「恁」字。

【按】《欽定詞譜》將《一枝花》作爲《促拍滿路花》諸體之一。本譜沿《詞律》，《一枝花》單列一式，但《詞律》亦云「此與《滿路花》定是一調」，雖單列，但實認一體耳。茲《一枝花》宜置作《滿路花》之一體。

采桑子慢　九十字，平十韻。　吴禮之

金風顫葉○那更餞別江樓◎聽淒切陽關聲斷○楚館雲收◎去也難留◎萬重煙水一扁舟◎錦屏羅幌○多應換得○蓼岸蘋洲◎　凝想恁時歡笑○傷今萍梗悠悠◎謾回首妖嬈(一)何處○眷戀無由◎先自悲秋◎眼前風(二)物只供愁◎寂寥情緒○也恨分淺○也悔風流◎

又(三)　九十字，平仄通叶，仄四平五。　蔡　伸

明眸秀色○別是天真瀟灑◎更鬢髮堆雲○玉臉淡拂輕霞◎醉裏精神○眾中標格誰能畫◎

(一)「妖嬈」，《詞律拾遺》作「玉人」。
(二)「風」，《欽定詞譜》、《詞律拾遺》、《全宋詞》均作「景」。
(三)《全宋詞》調名《醜奴兒慢》。《欽定詞譜》曰《采桑子慢》「一名《醜奴儿慢》」。

當時攜手○花籠淡月○重門深亞◎　巫峽夢回○已成陳事○豈堪重話◎謾贏得羅襟清淚○鬢邊霜華◎懷念傷嗟[一]◎憑闌煙水渺無涯○秦源目斷○碧雲暮合○難認仙家◎

又[二]　九十字，平仄通叶，仄二平七，又名《疊青錢》　潘元質

愁春未醒○還是清和天氣◎對濃緑陰中庭院○燕語鶯啼◎數點新荷○翠鈿輕泛水平池◎一簾風絮○才晴又雨○梅子黄時◎　忍記◎那回玉人嬌困○初試單衣◎共攜手紅窗描繡○畫扇題詩◎怎有而[三]今○半床明月兩天涯◎章臺何處○多應[四]爲我○蹙損雙眉◎

【按】後段首句二字，標韻，由此本譜比《欽定詞譜》多一韻。然《采桑子慢》後段首句多四字句，多不用韻，兹以二字句標韻，過於突兀，宜從《欽定詞譜》。

[一]「懷念傷嗟」，《全宋詞》作「念□傷懷」。
[二]《全宋詞》調名《醜奴兒慢》。《欽定詞譜》曰《采桑子慢》「一名《醜奴儿慢》」。
[三]「而」，《全宋詞》作「如」。
[四]「多應」，《全宋詞》作「應是」。

遥天奉翠華引　九十字，平十韻。　侯寘

雪消樓外山◎正秦淮翠溢回瀾◎香梢豆蔻○紅輕猶怕春寒◎曉光浮晝戟○捲繡簾風軟(一)玉鉤閒◎紫府仙人○花圍羽帔星冠◎　蓬萊閬苑意倦游○常戲世間◎佩麟江左(二)○舊都襦袴聲歡◎只恐催歸覲○宴清都(三)休訴酒杯寬◎明歲應看◎盛(四)鈞容舞袖歌鬟◎

滿江紅　九十一字，仄九韻。　吕渭老

燕拂危檣○斜日外數峰凝碧◎正暗潮生渚○暮風飄席◎初過南村沽酒市○連空十頃菱花白◎想故人輕箑障遊絲○聞遥笛◎　魚與雁○通消息◎心與夢○空牽役◎到如今相見○怎生休得◎斜抱琵琶傳密意○一襟新月横空碧◎問甚時同作醉中仙○煙霞客◎

(一)「軟」，《詞律》、《欽定詞譜》、《全宋詞》均作「暖」。
(二)「江左」，《詞律》、《欽定詞譜》、《全宋詞》均將此二字與後「舊都」二字位置互换。
(三)「宴清都」，《詞律》、《全宋詞》均作「剩宴都」。
(四)「盛」，《詞律》作「君」，《全宋詞》無。

又　九十三字，仄九韻。　周邦彦

晝日移陰◯攬衣起春帷睡足◎臨寶鏡(一)緑雲繚亂◯未忺妝束◎蝶粉蜂黄都褪了◯枕痕一線紅生玉(二)◎背畫闌脈脈悄無言◯尋棋局◎　重會面◯何時(三)卜◎無限事◯縈心曲◎想秦箏依舊◯尚鳴金屋◎芳草連天迷遠望◯寶香熏被成孤宿◎最苦是蝴蝶滿園飛◯無心撲◎

又　九十三字，仄十一韻。　張元幹

春水連(四)天◯桃花浪幾番風惡◎雲乍起遠山遮盡◯晚風還作◎緑遍汀洲(五)生杜若◎楚(六)帆帶雨煙中落◎認(七)向來沙觜共停橈◯傷飄泊◎　寒猶在◯衾偏薄◎腸欲斷◯

(一)「鏡」，《全宋詞》作「鑒」。
(二)「玉」，《全宋詞》作「肉」。
(三)「何時」，《全宋詞》作「猶未」。
(四)「連」，《全宋詞》作「迷」。
(五)「緑遍汀洲」，《詞律》「汀洲」作「芳洲」，《全宋詞》作「緑卷芳洲」。
(六)「楚」，《全宋詞》作「數」。
(七)「認」，《詞律》、《全宋詞》均作「傍」。

愁難著◎倚篷窗無寐○引杯孤酌◎寒食清明都過卻◎可(一)憐輕負年時約◎想小樓終日望歸舟○人如削◎

【按】詞調説明「仄十一韻」，實標十韻。兹「風惡」原本未標句韻，《詞律》、《欽定詞譜》均標韻。本譜原漏此一韻。兹徑標上。

又　九十四字，仄九韻。　蘇　軾

東武城南(二)○新堤固漣漪初溢◎隱隱遍長林高阜○臥紅堆碧◎枝上殘花吹盡也○與君試(三)向江邊(四)覓◎問向前猶有幾多春○三之一◎　官裏事○何時畢◎風雨外○無多日◎相將泛曲水○滿城爭出◎君不見蘭亭修禊事○當時坐上皆豪逸◎到如今修竹滿山

(一)「可」，《詞律》、《全宋詞》均作「最」。

(二)「城南」，《全宋詞》作「南城」。

(三)「試」，《全宋詞》作「更」。

(四)「邊」，《詞律》、《欽定詞譜》同，《全宋詞》作「頭」。

陰○空陳跡◎

又 九十五字，仄九韻。 吴淵

投老未歸○太倉粟尚教蠶食◎家山夢秋江漁唱○晚峰(一)牛笛◎别墅風流(二)慙莫繼○新亭老淚空成滴◎笑當年君作主人翁○同爲客◎ 紫燕泊○猶如昔◎青鬢改○難重覓◎記攜手同遊此處○恍如前日◎且更開懷窮樂事○可憐過眼成陳跡◎把憂邊憂國許多愁○權拋擲◎

又 九十三字，平九韻。 姜夔

仙姥來時○正一望千頃翠瀾◎旌旗與(三)亂雲俱下○依約前山◎命駕群龍金作軛○相從諸娣玉爲冠◎向夜深風定悄無人○聞佩環◎ 神奇處○君試看◎奠淮右○阻江南◎遣六丁雷電○别守東關◎應(四)笑英雄無好手○一篙春水走曹瞞◎又怎知人在小紅樓○簾影間◎

(一)「峰」，《全宋詞》作「風」。
(二)「風流」，《全宋詞》作「流風」。
(三)「與」，《全宋詞》作「共」。
(四)「應」，《全宋詞》作「卻」。

夏雲峰　九十一字，平十韻。　柳　永

宴堂深◎軒楹雨○輕壓暑氣低沈(一)◎花洞彩舟泛罤○坐遶清潯◎楚臺風快○湘簟冷永日披襟◎坐久覺疎絃脆管○時換新音◎　越娥蕙質(二)蘭心◎逞妖豔○昵歡邀寵難禁◎筵上笑歌間發○履舄(三)交侵◎醉鄉深處○須盡興滿酌高吟◎向此免名韁利鎖○虛費光陰◎

采蓮令　九十一字，仄八韻。　柳　永

月華收○雲淡霜天曙◎西征客此時情苦◎翠娥執手送臨岐○軋軋開朱户◎千嬌面(四)盈盈佇立○無言有淚○斷腸爭忍回顧◎　一葉蘭舟○便恁急槳淩波去◎貪行色豈知離緒◎萬般方寸○但飲恨脈脈同誰語◎更回首重城不見○寒江天外○隱隱兩三(五)煙樹◎

(一)「低沈」，《詞律》作「沈沈」。

(二)「質」，《詞律》、《欽定詞譜》、《全宋詞》均作「態」。

(三)「履舄」，《詞律》、《欽定詞譜》、《全宋詞》均作「舄履」。

(四)「面」，《詞律》誤作「血」。

(五)「三」，《欽定詞譜》作「行」。

醉翁操　九十一字，平十八韻。

蘇軾

琅然◎清圜◎誰彈◎響空山◎無言◎惟翁醉中和[一]其天◎月明風露娟娟◎人未眠◎荷蕢過山前◎曰有心也哉此賢◎　醉翁嘯詠○聲和流泉◎醉翁去後○空有朝吟夜怨◎平叶山有時而童顛◎水有時而回川◎思翁無歲年◎翁今爲飛仙◎此意在人間◎試聽徽外三兩弦◎

法曲獻仙音　九十二字，仄八韻。

周邦彦

蟬咽涼柯○燕飛塵幕○漏閣籤聲時度◎倦脱綸巾○困便湘竹○桐陰半侵庭[二]户◎向抱影凝情處◎時聞打窗雨◎　耿無語◎歎文園近來多病○情緒懶○尊酒易成間阻◎縹緲玉京人○想依然京兆眉嫵◎翠幕深中○對徽容空在紈素◎待花前月下○見了不教歸去◎

又　九十二字，仄九韻。

張炎

雲隱山暉○樹分溪影○未放妝臺簾卷◎篝密籠香○鏡圓窺粉○花深自然寒淺◎正人在銀

[一]「和」，《全宋詞》作「知」。
[二]「庭」，《全宋詞》作「朱」。

屏底○琵琶半遮面◎　語聲軟◎且休彈玉關哀(一)怨◎怕喚起西湖○那時春感◎楊柳古灣頭○記小憐隔水曾見◎聽到無聲○謾贏得情緒難翦◎把一襟心事○散入落梅千點◎

塞翁吟　九十二字，平十韻。　周邦彦

暗葉啼風雨○窗外曉色瓏璁◎散冰(二)麝○小池東◎亂一岸芙蓉◎蘄州簟展雙紋浪○輕帳翠縷如空◎夢(三)遠別○淚痕重◎淡鉛臉斜紅◎　忡忡◎嗟憔悴新寬帶結○羞豔冶都銷鏡中◎有蜀紙堪憑寄恨○等今夜灑血書詞○剪燭親封◎菖蒲漸老○早晚成花○教見薰風◎

意難忘　九十二字，平十二韻。　周邦彦

衣染鶯黃◎愛停歌駐拍○勸酒持觴◎低鬟蟬影動○私語口脂香◎蓮(四)露滴○竹風涼◎

(一)「哀」，《全宋詞》作「愁」。
(二)「冰」，《欽定詞譜》、《全宋詞》均作「水」。
(三)「夢」後，《全宋詞》有一「念」字。
(四)「蓮」，《全宋詞》作「簷」。

拚劇飲淋浪◎夜漸深籠燈就月○子細端相◎　知音見説無雙◎解移宫换羽○未怕周郎◎長顰知有恨○貪耍不成妝◎些個事○惱人腸◎試説與何妨◎又恐伊尋消問息○瘦損[一]容光◎

金盞倒垂蓮　九十二字，平八韻。　晁補之

休説將軍○解彎弓略地○蒽[二]嶺河源◎彩筆題詩○緑水映紅蓮◎算總是風流餘事○會須行樂年[三]年◎只[四]有一部○隨軒脆管繁弦◎　多情舊游尚憶○寄秋風萬里○鴻雁天邊◎未學元龍○豪氣笑求田◎也莫爲庭槐興歎○便傷摇落淒然◎後會一笑○猶堪醉倒花前◎

[一]「損」，《詞律》、《全宋詞》均作「減」。
[二]「蒽」，《欽定詞譜》、《全宋詞》均作「昆」。
[三]「年」，《全宋詞》作「□」。
[四]「只」，《全宋詞》作「況」。

又　九十二字，仄十韻。　曹勛

穀雨初晴◯對鏡(一)霞乍斂◯暖風凝露◎翠雲低映◯捧花王留住◎滿園(二)嫩紅貴紫◯道盡得韶光分付◎禁籞浩蕩◯天香巧隨天步◎　群仙倚春欲(三)語◎遮麗日更著輕羅深護◎半開微吐◎隱非煙非霧◎正宜夜闌秉燭◯況更有姚黃嬌妒◎徘徊縱賞◯任放濛濛柳絮◎

東風齊著力　九十二字，平九韻。　胡浩然

殘臘收寒◯三陽初轉◯已換年華◎東君律管◯迤邐到山家◎處處笙簧鼎沸◯排(四)佳宴坐列仙娃◎花叢裏◯金爐滿爇◯龍麝煙斜◎　此景轉堪誇◎深意祝壽山福海增加◎玉觥滿泛◯且莫厭(五)流霞◎幸有迎春緑醑(六)◯銀瓶浸幾朵梅花◎休辭醉◯園林秀色◯百

(一)「鏡」，《全宋詞》作「曉」。
(二)「園」，《欽定詞譜》、《全宋詞》均作「闌」。
(三)「欲」，《欽定詞譜》、《全宋詞》均作「似」。
(四)「排」，《詞律》、《全宋詞》均作「會」。
(五)「厭」，《詞律》作「羨」。
(六)「緑醑」，《詞律》、《全宋詞》均作「壽酒」。

草萌芽◎

遠朝歸　九十二字，仄十韻。　趙耆孫

金谷先春○見乍開紅(一)梅○晶明(二)玉膩◎珠簾院落○人靜雨疏風(三)細◎橫斜帶月○又(四)別是一般風味◎金尊裏◎任遺英亂點○殘粉低墜◎　惆悵秦(五)隴當年○念水遠天長○故人難寄◎山城倦眼○無緒更看桃李◎當時醉魄○算依舊徘徊花底◎斜陽外◎漫回首畫樓十二◎

露華　九十二字，仄十韻　王沂孫

紺葩乍坼◎笑爛漫嬌紅○不是春色◎換了素妝○重把青螺輕拂◎舊歌共渡煙江○卻占玉

(一)「紅」，《詞律》、《欽定詞譜》、《全宋詞》均作「江」。

(二)「晶明」，《詞律》無。

(三)「風」，《詞律》、《欽定詞譜》、《全宋詞》均作「煙」。

(四)「又」，《詞律》無。

(五)「秦」，《詞律》同，《欽定詞譜》、《全宋詞》作「杜」。

奴標格◎風霜峭○瑤臺種時○付與仙骨◎　閒門晝掩淒惻◎似淡月梨花○重化清魄◎尚帶唾痕香凝○怎忍攀摘◎嫩緑漸暖溪陰○蔌蔌粉雲飛出◎芳豔冷○劉郎未應認得◎

【按】詞調説明「仄十韻」，原實標十一韻。《詞律》、《欽定詞譜》後段第二句「似淡月梨花」均標句，非韻，是。兹需改。

又　九十四字，平八韻。　周密

暖消蕙雪○漸水紋漾錦○雲澹波容◎岸香玉(一)蕊○新枝輕裊條風◎次第燕歸將近○愛柳眉桃靨煙濃◎鴛逕小○芳屏聚蝶○翠渚飄鴻◎　六橋舊情如夢○記扇底宫眉○花下游驄◎選歌試舞○連宵醉戀(二)珍叢◎怕底(三)早鶯啼醒○問杏鈿誰點愁紅◎心事悄○春嬌又入翠峰◎

(一)「玉」，《全宋詞》作「弄」。
(二)「醉戀」，《全宋詞》作「戀醉」。
(三)「底」，《全宋詞》作「裡」。

臨江仙慢　九十三字，平十一韻。　柳　永

夢覺小庭院○冷風淅淅○疏雨瀟瀟◎綺窻外秋聲敗葉狂飄◎心搖◎奈寒漏永○孤幃悄○淚燭空燒◎無端處○是繡衾鴛枕○閒過清宵◎　蕭條◎牽情惹[一]恨○爭向年少偏饒◎覺新來憔悴○舊日風標◎魂銷◎念歡娛事○煙波阻○後約方遥◎還經歲○問怎生禁得○如許無聊◎

浣溪紗慢　九十三字，仄十韻　周邦彦

水竹舊院落○櫻筍新蔬果[二]◎嫩英翠幄○紅杏交榴火◎心事暗卜○葉底尋雙朵◎深夜歸青瑣◎燈盡酒醒時○曉窗明釵横鬢嚲◎　怎生那◎被間阻時多◎叶奈愁腸數疊○幽恨萬端○好夢還驚破◎可怪近來○傳語也無個◎莫是嗔人呵◎真個若[三]嗔人○卻因何逢人問我◎《詞律》注多字借叶。

[一]「惹」，《詞律》、《欽定詞譜》、《全宋詞》均作「繫」。
[二]「櫻筍新蔬果」，《欽定詞譜》作「鶯引新雛過」。
[三]「真個若」，《欽定詞譜》作「果若是」。

【按】詞調説明「仄十韻」，實標十一韻。《詞律》、《欽定詞譜》均標十韻，對比多「被間阻時多」一韻。以其專門加注「叶」言之，則爲刻意提醒，非漫爲譌誤之處也。宋馬子嚴有同調詞，後段前二句均用韻，則此處用韻有據可徵也。故此詞詞調説明須改爲「仄十一韻」。

四犯剪梅花　九十三字，仄十韻。

劉過

水殿風涼○賜環歸○正是夢熊華旦◎疊雪羅輕○稱雲章題扇◎西清侍宴◎望黃傘日華籠(一)輦◎金券三王○玉堂四世○帝恩偏眷◎　臨安記龍飛鳳舞○信神明有後○竹梧陰滿◎笑折花看○橐(二)荷香紅淺(三)◎功名歲晚◎帶河與礪山俱(四)遠◎麟脯杯行○狨韉坐穩○内家宣勸◎

(一)「籠」，《詞律》作「寵」。
(二)「橐」，《欽定詞譜》作「裛」。
(三)「淺」，《詞律》、《全宋詞》均作「潤」。
(四)「俱」，《詞律》、《欽定詞譜》、《全宋詞》均作「長」。

【按】詞調説明「仄十韻」，實標九韻。《詞律》、《欽定詞譜》於第三句「華旦」標韻，茲原標句非韻，茲徑改。

又　九十二字，仄十一韻，又名《轆轤金井》。　劉過

翠眉重拂(一)○後房深自喚小鸞嬌小◎繡帶羅垂○報濃妝才了◎堂虛夜悄◎但依約鼓簫聲鬧◎一曲梅花○尊前舞徹○梨園新調◎　高陽醉山(二)未倒◎看鞵飛鳳翼○釵褪微溜(三)◎秋滿東湖○更西風寒(四)早◎桃源路杳◎記流水泛舟曾到◎桂子香濃○梧桐影轉○月寒天曉◎

【按】《欽定詞譜》首句「翠眉重掃」，標韻。

(一)「拂」，《欽定詞譜》、《全宋詞》均作「掃」。
(二)「山」前，《欽定詞譜》、《全宋詞》均有一「玉」字。
(三)「釵褪微溜」，《欽定詞譜》作「玉釵微裊」。
(四)「寒」，《欽定詞譜》、《全宋詞》均作「涼」。

又(一)　九十二字，仄十二韻，又名《月城春》。　盧祖皋

晝長人倦◎正凋紅漲緑○懶鶯忙燕◎絲雨濛晴○放珠簾高捲◎神仙笑宴◎半醒醉彩鸞飛遍◎碧玉闌干○青油幢幕○沈香庭院◎　洛陽圖畫舊見◎向天香深處○猶認嬌面◎霧縠霞綃○鬬綺羅裁翦◎情高意遠◎怕容易曉風吹散◎一笑何妨○銀臺换蠟○銅壺催箭◎

淒涼犯　九十三字，仄十韻。　姜夔

緑楊巷陌◎西(二)風起○邊城一片離索◎馬嘶漸遠○人歸甚處○戍樓吹角◎情懷正惡◎更衰草寒煙淡薄◎似當時將軍部曲○迤邐度沙漠◎　追念西湖上○小舫攜歌○晚花行樂◎舊遊在否○想如今翠凋紅落◎漫寫羊裙○等新雁來時繫著◎怕匆匆不肯寄與○誤後約◎

【按】詞調説明「仄十韻」，原僅標九韻。原「緑楊巷陌」標句，《欽定詞譜》標韻，玆據以改標韻。

(一)《全宋詞》調名《錦園春》。《欽定詞譜》曰《四犯剪梅花》「又名《錦園春》」。

(二)「西」，《全宋詞》作「秋」。

滿庭芳　九十三字，平九韻。

黄公度

一逕叉分◯三亭鼎峙◯小園別是清幽◎曲闌低檻◯春色四時留◎怪石參差臥虎◯長松偃蹇拏虯◎攜筇晚◯風來萬里◯冷撼一天秋◎　優遊◎銷永晝◯琴尊左右◯賓主風流◎且偷閒不妨身在南州◎故國歸帆隱隱◯西崑往事悠悠◎都休問◯金釵十二◯滿酌聽輕謳◎

又　九十五字，平九韻。

晏幾道

南苑吹花◯西樓題葉◯故園歡事重重◎憑闌秋思◯閒記舊相逢◎幾處歌雲夢雨◯可憐便流水西東◎別來久◯淺情未有◯錦字繫歸鴻◎　年光還少味◯開殘檻菊◯落盡溪桐◎漫留得尊前◯淡月西風◎此恨誰堪共説◯清愁付緑酒杯中◎佳期在◯歸時待把◯香袖看啼紅◎

又　九十五字，平九韻。

秦　觀

山抹微雲◯天粘(一)衰草◯畫角聲斷譙門◎暫停征棹◯聊共引離尊◎多少蓬萊舊事◯空

(一)「粘」，《全宋詞》作「連」。

回首煙靄紛紛◎斜陽外○寒鴉萬點○流水繞孤村◎　銷魂◎當此際○香囊暗解○羅帶輕分◎謾贏得青樓薄倖名存◎此去何時見也○襟袖上空染(一)啼痕◎傷情處○高城望斷○燈火欲黃昏◎

又(二)　九十七字，平八韻，又名《瀟湘夜雨》。　趙長卿

斜點銀釭○高擎蓮炬○夜寒不耐微風◎重重簾幕○掩映畫(三)堂中◎香漸遠長煙裊穗○光不定寒影搖紅◎偏奇處○當庭月暗○吐熖亘(四)如虹◎　紅裳呈豔麗○翠(五)娥一見○無奈狂縱◎試煩他(六)纖手○卷上紗龍◎開正好銀花照夜○堆不盡金粟凝空◎丁寧語○頻將好事○來報主人公◎

(一)「染」，《全宋詞》作「惹」。
(二)《全宋詞》調名《瀟湘夜雨》。
(三)「映畫」，《全宋詞》無。
(四)「亘」，《全宋詞》無。
(五)「翠」，《全宋詞》作「□」。
(六)「他」，《欽定詞譜》無。

玉漏遲　九十四字，仄十韻。　宋　祁(一)

杏香飄禁苑◯須知自古(二)皇都春早◎燕子來時◯繡陌漸熏芳草◎蕙圃夭桃過雨◯弄碎影紅篩清沼◎深院悄◎緑楊陰裏(三)◯鶯聲爭巧◎　早是賦得多情◯更對景臨風(四)◯鎮辜歡笑◎數曲闌干◯故國漫勞登眺◎天際(五)微雲盡盡◯亂峰鎖一竿斜照◎歸路杳◎東風淚零多少◎

又　九十四字，仄十一韻。　吴文英(六)

絮花寒食路◎晴絲罥日◯緑陰吹霧◎客帽欺風◯愁滿畫船煙浦◎彩柱秋千散後◯悵塵

(一)《全宋詞》列爲宋祁存目詞。

(二)「古」，《欽定詞譜》、《全宋詞》均作「昔」。

(三)「陰裏」，《欽定詞譜》、《全宋詞》均作「巷陌」。

(四)「對景臨風」，《欽定詞譜》、《全宋詞》均作「遇酒臨花」。

(五)「天際」，《欽定詞譜》、《全宋詞》均作「漢外」。

(六)《全宋詞》作者一爲樓采，一爲趙聞禮。

鎖(一)燕簾鶯户◎從間阻◎夢雲無準○鬢霜如許◎　夜久(二)繡閣藏嬌○記掩扇傳歌○翦燈留語◎月約星期○細把花鬟頻數◎彈指一襟幽(三)恨○謾空倩(四)啼鵑聲訴◎深院宇◎黄昏杏花微雨◎

尾犯　九十四字，仄八韻，又名《碧芙蓉》。　柳　永

夜雨滴空階○孤館夢回○情緒蕭索◎一片閒愁○想丹青難貌◎秋漸老蛩聲正苦○夜將闌燈花欲(五)落◎最無端處○忍(六)把良宵○只恁孤眠卻◎　佳人應怪我○別(七)後寡信輕

(一)「鎖」，《欽定詞譜》、《全宋詞》均作「鎖」。
(二)「久」，《欽定詞譜》、《全宋詞》均作「永」。
(三)「幽」，《欽定詞譜》作「怨」。
(四)「倩」，《全宋詞》樓采詞作「趁」，趙聞禮詞作「倩」。
(五)「欲」，《詞律》、《欽定詞譜》作「漸」，《全宋詞》作「旋」。
(六)「忍」，《全宋詞》作「總」。
(七)「別」前，《詞律》有一「自」字。

諾◎記得當時(一)○翦香雲爲約◎甚時向幽閨深處○按新調(二)流霞共酌◎再同歡笑○肯把金玉珍珠(三)博◎

又 九十八字，另格，仄十一韻。 柳永

晴煙冪冪◎漸東郊芳草○染成輕碧◎野塘風暖游魚動○觸冰澌微坼◎幾行斷雁○旋次第歸霜磧◎詠新詩手撚江梅○故人贈(四)我春色◎ 似此光陰催逼◎念浮生不滿百◎雖照人軒冕○潤屋金珠(五)○於身何益◎一種勞心力◎圖利祿殆非長策◎除是恁點檢笙歌○訪尋羅綺消得◎

(一)「時」，《全宋詞》作「初」。
(二)「調」，《詞律》、《欽定詞譜》、《全宋詞》均作「詞」。
(三)「珍珠」，《欽定詞譜》、《全宋詞》均作「珠珍」。
(四)「贈」，《詞律》、《欽定詞譜》均作「増」。
(五)「金珠」，《全宋詞》作「珠金」。

【按】前段四五句，茲作七五句式。《詞律》、《欽定詞譜》均作三個四字句式。《欽定詞譜》於本調載《梅苑》無名氏一格，前段句型於本格同，茲七五句式，宜作三個四字句式。

雪梅香 九十四字，平九韻。 柳永

景蕭索○危樓獨立面晴空◎動悲秋情緒○當時宋玉應同◎漁市孤煙裊寒碧○水村殘葉舞愁紅◎楚天闊○浪浸斜陽○千里溶溶◎ 臨風◎想佳麗○別後愁顏○鎮斂眉峰◎可惜當年○頓乖雨跡雲蹤◎雅態妍姿正歡洽○落花流水忽西東◎無憀恨○盡把相思○分付征鴻(一)◎

如魚水 九十四字，平十三韻。 柳永

輕靄浮空○亂峰倒影○瀲灩十里銀塘◎繞岸垂楊◎紅樓翠(二)閣相望◎芰荷香◎雙雙戲

(一)「盡把相思，分付征鴻」，《詞律》、《全宋詞》均作「相思意盡，分付征鴻」。
(二)「翠」，《詞律》、《欽定詞譜》、《全宋詞》均作「朱」。

瀲鵜鴛鴦◎乍雨過○蘭芷汀洲○望中依約似瀟湘◎　風淡淡○水茫茫◎摇動一片晴光◎畫舫相將◎盈盈紅粉清商◎紫薇郎◎修禊飲且樂仙鄉◎便歸去○遍歷鑾坡鳳沼○此景也難忘◎

六么令　九十四字，仄十韻。　晏幾道

緑陰春盡○飛絮遶香閣◎晚來翠眉宫樣○巧把遠山學◎一寸狂心未説○已向横波覺◎畫簾遮匝◎新翻曲妙○暗許旁(一)人帶偷掐◎　前度書多隱語○意淺愁難答◎昨夜詩有回文○韻險還慵押◎都待笙歌散了○記取留時霎◎不消紅蠟◎閒雲歸後○月在庭花舊闌角◎

一枝春　九十四字，仄九韻。　楊　纘

竹爆驚春○競喧闐夜起○千門簫鼓◎流蘇帳暖○翠鼎緩騰香霧◎停杯未舉◎奈剛要送年

(一)「旁」，《全宋詞》作「閒」。

新句◎應自有歌字清圓○未誇上林鶯語◎　從他歲窮日暮◎縱閒愁○怎減劉郎風度◎屠蘇辦了○迤邐柳欺梅妒◎宮壺未曉○早驕馬繡車盈路◎還又把月夜花朝○從(一)今細數◎

惜秋華　九十四字，仄十一韻。　吳文英

思渺西風○悵行蹤○浪逐南飛高雁◎怯上翠微○危樓更堪憑晚◎蓬萊對起幽雲○澹野色山容乍(二)捲◎清淺◎瞰滄波靜銜怨(三)痕一綫◎　十載寄吳苑◎慣東籬深處(四)○把露黃偷翦◎移暮景○照越鏡○意銷香斷◎秋娥賦得閒情○倚翠尊小眉初展◎深勸◎待明朝醉巾同(五)岸◎

(一)「從」，《全宋詞》作「自」。
(二)「乍」，《欽定詞譜》、《全宋詞》均作「愁」。
(三)「怨」，《詞律》作「愁」，《欽定詞譜》、《全宋詞》作「秋」。
(四)「處」，《全宋詞》無。
(五)「同」，《詞律》、《欽定詞譜》、《全宋詞》均作「重」。

梅子黄時雨　九十四字，仄十二韻。

張　炎

流水孤村○愛塵事頓消○來訪深隱◎向醉裹誰扶○滿身花影◎鷗鷺相看鷩比(一)瘦○近來不是傷春病◎嗟流景◎竹外野橋○猶繫煙艇◎　誰引◎斜川歸興◎便啼鵑縱少○無奈時聽◎待棹擊空明○魚波千頃◎彈斷(二)琵琶留不住○最愁人是黄昏近◎江風緊◎一行柳絲(三)吹暝◎

塞孤　九十二字，仄十二韻。

柳　永

一聲雞○又報殘更歇◎秣馬巾車催發◎草草主人燈下別◎山逕(四)險○新霜滑◎瑶珂響起棲烏○金鐙冷敲殘月◎漸西風緊○襟袖淒裂◎　遥指白玉京○望斷黄金闕◎遠道何時行徹◎算得佳人凝恨切◎應念念○歸時節◎相見了執柔荑○幽會處偎香雪◎免鴛衾兩

(一)「相看鷩比」，《詞律》作「鷩看相比」，《欽定詞譜》作「相看如此」，《全宋詞》作「相看如」。
(二)「斷」，《詞律》、《欽定詞譜》、《全宋詞》均作「到」。
(三)「絲」，《全宋詞》作「陰」。
(四)「逕」，《詞律》、《欽定詞譜》、《全宋詞》均作「路」。

恁虛設◎

水調歌頭　九十五字，平八韻。　劉過

春事能幾許○密葉著青梅◎日高花困○海棠風暖想都開◎不惜春衣典盡○只怕春光歸去○片片點蒼苔◎能得幾時好○追賞莫徘徊◎　雨飄紅○風換翠○苦相催◎人生行樂○且須痛飲莫辭杯◎坐則高談風月○臥(一)則恣眠芳草○醒後亦佳哉◎湖上新亭好○何事不曾來◎

又　九十五字，平八韻，間用四仄韻。　蘇軾

明月幾時有○把酒問青天◎不知天上宮闕○今夕是何年◎我欲乘風歸去◎又恐瓊樓玉宇◎高處不勝寒◎起舞弄清影○何似在人間◎　轉朱閣○低綺户○照無眠◎不應有恨○何事偏向別時圓◎人有悲歡離合◎月有陰晴圓缺◎此事古難全◎但願人長久○千里

(一)「臥」，《全宋詞》作「醉」。

共嬋娟◎

【按】 茲同《欽定詞譜》，前段五六句、後段六七句用韻。《詞律》認爲非韻。《欽定詞譜》舉出多例以證明用韻爲是，茲從之。

又 九十五字，平仄通叶，平八仄十。 賀鑄

南國本瀟灑◎六代浸豪奢◎臺城遊冶◎襞箋能賦屬宮娃◎雲觀登臨清夏◎碧月留連長夜◎吟醉送年華◎回首飛鴛瓦◎卻羨井中蛙◎　訪烏衣○成白社◎不容車◎舊時王謝◎堂前雙燕過誰家◎樓外河橫斗掛◎淮上潮平霜下◎檣影落寒沙◎商女篷窗罅◎猶唱後庭花◎

掃花游 九十五字，仄十三韻，花又作地(一)。 周邦彦

曉陰翳日○正霧靄煙橫○遠迷平楚◎暗黃萬縷◎聽鳴禽按曲○小腰欲舞◎細遶回堤○駐

(一)《全宋詞》調名《掃地花》，此處曰「花又作地」，實應爲「花游又作地花」。

馬河橋避雨◎信流去◎問㈠一葉怨題○今在㈡何處◎　春事能幾許◎任占地持杯○掃花尋路◎淚珠濺俎◎歎將愁度日○病傷幽素◎恨入金徽○見說文君更苦◎黯凝佇◎掩重關遍城鐘鼓◎起句有押韻者。

白雪　九十五字，平九韻。　楊无咎

簷收雨脚○雲乍斂○依然又滿長空◎紋蠟焰低○熏爐燼冷○寒衾擁盡重重◎隔簾櫳◎聽撩亂撲鹿青㈢蟲◎曉來見○玉樓珠殿○恍若在蟾宮◎　長愛越水泛舟○藍關立馬畫圖中◎悵望幾多詩思㈣○無句可形容◎誰與問已經三白○或㈤是報年豐◎未應真個○情多老卻天公◎

㈠「問」，《全宋詞》作「想」。
㈡「在」《欽定詞譜》作「到」。
㈢「青」，《詞律》、《全宋詞》均作「春」。
㈣「思」，《詞律》無，《全宋詞》作「□」。
㈤「或」，《全宋詞》作「忒」。

徵招　九十五字，仄十一韻。　　趙以夫

玉壺凍裂琅玕折○鬖鬖逼人衣袂◎暖絮漲空飛○失前山橫翠◎欲低還又起◎似妝點滿園春意◎記憶當時○剡中情味○一溪雲水◎　天際◎絶人行〔一〕○高吟處依稀灞橋鄰里◎更蒴蒴梅花○落雲階月砌〔二〕◎化工真解事◎强勾引老來詩思◎楚天暮○驛使不來○悵曲闌獨倚◎

【按】詞調説明「仄十一韻」，比《欽定詞譜》、《詞律》多一韻。《詞律》、《欽定詞譜》後段首句五字非韻，本譜詞例二字標韻。《徵招》調後段首句多五字非韻，然二字用韻也非僅有，如姜夔《徵招》後段首：「迤邐。剡中山，重相見、依依故人情味。」張炎《徵招·聽袁伯長琴》後段首：「客裏。可消憂，人間世、寥寥幾年無此。」可佐證也。

〔一〕「人行」，《全宋詞》作「行人」。
〔二〕「砌」，《全宋詞》作「地」。

又　九十五字，仄八韻。　張　炎

可憐張緒門前柳○相看頓非年少◎三徑已荒涼○更如今懷抱◎薄游渾未減(一)○滿煙水東風殘照◎古調獨(二)彈○古音誰賞○歲華空老◎　京洛染緇塵○悠悠(三)意獨對南山一笑◎只在此山中○甚相逢不早◎瘦吟心共苦○知幾度翦燈窻小◎何時更聽雨巴山○賦草池春曉◎

雙瑞蓮　九十五字，仄十一韻。　趙以夫

千機雲錦裏◎看並蒂新房○駢頭芳蕊◎清標豔態○兩兩翠裳霞袂◎似是商量心事○倚綠蓋無言相對◎天蘸水◎彩舟過處○鴛鴦驚起◎　縹緲漾影搖香○想劉阮風流○雙仙姝

(一)「未減」，《欽定詞譜》、《全宋詞》均作「是感」。
(二)「獨」，《欽定詞譜》、《全宋詞》均作「誰」。
(三)「悠悠」，《欽定詞譜》、《全宋詞》均作「悠然」。

麗◎閒情未[一]斷○猶戀人間歡會◎莫待西風吹老○薦玉醴碧筩拚醉◎清露底◎月照[二]一襟涼[三]思◎

玉京秋　九十五字，仄十二韻。

周密

煙水闊◎高林弄殘照○晚蜩淒切◎畫角吹寒[四]○碧砧度韻○銀床飄葉◎衣濕桐陰露冷○采涼花時賦秋雪◎難[五]輕別◎一襟幽事○砌蛩能說◎　客思吟商還怯◎怨歌長瓊壺暗缺◎翠扇陰[六]疎○紅衣香褪○翻成銷歇◎玉骨西風○恨最恨○閒卻新涼時節◎楚簫咽◎誰倚西樓淡月◎

(一)「未」，《全宋詞》作「不」。
(二)「月照」，《全宋詞》作「明月」。
(三)「涼」，《全宋詞》作「歸」。
(四)「畫角吹寒」，《詞律》、《全宋詞》均無。
(五)「難」，《詞律》同，《欽定詞譜》、《全宋詞》作「歎」。
(六)「陰」，《詞律》無，《全宋詞》作「恩」。

玉女迎春慢　九十五字，仄十一韻。　彭元遜

纔(一)入新年○逢人日拂拂淡煙無雨◎葉底嬌(二)禽自語◎小啄幽香還吐◎東風辛苦◎便怕有踏青人誤◎清明寒食○消得渡江○翠黄(三)千縷◎　看臨小帖宜春○填輕暈濕○碧花生霧◎爲説釵頭裊裊○繫著輕盈不住◎問郎留否◎似昨夜教成鸚鵡◎走馬章臺○憶得畫眉歸去◎

金浮圖　九十六字，仄十四韻。　尹鶚

繁華地◎王孫富貴◎玳瑁筵開○下朝無事◎壓紅茵鳳舞黄金翅◎玉立(四)纖腰○一片揭天歌吹◎滿目綺羅珠翠◎和風淡蕩○偷散沈檀氣◎　堪判醉◎韶光正媚◎折盡牡丹○

(一)「纔」，《全宋詞》作「淺」。
(二)「嬌」，《詞律》、《全宋詞》均作「妖」。
(三)「翠黄」，《詞律》、《欽定詞譜》、《全宋詞》均作「黄翠」。
(四)「玉立」，《全唐五代詞》作「立玉」。

豔迷人意◎縱[一]金張[二]許史應難比◎貪戀歡娛○不覺金烏西[三]墜◎還惜會難別易◎金船更勸○勒住花驄轡◎

陽臺路 九十六字，仄十一韻。 柳永

楚天晚◎墜冷楓敗葉○疏紅零亂◎冒征塵匹馬驅驅○愁見水遥山遠◎追念[四]年時○正恁鳳幃○倚香偎暖◎嬉遊慣◎又豈知前歡雲雨分散◎ 此際空勞回首○望帝里難收望[五]眼◎暮煙衰草○但暗鎖路歧無限◎今宵又依前寄宿○甚處葦村山館◎寒燈畔[六]◎夜厭厭憑何消遣◎

[一]「縱」，《詞律》、《全唐五代詞》均無。
[二]「張」，原作「湯」，諸本均作「張」，考諸史典，作「湯」誤，兹正之。
[三]「西」，《詞律》、《全唐五代詞》均無。
[四]「念」後，《全宋詞》有一「少」字。
[五]「望」，《欽定詞譜》、《全宋詞》均作「淚」。
[六]「畔」，《詞律》、《欽定詞譜》均無。

黄鶯兒　九十六字，仄九韻。　柳　永

園林晴(一)晝誰爲(二)主◎暖律潛催○幽谷暄和○黄鸝翩翩○乍遷芳樹◎觀露濕縷金衣○葉隱(三)如簧語◎曉來枝上緜蠻○似把芳心深意低訴◎　無據◎乍出暖煙來○又趁遊蜂去◎恣狂蹤跡○兩兩相呼○終朝霧吟風舞◎當上苑柳穠時○别館花深處◎此際海燕偏饒○都把韶光與◎

天香　九十六字，仄九韻。　王　觀(四)

霜瓦鴛鴦○風簾翡翠○今年較是寒早(五)◎矮釘明窻○側開朱户○斷莫亂教人到◎重陰

(一)「晴」，《欽定詞譜》作「静」。
(二)「誰爲」，《欽定詞譜》、《全宋詞》均作「春誰」。
(三)「隱」，《詞律》、《欽定詞譜》、《全宋詞》均作「映」。
(四)《詞律》作者王充，誤，應作王觀。
(五)「較是寒早」，《詞律》作「又是寒早」，《全宋詞》作「早是寒少」。

不(一)解○雲與(二)雪商量未(三)了◎青帳垂氈要密(四)○紅爐圍炭(五)宜小◎　呵梅弄妝試巧◎繡羅衣瑞雲芝草◎伴我語時同語○笑時同笑◎已被金尊勸酒(六)○又唱個新詞故相惱◎盡道窮冬○元來恁好◎

又

九十六字，仄十二韻。　賀鑄

煙絡橫林○山沈遠照○迤邐(七)黃昏鐘鼓◎燭映簾櫳○蛩催機杼◎共惹(八)清秋風露◎不眠思婦○齊應和幾聲砧杵◎驚動天涯倦客(九)○駸駸歲華行暮◎　當年酒狂自負◎謂

(一)「不」，《詞律》、《欽定詞譜》、《全宋詞》均作「未」。

(二)「與」，《詞律》、《欽定詞譜》、《全宋詞》均作「共」。

(三)「未了」，《詞律》作「不少」，《全宋詞》作「不了」。

(四)「密」後，《詞律》有一「縫」字。

(五)「紅爐圍炭」，《詞律》四字作二字「放圍」，《全宋詞》作「紅爐收圍」。

(六)「酒」，《欽定詞譜》、《全宋詞》均作「倒」。

(七)「迤邐」，《全宋詞》作「邐迤」。

(八)「惹」，《全宋詞》作「苦」。

(九)「客」，《全宋詞》作「宦」。

東君以春相付◎流浪征驂北道○客檣南浦◎幽恨無人晤語◎賴明月曾知舊遊處◎好伴雲來○還將夢去◎

【按】詞調説明「仄十二韻」,實標十一韻。《欽定詞譜》曰「前段十句五仄韻,後段八句六仄韻」,都十一韻。此標十一韻,不同處在「蛩催機杼」,此標韻,《欽定詞譜》標句;「不眠思婦」,此標句,《欽定詞譜》標韻。如果按照詞調説明十二韻,則遺漏「不眠思婦」一韻。參考同調詞,「不眠思婦」多有用韻,「蛩催機杼」用韻例不多見。

漢宮春 九十六字,平十韻 張先

紅粉苔牆◎透新春消息○梅蘂[一]先芳◎奇葩異卉○漢家宮額塗黄◎何人鬬巧○暈[二]紫

(一) 「蘂」,《欽定詞譜》作「粉」。

(二) 「暈」,《欽定詞譜》、《全宋詞》均作「運」。

檀蒻出蜂房◎應是爲(一)中央正色○東君別與清香◎　仙姿自稱霓裳◎更孤標俊格○霏(二)雪淩霜◎黃昏院落○爲誰別(三)解羅囊◎銀瓶注水○浸數枝小閣幽窗◎春睡足(四)○纖條在手○厭厭宿酒殘妝◎

又

九十六字，平八韻。

李邴(五)

瀟灑江梅○向竹梢疏(六)處○橫兩三枝◎東君也不愛惜○雪壓霜(七)欺◎無情燕子○怕春寒輕失花期◎惟是有南來塞雁○年年長見開時(八)◎　清淺小溪如練○問玉堂何似○

(一)「是爲」，《欽定詞譜》、《全宋詞》均作「爲是」。
(二)「霏」，《全宋詞》作「非」。
(三)「別」，《欽定詞譜》、《全宋詞》均作「密」。
(四)「足」，《欽定詞譜》、《全宋詞》均作「起」。
(五)《全宋詞》作者一作晁沖之。
(六)「疏」，《全宋詞》作「稀」。
(七)「霜」，《全宋詞》作「風」。
(八)「惟是有南來塞雁，年年長見開時」，《全宋詞》作「卻是有年年塞雁，歸來曾見開時」。

茅舍疏籬◎傷心故人去後○冷落新詩◎微雲淡月○對孤芳[一]分付他誰◎空自倚[二]清香未減○風流不在人知◎

又 九十六字，仄九韻。 康與之

雲海沈沈○峭寒收建章○雪殘鳷鵲◎華燈照夜○萬井禁城行樂◎春隨鬢影○映參差柳絲梅萼◎丹禁杳○鼇峰對聳○三山上通寥廓◎ 春衫繡羅香薄◎步金蓮影下○三千綽約◎冰輪桂滿○皓色冷浸樓閣◎霓裳帝樂○奏昇平天風吹落◎留鳳輦通宵宴賞○莫放漏聲閒卻◎

又 九十四字，仄十一韻。 闕名

江月初圓○正新春夜永○燈市行樂◎芙蕖萬朵○向晚爲誰開卻◎層樓畫閣◎盡捲上東風

[一] 「孤芳」，《全宋詞》作「江天」。
[二] 「倚」，《全宋詞》作「憶」。

簾幕◎羅綺擁歡聲和氣○驚破柳梢梅萼◎　綽約◎暗塵浮動○正魚龍曼衍○戲車交作◎高牙影裏○緩控玉羈金絡◎鉛華間錯◎更一部笙歌圍著◎香散處○厭厭醉聽○南樓畫角◎

塞垣春　九十六字，仄十韻。　周邦彦

暮色分平野◎傍葦岸征帆卸◎煙深(一)極浦○樹藏孤館○秋景如畫◎漸別離氣味難禁也◎更物象供瀟灑◎念多材渾衰減○一懷幽恨難寫◎　追念綺窻人○天然自風韻閒雅◎竟夕起相思○謾嗟怨遥夜◎又還將兩袖珠淚○沈吟向寂寥寒燈下◎玉骨爲多感○瘦來無一把◎

步月　九十六字，平九韻。　史達祖

翦柳章臺○問梅東閣○醉中攜手初歸◎逗香樓(二)下○璀璨鏤金衣◎正依約冰絲射眼○

(一)「深」，《全宋詞》作「村」。
(二)「樓」，《全宋詞》作「簾」。

更荏苒蟾玉西飛◎輕塵外○雙鴛細蹙○誰賦洛濱妃◎　霏霏◎紅霧遶○步摇共鬢影○吹入花園◎管絃將散○人静燭龍稀◎泥私語香櫻乍破○怕夜寒羅襪先知◎歸來也○相偎未肯入重幃◎

又　九十四字，仄十韻。　施　岳

玉宇薰風○寶階明月○翠叢萬點晴雪◎煉霜不就○散廣寒霏屑◎采珠蕊(一)緑萼露滋○嗔銀豔小蓮冰潔◎花魂(二)在纖指嫩痕○素英重結◎　枝頭香未絶◎還是過中秋○丹桂時節◎醉鄉冷境○怕翻成銷歇◎翫芳味春焙旋熏○貯穠艷(三)水沈頻爇◎堪憐處○輸與夜凉雙(四)蝶◎

(一)「蕊」，《詞律》、《欽定詞譜》、《全宋詞》均作「蓓」。
(二)「魂」，《全宋詞》作「痕」。
(三)「艷」，《詞律》、《欽定詞譜》、《全宋詞》均作「韻」。
(四)「雙」，《詞律》、《欽定詞譜》、《全宋詞》均作「睡」。

八聲甘州　九十七字，平八韻。　柳永

對瀟瀟暮雨灑江天◯一番洗清秋◎漸霜風淒緊◯關河冷落◯殘照當樓◎是處紅衰緑(一)減◯苒苒物華休◎唯有長江水◯無語東流◎　不忍登高臨遠◯望故鄉綿(二)邈◯歸思難收◎歎年來蹤跡◯何事苦淹留◎想佳人妝樓長(三)望◯誤幾回天際識歸舟◎爭知我◯倚闌干處◯正恁凝愁◎

又(四)　九十七字，平九韻。　張炎

記玉關踏雪事清遊◎寒氣敝(五)貂裘◎傍枯林古道◯長河飲馬◯此事(六)悠悠◎短夢依然

(一)「緑」，《欽定詞譜》、《全宋詞》均作「翠」。

(二)「綿邈」，《欽定詞譜》作「渺渺」，《詞律》、《全宋詞》作「渺邈」。

(三)「長」，《全宋詞》作「顒」。

(四)《全宋詞》調名《甘州》。《欽定詞譜》曰：「《碧鸡漫志》：『《甘州》，仙吕调，有曲破，有八声，有慢，有令。』按此调前后段八韵，故名『八声』，乃慢词也，与《甘州遍》之曲破，《甘州子》之令词不同。」

(五)「敝」，《欽定詞譜》、《全宋詞》均作「脆」。

(六)「事」，《欽定詞譜》、《全宋詞》均作「意」。

江表○老淚灑西州◎一字無題處○落葉都愁◎　載取白雲歸去○問誰留楚佩○弄影中洲◎折蘆花贈遠○零落一身秋◎向尋常野橋流水○待招來不是舊沙鷗◎空懷感○有斜陽處○最㈠怕登樓◎

迷神引　九十七字，仄十三韻。　柳　永

一葉扁舟輕帆捲◎暫泊楚江南岸◎孤城暮㈡角○引胡㈢笳怨◎水茫茫○平沙雁◎旋驚散◎煙斂寒林簇○畫屏展◎天際遥山小○黛眉淺◎　舊賞輕拋○到此成遊宦◎覺客程勞○年光晚◎異鄉風物○忍蕭索○當愁眼◎帝城賒○秦樓阻○旅魂亂◎芳草連空闊○殘照滿◎佳人無消息○斷雲遠◎

㈠「最」，《全宋詞》作「卻」。
㈡「暮」，《詞律》作「早」。
㈢「胡」，《詞律》作「金」。

醉蓬萊　九十七字，仄八韻。

柳永

漸亭皋葉下○隴首雲飛○素秋新霽◎華闕中天○鎖葱葱佳氣◎嫩菊黄深○拒霜紅淺○近寶堦香砌◎玉宇無塵○金莖有露○碧天如水◎　正值升平○萬幾多暇○夜色澄鮮○漏聲迢遞◎南極星中○有老人呈瑞◎此際宸遊○鳳輦何處○度管絃清脆◎太液波翻○披香簾捲○月明風細◎

卓牌子慢(一)　九十七字，仄十一韻。

万俟咏

東風緑楊天○如畫出清明院宇◎玉豔淡薄○梨花帶月○胭脂零落○海棠經雨◎單衣怯黄昏○人正在珠簾笑語◎相並戲蹵秋千○共攜手同憑(二)闌干○暗香時度◎　翠窗繡户◎路繚繞潛通幽處◎斷魂凝佇◎嗟不似飛絮◎閒悶閒愁○難消遣此日年年情(三)緒◎無據◎奈酒醒春去◎

(一)《全宋詞》調名《卓牌兒》。

(二)「憑」，《詞律》、《欽定詞譜》、《全宋詞》均作「倚」。

(三)「情」，《詞律》、《欽定詞譜》、《全宋詞》均作「意」。

鳳凰臺上憶吹簫　九十七字，平八韻。　晁補之

千里相思○況無百里○何妨暮往朝還◎又正是梅初淡佇○鶯[一]未綿蠻◎陌上相逢緩轡○風細細雲日斑斑◎新晴好○得意未妨○行盡青山◎　應攜後房小妓○來爲我盈盈○對舞花間◎便拚卻[二]松醪翠滿○蜜炬紅殘◎誰信輕鞍射虎○清世裏曾有人閒◎都休説○簾外夜久春寒◎

又　九十六字，平九韻。　吳元可

更不成愁○何曾是醉○豆花雨後輕陰◎似此心情自可○多了閒吟◎秋在西樓西畔○秋較淺不似情深◎夜來月○爲誰瘦小○塵鏡羞臨◎　彈箏◎舊家伴侶○記雁啼秋水○下指成音[三]◎聽未穩當時自誤○又況如今◎那更[四]柔腸易斷○人間事獨此難禁◎雕籠近○

[一]「鶯」，《全宋詞》作「禽」。

[二]「卻」，《全宋詞》作「了」。

[三]「音」，《詞律》作「陰」，恐誤。

[四]「更」，《詞律》、《欽定詞譜》、《全宋詞》均作「是」。

數聲别似春禽◎

【按】兹「彈箏」標韻。《詞律》、《欽定詞譜》後段首句均作六字句，「彈箏」不用韻。《詞律》曰：「或曰彈箏是叶韻，非也，此調原不必叶，况通篇用十二侵閉口韻，必不搭一庚青字也。」對觀同調諸體例詞，有後段首二字用韻者，然《詞律》指出「箏」與通篇韻脚不同屬一部亦屬事實。兹斷依《詞律》、《欽定詞譜》爲宜。

又 九十五字，仄九韻。 李清照

香冷金猊○被翻紅浪○起來慵自梳頭◎任寶奩塵滿○日上簾鉤◎生怕離懷别苦○多少事欲説還休◎新來瘦○非關(一)病酒○不是悲秋◎　休休◎這回去也○千萬遍陽關○也則難留◎念武陵人遠○煙鎖秦樓◎惟有樓前流水○應念我終日凝眸◎凝眸處○從今又添○一段新愁◎

(一)「關」，《詞律》、《欽定詞譜》、《全宋詞》均作「干」。

夜合花 九十七字，平十一韻 晁補之

百紫千紅○占春多少○共推絶世花王◎西都萬户○擅名不爲姚黄(一)◎謾腸斷巫陽◎對沈香亭北新妝◎記清平調○詞成進了○一夢仙鄉◎ 天葩秀出無雙◎倚朝暉○半如酣酒成狂◎無言自省(二)○檀心一點偷芳◎念往事成(三)傷◎又新豔曾説滁陽◎縱歸來晚○君王殿后○别是風光◎

又 百字，平十二韻 高賓王

斑駮雲開○濛鬆雨過○海棠花外輕陰(四)◎湖山翠暖○東風正要新晴◎又唤醒舊遊情◎記年時今日清明◎隔花陰淺○香隨笑語○特地逢迎◎ 人生◎好景難並◎依舊秋千巷陌○花月蓬瀛◎春衫抖擻○餘香半染芳塵◎念嫩約杳難憑◎被幾聲啼鳥驚心◎一庭芳

(一)「西都萬户，擅名不爲姚黄」，《詞律》、《全宋詞》作「西都萬家俱好，不爲姚黄」。
(二)「省」，《詞律》、《全宋詞》均作「有」。
(三)「成」，《詞律》、《欽定詞譜》、《全宋詞》均作「情」。
(四)「輕陰」，《欽定詞譜》、《全宋詞》均作「寒輕」。

草○危闌晚日○無限消凝◎

慶清朝(一)　九十七字，平八韻。　王　觀

調雨爲酥○催冰做水○東君分付春還◎何人便將輕暖○點破殘寒◎結伴踏青去好○平頭鞵子小雙鸞◎煙柳(二)外○望中秀色○如有無間◎　晴則個○陰則個○餖飣得天氣○有許多般◎須教撩(三)花撥柳○爭要先看◎不道吴綾繡襪○香泥斜沁幾行斑◎東風巧○盡收翠緑○吹在眉山◎

又　九十七字，平八韻。　史達祖

墜絮孳萍○狂鞭孕竹○偷移紅紫池亭◎餘花未落○似供殘蝶經營◎賦得送春詩了○夏帷

(一)《全宋詞》調名《慶清朝慢》。
(二)「柳」，《詞律》、《欽定詞譜》、《全宋詞》均作「郊」。
(三)「撩」，《全宋詞》作「鏤」。

攛斷緑陰成◎桑麻外○乳鴉(一)稚燕○别樣芳情◎　荀令衣(二)香易冷○歎俊遊疏懶○枉是(三)銷凝◎塵侵謝屐○幽徑斑駁苔生◎便覺寸心尚老○故人前度謾丁寧◎空相誤○祓蘭曲水○挑菜東城◎

黄鸝遶碧樹　九十七字，仄九韻。　周邦彦

雙闕籠佳氣○寒威日晚○歲華將暮◎小院閒庭○對寒梅照雪○淡煙凝素◎忍當迅景○動無限傷春情緒◎猶賴是○上苑風光漸好○芳容將煦◎　草荚蘭芽盡(四)吐◎且尋芳更休思慮◎這浮世○甚驅馳利禄○奔競塵土◎縱有魏珠照乘○未買得流年住◎爭如盛飲流霞(五)○醉偎瓊樹◎

(一)「鴉」，《欽定詞譜》、《全宋詞》均作「鳩」。
(二)「衣」，《詞律》、《欽定詞譜》、《全宋詞》均作「舊」。
(三)「是」，《欽定詞譜》、《全宋詞》均作「自」。
(四)「盡」，《詞律》、《欽定詞譜》、《全宋詞》均作「漸」。
(五)「盛引流霞」，《詞律》作「賸引榴花」。

倦尋芳　九十七字，仄八韻。

潘元質

獸鐶半掩○鴛甃無塵○庭院瀟灑◎樹色沈沈○春盡燕嬌鶯姹◎夢草池塘青漸滿○海棠軒檻紅相亞◎聽簫聲○記秦樓夜約○彩鸞齊跨◎　漸迤邐更催銀箭○何處貪歡○猶繫驕馬◎旋翦燈花○兩點翠眉誰畫◎香滅羞回空帳裏○月高猶在重簾下◎恨疏狂○待歸來碎揉花打◎

帝臺春　九十七字，仄十二韻。

李　甲

芳草碧色◎萋萋遍南陌◎飛[一]絮亂紅○也似[二]知人○春愁無力◎憶得盈盈拾翠侶○共攜賞鳳城寒食◎到如今[三]○海角逢春○天涯倦客◎　愁旋釋◎還如[四]織◎淚暗拭◎又偷滴◎謾倚遍危闌[五]○盡黃昏也只是暮雲凝碧◎拚則如今已拚了○忘則怎生便忘

[一]「飛」，《欽定詞譜》、《全宋詞》均作「暖」。

[二]「似」，《全宋詞》無。

[三]「如今」，《詞律》、《欽定詞譜》、《全宋詞》均作「今來」。

[四]「如」，《詞律》、《欽定詞譜》、《全宋詞》均作「似」。

[五]「謾倚遍危闌」，《全宋詞》作「謾佇立、遍倚危闌」。

得◎又還問鱗鴻○試重尋消息◎

採明珠　九十七字，仄十一韻。　杜安世

雨乍收○小院塵消雲淡○天高露冷◎坐看月華生○射玉樓清瑩◎蟋蟀鳴金井◎下簾幃悄悄○空階敗葉墜風○惹動閒愁○千端萬緒難整◎　秋夜永◎涼天迥◎可不念光景◎嗟薄命◎倏忽少年○忍教孤另◎燈閃紅窻影◎步回廊懶入香閨○暗落淚珠滿面○誰人知我○爲伊成病◎

瑤臺第一層　九十七字，平十一韻。　趙與鄉(一)

嶰管聲催◎人報道姮娥步月來◎鳳燈鸞炬○寒輕簾箔○光泛樓臺◎萬年春未老○更帝鄉(二)日月蓬萊◎從仙仗○看星河銀界○錦繡天街◎　歡陪◎千官萬騎○九霄人在五

(一)《全宋詞》作者趙仲御，並列趙與鄉存目詞。

(二)「帝鄉」，《欽定詞譜》作「傍那」。

雲堆◎赭[一]袍光裏○星毬宛轉○花影徘徊◎未央宫漏永○散異香龍闕崔嵬◎翠輿回◎奏仙韶歌吹○寶殿尊罍◎

暗香

九十七字，仄十二韻，又名《紅情》。

姜夔

舊時月色◎算幾番照我○梅邊吹笛◎唤起玉人○不管清寒與攀摘◎何遜而今漸老○都忘卻春風詞筆◎但怪得竹外疏花○香冷入瑶席◎　江國◎正寂寂◎歎寄與路遥○夜雪初積◎翠尊易竭[二]◎紅萼無言耿相憶◎長記曾攜手處○千樹壓西湖寒碧◎又片片吹盡也○幾時見得◎

西子妝

九十七字，仄十一韻。

吴文英

流水麴塵○豔陽酷[三]酒○畫舸遊情如霧◎笑拈芳草不知名○乍淩波斷橋西堍◎垂楊漫

[一]「赭」，《全宋詞》作「紫」。

[二]「竭」，《欽定詞譜》、《全宋詞》均作「泣」。

[三]「酷」，《全宋詞》作「醅」。

舞◎總不解將春繫住◎燕歸來○問彩繩纖手○如今何許◎　歡盟誤◎一箭流光○又趁寒食去◎不堪哀鬢著飛花○傍緑陰冷煙深樹◎元都秀句○記前度劉郎曾賦◎最傷心○一片孤山細雨◎

玉京謡　九十七字，仄十一韻。　吴文英

蝶夢迷清曉○萬里無家○歲晚貂裘敝◎載取琴書○長安閒看桃李◎爛錦繡㈠人海花場○奈㈡客燕飄零誰計◎春風裏◎香泥九陌○文梁孤壘◎　微吟怕有詩聲翳◎鏡慵看○但小樓獨倚◎金屋千嬌○從他鴛暖秋被◎蕙帳移煙雨孤山○待對景落梅清泚◎終不似◎江上翠微流水◎

【按】 此調創自吴文英，無別首宋詞可校。此詞後段一二句句韻同《詞律》。《欽定詞譜》與此有

㈠「錦繡」，《詞律》、《欽定詞譜》均作「繡錦」。

㈡「奈」，《詞律》、《欽定詞譜》均作「任」。

異，「微吟怕有詩聲句翳鏡慵看句」，詞意校本譜更顯豁，宜從之。清人多用本調，後段首二句有七三句法、有六四句法者。

被花惱　九十七字，仄八韻。　楊纘

疏疏宿雨釀輕寒(一)○簾幕靜垂清曉◎寶鴨微温瑞(二)煙少◎簷聲不動○春禽對語○夢怯頻驚覺◎欹珀枕○倚銀床○半窻花影明東照◎　惆悵夜來風○生怕嬌香混瑶草◎披衣便起○小徑回廊○處處都(三)行到◎正千紅萬紫競芳妍○又還似年時被花惱◎驀忽地○省得而今雙鬢老◎

緑蓋舞風輕　九十七字，仄九韻。　周密

玉立照新妝○翠蓋亭亭○淩波步秋綺◎真色生香○明璫摇淡月○舞袖斜倚◎耿耿芳心○

(一)「輕寒」，《全宋詞》作「寒輕」。
(二)「瑞」，《詞律》作「睡」。
(三)「都」，《全宋詞》作「多」。

奈千縷情思縈繫◎恨開遲○不嫁東風○顰怨嬌蕊◎　花底◎謾卜幽期○素手採珠房○粉豔初洗(一)◎雨濕鉛腮○碧雲深暗聚軟綃清淚◎訪藕尋蓮○楚江遠相思誰寄◎棹歌回○衣露滿身花氣◎

月邊嬌　九十七字，仄十韻。　周密

酥雨烘晴○早柳盼嬌顰(二)○蘭芽愁醒◎九街月淡○千山(三)夜暖○十里寶光花影◎步襪塵瑩(四)◎送豔笑爭誇輕俊◎笙簫迎(五)曉○翠幕捲天香宮粉◎　少年韋(六)曲疏狂○絮花蹤跡○夜蛾心性◎戲叢圍錦○燈簾轉玉○拚卻舞勾歌引◎前歡謾省◎又輦路東風吹

(一)「洗」，《全宋詞》作「退」。

(二)「嬌顰」，《全宋詞》作「顰嬌」。

(三)「山」，《欽定詞譜》、《全宋詞》均作「門」。

(四)「步襪塵瑩」，《詞律》作「步襪塵凝」，《詞律》、《全宋詞》作「塵凝步襪」。

(五)「迎」，《詞律》作「迫」。

(六)「韋」，《詞律》作「顧」，《全宋詞》作「紫」。

鬟◎醺醺倚醉○任夜寒(一)春冷◎

長亭怨(二)　九十七字，仄十韻。　姜夔

漸吹盡枝頭香絮◎是處人家○緑深門户◎遠浦縈回○暮帆零亂向何處(三)◎閲人多矣○誰得似長亭樹◎樹若有情時○不會得青青如許◎　日暮◎望高城不見○只見亂山無數◎韋郎去也○怎忘得玉簫(四)分付◎第一是早早歸來○怕紅萼無人爲主◎算只有并刀○難剪離愁千縷◎

又　九十七字，仄十三韻。　張炎

記橫笛玉關高處◎萬里沙寒○雪深無路◎破卻貂裘○遠遊歸後與誰語◎故人何許◎渾忘

(一)「寒」，《詞律》、《欽定詞譜》均作「深」。
(二)《全宋詞》調名《長亭怨慢》。
(三)「處」，《詞律》、《全宋詞》均作「許」。
(四)「簫」，《詞律》、《全宋詞》均作「環」。

了江南舊雨◎不擬重逢○應笑我飄零如羽◎　同去◎釣珊瑚海樹◎底事又成行旅◎煙篷斷浦◎更幾點戀人飛絮◎如今又京洛尋春○定應被薇花留住◎且莫把孤愁○説與當時歌舞◎

玉簟涼　九十七字，平十韻。　史達祖

秋是愁鄉◎自錦瑟斷絃○有淚如江◎平生花裏活○奈舊夢難忘◎藍橋雲樹正綠○料抱月幾夜眠香◎河漢阻○但鳳音傳恨○闌影敲涼◎　新妝◎蓮嬌試曉○梅瘦破春○因甚卻扇臨窗◎紅巾銜翠翼○早弱水茫茫◎柔情各自未翦○問此去莫負王昌◎芳信準○更教尋紅杏西廂◎

燕春臺(一)　九十八字，平十韻。　張　先

麗日千門○紫煙雙闕○瓊林又報春回◎殿閣(二)風微○當時去燕還來◎五侯池館屏開◎

(一)《全宋詞》調名《宴臺春慢》。

(二)「閣」，《詞律》作「角」。

探芳菲走馬天街(一)◎重簾人語○轔轔繡(二)幰○遠近輕雷◎　雕觴霞灩○翠幕雲飛○楚腰舞柳○宮面妝梅◎金猊夜暖○羅衣暗裏香煤◎洞府人歸○放笙歌(三)燈火樓臺◎下蓬萊◎猶有花上月○清影徘徊◎

夏初臨　九十八字，平十一韻。　劉涇

泛水新荷○舞風輕燕○園林夏日初長◎庭樹陰濃○雛鶯學弄新簧◎小橋飛蓋(四)入橫塘◎跨青蘋緑藻幽香◎朱闌斜倚○霜紈未摇○衣袂先涼◎　歡歌稀遇○怨別多同○路遥水遠○煙淡梅黃◎輕衫小(五)帽○相攜洞府流觴◎況有紅妝◎醉歸來寶蠟成行◎拂牙床◎紗廚半開○月在回廊◎

(一)「天街」，《詞律》無。
(二)「繡」，《詞律》、《欽定詞譜》、《全宋詞》均作「車」。
(三)「放笙歌」，《詞律》作「笙歌院落」，《欽定詞譜》作「擁笙歌」。
(四)「蓋」，《全宋詞》無。
(五)「小」，《词律》、《全宋詞》均作「短」。

【按】《夏初臨》調，《詞律》單列，然曰「此調與《燕春臺》聲響句法俱同」，「余反覆玩之，而斷其爲一調」；《欽定詞譜》將《夏初臨》合並入《燕春臺》，曰：「劉涇改名《夏初臨》，舊譜或以《燕春臺》與《夏初臨》兩列者，誤。」本譜出《詞律》、《欽定詞譜》後，單列且未説明理由，不夠嚴謹。對比本譜詞例與《燕春臺》調，確如萬樹所言，聲響句法俱同，宜斷爲一調也。

三部樂　九十八字，仄十韻。　蘇軾

美人如月◎乍見掩暮雲○更增妍絶◎算應無恨○安用陰晴圓缺◎嬌[一]甚空只成愁○待下床又懶○未語先咽◎數日不來○落盡一庭紅葉◎　今朝置酒强起[二]○問爲誰減動○一分香雪◎何事散花卻病○維摩無疾◎卻低眉慘然不答◎唱金縷一聲怨切◎堪折便折◎且惜取少年[三]花發◎

[一]「嬌」後，《詞律》、《欽定詞譜》均有一「羞」字。
[二]「置酒强起」，《欽定詞譜》作「猛起置酒」。
[三]「少年」，《全宋詞》作「年少」。

雨中花慢　九十八字，平八韻。

蘇　軾

今歲花時深院○盡日東風○蕩颺茶煙◎但有緑苔芳草○柳絮榆錢◎聞道城西○長廊㈠古寺○甲第名園◎有國豔帶酒○天香染袂○爲我留連◎　清明過了○殘紅無處○對此淚灑尊前◎秋向晚○一枝何事○向我依然◎高會聊追短景○清商不假㈡餘妍◎不如留取○十分春態○付與明年◎

又　九十六字，平八韻。

京　鏜

玉局祠前○銅壺閣畔○錦城藥市爭奇◎正紫萸綴席○黄菊浮卮◎巷陌聯鑣共㈢轡○樓臺吹竹彈絲◎登高望遠○一年好景○九日佳期◎　自憐行客○猶對佳賓○留連豈是貪癡◎誰會得心馳北闕○興寄東籬◎惜别未催鷁首○追歡且醉蛾眉◎明年此會○他鄉今日○總是相思◎

㈠「廊」，《欽定詞譜》作「林」。

㈡「假」，《詞律》、《全宋詞》均作「暇」。

㈢「共」，《欽定詞譜》、《全宋詞》均作「並」。

又 九十八字，仄八韻。 秦觀

指點虛無征路○醉乘斑虯○遠訪西極◎正天風吹落○滿空寒白(一)◎玉(二)女明星迎笑○何苦自淹塵域◎正火輪飛上○霧捲煙開○洞觀金碧◎　重重觀閣○橫枕鼇峰○水面倒銜蒼石◎隨處有奇香異(三)火○杳然難測◎好是蟠桃熟後○阿環偷報消息◎任(四)青(五)天碧海○一枝難遇○占取春色◎

晝夜樂 九十八字，仄十二韻。 柳永

秀香家住桃花徑◎算神仙○纔堪並◎層波細翦明眸○膩玉圓搓素頸◎愛把歌喉當筵逞◎遏天邊亂雲愁凝◎言語似嬌鶯○一聲聲堪聽◎　洞房飲散簾幃靜◎擁香衾○歡心稱◎金爐麝嫋青煙○鳳帳燭搖紅影◎無限狂心乘酒興◎這歡娛漸入佳境◎猶自怨鄰雞○道秋

(一)「白」，《詞律》作「□」。
(二)「玉」，《詞律》作「皇」。
(三)「異」，《詞律》、《全宋詞》均作「幽」。
(四)「任」，《欽定詞譜》作「在」。
(五)「青」，《詞律》作「□」。

宵不永◎

留客住 九十八字，仄九韻。 柳　永

偶登眺◎憑[一]小樓豔陽時節○乍晴天氣○是處閒花野[二]草◎遥山萬疊雲散[三]○漲海千里潮平波浩渺◎煙村院落○是誰家緑樹○數聲啼鳥◎　旅情悄◎念[四]遠信沈沈○離魂杳杳◎對景傷懷○度日無言誰表◎惆悵舊歡何處○後約難憑○看看春又老◎盈盈淚眼○望仙鄉○隱隱斷霞殘照◎

【按】《詞律》曰「遥山至浩渺十五字，宜同惆悵至又老」，然於前十五字作六九二句，後十五字作六四五三句，不知何故。以斷句觀之，茲顯從《詞律》。《欽定詞譜》吸收《詞律》的觀點，將前後十五字均

(一)「憑」，《詞律》作「凭」。
(二)「野」，《全宋詞》作「芳」。
(三)「遥山萬疊雲散」，《欽定詞譜》作「雲散遥山萬疊」。
(四)「念」，《詞律》無。

作六四五三句。《欽定詞譜》所斷爲是。

粉蝶兒慢　九十八字，仄十韻。　周邦彦

宿霧藏春○餘寒帶雨○占得群芳開晚◎豔姿[一]初弄秀○倚東風嬌懶◎隔葉黄鸝傳好音○喚入深叢中探◎數枝新○比昨朝又早○紅稀香淺◎　眷戀◎重來倚檻◎當韶華未可○輕孤雙眼◎賞心隨分樂○有清尊檀板◎每歲嬉遊能幾日○莫使一聲歌欠◎忍因循○一[二]片花飛○又成春減◎

芰荷香　九十八字，平十一韻。　万俟咏

小瀟湘◎正天影倒碧○波面容光◎水仙朝罷○間列[三]緑蓋紅幢◎風吹[四]細雨○蕩十頃

[一]「姿」，《詞律》作「□」，《全宋詞》無。
[二]「一」，《詞律》、《全宋詞》均無。
[三]「列」，《詞律拾遺》作「立」。
[四]「風吹」，《欽定詞譜》、《全宋詞》作「吹風」，《詞律拾遺》作「和風」。

裊裊清香◎人在水晶中央◎霜綃霧縠○襟袂收涼◎　　欸放輕舟鬧紅裏○有晴蜓點水○交頸鴛鴦◎翠陰密處○曾覓相並青房◎晚霞散綺○泛遠淨一葉鳴榔◎擬去盡促離觴◎歌雲未斷○月上飛梁◎

逍遥樂　九十八字，仄十一韻。　黄庭堅

春意漸歸芳草◎故國佳人○千里信沈音杳◎雨潤煙光○晚景澄明○極目危欄斜照◎夢當年少◎對樽前上客鄒枚○小鬟燕趙◎共舞雪歌雲(一)○醉裏談笑◎　　花色枝枝爭好◎鬢絲年年漸老◎如今遇風景○空瘦損○向誰道◎東君幸賜與天幕○翠遮紅遶◎休休醉鄉岐路○華胥蓬島◎

八節長歡　九十八字，平十韻。　毛滂

名滿人間◎記黄金殿○舊賜(二)清閒◎才高鸚鵡賦○風凜惠文冠◎波濤(三)何處試蛟鰐○

(一)「雲」，《詞律》、《欽定詞譜》、《全宋詞》均作「塵」。
(二)「賜」，《欽定詞譜》作「試」。
(三)「波濤」，《詞律》、《全宋詞》均作「濤波」。

到白頭猶守溪山◎且做龔黃樣度○留與人看◎　桃溪柳曲陰圓◎離唱斷○旌旗卻捲春還◎襦袴寄餘溫○雙石畔唯聞吏膽長寒◎詩翁去○誰細遶屈曲闌干◎從今後○南來幽夢○應隨月度雲端◎

並蒂芙蓉　九十八字，仄十韻。　晁端禮

太液波澄○向鏡〔一〕中照影○芙蓉同蒂◎千柄緑荷深○並丹臉爭媚◎天心眷臨聖日○殿宇分明獻〔二〕嘉瑞◎弄香嗅蕊◎願君王壽與南山齊比◎　池邊屢回翠輦○擁群仙醉賞○憑闌凝思◎萼緑攬飛瓊○共波上遊戲◎西風又看露下○更結雙雙新蓮子◎鬭妝競美◎問鴛鴦向誰留意◎

〔一〕「鏡」，《詞律》作「檻」，《全宋詞》作「鑑」。
〔二〕「獻」，《詞律》、《全宋詞》均作「敞」。

春草碧　九十八字，仄九韻。　　　万俟咏

又隨芳渚〔一〕生○看翠連霽〔二〕空○愁滿〔三〕征路◎東風裏○誰望斷西塞○恨迷南浦◎天涯地角○意不盡銷沉萬古◎曾是送別長亭下○細緑暗煙雨◎　何處◎亂紅鋪繡茵○有醉眠蕩子○拾翠遊女◎王孫遠○柳外共殘照○斷魂〔四〕無語◎池塘夢生○謝公後還能繼否◎獨上畫樓○春山暝○雁飛去◎

繡停鍼　九十八字，仄十一韻。　　　陸　游

歎半紀○跨萬里秦吳○頓覺衰謝◎回首鵷〔五〕行○英俊並遊○咫尺玉堂金馬◎氣淩嵩華◎負壯略縱横王霸◎夢經洛浦梁園○覺來淚流如瀉◎　山林定去也◎卻只〔六〕恐説

〔一〕「渚」，《欽定詞譜》、《全宋詞》均作「緒」。
〔二〕「連霽」，《全宋詞》作「霽連」。
〔三〕「滿」，《全宋詞》作「遍」。
〔四〕「魂」，《欽定詞譜》、《全宋詞》均作「雲」。
〔五〕「鵷」，《欽定詞譜》作「鴛」。
〔六〕「只」，《詞律》、《欽定詞譜》、《全宋詞》均作「自」。

著○少年時話◎靜院焚香○閒倚素屏○今古總成虛假◎趁時婚嫁◎幸自有湖邊茆舍◎燕歸應笑○客中又還過社◎

揚州慢　九十八字，平八韻。　姜夔

淮左名都○竹西佳處○解鞍少駐初程◎過春風十里○盡薺麥青青◎自戎[一]馬窺江去後○廢池喬木○猶厭言兵◎漸黄昏○清角吹寒○都在空城◎　杜郎俊賞○算如[二]今重到須驚◎縱豆蔻詞工○青樓夢好○難賦深情◎二十四橋仍在○波心蕩冷月無聲◎念橋邊紅藥○年年知爲誰生◎

【按】《詞律》於前後段末十一字均作五六二句。兹從《欽定詞譜》，前段作三四四三句，後段作五六二句。《詞律》可備一説。

[一]「戎」，《詞律》作「吴」，《全宋詞》作「胡」。
[二]「如」，《欽定詞譜》、《全宋詞》均作「而」。

雙雙燕 九十八字，仄十二韻。 史達祖

過春社了○度簾幕中間○去年塵冷◎差池欲住○試入舊巢相並◎還相雕梁藻井◎又軟語商量不定◎飄然快拂花梢○翠尾分開紅影◎　芳徑◎芹泥雨潤◎愛貼地爭飛○競誇輕俊◎紅樓歸晚○看足柳昏花暝◎應是(一)棲香正穩◎便忘了天涯芳信◎愁損翠黛雙蛾○日日畫闌獨憑◎

孤鸞 九十八字，仄十韻。 朱敦儒(二)

天然標格◎是小萼堆紅○芳姿凝白◎淡佇新妝○淺點壽陽宮額◎東君相留厚意○借(三)年年與傳消息◎昨日(四)前村雪裏○有一枝先坼◎　念故人何處水雲隔◎縱驛使相逢○難寄春色◎試問丹青手○是怎生描得◎曉來一番雨過○更那堪數聲羌笛◎歸來(五)

(一)「是」，《詞律》、《全宋詞》均作「自」。
(二)《全宋詞》作者佚名。
(三)「借」，《全宋詞》作「倩」。
(四)「日」，《全宋詞》作「夜」。
(五)「來」，《全宋詞》作「去」。

和羹未晚○勸行人休摘◎

又　百字，仄十韻，又名《丹鳳吟》。　張翥

蓬萊花鳥◎記並宿苔枝○雙雙嬌小◎海上仙姝○喚起綠衣歌笑◎芳叢有時遺探○聽東風數聲啼曉◎月下人歸○淒涼夢醒○悵愁多歡少◎　念故巢猶在瘴雲杪◎甚閉入雕籠○庭院深悄(一)◎信斷羈雌遠○鎮怨情縈繞◎翠襟近來漸短○看梅花又還開了◎縱解收香寄與○柰羅浮春杳◎

雲仙引　九十八字，平九韻。　馮艾子

紫鳳臺旁(二)○紅鸞影(三)裏○翡翡幾度秋馨◎黄金重○綠雲輕◎丹砂鬟邊點(四)粟○翠葉

(一)「悄」，《全元詞》作「峭」。
(二)「旁」，《全宋詞》作「高」。
(三)「影」，《全宋詞》作「鏡」。
(四)「點」，《詞律》、《欽定詞譜》、《全宋詞》均作「滴」。

玲瓏煙翦成◎含笑出簾○月香滿袖○天霧縈身◎　年時花下逢迎◎有遊女翩翩如五雲◎亂擲芳英○爲簪斜朵○事事關心◎長向金風○一枝在手○嗅蕊悲歌雙黛顰◎遠(一)臨溪樹○對初弦月○露下更深◎

玲瓏玉　九十八字，平九韻。

姚雲文

開歲春遲○早贏得一白瀟瀟◎風窻淅簌○夢驚鴛(二)帳春嬌◎是處貂裘透暖○任尊前回舞○紅倦柔腰◎今朝◎虧陶家茶鼎寂寥◎　料得東皇戲劇○怕蛾兒街柳○先鬧(三)元宵◎宇宙低迷○倩誰分淺凸深凹◎休嗟空花無據○便真個瓊雕玉琢○總是虛飄◎且沈醉○趁樓頭零片未消◎鳳林書院本「虛飄」下疊二字。

(一)「遠」，《欽定詞譜》、《全宋詞》均作「繞」。

(二)「鴛」，《詞律》作「錦」，《欽定詞譜》、《全宋詞》作「金」。

(三)「鬧」，《詞律》、《欽定詞譜》、《全宋詞》均作「鬬」。

夢揚州　九十九字，平十韻。　秦觀

晚雲收◎正柳塘花塢(一)○煙雨初休◎燕子未歸○惻惻輕寒如秋◎小欄干(二)外東風軟○透繡帷陰密(三)香稠◎江南遠○人今(四)何處○鷓鴣啼破春愁◎　長記曾陪燕遊◎酬妙舞清歌○麗錦纏頭◎殢酒困(五)花○十載因誰淹留◎醉鞭拂面歸來晚○望翠樓簾卷金鉤◎佳會阻○離情正亂○頻夢揚州◎

聲聲慢(六)　九十九字，平八韻。　晁補之

朱門深掩○擺蕩東(七)風○無情鎮欲輕飛◎斷腸如雪○撩亂去點人衣◎朝來半和細雨○

(一)「花塢」，《詞律》、《全宋詞》均無。
(二)「干」，《全宋詞》無。
(三)「陰密」，《詞律》、《全宋詞》均作「花蜜」。
(四)「今」，《詞律》、《全宋詞》均無。
(五)「困」，《全宋詞》作「爲」。
(六)《全宋詞》調名《胜胜慢》。
(七)「東」，《欽定詞譜》、《全宋詞》均作「春」。

向誰家東館西池◎算未有[一]○似桃含紅蕊○留待郎歸◎　還記章臺往事○别後縱青青○似舊時垂◎灞岸行人多少○競折柔枝◎而今恨啼露葉○鎮香街抛擲因誰◎又爭可○妒郎誇春草○步步相隨◎

【按】前段第四五句，本譜作四字、六字，《欽定詞譜》作六字、四字。後段第二三句，本譜作五字、四字，《欽定詞譜》作三字、六字。兹從本譜。

又　九十七字，平八韻。　王沂孫

啼螿門静○落葉階深○秋聲又入吾廬◎一枕新涼○西窻晚雨疏疏◎舊香舊色换卻○但滿川殘柳荒蒲◎茂陵遠○任歲華苒苒○老盡相如◎　昨夜西風初起○想蓴邊呼棹○橘後思書◎短景淒然○殘歌空叩銅壺◎當時送行共約○雁歸時人賦歸歟◎雁歸也○問人歸如雁也無◎

[一]「有」，《全宋詞》作「肯」。

又　九十七字，仄八韻。　高賓王

壺天不夜○寶炬生香○光風蕩摇金碧◎月灩冰痕○花外峭寒無力◎歌傳翠簾盡捲○誤驚回瑶臺仙跡◎禁漏促○拚千金一刻○未酬佳夕◎　捲地香塵不斷○最得意輸他○五陵狂客◎楚柳吴梅○無限眼邊春色◎鮫綃暗中寄與○待重尋行雲消息◎乍醉醒○怕南樓吹斷曉笛◎

【按】後段第二三句，本譜作五字、四字，《詞律》作三字、六字，《欽定詞譜》亦作三字、六字。

又　九十七字，仄十韻。　李清照

尋尋覓覓◎冷冷清清○淒淒慘慘戚戚◎乍暖還寒○時候最(一)難將息◎三杯兩盞淡酒○怎敵他晚來風急◎雁過也○正傷心○卻是舊時相識◎　滿地黄花堆積◎憔悴損○如今

(一)「最」，《欽定詞譜》作「正」。

有誰忺㈠摘◎守著窗兒○獨自怎生得黑◎梧桐更兼細雨○到黄昏點點滴滴◎這次第○怎一個愁字了得◎

紫玉簫　九十九字，平八韻。　晁補之

羅綺叢㈡中○笙歌筵㈢裏○眼狂初認輕盈◎無花解比○似一鉤新月○雲際初生◎算不虚得○都㈣占與第一佳名◎輕㈤歸去○那知有人○别後牽情◎　襄王自是春夢◎休謾説東牆○事更難憑◎誰教慕宋○要題詩曾倚寶柱新㈥聲○似瑶臺曉○空暗想衆裏飛瓊◎餘香冷○猶在小窗○一到魂驚◎

㈠「忺」，《全宋詞》作「堪」。
㈡「叢」，《欽定詞譜》、《全宋詞》均作「圍」。
㈢「筵」，《詞律》、《欽定詞譜》、《全宋詞》均作「叢」。
㈣「都」，《詞律》、《欽定詞譜》、《全宋詞》均作「郎」。
㈤「輕」，《詞律》作「卿」。
㈥「新」，《詞律》、《欽定詞譜》、《全宋詞》均作「低」。

無悶 九十九字，仄十二韻。 程垓

天與多才○不合更與殢柳○憐花情分◎甚總爲才情○惱人方寸◎早是(一)春殘花褪◎也不料一春都成病◎自失笑○因甚腰圍半減○淚珠頻搵◎ 難省◎也怨天○也自恨◎怎免千般思忖◎倩人説與○又卻不忍◎拚了一生愁悶◎又只恐愁多無人問◎到這裏○天也憐人○看他穩也不穩◎

又 九十九字仄十韻，又名《催雪》。 王沂孫

陰積龍荒○寒度雁門○西北高樓獨倚◎悵短景無多○亂山如此◎欲喚飛瓊起舞○怕攪碎紛紛銀河水◎凍雲一片○藏花護玉○未教輕墜◎ 清致◎悄無似◎有照水南枝○已攙春意◎誤幾度憑欄○莫愁凝睇◎應是梨花夢好○未肯教(二)東風來人世◎待翠管吹破蒼茫○看取玉壺天地◎

(一)「是」，《詞律》作「世」。
(二)「教」，《詞律》、《全宋詞》均作「放」。

月下笛　九十九字，仄九韻。

周邦彦

小雨收塵◯涼蟾瑩徹◯水光浮碧(一)◎誰知怨抑◎靜倚官橋吹笛◎映宫牆風葉亂飛◯品高調側人未識◎想開元舊譜◯柯亭遺韻◯盡傳胸臆◎　闌干空(二)四繞◯聽折柳徘徊◯數聲終拍◎寒燈陋館◯最感山(三)陽孤客◎夜沈沈雁啼正(四)哀◯片雲盡卷秋(五)漏滴◎黯凝魂◎但覺龍吟萬壑天籟息◎

又　九十九字，仄十二韻。

張　炎

千里行秋◯支筇背錦◯頓懷清友◎殊鄉聚首◎愛吟猶自詩瘦◎山人不解思猿鶴◯笑問我韋娘在否◎記長堤畫舫◯花柔春鬧◯幾番攜手◎　别後◎都依舊◎但靖節門前◯近來

(一)「碧」，《欽定詞譜》、《全宋詞》均作「璧」。

(二)「空」，《詞律》、《全宋詞》均無。

(三)「山」，《詞律》、《欽定詞譜》、《全宋詞》均作「平」。

(四)「正」，《全宋詞》作「甚」。

(五)「秋」，《詞律》、《欽定詞譜》、《全宋詞》均作「清」。

無柳◎盟鷗尚有◎可憐西塞漁叟◎斷腸不恨江南老○恨落葉飄零最久◎倦遊處感(一)羈愁○猶未消磨是酒◎

玲瓏四犯　九十九字，仄十韻。　周邦彦

穠李夭桃○是舊日潘郎○親試春豔◎自別河陽○長負霧(二)房煙臉◎憔悴鬢點吳霜○細(三)念想夢魂飛亂◎歎畫闌玉砌都換◎纔始有緣重見◎　夜深偷展香羅薦◎暗窗前醉眠葱蒨◎浮花浪蕊都相識○誰更曾擡眼◎休問舊色舊香○但認取芳心一點◎又片時一陣○風雨惡○吹分散◎

又　百一字，仄八韻。　史達祖

闊甚吳天○頓放得江南○離緒多少◎一雨爲秋○涼氣小窗先到◎輕夢聽徹風蒲○又散入

(一)「感」，《欽定詞譜》、《全宋詞》均作「減」。
(二)「霧」，《詞律》、《欽定詞譜》、《全宋詞》均作「露」。
(三)「細」，《全宋詞》無。

楚空清曉◎問世間愁在何處○不離澹煙衰草◎　簟紋獨浸芙蓉影○想淒淒欠郎偎抱◎即今臥得雲衣冷○山月仍相照◎方悔翠袖易分難聚○有玉香花笑◎待雁來○先寄新詞歸去○且教知道◎

又　九十九字，另格，仄十一韻。　姜夔

疊鼓夜寒○垂燈春淺○匆匆時事如許◎倦遊歡意少○俯仰悲今古◎江淹又吟恨賦◎記當時送君南浦◎萬里乾坤○百年身世○唯有此情苦◎　揚州柳垂官路◎有輕盈換馬○端正窺户◎酒醒明月下○夢逐潮聲去◎文章信美知何用○漫贏得天涯羈旅◎教説與◎春來要尋花伴侶◎

丁香結　九十九字，仄十韻。　周邦彦

蒼蘚沿階○冷螢黏屋○庭樹望秋先隕◎漸雨淒風迅◎淡暮色頗(一)覺園林清潤◎漢姬紈

(一)「頗」，《全宋詞》作「倍」。

扇在○重吟玩棄擲未忍◎登山臨水○此恨自古銷磨不盡◎　牽引◎記醉㈠酒歸時○對㈡月同看雁陣◎寶幄香纓○熏爐象尺○夜寒燈暈◎誰念留滯故國○舊事勞方寸◎唯丹青相伴○那更塵昏蠹損◎

瑣窗寒　九十九字，仄十韻。　周邦彥

暗柳啼鴉○單衣佇立○小庭㈢朱户◎桐花半畝○靜鎖一庭愁雨◎灑空階更㈣闌未休○故人剪燭西窗語◎似楚江暝宿○風燈零亂○少年羈旅◎　遲暮◎嬉遊處◎正店舍無煙○禁城百五◎旗亭喚酒○付與高陽儔侶◎想東園桃李自春○小唇秀靨今在否◎到歸時○定有殘英○待客攜尊俎◎

㈠「醉」，《全宋詞》作「試」。

㈡「對」，《全宋詞》作「映」。

㈢「庭」，《詞律》、《欽定詞譜》、《全宋詞》均作「簾」。

㈣「更」，《全宋詞》作「夜」。

宴山亭　九十九字，仄十韻。　曾　覿

河漢風清○庭户夜涼○皓月澄秋時候◎冰鑒初(一)開○跨海飛來○光掩滿天星斗◎四捲珠簾○漸移影寶階鴛甃◎還又◎看歲歲嬋娟○向人依舊◎　朱邸高宴簪纓○正歌吹樓臺(二)○舞翻宫袖◎銀管競酬○棣萼相輝○風流古來誰有◎玉笛横空○更聽徹霓裳三奏◎難偶◎拚醉倒參横曉漏◎

金菊對芙蓉　九十九字，平九韻。　康與之

梧葉飄黄○萬山空翠○斷霞流水爭輝◎正金風西起○海燕東歸◎憑欄不見南來雁○望故人消息遲遲◎木樨開後○不應誤我○好景良時◎　只念獨守孤幃◎把枕前囑付○一旦分飛◎上秦樓遊賞○酒殢花迷◎誰知别後相思苦○悄爲伊瘦損香肌◎花前月下○黄昏院落○珠淚偷垂◎

(一)「初」，《欽定詞譜》、《全宋詞》均作「乍」。

(二)「樓臺」，《欽定詞譜》作「瑶臺」。

十月桃　九十九字，平十韻，「桃」又作「梅」。　張元幹

年華催晚○聽尊前偏唱○衝暖欺寒◎樂府誰知○分付點化金丹◎中原舊遊何在○頻入夢老眼空潸◎撩人冷蕊○渾似當時○無語低鬟◎　有多情多病文園◎向雪後尋春○醉裏憑闌◎獨步群芳○此花風度天然◎羅浮淡妝素質○呼翠鳳醉㈠舞斕斑◎參横月落○留恨醒來○滿地香殘◎

大有　九十九字，仄九韻。　潘希白

戲馬臺前○採花籬下○問歲華還是重九◎恰歸來南山翠色依舊◎簾櫳昨夜聽風雨○都不是登臨時候◎一片宋玉情懷○十分衛郎清瘦◎　紅萸佩○空對酒◎砧杵動微寒○暗欺羅袖◎秋色無多○早是敗荷衰柳◎强整帽檐欹側○曾經向天涯搔首◎幾回憶故國蓴鱸○霜前雁後◎

㈠「醉」，《詞律》、《欽定詞譜》均作「飛」。

秋宵吟　九十九字，仄十一韻。

姜　夔

古簾空○墜月皎◎坐久西窗人悄◎蛩吟苦○漸漏永[一]丁丁○箭壺催曉◎引涼颸○動翠葆◎露脚斜飛雲表◎因嗟念○似去國情懷○暮帆煙草◎　帶眼銷磨○爲近日愁多頓老◎衛娘何在○宋玉歸來○兩地暗縈繞◎摇落江楓早◎嫩約無憑○幽夢又杳◎但盈盈淚灑單衣○今夕何夕恨未了◎

三姝媚　九十九字，仄十韻。

史達祖

煙光摇縹瓦◎望晴簷多風○柳花如灑◎錦瑟横床○想淚痕塵影○鳳絃長下◎倦出犀帷○頻夢見王孫驕馬◎諱道相思○偷理綃裙○自驚腰衩◎　惆悵南樓遥夜◎省[二]翠箔張燈○枕肩歌罷◎又入銅駝○遍舊家門巷○首詢聲價◎可惜東風○將恨與閒花俱謝◎記取崔徽模樣○歸時[三]暗寫◎

[一]「永」，《全宋詞》作「水」。

[二]「省」，《欽定詞譜》、《全宋詞》均作「記」。

[三]「時」，《欽定詞譜》、《全宋詞》均作「來」。

鳳池吟　九十九，字平八韻。　吴文英

萬丈巍臺○碧罘罳外○衮衮野馬遊塵◎舊文書几閣○昏朝醉暮○覆雨翻雲◎忽變清明○紫垣敕使下星辰◎經年事靜○公門如水○帝甸陽春◎　長安父老相語○幾百年見此○獨駕冰輪◎又鳳鳴黄幕○玉霄平溯○鵲錦承(一)恩◎晝(二)省中書○半黄梅子薦鹽新◎歸來晚○待賡吟殿閣南薰◎

新雁過妝樓　九十九字，平十韻，又名《瑶臺聚八仙》、《八寶妝》。　吴文英

夢醒芙蓉◎風簷(三)近○渾疑佩玉丁東◎翠微流水○都是惜别行蹤◎宋玉秋花(四)相比瘦○賦情更苦似秋濃◎小黄昏◎紺雲暮合○不見征鴻◎　宜城當時放客○認燕泥舊跡○返照樓空◎夜闌心事○燈前(五)敗壁寒蛩◎江寒夜楓怨落○怕流作題情腸斷紅◎行

(一)「承」，《詞律》作「輕」，《欽定詞譜》、《全宋詞》作「新」。
(二)「晝」，《詞律》作「事」。
(三)「簷」，《欽定詞譜》作「簾」。
(四)「花」，《欽定詞譜》作「風」。
(五)「前」，《全宋詞》作「外」。

雲遠○料淡娥人在○秋月香(一)中◎

月華清 九十九字，仄十一韻。 洪 瑹

花影揺春○蟲聲吟暮○九霄雲幕初卷◎誰駕冰蟾○擁出桂輪天半◎素魄映青瑣窻前○皓彩散畫闌干畔◎凝盼◎見金波滉漾○分輝鵲殿◎ 況是風柔夜暖◎正燕子新來○海棠微綻◎不似秋光○只照離人腸斷◎恨無奈利鎖名韁○誰爲喚舞裙歌扇◎吟玩◎怕銅壺催曉○玉繩低轉◎

國香慢 九十九字，平九韻。 周 密

玉潤金明◎記曲屏小几○翦葉移根◎經年汜人重見○瘦影娉婷◎雨帶風襟零落(二)○步

(一)「月香」，《全宋詞》作「香月」。

(二)「落」，《全宋詞》作「亂」。

雲冷鵝管吹春◎相逢舊京路(一)○素靨塵緇○仙掌霜凝◎　國香流落恨○正冰綃(二)翠薄○誰念遺簪◎水天空遠○應念礬弟梅兄◎渺渺魚波望極○五十絃愁滿湘靈(三)◎淒涼耿無語○夢入東風○雪盡江清◎

陌上花　九十九字，仄八韻。　張翥

關山夢裏歸來○還又歲華催晚◎馬影雞聲○諳盡倦遊(四)荒館◎緑箋密記多情事○一看一回腸斷◎待殷勤寄與○舊游鶯燕○水流雲散◎　滿羅衫是酒○香(五)痕凝處○唾碧啼紅相半◎只恐梅花○瘦倚夜寒誰暖◎不成便沒相逢日○重整釵鸞箏雁◎但何郎縱有○春風詞筆○病懷渾懶◎

(一)「路」，《詞律》、《全宋詞》均作「洛」。
(二)「綃」，《全宋詞》作「鋪」。
(三)「靈」，《全宋詞》作「雲」。
(四)「遊」，《欽定詞譜》、《全金元詞》均作「郵」。
(五)「香」，《欽定詞譜》無。

御帶花　百字，仄八韻。　歐陽修

青春何處風光好○帝里偏愛元夕◎萬重繒彩○構一屏峰嶺○半空金碧◎寶檠銀釭○耀絳幕龍騰虎擲(一)◎沙堤遠○雕輪繡轂○爭入五侯(二)宅◎　雍雍熙熙作(三)晝○會樂府神姬○海洞仙客◎曳香摇翠○稱執手行歌○錦街天陌◎月淡雲(四)輕○漸向曉漏聲寂寂◎當年少○狂心未已○不醉怎歸得◎

定風波慢(五)　百字，仄十三韻。　柳永

自春來慘緑愁紅○芳心是事可可◎日上花梢○鶯穿柳帶○猶壓香衾臥◎暖酥消○膩雲嚲◎終日厭厭倦梳裹◎無那◎恨薄情一去○音書無個◎　早知恁般(六)麽◎悔當初不

(一)「龍騰虎擲」，《詞律》作「龍虎騰擲」。

(二)「入五侯」，《欽定詞譜》「入」作「走」，《詞律》、《全宋詞》作「走五王」。

(三)「雍雍熙熙作」，《全宋詞》作「雍容熙熙」。

(四)「雲」，《詞律》、《欽定詞譜》、《全宋詞》均作「寒」。

(五)《全宋詞》調名《定風波》。

(六)「般」，《全宋詞》無。

把雕鞍鎖◎向雞窗只與○蠻箋象管○拘束教吟和(一)◎鎮相隨○莫拋躲◎針線閑拈伴伊坐◎和我◎免使少年(二)○光陰虛過◎

又

百五字，另格，仄十韻。　柳　永

佇立長亭(三)○淡蕩晚風起◎驟雨歇○極目蕭疏塞(四)柳萬株○掩映箭波千里◎走舟車向此◎人人奔名競利◎念蕩子終日馳(五)驅○怎(六)覺鄉關轉迢遞◎　何意◎繡閣輕拋○錦字難逢○等閒度歲◎奈泛泛旅跡○厭厭病緒○近來諳盡宦遊滋味◎此情懷縱寫香箋○憑誰與寄(七)◎算孟光安(八)得知我○繼日添憔悴◎

(一)「和」，《全宋詞》作「課」。
(二)「少年」，《全宋詞》作「年少」。
(三)「亭」，《詞律》、《全宋詞》均作「堤」。
(四)「塞」，《詞律》無。
(五)「馳」，《全宋詞》作「驅」。
(六)「怎」，《全宋詞》作「爭」。
(七)「與寄」，《欽定詞譜》作「寄與」。
(八)「安」，《全宋詞》作「怎」。

芳草(一)　百字，平九韻。　韓縝

鎖離愁○連綿無際○來時陌上初薰◎繡幃人念遠○暗垂珠露(二)○泣送征輪◎長行(三)長在眼○更重重遠水孤村(四)◎但望極樓高盡日○目斷王孫◎　銷魂◎池塘從(五)別後○曾行處緑妒輕裙◎恁時攜素手○亂花飛絮裏○緩步香茵◎朱顏空自改○向年年芳意長新◎遍緑野嬉遊醉眼(六)○莫負青春◎

又　百一字，平十韻，又名《鳳簫吟》。　晁補之

曉曈曨◎風和雨細○南園次第春融◎嶺梅猶妒雪○露桃雲杏○已綻碧呈紅◎　一年春正好○助人狂飛燕遊蜂◎更吉夢良辰○對花忍負金鍾◎　香濃◎博山沈水○小樓清旦○

(一)《全宋詞》調名《鳳簫吟》。
(二)「露」，《全宋詞》作「淚」。
(三)「行」，《全宋詞》作「亭」。
(四)「村」，《全宋詞》作「雲」。
(五)「從」，《詞律》、《全宋詞》均無。
(六)「眼」，《全宋詞》作「眠」。

佳氣葱葱◎舊游應未改○武陵花似錦○笑語相㈠逢◎蕊宮傳妙訣○小金丹同換冰容◎況共有芝田舊約○歸去雙峰◎

念奴嬌 百字，仄八韻，又名《百字令》、《壺中天》、《無俗念》、《湘月》。 辛棄疾

野棠花落○又匆匆過了清明時節◎剗地東風驚㈡客夢○一枕銀㈢屏寒怯◎曲岸持觴○垂楊繫馬○此地曾經別◎樓空人去○舊游飛燕能説◎　聞道綺陌東頭○行人曾見○簾底纖纖月◎舊恨春江流不盡㈣○新恨雲山千疊◎料得明朝○尊前重見○鏡裏花難折◎也應驚問○近來多少華髮◎

又 百字，仄八韻。 蘇軾

大江東去○浪淘盡千古風流人物◎故壘西邊人道是○三國周郎赤壁◎亂石穿空○驚濤拍

㈠「相」，《欽定詞譜》作「如」。

㈡「驚」，《詞律》、《全宋詞》均作「欺」。

㈢「銀」，《全宋詞》作「雲」。

㈣「不盡」，《全宋詞》作「未斷」。

岸◯卷起千堆雪◎江山如畫◯一時多少豪傑◎　遥想公瑾當年◯小喬初嫁了◯雄姿英發◎羽扇綸巾談笑處[一]◯檣櫓灰飛煙滅◎故國神游◯多情應笑我◯早生華髮◎人生如夢[二]◯一尊還酹江月◎

又　百字，平九韻。　葉夢得

故山漸近◯念淵明歸意◯脩[三]然誰論◎歸去來兮◯秋已老◯松菊三徑猶存◎稚子歡迎◯飄飄風袂◯依約舊衡門◎琴書蕭散◯更欣有酒盈尊。　惆悵萍梗無根◎天涯行已遍空負田園◎去矣何之◯窻户小◯容膝聊倚南軒◎倦鳥知還◯晚雲遥映◯山氣欲黄昏◎此中[四]真意◯故應欲辨忘言◎換頭有不押韻者。

[一]「處」，《全宋詞》作「間」。
[二]「人生如夢」，《欽定詞譜》作「人間如寄」。
[三]「脩」，《欽定詞譜》作「蕭」。
[四]「中」，《全宋詞》作「還」。

解語花　百字，仄十三韻。　秦觀

窻涵月影○瓦冷霜華○深院重門悄◎畫樓雲(一)杪◎誰家笛○弄徹梅花新調◎寒燈凝照◎見錦帳雙鸞飛遶◎當此時○倚几沈吟○好景都成惱◎　曾過雲山煙島◎對繡襦甲帳○親逢一笑◎人間年少◎多情子○惟恨相逢不早◎如今見了◎卻又惹許多愁抱◎算此情○除是青禽○爲我殷勤報◎

又　百一字，仄九韻。　周密

晴絲罥蝶○暖蜜酣蜂○重簾(二)捲春寂寂◎雨蕚煙梢○壓闌干○花雨染衣紅濕◎金鞍誤約○空極目天涯草色◎閬苑玉簫人去後○惟有春(三)知得◎　餘寒猶掩翠户○梁燕乍歸○芳信未端的◎淺薄東風○莫因循○輕把杏鈿狼藉◎塵侵錦瑟◎殘日紅窗春夢窄◎睡起折枝無意緒○斜倚秋千立◎

(一)「雲」，《欽定詞譜》、《全宋詞》均作「雪」。
(二)「簾」，《欽定詞譜》作「簷」。
(三)「春」，《詞律》、《欽定詞譜》、《全宋詞》均作「鶯」。

遶佛閣　百字，仄十四韻。　周邦彦

暗塵四斂◎樓觀迥出○高映孤館◎清漏將短◎厭聞夜久簽聲動書幔◎桂華又滿◎閒步露草○偏愛幽遠◎花氣清婉◎望中迤邐城陰度河岸◎　倦客最蕭索○醉倚斜橋穿柳線◎還似汴堤○虹梁横水面◎看緑颸(一)春燈○舟下如箭◎此行重見◎歎故友難逢○羈思空亂◎兩眉愁向誰舒展◎

【按】首句用韻，本譜同《欽定詞譜》，《詞律》首句不用韻。陳允平同調詞，首句用韻。吴文英《遶佛閣》調，首句用韻。

渡江雲　百字，平仄通叶，平八仄一。　周邦彦

晴嵐低楚甸○暖回雁翼○陣勢起平沙◎驟驚春在眼○借問何時○委曲到山家◎塗香暈色○盛粉飾爭作妍華◎千萬絲陌頭楊柳○漸漸可藏鴉◎　堪嗟◎清江東注○畫舸西

(一)「緑颸」，《欽定詞譜》、《全宋詞》均作「浪颭」。

流○指長安日下◎愁宴闌風翻旗尾○潮濺烏紗◎今宵正對初弦月○傍水驛深艤蒹葭◎沈恨處○時時自剔燈花◎

又　百字，平九韻。　陳允平

桐花寒食近○青門紫陌○不禁緑楊煙◎正長眉仙客○來向人間○聽鶴語溪泉◎清和天氣○爲栽培種玉心田◎鶯晝長○一尊芳酒○容與看芝山◎　庭閑◎東風榆莢○夜雨苔痕○滿地欲流錢◎愛牆陰成蹊桃李○春自無言◎殷勤曉鵲憑簷喜○丹鳳下紅藥階前◎蘭砌遶(一)○香飄舞袖斕褊◎

又　百字，仄九韻。　陳允平

風流三徑遠○此君淡薄○誰與伴清足◎歲寒人自得○傍石鋤雲○閑裏種蒼玉◎琅玕翠

(一)「遶」，《全宋詞》作「曉」。

立〇愛細雨疏煙初沐◎春晝長〇清風㈠不斷〇洗紅塵凡俗◎　高獨◎虛心共許〇淡節相期〇幾人間棋局◎堪愛處月明琴院〇雪晴書屋◎心盟更許青松結〇笑四時梅馨蘭菊◎庭砌遶㈡〇東風漸㈢添新綠◎

絳都春　百字，仄十二韻。　吳文英

情黏舞綫◎悵駐馬灞橋〇天寒人遠◎旋翦露痕〇移得春嬌栽瓊苑◎流鶯長語煙中怨◎恨三月飛花零亂◎豔陽歸後〇紅藏翠掩〇小坊深㈣院◎　誰見◎新腔按徹〇背燈暗〇共倚寶屏蔥蒨◎繡被夢輕〇金屋妝深沈香換◎梅花重洗春風面◎正溪上參橫月轉◎並禽飛上金沙〇瑞香霧暖◎

㈠「清風」，《全宋詞》作「秋風」。
㈡「遶」，《全宋詞》作「曉」。
㈢「漸」，《全宋詞》作「旋」。
㈣「深」，《詞律》、《欽定詞譜》、《全宋詞》均作「幽」。

又　九十八字，平仄通叶，平八仄三。　陳允平

秋千倦倚◯正海棠半坼◯不耐春寒◎殢雨弄晴◯飛梭庭院繡簾閑◎梅妝欲試芳情懶◎翠顰愁入眉彎◎霧蟬香冷◯霞綃淚揾◯恨襲湘蘭◎　悄悄池臺步晚◎任紅薰杏靨◯碧沁苔痕◎燕子未來◯東風無語又黄昏◎琴心不度春雲遠◎斷腸難託啼鵑◎夜深猶倚垂楊◯二十四闌◎

【**按**】「東風無語又黄昏」，本譜同《欽定詞譜》，《詞律》作「東風無語句又黄昏叶平」。「夜深猶倚垂楊◯二十四闌◎」，《詞律》與《欽定詞譜》同，均作「夜深猶倚句垂楊二十四闌叶平」。

琵琶仙　百字，仄八韻。　姜夔

雙槳來時◯有人似舊曲桃根桃葉◎歌扇輕約飛花◯蛾眉正奇絶◎春漸遠汀洲自緑◯更添了幾聲啼鴂◎十里揚州◯三生杜牧◯前事休説◎　又還是宫燭分煙◯奈愁裏匆匆换時節◎都把一襟芳思◯與空階榆莢◎千萬縷藏鴉細柳◯爲玉尊起舞回雪◎想見西出陽關◯故人初别◎

換巢鸞鳳　百字，平仄通叶，平五仄七。　史達祖

人若梅嬌◎正愁橫斷塢○夢遶溪橋◎倚風融漢粉○坐月怨秦簫◎相思因甚到纖腰◎定知我今○無魂可銷◎佳期晚○謾幾度淚痕相照◎　人悄◎天眇眇◎花外語香○時透郎懷抱◎暗握荑苗○乍嘗櫻顆○猶恨侵階芳草◎天念王昌忒多情○換巢鸞鳳教偕老◎溫柔鄉醉○芙蓉一帳春曉◎

【按】末二句「溫柔鄉醉○芙蓉一帳春曉◎」，《詞律》、《欽定詞譜》均作三三四句法。此調宋詞僅傳史達祖此首。四六、三三四句法，可二存之。

東風第一枝　百字，仄九韻。　史達祖

巧沁蘭心○偷黏菜(一)甲○東風欲障新暖◎謾疑(二)碧瓦難留○信知暮寒較淺◎行天入鏡○做弄出輕鬆纖軟◎料故園不捲重簾○誤了乍來雙燕◎　青未了柳回白眼◎紅欲斷

(一)「菜」，《全宋詞》作「草」。
(二)「疑」，《全宋詞》作「凝」。

杏開素面◎舊游憶著山陰○後(一)盟遂妨上苑◎寒爐重暖○便放慢春衫針線◎怕(二)鳳靴挑菜歸來○萬一灞橋相見◎

高陽臺 百字，平九韻，又名《慶春宮》。 蔣捷

燕捲晴絲○蜂黏落絮○天教綰住閒愁◎閑裏清明○匆匆粉澀(三)紅羞◎燈摇縹暈茸窗冷○語未闌娥影分收◎好傷情○春也難留◎人也難留◎ 芳塵滿目悠悠◎爲(四)問縈雲佩響○還遶誰樓◎别酒纔斟○從前心事都休◎飛鶯縱有風吹轉○奈舊家苑已成秋◎莫思量○楊柳灣西○且櫂吟舟◎

【按】《詞律》將《高陽臺》作爲《慶春澤》又一體，曰：「按此調與《高陽臺》字字相同，舊《草堂》兩收

(一)「後」，《全宋詞》作「厚」。
(二)「怕」，《全宋詞》作「恐」。
(三)「澀」，《欽定詞譜》作「濕」。
(四)「爲」，《全宋詞》無。

之……因爽然自信《高陽臺》即《慶春澤》，而輯《草堂》者，未之校勘耳。」《欽定詞譜》於《高陽臺》、《慶春澤》兩收，曰：「高拭詞注『商調』。劉鎮詞名《慶春澤慢》，王沂孫詞名《慶春宫》。」

又　百字，平十一韻。　張　炎

接葉巢鶯○平波捲絮○斷橋斜日歸船◎能幾番遊○看花又是明年◎東風且伴薔薇住○到薔薇春已堪憐◎更淒然◎萬緑西泠○一抹荒煙◎　　當年◎燕子知何處○但苔深韋曲○草暗斜川◎見説新愁○如今也到鷗邊◎無心再續笙歌夢○掩重門淺醉閑眠◎莫開簾◎怕見飛花○怕聽啼鵑◎

【按】本譜較《欽定詞譜》詞例多一韻。「當年」，本譜標韻，《欽定詞譜》不標韻。張炎同調詞後段首句「吹簫踏葉幽尋去」，「簫」非韻。宋詞詞例中，後段首句七字中，第二字押韻者罕見。鑒於此，兹以爲，「年」雖與本詞韻脚同部，但不屬韻。

春夏兩相期　百字，仄十韻。　蔣　捷

聽深深謝家庭館◎東風對語雙燕◎似説朝來○天上婺星光現◎金裁花誥紫泥香○繡裹藤

輿紅茵軟◎散蠟宮輝○行鱗廚品○至今人羨◎　西湖萬柳如線◎料月仙當此○小停飆輦◎付與長年○教見海心波淺◎縈雲玉佩五侯門○洗雪華桐(一)三春苑◎慢拍調鶯○急鼓催鸞○翠陰庭(二)院◎

垂楊　百字，仄十二韻。　陳允平

銀屏夢覺◎漸淺黄嫩緑○一聲鶯小◎細雨輕塵○建章初閉東風悄◎依然千里(三)長安道◎翠雲鎖玉窻深窅◎斷橋人空倚斜陽○縈(四)舊愁多少◎　還是清明過了◎任煙縷露條○碧織青嫋◎恨隔天涯○幾回惆悵蘇堤曉◎飛花滿地誰爲掃◎甚薄幸隨波縹緲◎縱(五)啼鵑不喚春歸○人自老◎

(一)「桐」，《詞律》作「洞」。
(二)「庭」，《詞律》、《欽定詞譜》、《全宋詞》均作「生」。
(三)「里」，《詞律》、《欽定詞譜》、《全宋詞》均作「樹」。
(四)「縈」，《詞律》、《欽定詞譜》、《全宋詞》均作「帶」。
(五)「縱」，《詞律》無。

天籟軒詞譜卷四目録

起百一字，迄二百四十字。

拜新月慢一首　綺寮怨一首　花心動一首　百宜嬌一首　月中桂一首
澡蘭香一首　霜花腴一首　向湖邊一首　送我入門來一首　綺羅香二首
西湖月一首　春從天上來二首　合歡帶二首　曲玉琯一首　尉遲杯三首
西河一首　南浦三首　花發沁園春二首　憶瑶姬二首　夢横塘一首
秋霽一首　陽春一首　解連環一首　夜飛鵲一首　泛清波摘遍一首
望海潮一首　望湘人一首　飛雪滿羣山一首　角招一首　一寸金二首
折紅梅二首　薄倖一首　惜黄花慢二首　一萼紅一首　奪錦標一首
杜韋娘二首　過秦樓一首　江城子慢一首　八寶妝二首　疏影一首
大聖樂二首　高山流水一首　擊梧桐一首　慢捲紬一首　長壽樂一首
選冠子四首　霜葉飛二首　五彩結同心二首　透碧宵一首　玉山枕一首
八歸二首　輪臺子一首　沁園春三首　丹鳳吟一首　紫萸香慢一首
宣清一首　摸魚兒二首　賀新郎三首　子夜歌一首　金明池一首
笛家一首　送征衣一首　白苧一首　秋思耗一首　洞仙歌慢二首
春風裊娜一首　翠羽吟一首　十二時一首　蘭陵王一首　破陣樂一首

凡百四十調，共詞百九十八首。

四卷共六百一十七調，共詞一千二十八首。

（一）原作「輔」，正文作「酺」，「酺」是，改。

天籟軒詞譜卷四

梁谿孫平叔先生鑒定、閩中葉申薌編次

喜朝天 百一字，平九韻。 張先

曉雲開◎睨仙館淩虛○步入蓬萊◎玉宇瓊甃○對青林近○歸鳥徘徊◎風月從今㈠清暑○帶江山野色㈡助詩才◎簫鼓宴○璇題寶字○浮動持杯◎　天㈢多送目無際○識渡舟帆小○時見潮回◎故國千里○共十萬室○日日春臺◎睢社朝京未㈣遠○正和羹民口待㈤鹽梅◎佳景在○吴儂還望○分閫重來◎

㈠「從今」，《全宋詞》作「頓消」。
㈡「帶江山野色」，《全宋詞》作「野色對江山」。
㈢「天」，《全宋詞》作「人」。
㈣「未」，《詞律》、《全宋詞》均作「非」。
㈤「待」，《欽定詞譜》、《全宋詞》均作「渴」。

翦牡丹　百一字，仄十一韻。　張先

野緑連空◯天青垂水◯素色溶漾都淨◎柔柳搖搖◯墜輕絮無影◎汀洲日落人歸◯修巾薄袂◯擷香拾翠相競◎如解凌波◯泊煙渚春暝◎　綵縚朱索新整◎宿繡屏畫船風定◎金鳳響雙槽◯彈出古今(一)幽思誰省◎玉盤大小亂珠迸◎酒上妝面◯花豔媚相並◎重聽◎盡漢妃一曲◯江空月靜◎

錦堂春慢　百一字，平八韻。　司馬光

紅日遲遲◯虛廊影轉(二)◯槐陰迤邐西斜◎彩筆工夫◯難狀晚景(三)煙霞◎蝶尚不知春去◯漫遶幽砌尋花◎奈猛風過後◯縱有殘紅◯飛向誰家◎　始知青春(四)無價◯歎(五)飄零宦路◯荏苒年華◎今日笙歌叢裏◯特地諮嗟◎席上青衫濕透◯算感舊何止琵琶◎怎

(一)「古今」，《詞律》、《全宋詞》均作「今古」。
(二)「影轉」，《詞律》作「轉影」。
(三)「景」，《詞律》作「意」。
(四)「青春」，《詞律》、《全宋詞》均作「青鬢」。
(五)「歎」，《詞律》作「欲」，應誤。

不教人易老○多少離愁○散在天涯◎

【按】詞調説明「平八韻」，實標十韻。「席上青衫濕透」，標韻，非，徑改。「怎不教人易老」，標韻，非，徑改。

桂枝香　百一字，仄十韻。　王安石

登臨送目◎正故國晚秋○天氣初肅◎千里澄江似練○翠峰如簇◎征[一]帆去棹殘[二]陽裏○背西風酒旗斜矗◎彩舟雲淡○星河鷺起○畫圖難足◎　念自[三]昔繁華競逐◎歎門外樓頭○悲恨相續◎千古憑高○對此謾嗟榮辱◎六朝舊事如[四]流水○但寒煙衰草凝緑◎至今商女○時時猶唱○後庭遺曲◎

[一]「征」，《欽定詞譜》、《全宋詞》均作「歸」。

[二]「殘」，《全宋詞》作「斜」。

[三]「自」，《全宋詞》作「往」。

[四]「如」，《詞律》作「隨」。

又　百一字，仄十二韻。　詹玉

紫薇花露◎瀟灑作涼雲○點商勾羽◎字字飛仙下筆○一簾風雨◎江亭月觀今如許◎歎飄零墨香千古◎夕陽芳草○落花流水○依然南浦◎　甚兩兩淩風駕虎◎恁天孫標致○月娥眉嫵◎一笑生春○那學世間兒女◎筆床硯滴曾窺處◎有西山青眼如故◎素箋寄與○玉簫聲徹○鳳鳴鸞舞◎

鳳歸雲　百一字，平七韻。　柳永

向深秋○雨餘爽氣肅西郊◎陌上夜闌○襟袖起涼飆◎天末(一)殘星流電未滅○閃閃隔林梢◎又是曉雞聲斷○陽烏光動○漸分山路迢迢◎　驅驅行役○苒苒光陰○蠅頭利祿○蝸角功名○畢竟成何事○漫相高◎拋擲林(二)泉○狎玩塵土○壯節等閒消◎幸有五湖煙

(一)「末」，《詞律》作「□」。
(二)「林」，《詞律》、《全宋詞》均作「雲」。

浪◯一舟(一)風月◯會須終(二)老漁樵◎

又　百十八字，另格，仄八韻。　柳　永

戀帝里金谷園林◯平康巷陌◯觸處繁華◯連日疏狂◯未嘗輕負◯寸心雙眼◎況佳人盡天外行雲◯掌上飛燕◎向玳筵一一皆妙選◎長是因酒沈迷◯被花縈絆◎　更可惜淑景亭臺◯暑天枕簟◯霜月夜涼(三)◯雪霰朝飛◯一歲光陰(四)◯盡堪隨分◯俊遊清宴◎算浮生事◯瞬息光陰◯錙銖名宦◎正歡笑試(五)恁暫(六)分散◎即(七)是恨雨愁雲◯地遥天遠◎

(一)「舟」，《詞律》、《欽定詞譜》、《全宋詞》均作「船」。
(二)「終」，《詞律》、《欽定詞譜》作「歸」，《全宋詞》作「歸去」。
(三)「涼」，《詞律》作「□」。
(四)「光陰」，《詞律》、《全宋詞》均作「風光」。
(五)「試」，《全宋詞》作「誰」。
(六)「暫」後，《全宋詞》有一「時」字。
(七)「即」，《全宋詞》作「卻」。

彩雲歸　百一字，平十韻。　柳　永

蘅皋向晚艤輕航◎卸雲帆水驛魚鄉◎當暮天霽色如晴晝○江練靜皎月飛光◎那堪聽遠村羌笛(一)○引離人斷腸◎此際恨(二)浪萍風梗○度歲茫茫◎　堪傷◎朝歡暮散○被多情賦與凄涼◎別來最苦○襟袖依約○尚带(三)餘香◎算得伊鴛衾鳳枕○夜永爭不思量◎牽情處○惟有臨歧○一句難忘◎

滿朝懽　百一字，仄八韻。　柳　永

花隔銅壺○露晞金掌○都門十二清曉◎帝里風光爛漫○偏愛春杪◎煙輕晝永○引鶯囀上林○魚游靈沼◎巷陌乍晴○香塵染惹○垂楊芳草◎　因念秦樓彩鳳○楚館朝雲○往昔曾迷歌笑◎別來歲久○偶憶歡盟重到◎人面桃花○未知何處○但掩朱門悄悄◎盡日佇立無言○贏得凄涼懷抱◎

(一)「笛」，《全宋詞》作「管」。
(二)「恨」，《詞律》、《全宋詞》均無。
(三)「带」，《詞律》、《欽定詞譜》均作「有」。

木蘭花慢 百一字，平九韻。 程垓

倩嬌鶯姹燕◯說不盡◯此時情◎正小院春闌◯芳園晝鎖◯人去花零◎憑高試回望眼◯奈遥山遠水隔重雲◎誰遣風狂雨橫◯便教無計留春◎　情知雁杳與鴻冥◎自難寄丁寧◎縱竹(一)院鞶深◯桃門笑在◯知屬何人◎衣篝幾回忘了◯奈殘香猶有舊時熏◎空使風頭捲絮◯爲他飄蕩花城◎

又 百一字，仄十二韻。 柳永

拆桐花爛漫◯乍疏雨◯洗清明◎正豔杏燒林◯緗桃繡野◯芳景如屏◎傾城◎盡尋勝賞(二)◯驟雕鞍紺幰出郊坰◎風暖繁絃脆管◯萬家競奏新聲◎　盈盈◎鬬草踏青◎人豔冶◯遞逢迎◎向路傍往往◯遺簪墮珥◯珠翠縱横◎歡情◎對佳麗地◯信金罍罄盡(三)玉山傾◎拚卻明朝永日◯畫堂一枕春酲◎

(一)「竹」，《全宋詞》作「柳」。
(二)「賞」，《全宋詞》作「去」。
(三)「盡」，《欽定詞譜》、《全宋詞》均作「竭」。

又 百一字，仄十二韻。　蔣　捷

傍池闌倚遍○問山影○是誰偷◎但鷺斂瓊絲○鴛藏繡羽○礙浴妨浮◎寒流◎暗銜片響○似犀椎帶月靜敲秋◎因念涼荷院宇○粉丸曾泛金甌◎　妝樓◎曉澀翠罌油◎倦鬟理還休◎更有何意緒○憐他半夜○瓶破梅愁◎紅稠◎淚乾萬點○待穿來寄與薄情收◎只恐東風未轉○誤人日望歸舟◎

玉燭新 百一字，仄十一韻。　周邦彥

溪源新臘後◎見數朵江梅○翦裁初就◎暈酥砌玉○芳英嫩故把春心輕漏◎前村昨夜○想弄月黃昏時候◎孤岸峭○疏影橫斜○濃香暗沾襟袖◎　尊前賦與多才○問嶺外風光○故人知否◎壽陽謾鬬◎終不似照水一枝清瘦◎風嬌雨秀◎好亂插繁華盈首◎須信道○羌管無情○看看又奏◎

又 百一字，仄十三韻。　楊无咎

荒山藏古寺◎見傍水梅開○一枝三四◎蘭枯蕙死◎登臨處慰我魂銷惟此◎可堪紅紫◎曾

不解和羹結子◎高壓盡百卉千葩○因君合修花史◎　韶華且莫吹殘○待淺揾松煤○寫教形似◎此時胸次◎凝冰雪洗盡從前塵滓◎吟安個字◎拚不寐勾牽幽思◎誰伴我香宿蜂媒○光浮月姊◎

真珠簾　百一字，仄十二韻。　陸　游

山村水館參差路◎感羈遊正似殘春風絮◎掠地穿簾○知是竟歸何處◎鏡裏新霜空自憫○問幾時鸞臺鼇署◎遲暮◎謾憑高懷遠○書空獨語◎　自古◎儒冠多誤◎悔當年早不扁舟歸去◎醉下白蘋洲○看夕陽鷗鷺◎菰菜鱸魚都棄了○只换得青衫塵土◎休顧◎早收身江上○一蓑煙雨◎

又　百一字，仄十一韻。　張　炎

雲深別有深庭宇◎小簾櫳占取芳菲多處◎花暗曲(一)房春○潤幾番酥雨◎見説蘇堤晴未

(一)「曲」，《全宋詞》作「水」。

穩◯便好(一)趁踏青人去◎休去◎且料理琴書◯夷猶今古◎　誰見靜裏閒心◯縱荷衣未葺◯雪巢堪(二)賦◎醒醉(三)一乾坤◯任此情如(四)許◎茂樹石床同坐久◯又卻被清(五)風留住◎欲住◎奈簾影妝樓◯翦燈人語◎

曲江秋　百一字，仄十二韻。　楊无咎

嗚鳩怨歇◎對急雨過雲◯暗風吹熱◎漠漠稻田◯差差柳岸◯新沐青絲髮◎樓上素琴設◎愛流水◯隨絃滑◎深炷龍津◯濃熏絳幕(六)◯博山重(七)揭◎　超絕◎遙岑吐月◎照蒼蒨重重疊疊◎恍然身在世(八)◯渾疑同泛◯花舫波噴雪◎滉漾醉魂醒◯驚呼不是漚生

(一)「好」，《欽定詞譜》、《全宋詞》均作「懶」。
(二)「堪」，《欽定詞譜》作「未」。
(三)「醒醉」，《欽定詞譜》、《全宋詞》均作「醉醒」。
(四)「如」，《欽定詞譜》、《全宋詞》均作「何」。
(五)「清」，《詞律》作「春」。
(六)「幕」，《全宋詞》作「帷」。
(七)「重」，《全宋詞》作「頻」。
(八)「世」，《全宋詞》作「處」。

滅◎佇望久○空歎無才可賦○厭聽鶗鴂◎

翠樓吟　百一字，仄十三韻。　姜夔

月冷龍沙○塵清虎落○今年漢酺初賜◎新翻胡部曲○聽氈幕元戎歌吹◎層樓高峙◎看檻曲縈紅○簷牙飛翠◎人姝麗◎粉香吹下○夜寒風細◎　此地◎宜有神(一)仙○擁素雲黄鶴○與君遊戲◎玉梯凝望久○歎芳草萋萋千里◎天涯情味◎仗酒祓清愁○花銷英氣◎西山外◎晚來還捲○一簾秋霽◎

霓裳中序第一　百一字，仄十五韻。　姜夔

亭皋正望極◎亂落紅蓮歸未得◎多病怯(二)無氣力◎況紈扇漸疏○羅衣初索◎流光過隙◎歎杏梁雙燕如客◎人何在○一簾淡月○仿佛照顏色◎　幽寂◎亂蛩吟壁◎動庾信

(一)「神」，《詞律》、《全宋詞》均作「詞」。
(二)「怯」，《詞律》、《全宋詞》均作「卻」。

清愁如㈠織◎沈思少年㈡浪跡◎笛裏關山○柳下巷㈢陌◎墜紅無信息◎漫暗水涓涓溜碧◎飄零久○而今何意○醉臥酒壚側◎

月當廳　百一字，平八韻。　史達祖

白璧㈣舊帶秦樓㈤夢○因誰拜下○楊柳樓心◎正是夜分○魚鑰不動香深◎時有露螢自照○颭風裳可喜影麩金◎坐來久○都將涼意○盡付沈吟◎　殘雲意㈥緒無人拾㈦○恨匆匆藥娥歸去難尋◎綴取霧窗○曾㈧唱幾拍清音◎猶有老來印愁處○冷光應念雪翻簪◎空獨對西風緊○弄一井桐陰◎

㈠「如」，《詞律》、《欽定詞譜》、《全宋詞》均作「似」。
㈡「少年」，《詞律》、《欽定詞譜》、《全宋詞》均作「年少」。
㈢「巷」，《詞律》、《欽定詞譜》、《全宋詞》均作「坊」。
㈣「璧」，《全宋詞》作「壁」，並曰「別作『璧』」。
㈤「樓」，《詞律》作「城」，《全宋詞》作「城」，並曰「別作『樓』」。
㈥「意」，《詞律》、《欽定詞譜》、《全宋詞》均作「事」。
㈦「拾」，《詞律》作「捨」，《全宋詞》作「捨」，並曰「別作『拾』」。
㈧「曾」，《全宋詞》作「會」。

壽樓春　百一字，平十二韻。　史達祖

裁春衫尋芳◎記金刀素手○同在晴窻◎幾度因風殘絮○照花斜陽◎誰念我○今無裳(一)◎自少年消磨疏狂◎但聽雨挑燈○攲床病酒○多夢睡時妝◎　飛花去○良宵長◎有絲闌舊曲○金譜新腔◎最恨湘雲人散○楚蘭魂傷◎身是客○愁爲鄉◎算玉簫猶逢韋郎◎近寒食人家○相思未忘蘋藻香◎

西平樂　百二字，仄十韻。　柳　永

盡日憑高寓(二)目○脈脈春情緒◎佳景清明漸近○時節輕寒乍暖○天氣纔晴又雨◎煙光淡蕩○妝點平蕪遠樹◎黯凝佇◎　臺榭好○鶯燕語◎正是和風麗日○幾許繁紅嫩緑○雅稱嬉遊去(三)◎奈阻隔尋芳伴侶◎秦樓鳳吹○楚臺(四)雲約○空悵望在何處◎寂寞韶

(一)「裳」，《詞律》作「腸」，《全宋詞》作「腸」，並曰「別作『裳』」。
(二)「寓」，《全宋詞》無。
(三)「去」前，《詞律》多一「□」。
(四)「臺」，《全宋詞》作「館」。

光㈠暗度◎可堪向晚○村落聲聲杜宇◎

又　百三十七字，另格，平七韻。　周邦彥

稚緑㈡蘇晴○故溪歇雨○川迥未覺春賒◎駝褐侵寒㈢○正憐初日○輕陰抵死須遮◎歎事逐孤鴻盡去○身與塘蒲共晚○爭知向此征途○區區㈣佇立塵沙◎追念朱顏翠髮○曾到處○故地使人嗟◎　道連三楚○天低四野○喬木依然㈤○臨路敧斜◎重慕想東陵晦跡○彭澤歸來○左右琴書自樂○松菊相依○何況風流鬢未華◎多謝故人○親馳鄭驛○時倒融尊○勸此淹留○共過芳時○翻令倦客思家◎

㈠「光」，《全宋詞》作「華」。
㈡「緑」，《欽定詞譜》、《全宋詞》均作「柳」。
㈢「侵寒」，《欽定詞譜》作「寒侵」。
㈣「區區」，《全宋詞》無。
㈤「然」，《詞律》、《欽定詞譜》、《全宋詞》均作「前」。

山亭宴(一)　百二字，仄十韻。　張　先

宴堂永晝喧簫鼓◎倚青空畫闌紅柱◎玉瑩紫微人○藹和氣春融日煦◎故宮池館更(二)樓臺○約風月今宵何處◎湖水動鮮衣○競拾翠湖邊路◎　落花蕩漾愁(三)空樹◎曉山靜數聲杜宇◎天意送芳菲○正黯淡疏煙短(四)雨◎新歡寧似舊歡長○此會散何(五)時還聚◎試爲挹飛雲○問解寄(六)相思否◎

水龍吟　百二字，仄九韻。　秦　觀

小樓連苑(七)橫空○下窺繡轂雕鞍驟◎疏(八)簾半卷○單衣初試○清明時候◎破暖輕風○

(一)《全宋詞》調名《山亭宴慢》。
(二)「更」，《詞律》、《欽定詞譜》、《全宋詞》均作「舊」。
(三)「愁」，《詞律》作「怨」。
(四)「短」，《全宋詞》作「逗」。
(五)「何」，《詞律》、《欽定詞譜》、《全宋詞》均作「幾」。
(六)「寄」，《詞律》無。
(七)「苑」，《全宋詞》作「遠」。
(八)「疏」，《全宋詞》作「朱」。

弄晴細(一)雨◯欲無還有◎賣花聲過盡◯垂楊(二) 院落◯紅成陣◯飛鴛甃◎ 玉佩丁東
別後◎悵佳期參差難又◎名韁利鎖◯天還知道◯和天也瘦◎花下重門◯柳邊深巷◯不堪
回首◎念多情但有◯當時皓月◯照(三) 人依舊◎

又 百二字，仄九韻。 陸游

樽前花底尋春處◯堪歎心情全減◎一身萍寄◯酒徒雲散◯佳人天遠◎那更今年◯瘴煙蠻
雨◯夜郎江畔◎漫倚樓橫笛◯臨窻看鏡◯時揮涕◯驚流轉◎ 花落月明庭院◎悄無言
魂銷腸斷◎憑肩攜手◯當時曾效◯畫梁棲燕◎見説新來◯網縈塵暗◯舞衫歌扇◎料也應
憔悴◯慵行芳徑◯怕啼鶯見◎起有叶者。

(一)「細」，《全宋詞》作「微」。
(二)「垂楊」，《全宋詞》作「斜陽」。
(三)「照」，《全宋詞》作「向」。

又　百六字，仄八韻，又名《鼓笛慢》。　秦　觀

亂花叢裏曾攜手○窮豔景○迷歡賞◎到如今誰把○雕鞍鎖定○阻遊人來往◎好夢隨春遠○從前事不堪思想◎念香閨正杳○佳歡未偶○難留戀○空惆悵◎　永夜嬋娟未滿◎歎玉樓幾時重上◎那堪萬里○卻尋歸路○指陽關孤唱◎苦恨東流水○桃源路欲回雙槳◎仗何人細與○丁寧問呵○仄聲我如今怎向◎細玩此調，確係《水龍吟》別體，淮海詞亦列在「小樓連苑」之後，蓋合攤破添字兩體，故立新名耳。

【按】《鼓笛慢》，《詞律》單列一體，《欽定詞譜》合併入《水龍吟》。茲譜從《欽定詞譜》。

鬬百草　百二字，仄九韻。　晁補之

別日常多○會時常寡(一)天難曉◎正喜花開○又愁花謝○春也似人易老◎慘無言念舊日朱顏○清歡莫笑◎便苒苒如雲○霏霏似雨○去無音耗◎　追想牆頭梅下○門裏桃邊○

(一)「寡」，《詞律》、《全宋詞》均作「少」。

名利爲伊都忘了◎血寫香箋○淚封羅帕○記三日離腸浪(一)攪◎如今事○十二樓空憑誰到◎此情悄◎擬回船武陵路杳◎

石州慢(二)　百二字，仄九韻。　賀鑄

薄雨催寒○斜照弄晴○春意空闊◎長亭柳色纔黄○遠客一枝先折◎煙横水際○映帶幾點歸鴻(三)○東風銷盡龍沙雪◎還記出門(四)來○恰而今時節◎　將發◎畫樓芳酒○紅淚清歌○頓成輕別◎已是經年○杳杳音塵都(五)絶◎欲知方寸○共有幾許清愁○芭蕉未(六)展丁香結◎枉望斷天涯○兩厭厭風月◎

(一)「浪」，《詞律》、《全宋詞》均作「恨」。
(二)《全宋詞》調名《石州引》。
(三)「鴻」，《詞律》、《欽定詞譜》、《全宋詞》均作「鵶」。
(四)「門」，《欽定詞譜》、《全宋詞》均作「關」。
(五)「都」，《全宋詞》作「多」。
(六)「未」，《詞律》、《欽定詞譜》、《全宋詞》均作「不」。

萬年懽(一) 百二字，平八韻。 賀鑄

淑質柔情○靚妝豔笑○未容桃李爭妍◎紅粉牆東○曾記窺宋三年◎不分(二)雲朝雨暮○向西樓南館留連◎何嘗信○美景良辰○賞心樂事難全◎ 青門解袂○畫樓(三)回首○初沈漢佩○永斷湘弦◎漫寫濃愁幽恨○封寄魚箋◎擬話當時舊好○問同誰共(四)醉尊前◎除非是明月清風○向人今夜依然◎

又 百字，仄十一韻。 晁補之

心憶春歸○似佳人未來○香徑無跡◎雪裏江梅○因甚早知消息◎百卉芳心正寂◎夜不寐幽姿脈脈◎圖清曉先作宮妝○似防人見偷得◎ 真香媚情動魄◎算當日(五)壽陽○無

(一)《全宋詞》調名另作《斷湘絃》。
(二)「分」，《欽定詞譜》、《全宋詞》均作「問」。
(三)「樓」，《欽定詞譜》、《全宋詞》均作「橋」。
(四)「共」，《詞律》、《欽定詞譜》、《全宋詞》均作「與」。
(五)「日」，《欽定詞譜》、《全宋詞》均作「時」。

此標格◎應寄揚州○何郎舊曾相識◎花似何郎鬢白◎恐多[一]笑逢花羞摘◎那堪聽[二]羌管驚心○也隨繁杏拋擲◎

上林春慢　百二字，仄九韻。

晁沖之

帽落宮花○衣染[三]御香○鳳輦晚來初過◎鶴降詔飛○龍啣[四]燭戲○端門萬枝燈火◎滿城車馬○對明月有誰閒坐◎任狂游○更許傍禁街○不扃金鎖◎　玉樓人暗中擲果◎珍簾下笑著春衫裊娜◎素蛾遶釵○輕蟬撲鬢○垂垂柳絲梅朵◎夜闌飲散○但贏得翠翹雙鬟◎醉歸來○又重向曉窻梳裹◎

慶春宮　百二字，平九韻。

周邦彥

雲接平岡○山圍寒野○路回漸轉孤城◎衰柳啼鴉○驚風驅雁○動人一片秋聲◎倦途休

[一]「多」，《全宋詞》作「花」。
[二]「聽」，《全宋詞》無。
[三]「染」，《詞律》、《欽定詞譜》、《全宋詞》均作「惹」。
[四]「啣」，《全宋詞》作「擎」。

駕○淡煙裏微茫見星◎塵埃憔悴○生怕黄昏○離思牽縈◎　華堂舊日逢迎◎花豔參差○香霧飄零◎絃管當頭○偏憐嬌鳳○夜深簧暖笙清◎眼波傳意○恨密約匆匆未成◎許多煩惱○只爲當時○一餉留情◎

又　百二字，仄八韻。　周　密

重疊雲衣○微茫鴻影○短篷穩載吴雪◎霜葉敲寒○風燈摇暈○棹歌人語嗚咽◎擁衾呼酒○正百里冰河乍合◎千山换色○一鏡無塵○玉龍吹裂◎　夜深醉踏長虹○表裏空明○古今清絶◎高堂在否○登臨休賦○忍見舊時明月◎翠銷香冷○怕空負年芳輕别◎孤山春早○一樹梅花○待君同折◎

憶舊遊　百二字，平九韻。　周邦彦

記愁横淺黛○淚洗紅鉛○門掩秋宵◎墜葉驚離思○聽寒螿夜泣○亂雨瀟瀟◎鳳釵半脱雲

鬟○窗影燭光(一)搖◎漸暗竹敲涼○疏螢照曉○兩地魂消◎　迢迢◎問音信○道徑底花陰○時認鳴鑣◎也擬臨朱户○歎爲(二)郎憔悴○羞見郎招◎舊巢更有新燕○楊柳拂河橋◎但滿眼京塵○東風竟日吹露桃◎

花犯　百二字，仄十韻。　周邦彦

粉牆低○梅花照眼○依然舊風味◎露痕輕綴◎疑淨洗鉛華○無限佳麗◎去年勝賞曾孤倚◎冰盤同宴喜◎更可惜雪中高士(三)○香篝熏素被◎　今年對花太(四)匆匆○相逢似有恨依依愁悴◎吟望久○青苔上旋看飛墜◎相將見脆圓薦酒○人正在空江煙浪裏◎但夢想一枝瀟灑○黄昏斜照水◎

(一)「光」，《欽定詞譜》、《全宋詞》均作「花」。
(二)「爲」，《欽定詞譜》、《全宋詞》均作「因」。
(三)「士」，《欽定詞譜》、《全宋詞》均作「樹」。
(四)「太」，《欽定詞譜》、《全宋詞》均作「最」。

倒犯　百二字，仄十二韻。　周邦彥

霽景○對霜蟾乍昇○素煙如掃◎千林夜縞◎徘徊處漸移深窈◎何人正弄孤影○蹁躚西窗悄◎冒露[一]冷貂裘○玉斝邀雲表◎共寒光○飲清醥◎　淮左舊遊○記送行人○歸來山路窵◎駐馬望素魄○印遙碧○金樞小◎愛秀色初娟好◎念漂浮綿綿思遠道◎料異日宵征○必定還相照◎奈何人自老◎

瑞鶴仙　百二字，仄十三韻。　周邦彥

悄郊原帶郭◎行路永客去車塵漠漠◎斜陽映山落◎斂餘紅猶戀○孤城闌角◎淩波步弱◎過短亭何用素約◎有流鶯勸我○重解繡鞍○緩引春酌◎　不記歸時早暮○上馬誰扶○醒眠朱閣◎驚飆動幕◎扶殘醉○遶紅藥◎歎西園已是○花深無地○東風何事又惡◎任流光過卻◎猶喜洞天自樂◎

[一]「露」，《全宋詞》作「霜」。

又 百二字，仄十三韻。 陸淞

臉霞紅印枕◎睡覺來○冠兒還是不整◎屏間麝煤冷◎但眉山(一)壓翠○淚珠彈粉◎堂深晝永◎燕交飛風簾藻(二)井◎恨無人與説相思○近日帶圍消(三)盡◎ 重省◎殘燈朱幌○淡月紗窗○那時風景◎陽臺路迥◎雲雨夢○便無准◎待歸來先指○花梢教看○卻把心期細問◎問因循過了青春○怎生意穩◎

宴清都 百二字，仄九韻。 周邦彦

地僻無鐘鼓◎殘燈滅○夜長人倦難度◎寒吹斷梗○風翻暗雪○灑窻填户◎賓鴻謾説傳書○算過盡千儔萬侶◎始信得庾信愁多○江淹恨極須賦◎ 淒涼病損文園○徽弦乍拂○音韻先苦◎淮山夜月○金城暮草○夢魂飛去◎秋霜半入清鏡○歎帶眼都移舊處◎更久長不見文君○歸時認否◎

(一)「山」，《全宋詞》作「峰」。
(二)「藻」，《全宋詞》作「露」。
(三)「消」，《全宋詞》作「寬」。

又　百二字，仄十一韻。　盧祖皋

春訊飛瓊管◎風日薄○度牆啼鳥聲亂◎江城次第○笙歌翠合○綺羅香暖◎溶溶澗淥冰泮◎醉夢裏年華暗換◎料黛眉重鎖隋堤○芳心還動梁苑◎　新來雁闊雲音○鸞分鏡影○無計重見◎啼春細雨○籠愁澹月○恁時庭院◎離腸未語先斷◎算猶有憑高望眼◎更那堪芳草連天○飛梅弄晚◎

又　百二字，仄十一韻，又名《四代好》。　程垓

翠幕東風早◎蘭窻夢○又被鶯聲驚覺◎起來空對○平堦弱絮○滿庭芳草◎厭厭未忺懷抱◎記柳外人家曾到◎憑畫闌○那更春好花好○酒好人好◎　春好尚恐闌珊○花好又怕飄零難保◎直饒酒好如澠(一)○未抵意中人好◎相逢盡拚醉倒◎況人與才情未老◎又豈關春去春來○花愁花惱◎

(一)「如澠」，《欽定詞譜》作「酒好」。

【按】《欽定詞譜》於前段末四好處均標韻，後段至「未抵意中人好」處四好字處均標韻。《欽定詞譜》另舉詞例有何籀、曹勛詞，亦同本詞例。本譜於諸「好」字處，宜標韻。

氏州第一　百二字，仄九韻。　周邦彥

波落寒汀○村渡向晚○遥見(一)數點帆小◎亂葉翻鴉○驚風破雁○天角孤雲縹緲◎官柳蕭疏○甚尚掛微微殘照◎景物闌情○川途換目○頓來催老◎　漸解狂朋歡意少◎奈猶被思牽情遶◎座上琴心○機中錦字○覺最縈懷抱◎也知人懸望久○薔薇謝歸來一笑◎欲夢高唐未成眠○霜空已曉◎

晝錦堂　百二字，平仄通叶，平八仄一。　周邦彥(二)

雨洗桃花○風飄柳絮○日日飛滿雕簷◎懊恨(三)一春幽怨(四)○盡屬眉尖◎愁聞雙飛新燕

(一)「見」，《詞律》、《欽定詞譜》、《全宋詞》均作「看」。
(二)《欽定詞譜》作者周邦彥，《全宋詞》作者佚名。
(三)「恨」，《欽定詞譜》、《全宋詞》均作「惱」。
(四)「怨」，《欽定詞譜》作「恨」。

語○更堪孤館宿酲忺◎雲鬟亂○獨步畫堂○輕風暗觸珠簾◎　多厭◎清[一]晝永○瓊户悄○香銷金獸慵添◎自與蕭郎别後○事事俱嫌◎短歌新曲無心理○鳳簫龍管不曾拈◎空惆悵○常是每年三月○病酒懨懨◎

又　百二字，平九韻。　孫惟信

薄袖禁寒○輕妝媚晚○落梅庭院春妍◎映户盈盈回倩○笑整花鈿◎柳裁雲翦腰支小○鳳盤鴉聳髻鬟偏◎東風裏○香步翠摇○藍橋那日因緣◎　嬋娟◎流慧盼○渾當了○匆匆密愛深憐◎夢過闌干○猶認冷月秋千◎杏梢空鬧相思眼○燕翎難繫斷腸箋◎銀屏下○爭信有人真個○病也天天◎

又　百二字，仄十二韻。　陳允平

上苑寒收○西塍雨散○東風是處花柳◎步錦籠紗○依舊五陵臺沼◎繡簾珠箔金翠裊○瑣

[一]「清」，《欽定詞譜》作「靜」，《全宋詞》作「晴」。

窗雕檻青紅闘◎頻回首◎茶竈酒壚○前度幾番攜手◎　知否◎人漸老◎嗟眼爲花狂○肩因詩瘦◎喚醒鄉心○無奈數聲啼鳥◎秉燭清遊嫌夜短○采香新意輸年少◎歸來好◎且(一)趁故園池閣○緑陰芳草◎

齊天樂　百二字，仄十韻。　周邦彦

緑蕪凋盡臺城路○殊鄉又逢秋晚◎暮雨生寒○鳴蛩勸織○深閣時聞裁剪◎雲窗静掩◎歎重拂羅裀○頓疏花簟◎尚有綀囊○露螢清夜照書卷◎　荊江留滯最久○故人相望處◎離思何限◎渭水西風○長安亂葉○空憶詩情宛轉◎憑高眺遠◎正玉液新篘○蟹螯初薦◎醉倒山翁○但愁斜照斂◎

【按】「薦」處原未標韻，「翁」處原標韻，實誤。兹依《欽定詞譜》改正。

(一)「且」，《全宋詞》作「皈」。

又　百二字，仄十二韻。　姜夔

庚郎先自吟愁賦◎淒淒更聞私語◎露濕銅鋪○苔侵石井○都是曾聽伊處◎哀音似訴◎正思婦無眠○起尋機杼◎曲曲屏山○夜涼獨自甚情緒◎　西風(一)又吹暗雨◎爲誰頻斷續○相和砧杵◎候館迎秋○離宮吊月○別有傷心無數◎豳詩漫與◎笑籬落呼燈○世間兒女◎寫入琴絲○一聲聲更苦◎

【按】原「正思婦無眠」、「候館迎秋」、「離宮吊月」三處標韻，誤，改句。

又　百一字，仄十二韻，又名《五福降中天慢》。　沈端節

月朧煙淡霜蹊滑◎孤宿暮村(二)荒驛◎遶樹微吟○巡簷索笑○自分平生相得◎池冰(三)半釋◎正節物驚心○淚痕沾臆◎流水濺濺照影○古寺滿春色◎　沈歎今年未識◎暗香微

(一)「風」，《欽定詞譜》、《全宋詞》均作「窗」。

(二)「村」，《全宋詞》作「林」。

(三)「池冰」，《全宋詞》作「冰池」。

動處○人初寂◎酷愛芳姿○最憐幽韻○來欵禪房深密◎他時恨憶(一)◎悵卻月淩風○信音難的◎雪底幽期○爲誰還露立◎

【按】原「悵卻月淩風」標韻,「爲誰還露立」標句,均誤,前改句,後改韻。

瑤華 百二字,仄九韻。 周密

珠鈿寶玦◎天上飛瓊○比人間春別◎江南江北曾未見○漫擬梨雲梅雪◎淮山春晚○問誰識芳心高潔◎消幾番花落花開○老了玉關豪傑◎　金壺翦送瓊枝○看一騎紅塵○香度瑤闕◎韶華正好○應自喜○初識長安蜂蝶◎杜郎老矣○想舊事花須能說◎記少年一夢揚州○二十四橋明月◎

曲游春 百二字,仄十二韻。 周密

禁苑東風外○颺暖絲晴絮○春思如織◎燕約鶯期○惱芳情偏在○翠深紅隙◎漠漠香塵

(一)「憶」,《全宋詞》作「□」。

隔◎沸十里亂絲㈠叢笛◎看畫船盡入西泠○閒卻半湖春色◎　柳陌◎新煙凝碧◎映簾底宮眉○堤上游勒◎輕暝籠煙○怕梨雲夢冷○杏香愁冪◎歌管酬寒食◎奈蝶怨良宵岑寂◎正恁醉月揺花㈡○怎生去得◎

金盞子　百二字，仄九韻。　史達祖

獎緑催紅○仰一番膏雨○始張春色◎未踏畫橋煙○江南岸應是草穠花密◎尚憶湔裙㈢蘋溪○覺詩愁相覓◎光風外○除是倩鶯煩燕○謾通消息◎　梨花夜來白◎相思夢○空闌一林月㈣◎深深柳枝巷陌◎難重遇㈤弓彎○兩袖雲碧◎見說倦理秦箏○怯春葱無力◎空遺恨當時○留㈥秀句蒼苔蠹壁◎

㈠「絲」，《全宋詞》作「絃」。
㈡「正恁醉月揺花」，《全宋詞》作「正滿湖、碎月揺花」。
㈢「尚憶湔裙」，《欽定詞譜》作「湔裙尚憶」。
㈣「一林月」，《欽定詞譜》作「一株雪」。
㈤「遇」，《欽定詞譜》作「過」。
㈥「留」，《欽定詞譜》無。

又　百三字，仄十韻。

吴文英

賞月梧園○恨廣寒宫樹○曉風摇落◎莓砌掃蛛塵○空腸斷熏爐○燼銷殘萼◎殿秋尚有餘花○鎖煙窻雲幄◎新雁又無端○送人江上○短亭初泊◎　籬角◎夢依約◎人一笑○惺忪翠袖薄◎悠然醉紅(一)喚醒○幽叢畔淒香霧雨漠漠◎晚吹乍顫秋聲○早屏空金雀◎明朝想猶有○數點蜂黄○伴我斟酌◎

湘春夜月　百二字，平八韻。

黄孝邁

近清明○翠禽枝上消魂◎可惜一片清歌○都付與黄昏◎欲共柳花低訴○怕柳花輕薄○不解傷春◎念楚鄉旅宿○柔情別緒○誰與温存◎　空樽夜泣○青山不語○殘月當門◎翠玉樓前○惟是有一江(二)湘水○摇盪湘雲◎天長夢短○問甚時重見桃根◎這次第○算人間没個并刀○翦斷心上愁痕◎

(一)「紅」，《欽定詞譜》、《全宋詞》均作「魂」。

(二)「江」，《詞律》作「陂」，《全宋詞》作「波」。

長相思慢　百三字，平十韻。　柳永

畫鼓喧街◯蘭燈滿市◯皎月初照嚴城◎清都絳闕夜景◯風傳銀箭◯露暖金莖◎巷陌縱橫◎過平康欵轡◯緩聽歌聲◎鳳燭熒熒◎那人家未掩香屏◎　向羅綺叢中◯認得依稀舊日◯雅態輕盈◎嬌波豔冶◯巧笑依然◯有意相迎◎牆頭馬上◯漫遲留難賦(一)深誠◎又豈知宦名(二)拘檢◯年來減盡風情◎

又　百四字，平十一韻。　秦觀

鐵甕城高◯蒜山渡闊◯干雲十二層樓◎開尊待月◯掩箔披風◯依然燈火揚州◎綺陌南頭◎記歌名宛轉◯鄉號温柔◎曲檻俯清流◎想花陰誰繫蘭舟◎　念凄絶秦絃◯感深荊賦◯相望幾許凝愁◎勤勤裁尺素◯奈雙魚難渡瓜洲◎曉鑑堪羞◎潘鬢點吳霜漸稠◎幸于飛鴛鴦未老◯不應同是悲秋◎

(一)「賦」，《詞律》、《欽定詞譜》、《全宋詞》均作「寫」。

(二)「宦名」，《詞律》、《欽定詞譜》、《全宋詞》均作「名宦」。

竹馬子　百三字，仄九韻。　　柳　永

登孤壘荒涼○危亭曠望○靜臨煙渚◎對雌霓掛雨○雄風拂檻○微收煩暑◎漸覺一葉驚秋○殘蟬噪晚○素商時序◎覽景想前歡○指神京非霧非煙深處◎　向此成追感○新愁易積○故人難聚◎憑高盡日凝佇◎贏得消魂無語◎極目霽靄霏微○瞑鴉零亂○蕭索江城暮◎南樓畫角○又送殘陽去◎

雨霖鈴　百三字，仄十韻。　　柳　永

寒蟬凄切◎對長亭晚○驟雨初歇◎都門帳飲無緒○方留戀處○蘭舟催發◎執手相看○淚眼竟無語凝咽◎念去去千里煙波○暮靄沉沉楚天闊◎　多情自古傷離別◎況[一]那堪冷落清秋節◎今宵酒醒何處○楊柳岸曉風殘月◎此去經年○應是良辰好景虛設◎便縱有千種風情○更與何人説◎

[一]「況」，《全宋詞》作「更」。

又　百一字，平仄通叶，平七仄二。　杜龍沙

窻影瓏璁○畫樓平曉○翳柳啼鴉◎門巷漸有新煙○東風定人掃桐花◎峭寒斗減○看旅雁爭起蒹葭◎溯斷雲多少悲鳴○數行又下遠汀沙◎　應是故園桃李謝◎送清江一曲闌干下◎染翰爲賦春羈○嗟雙鬢客舍成華◎繡鞍(一)綺陌○强攜手(二)來覓吳娃◎聽扇底淒惋新聲○醉裏翻念家◎

【按】詞調説明「平七仄二」，實標十韻，下片「染翰爲賦春羈」標韻，誤，改標句。

還京樂　百三字，仄十韻。　周邦彦

禁煙近○觸處浮香秀色相料理◎正泥花時節(三)○奈何客裏○光陰虛費◎望箭波無際◎迎風漾日黃雲委◎任去遠○中有萬點相思清淚◎　到長淮底◎過當時樓下○殷勤爲

(一)「鞍」，《全宋詞》作「鞭」。
(二)「手」，《全宋詞》作「酒」。
(三)「節」，《全宋詞》作「候」。

說○春來羈旅況味◎堪嗟誤約乖期○向天涯自看桃李◎想如〔一〕今應恨墨盈箋○愁妝照水◎怎得青鸞翼○飛歸教見憔悴◎

雙頭蓮 百三字，仄八韻。 周邦彦

一抹殘霞○幾行新雁○天染斷紅○雲迷陣影○隱約望中○點破晚空澄碧◎助秋色◎門掩西風○橋横斜照○青翼未來○濃塵自起○咫尺鳳幃○合有人相識◎ 歎乖隔◎知甚時恣與同攜歡適◎度曲傳觴○並韉飛轡○綺陌畫堂連夕◎樓頭千里○帳底三更○盡堪淚滴◎怎生向○總無聊○但只聽消息◎

【按】 原詞調説明「仄七韻」，實標八韻。《詞律》亦作仄八韻；《欽定詞譜》前段三仄韻，後段仄五韻，本譜標韻同。兹「仄七韻」，宜改爲「仄八韻」，徑改。

〔一〕「如」，《全宋詞》作「而」。

又　百字，另格，仄十一韻。　陸　游

華髮(一)星星○驚壯志成虛○此身如寄◎蕭條病驥◎向暗裏消盡當年豪氣◎夢斷故國山川○隔重重煙水◎身萬里◎舊社飄(二)零○青門俊遊誰記◎　盡道錦里繁華○歎官閒晝永○柴荊添睡◎清愁自醉◎念此際付與何人心事◎縱有楚柁吴檣○知甚(三)時東逝◎空悵望鱸(四)美菰香○秋風又起◎

情久長　百三字，仄八韻。　呂渭老

瑣窗夜永○無聊盡作傷心句◎甚近日帶紅(五)移眼○梨臉揮(六)雨◎春心償未足○怎忍聽啼血催歸杜宇◎暮帆掛○沈沈暝色○滾滾長江○流不盡○來無據◎　點檢風光○歲月

(一)「髮」，《詞律》、《欽定詞譜》、《全宋詞》均作「髩」。
(二)「飄」，《詞律》、《欽定詞譜》、《全宋詞》均作「凋」。
(三)「甚」，《詞律》、《欽定詞譜》、《全宋詞》均作「何」。
(四)「鱸」，《詞律》、《欽定詞譜》、《全宋詞》均作「鱠」。
(五)「紅」，《欽定詞譜》作「腰」。
(六)「揮」，《欽定詞譜》作「沾」，《全宋詞》作「擇」。

今如許◎趁此際浦花汀草○一棹東去◎雲窗[一]霧閣洞天曉○同作煙霞伴侶◎算誰見梅簾醉夢○柳陌晴游○應未許○春知處◎

西江月慢 百三字，仄九韻。 呂渭老

春風淡淡○清晝永落英千尺◎桃杏散平郊○晴蜂來往○妙香飄擲◎傍畫橋煮酒青簾○綠楊風外○數聲長笛◎記去年柳[二]陌朱門○花下舊相識◎ 向寶帕裁書憑燕翼◎望翠閣煙林似織◎聞道春衣猶未整○過禁煙寒食◎但記取角枕題情[三]○東窗休誤○這些端的◎更莫待青子綠陰春事寂◎

[一]「窗」後，《詞律》有「□」。
[二]「柳」，《全宋詞》作「紫」。
[三]「題情」，《全宋詞》作「情題」。

探春慢　百三字，仄八韻。　姜夔

衰草愁煙○亂鴉送目㈠○飛㈡沙迴旋平野◎拂雪金鞭○欺寒茸帽○還記章臺走馬◎誰念漂零久○漫贏得幽懷難寫◎故人青盼㈢相逢○小窻閑共情話◎　長恨離多會少○重訪問竹西○珠淚盈把◎雁磧沙㈣平○漁汀人散○老去不堪遊冶◎無奈苕溪月○又喚㈤我扁舟東下◎甚日歸來○梅花零亂春夜◎

又　百三字，仄九韻。　周密

綵勝宜春○翠盤消夜○客裏暗驚時候◎翦燕心情○呼盧音語○景物總成懷舊◎愁鬢妒垂楊○早青㈥眼漸濃如豆◎盡教寬盡春衫○畢竟爲誰消瘦◎　梅浪半空如繡◎便管領

㈠「目」，《欽定詞譜》作「日」。
㈡「飛」，《欽定詞譜》、《全宋詞》均作「風」。
㈢「青盼」，《全宋詞》作「清沔」。
㈣「沙」，《全宋詞》作「波」。
㈤「喚」，《全宋詞》作「照」。
㈥「青」，《欽定詞譜》、《全宋詞》均作「稚」。

芳菲○忍孤詩酒◎映竹占花○臨窗卜鏡○還念歲寒宮袖◎簫鼓動春城○競點綴玉梅金柳◎廝勾元宵○燈前共誰攜手◎

眉嫵 百三字，仄十三韻。 姜 夔

看垂楊連苑○杜若吹(一)沙○愁損未歸眼◎信馬青樓去○重簾下娉婷人妙飛燕◎翠尊共欵◎聽豔歌郎意先感◎便攜手月地雲堦裏○愛良夜微暖◎ 無限◎風流疏散◎有暗藏弓履○偷寄香翰◎明日聞津鼓○湘江上催人還解春纜◎亂紅萬點◎悵斷魂煙水遥遠◎又爭似相攜○乘一舸鎮長見◎

湘江靜 百三字，仄十韻。 史達祖

春(二)草堆青雲浸浦◎記匆匆倦篙曾駐◎漁榔四起○沙鷗未落○怕愁沾詩句◎碧袖一聲

(一)「吹」，《全宋詞》作「侵」。
(二)「春」，《詞律》、《欽定詞譜》、《全宋詞》均作「暮」。

歌○石城怨西風隨去◎滄波蕩晚○菰蒲弄秋○還重到銷(一)魂處◎　酒易醒○思正苦◎想空山桂香懸樹◎三年夢冷○孤吟意短○屢煙鐘津鼓◎屐齒厭登臨○移橙後幾番涼雨◎潘郎漸老○風流頓減○閒居未賦◎

龍山會　百三字，仄十二韻。　趙以夫

九日無風雨◎一笑憑高○浩氣橫秋宇◎群山(二)青可數◎寒城小一水縈洄如縷◎西北最關情○漫遥指東徐南楚◎黯銷魂○斜陽冉冉○雁聲悲苦◎　今朝黄菊依然○重上南樓○草草成歡聚◎詩朋休浪賦◎舊題處俯仰已隨塵土◎莫放酒行疏○清漏短涼蟾當午◎也全勝白衣未至○獨醒凝佇◎

(一)「銷」，《詞律》、《欽定詞譜》、《全宋詞》均作「斷」。
(二)「山」，《詞律》、《欽定詞譜》、《全宋詞》均作「峰」。

春雲怨　百三字，仄十韻。　馮艾子

春風惡劣◎把數枝香錦○和鶯吹折◎雨重柳腰嬌困○燕子欲扶扶不得◎軟日烘煙○乾風收〔一〕霧○芍藥荼䕷弄顏色◎簾幕輕陰○圖書清潤○日永篆香絶◎　盈盈笑靨宮黄額◎試紅鸞小扇○丁香雙結◎團鳳眉心倩郎貼◎教洗金〔二〕罍○共看西堂○醉花新月◎曲水成空○麗人何處○往事暮雲萬葉◎

迎新春　百四字，仄十三韻。　柳　永

嶰管變青律○帝里陽和新布◎晴景回輕煦◎慶嘉〔三〕節當三五◎列華燈千門萬户◎遍九陌羅綺香風微度◎十里然絳樹◎鼇山聳喧喧〔四〕簫鼓◎　漸天如水○素月當午◎香徑

〔一〕「收」，《全宋詞》作「吹」。
〔二〕「金」，《欽定詞譜》作「尊」。
〔三〕「嘉」，《詞律》作「喜」。
〔四〕「喧」，《全宋詞》作「天」。

裹絶纓擲果無數◎更闌燭影花陰下○少年人往往奇遇◎太平時○朝野多歡民康阜◎堪(一)隨分良聚◎對此爭忍○獨醒歸去(二)◎

【按】萬樹《詞律》認爲此調必係雙疊，因前後分段有多種，難以遽斷，姑作未分段。《欽定詞譜》「漸天如水」起爲後段，兹譜據之。

歸朝歡　百四字，仄十二韻。　柳永

別岸扁舟三四(三)隻◎葭葦蕭蕭風淅淅◎沙汀宿雁帶(四)煙飛○溪橋殘月和霜白◎漸漸分曙色◎路遥川遠多行役◎往來人○隻輪雙槳○盡是利名客◎　一望鄉關煙水隔◎轉覺歸心生羽翼◎愁雲恨雨兩牽縈○新春殘臘相追(五)逼◎歲華都瞬息◎浪萍風梗誠何益◎

(一)「堪」，《全宋詞》無。
(二)「對此爭忍，獨醒歸去」，《全宋詞》作「堪對此景，爭忍獨醒歸去」。
(三)「四」，《欽定詞譜》、《全宋詞》均作「兩」。
(四)「帶」，《欽定詞譜》、《全宋詞》均作「破」。
(五)「追」，《欽定詞譜》作「催」。

問歸期〔一〕◯玉樓深處◯有個人相憶◎

雙聲子　百四字，平八韻。　柳　永

晚天蕭索◯斷蓬蹤跡◯乘興蘭棹東遊◎三吴風景◯姑蘇臺榭◯牢落暮靄初收◎歎〔二〕夫差舊國◯香徑没徒有荒丘◎繁華處悄無睹◯惟聞麋鹿呦呦◎　想當年◯空運籌決戰◯圖王取霸無休◎江山如畫◯雲濤煙浪◯翻輸范蠡扁舟◎驗前經舊史◯嗟漫載當日風流◎斜陽暮草◯茫茫盡成◯萬古遺愁◎

【按】 兹前段末二六字句，《詞律》作三句三三六字，《欽定詞譜》如《詞律》。兹後段末三四字句，《詞律》如之，《欽定詞譜》作二六字句。兹揆以音義，前後末均作二六字句可也。

〔一〕「問歸期」，《全宋詞》作「歸去來」。

〔二〕「歎」，《詞律》、《全宋詞》均無。

二郎神　百四字，仄十韻。　柳　永

炎光謝◎過暮雨芳塵輕㈠灑◎乍露冷風清庭户爽○天如水玉鉤遥掛◎應是星娥嗟久阻○敘舊約飆輪欲駕◎極目處微雲暗度○耿耿銀河高瀉◎　閒雅◎須知此景○古今無價◎運巧思穿針樓上女○擡粉面雲鬟相亞◎鈿合金釵私語處○算誰在回廊影下◎願天上人間○占得歡娛○年年今夜◎

又　百五字，仄九韻。　徐　伸

悶來彈鵲○又攬碎一簾花影◎漫試著春衫○還思纖手○熏徹金猊燼冷◎動是愁端如何向○但怪得新來多病◎想舊日沈腰○而今潘鬢○不堪臨鏡◎　重省◎別來淚漬㈡羅襟㈢猶凝◎料爲我厭厭○日高慵起○長托春酲未醒◎雁足㈣不來○馬蹄難去㈤○門掩

㈠「輕」，《詞律》作「瀟」。
㈡「漬」，《欽定詞譜》作「滴」。
㈢「襟」，《欽定詞譜》作「衣」。
㈣「足」，《欽定詞譜》、《全宋詞》均作「翼」。
㈤「難去」，《欽定詞譜》、《全宋詞》均作「輕駐」。

一庭芳景◎空佇立○盡日闌干倚遍○晝長人靜◎

傾杯樂　百四字，仄十韻。　柳永

木(一)落霜洲○雁横煙渚○分明畫出秋色◎暮雨乍歇○小檝夜泊○宿葦村山驛◎何人月下臨風處○起一聲羌笛◎離愁萬緒○聞岸草切切蛩吟如織◎　爲憶◎芳容别後○水遥山遠○何計憑鱗翼◎想繡閣深沈○爭知憔悴損○天涯行客◎楚峽雲歸○高陽人散○寂寞狂蹤跡◎望京國◎空目斷遠峰凝碧◎

又　百六字，仄十一韻。　楊无咎

瑞日凝輝○東風解凍○峭寒猶淺◎正池館梅英粉淡○柳枝金軟○蘭芽香暖◎滕城誰種芙蓉(二)滿◎浸銀蟾影○一夜萬花開遍◎翠樓朱户○是處重簾競捲◎　羅綺簇歡聲一

(一)「木」，《欽定詞譜》、《全宋詞》均作「鶩」。
(二)「蓉」，《詞律》、《全宋詞》均作「蕖」。

片○看五馬行春旌旆遠◎擁襦袴十[一]里歌謡○都入太平絃管◎且莫厭瑶觴屢勸◎恐[二]鳳詔催歸非晚◎願歲歲今夜裏○端門侍宴◎

又　百七字，仄十韻。　張　先

飛雲過盡○明河淺○天無畔◎草色棲螢○霜華侵曙[三]○輕飇弄袂○澄瀾拍岸◎宴玉塵談賓○倚瓊枝秀○挹雕觴滿◎午夜中秋○十分圓月○香槽撥鳳○朱絃軋雁◎　正是欲醒還醉○臨空悵遠○壺更疊換◎對東西數里回塘○恨零落芙蓉春不管◎籠燈待散◎誰知道座有離人○目斷雙歌伴◎煙江艇子歸來晚◎

又　百十字，仄八韻。　沈會宗

梅英弄粉○尚淺寒臘雪消未盡◎布彩箔層樓高下○燈火萬點○金蓮相照映◎香徑縱横○

[一]「十」，《詞律》、《全宋詞》均作「千」。

[二]「恐」，《詞律》、《全宋詞》均作「聞」。

[三]「侵曙」，《欽定詞譜》作「侵暑」，《全宋詞》作「清暑」。

聽畫鼓聲聲隨步緊◎漸霄漢無雲○月華如水○夜久露清風迅◎　輕車趁馬○微塵雜霧○帶曉色綺羅生潤◎花陰下瞥見仍回○但時聞笑音中香陣陣◎奈酒闌人困○殘漏裏年年餘恨◎歸來沈醉○何處一片笙歌又近◎

永遇樂　百四字，仄八韻。　蘇　軾

明月如霜○好風如水○清景無限◎曲港跳魚○圓荷瀉露○寂寞無人見◎紞如三鼓○錚然一葉○黯黯夢魂(一)驚斷◎夜茫茫○重尋無處○覺來小園行遍◎　天涯倦客○山中歸路○望斷故園心眼◎燕子樓空○佳人何在○空鎖樓中燕◎古今如夢○何曾夢覺○但有舊歡新怨◎異時對○黄樓夜景○爲余浩歎◎

又　百四字，平八韻。　陳允平

玉腕籠寒○翠闌憑曉○鶯調新簧◎暗水穿苔○遊絲度柳○人靜芳晝長◎雲南歸雁○樓西

(一)「魂」，《全宋詞》作「雲」。

飛燕○去來慣認炎涼◎王孫遠○青青草色○幾回望斷柔腸◎　薔薇舊約○尊前一笑○等閒孤負年光◎鬬草庭空○拋梭架冷○簾外風絮香◎傷春情緒○惜花時候○日斜尚未成妝◎聞嬉笑○誰家女伴○又還採桑◎

惜餘歡　百四字，仄九韻。　黃庭堅

四時美景○正年少賞心○頻啓東閣◎芳酒載盈車○喜朋侶簪盍◎杯觶(一)交飛○勸酬互(二)獻○正酣飲醉主人(三)陳榻◎坐來爭奈○玉山未頹○興尋巫峽◎　歌闌旋燒絳蠟◎況漏傳(四)銅壺○煙斷香鴨◎猶整醉巾(五)花○倩(六)纖手重插◎相將扶上○金鞍騕褭○碾春焙願少延歡洽◎未須歸去○重尋豔歌○更留時霎◎

(一)「觶」，《詞律》、《全宋詞》均作「觴」。
(二)「互」，《詞律》、《全宋詞》均無。
(三)「人」，《詞律》、《欽定詞譜》、《全宋詞》均作「公」。
(四)「傳」，《詞律》、《欽定詞譜》、《全宋詞》均作「轉」。
(五)「巾」，《詞律》、《欽定詞譜》、《全宋詞》均作「中」。
(六)「倩」，《詞律》、《钦定词谱》、《全宋詞》均作「借」。

瀟湘逢故人慢　百四字，平九韻，「逢」又作「憶」。　王安禮

薰風微動◯方榴花㈠弄色◯萱草成窩㈡◎翠帷敞◯輕羅試◯冰簟初展◯幾尺湘波◎疏簾㈢廣廈◯寄㈣瀟灑一枕南柯◎引多少夢中㈤歸緒◯洞庭雨棹煙蓑◎　驚回處◯閒晝永◯但㈥時時燕雛鶯友相過◎正緑影婆娑◎況庭有幽花◯池有新荷◎青梅煮酒◯幸隨分贏取㈦高歌◎功名事◯到頭終在◯歲華忍負清和◎

拜新月慢　百四字，仄十韻，「新」又作「星」。　周邦彥

夜色催更◯清塵收露◯小曲幽坊月暗◎竹檻燈窻◯識秋娘庭院◎笑相遇◯似覺瓊枝玉樹

㈠「榴花」，《欽定詞譜》、《全宋詞》均作「櫻桃」。
㈡「窩」，《欽定詞譜》、《全宋詞》均作「窠」。
㈢「簾」，《詞律》、《欽定詞譜》均作「簷」。
㈣「寄」，《詞律》、《欽定詞譜》均作「稱」。
㈤「中」，《詞律》、《欽定詞譜》均作「魂」。
㈥「但」，《詞律》、《欽定詞譜》均作「更」。
㈦「取」，《欽定詞譜》、《全宋詞》均作「得」。

相倚○暖日明霞光爛◎水眄蘭情○總平生稀見◎　畫圖中舊識春風面◎誰知道自到瑶臺畔◎眷戀雨潤雲温○苦驚風吹散◎念荒寒寄宿無人館◎重門閉敗壁秋蟲歎◎怎奈向一縷相思○隔溪山不斷◎

綺寮怨　百四字，平十一韻。　周邦彦

上馬人扶殘醉○曉風吹未醒◎映水曲翠瓦朱簷○垂楊裏乍見津亭◎當時曾題敗壁○蛛絲罩淡墨苔暈青◎念去來歲月如流○徘徊久○歎息愁思盈◎　去去倦尋路程◎江陵舊事○何曾再問楊瓊◎舊曲淒清◎斂愁黛與誰聽◎尊前故人如在○想念我最關情◎何須渭城◎歌聲未盡處○先淚零◎

花心動　百四字，仄十韻。　劉鎮

鳩雨催晴○遍園林一番緑嬌紅媚◎柳外金衣○花底香鬚○消得豔陽天氣◎障泥步錦尋芳路○稱來往縱横珠翠◎笑攜手旗亭問酒○更酬春思◎　還記◎東山樂事◎向歌雪香中○伴春沈醉◎粉袖殢人○彩筆題詩○陶寫老來風味◎夜深銀燭明如晝○待歸去看承花

睡◎夢雲散○屏山半熏沈水◎

【按】《花心動》以南宋劉鎮詞爲例，不典型。北宋詞人多有作者。後段「還記」標韻，應誤。《詞律》、《欽定詞譜》所列《花心動》於此均未標韻，考宋詞例，用韻罕見。兹韻乃偶用，非定式。

百宜嬌 百四字，仄九韻。 呂渭老

隙月垂篦○亂蛩催織○秋晚嫩涼庭(一)户◎燕拂簾旌○鼠窺窻網○寂寂飛螢來去◎金鋪鎮掩○謾記得花時南浦◎約重陽萸糝菊英○小樓遥夜歌舞◎ 銀燭暗佳期細數◎簾幕漸西風○半(二)窗秋雨◎葉底翻紅○水面皺碧○燈火裁縫砧杵◎登高望極○正霧暗(三)官槐歸路◎定須(四)將寶馬鈿車○訪吹簫侶◎

(一)「庭」，《詞律》、《全宋詞》均作「房」。
(二)「半」，《詞律》、《欽定詞譜》、《全宋詞》均作「午」。
(三)「暗」，《詞律》、《欽定詞譜》、《全宋詞》均作「鎖」。
(四)「須」後，《全宋詞》有一「相」字。

月中桂　百四字，仄十韻。　趙彦端

露醑無情○送長歌未終○已醉離別◎何如暮雨○釀一襟涼潤○來留佳客◎好山侵座碧◎勝昨夜疏星淡月◎君欲翩然去○人間底許○員嶠問帆席◎　詩情病(一)非疇昔◎賴親朋對影○且慰良夕◎風流雨散○定幾回腸斷○能禁頭白◎爲君煩素手○薦碧藕輕絲細雪◎去去江南路○猶應水雲秋共色◎

澡蘭香　百四字，仄八韻。　吴文英

盤絲繫腕○巧篆垂簪○玉隱紺紗睡覺◎銀瓶露井○彩箑雲窻○往事少年依約◎爲當時曾寫榴裙○傷心紅綃褪萼◎炊(二)黍夢○光陰漸老○汀洲煙蒻◎　莫唱江南古調○怨抑難招○楚江沈魄◎薰風燕乳○暗雨梅黄○午鏡澡蘭簾幕◎念秦樓也擬人歸○應剪菖蒲自酌◎但悵望一縷新蟾○隨人天角◎

(一)「詩情病」,《全宋詞》作「詩債酒病」。
(二)「吹」,《全宋詞》無。

霜花腴 百四字，平十韻。 吴文英

翠微路窄○醉晚風憑誰爲整攲冠◎霜飽花腴○燭消人瘦○秋光做也都難◎病懷强寬◎恨雁聲偏落尊(一)前◎記年時舊宿淒涼○暮煙秋雨野橋寒◎　妝靨鬢英爭豔○度清商一曲○暗墜金蟬◎芳節多陰○蘭情稀會○晴暉稱拂吟箋◎更移畫船◎引佩環邀下嬋娟◎算明朝未了重陽○紫萸應耐看◎

向湖邊 百四字，仄十韻。 江緯

退處鄉關○幽棲林藪○舍宇第須茆蓋◎翠巘清泉○啓軒窗遥對◎遇等閒鄰里過從○親朋臨顧○草草便成歡會◎策杖攜壺○向湖邊柳外◎　旋買溪魚○便斫銀絲膾◎誰復欲痛飲○如長鯨吞海◎共惜醺酣○恐歡娱難再◎矧清風明月非錢買◎休追念金馬玉堂心膽碎◎且鬬尊前○有阿誰身在◎

(一)「尊」，《欽定詞譜》、《全宋詞》均作「歌」。

送入我門來　百四字，平八韻。　胡浩然

荼壘安扉○靈馗掛户○神儺烈竹轟雷◎動念流光○四序式週回◎須知今歲今朝(一)盡○似頓覺明年明日催◎向今夕○是處迎春送臘○羅綺筵開◎　今古偏同此夜○賢愚共添一歲○貴賤仍偕◎互祝遐齡○山海固難摧◎石崇富貴籛鏗壽○更潘岳儀容子建才◎仗東風盡力○一齊吹送○入此門來◎

綺羅香　百四字，仄八韻。　史達祖

做冷欺花○將煙困柳○千里偷催春暮◎盡日冥迷○愁裏欲飛還住◎驚粉重蝶宿西園○喜泥潤燕歸南浦◎最妨它佳約風流○鈿車不到杜陵路◎　沈沈江上望極○還被春潮晚急○難尋官渡◎隱約遥峰○和淚謝娘眉嫵◎臨斷岸新緑生時○是落紅帶愁流處◎記當日門掩梨花○翦燈深夜語◎

(一)「朝」，《欽定詞譜》、《全宋詞》均作「宵」。

又 百四字，仄九韻。 張　炎

萬里飛霜○千山[一]落木○寒豔不招春妒◎楓冷吴江○獨客又吟愁句◎正船艤流水孤村○似花遶斜陽歸路◎甚荒溝一片淒涼○載情不去載愁去◎　長安誰問倦旅◎羞見衰顔借酒○飄零如許◎謾倚新妝○不入洛陽花譜◎爲回風起舞尊前○盡化作斷霞千縷◎記陰陰緑遍江南○夜窗聽暗雨◎

西湖月 百四字，仄八韻。 黄子行

初弦月掛林梢○又一度[二]西園○探梅消息◎粉牆朱户○苔枝露蕊○淡匀輕飾◎玉兒應有恨○爲悵望東昏相記憶◎便解佩飛入雲階○長伴此花傾國◎　還嗟瘦損幽人[三]○記立馬攀條○倚闌横笛◎少年風味○拈花弄蕊○愛香憐色◎揚州何遜在○試點染吟箋留醉墨◎謾贏得疏影寒窗○夜深孤寂◎

[一]「山」，《欽定詞譜》、《全宋詞》均作「林」。

[二]「度」，《全宋詞》作「番」。

[三]「還嗟瘦損幽人」，《全宋詞》作「詩腰瘦損劉郎」。

春從天上來　百四字，平十一韻。　吴　激

海角飄零◎歎漢苑秦宮○墜露飛螢◎夢回(一)天上○金屋銀屏◎歌吹競舉青冥◎問當時遺譜○有絶藝鼓瑟湘靈◎促哀彈○似林鶯嚦嚦○山溜泠泠◎　梨園太平樂府○醉幾度春風○鬢變星星◎舞徹(二)中原○塵飛滄海○風雪萬里龍庭◎寫胡(三)笳幽怨○人憔悴不似丹青◎酒微醒◎對一軒(四)涼月○燈火青熒◎

又　百六字，平十二韻。　張　炎

海上回槎◎認舊時鷗鷺○猶戀蒹葭◎影散香消○水流雲在○疏樹十里寒沙◎難問錢塘蘇小○都不見擘竹分茶◎更堪嗟◎向荻花江上○誰弄琵琶◎　煙霞◎自延晚照○盡換了西陵(五)○窈窕紋紗◎蝴蝶飛來○不知是夢○猶疑春在鄰家◎一掬幽懷難寫○春何處春

(一)「回」，《欽定詞譜》作「裡」。
(二)「徹」，《全宋詞》作「破」。
(三)「胡」，《欽定詞譜》作「秋」，
(四)「軒」，《全宋詞》作「窻」。
(五)「陵」，《欽定詞譜》、《詞律拾遺》均作「林」。

已天涯◎減繁華◎是山中杜宇○不是楊花◎

合懽帶　百五字，平九韻。

柳　永

身材兒早是妖嬈◎算風措○實難描◎一個肌膚渾似玉○更都來占了千嬌◎妍歌豔舞○鶯慚巧舌○柳妒纖腰◎自相逢○便覺韓娥價減○飛燕聲銷◎　桃花零落○溪水潺湲○重尋仙徑非遥◎莫道千金酬一笑○便明珠萬斛須邀◎檀郎幸有○淩雲詞賦○擲果風標◎況當年○便好相攜○鳳樓深處吹簫◎

又　百五字，平十韻。

杜安世

樓臺高下玲瓏◎鬬芳樹[一]○緑陰濃◎芍藥孤棲香豔晚○見櫻桃萬顆初紅◎巢喧乳燕○珠簾鏤[二]曳○滿户香風◎罩紗幃象床屏枕○晝眠才似朦朧◎　起來無語更兼慵◎念

[一]「樹」，《全宋詞》作「草」。
[二]「鏤」，《欽定詞譜》作「縷」。

分明往事成空◎被你厭厭牽繫我○怪纖腰繡帶寬鬆◎春來早是○分飛兩處○長恨西東◎到如今扇移明月○簟鋪寒浪與誰同◎

曲玉琯　百五字，平仄通叶，平七仄二，三疊。　柳　永

隴首雲飛○江邊日晚○煙波滿目憑闌久◎一[一]望關河蕭索○千里清秋◎忍凝眸◎杳杳神京○盈盈仙子○別來錦字終難偶◎斷雁無憑○冉冉飛下汀洲◎思悠悠◎　暗想當初○有多少幽歡佳會○豈知聚散難期○翻成雨恨雲愁◎阻追遊◎悔[二]登山臨水○惹起平生心事○一場銷黯○永日無言○卻下層樓◎

【按】《詞律》、《欽定詞譜》均作前後兩段，後段起句「暗想當初」。《欽定詞譜》曰：「此詞前段截然兩對，即《瑞龍吟》調所謂拽頭也。」自本譜將前段分兩段，成雙拽頭，《全宋詞》從之。此詞無別首宋詞可校，姑陳述於此，以備斟酌。

[一]「一」，《全宋詞》作「立」。

[二]「悔」，《全宋詞》作「每」。

尉遲杯　百五字，仄十二韻。　柳永

寵佳麗◎算九衢紅粉皆難比◎天然嫩臉修蛾○不假施朱描翠◎盈盈秋水◎恣雅態欲語先嬌媚◎每相逢月夕花朝○自有憐才深意◎　綢繆鳳枕鴛被◎深深處○瓊枝玉樹相倚◎困極歡餘○芙蓉帳暖○别是惱人情味◎風流事難逢雙美◎況已斷香雲爲盟誓◎且相將盡意(一)平生○未肯輕分連理◎

又　百五字，仄九韻。　周邦彦

隋堤路◎漸日晚密靄生芳樹◎陰陰淡月籠沙○還宿河橋深處◎無情畫舸○都不管煙波隔南浦◎等行人醉擁重衾○載將離恨歸去◎　因念(二)舊客京華○長偎傍疏林小檻歡聚◎冶葉倡條俱相識○仍慣見珠歌翠舞◎如今向漁村水驛○夜如歲焚香獨自語◎有何人念我無憀○夢魂凝想鴛侶◎

(一)「盡意」，《全宋詞》作「共樂」。
(二)「念」，《欽定詞譜》作「思」。

又　百六字，平十韻。　晁補之

去年時◎正愁絶過卻紅杏飛◎沈吟杏子青青(一)○追悔負好花枝◎今年春又到◎傍小闌日日數花期◎花有信人卻無憑○故教芳意遲遲◎　及至待得融怡◎未攀條拈蕊○又(二)歎春歸◎怎得春如天不老○更教花與月相隨◎都將命拚與酬花○似峴山落日客猶迷◎盡歸路拍手攔街○笑人沈醉如泥◎

【按】詞調説明「平十韻」，實標十一韻。與《欽定詞譜》較，兹多「今年春又到」韻。「今年春又到」，《詞律》、《欽定詞譜》均作句。另：前段第三句「沈吟杏子青青」，後「青」字，《詞律》、《欽定詞譜》、《全宋詞》均作「時」。《詞律》以爲「時」叶韻。據《尉遲杯》其他體式，第三段均作句。以此，「時」不宜作韻。

西河　百五字，仄十三韻，「河」又作「湖」，三疊。　周邦彦

佳麗地◎南朝盛事誰記◎山圍故國遶清江○髻鬟對起◎怒濤寂寞打孤城○風檣遥度天

(一)「青」，《詞律》、《欽定詞譜》、《全宋詞》均作「時」。
(二)「又」，《全宋詞》作「已」。

際◎　斷崖樹○猶倒倚◎莫愁艇子曾繫◎空餘舊跡鬱蒼苔(一)○霧沈半壘◎夜深月過女牆來○傷(二)心東望淮水◎　酒旗戲鼓甚處市◎想依稀王謝鄰里◎燕子不知人(三)世◎入尋常巷陌人家相對◎如說興亡斜陽裏◎

南浦　百五字，仄十韻。　程垓

金鴨懶熏香○向晚來春酲一枕無緒◎濃綠漲瑶窗○東風外吹盡亂紅飛絮◎無言佇立○斷腸惟有流鶯語◎碧雲欲暮◎空惆悵韶華○一時虛度◎　追思舊日心情○記題葉西樓○吹花南浦◎老去覺懽疏○傷春恨都付斷雲殘雨◎黃昏院落○問誰猶在憑闌處◎可堪杜宇◎但(四)只解聲聲○催他春去◎

(一)「苔」，《全宋詞》作「蒼」。
(二)「傷」，《全宋詞》作「賞」。
(三)「人」，《全宋詞》作「何」。
(四)「但」，《詞律》、《欽定詞譜》、《全宋詞》均作「空」。

又 百五字，仄九韻。 張炎

波暖緑粼粼◯燕飛來好是蘇堤纔曉◎魚没浪痕圓◯流紅去翻笑東風難掃◎荒橋斷浦◯柳陰撑出漁船(一)小◎回首池塘青欲遍◯絶似夢中芳草◎ 和雲流出空山◯甚年年淨洗花香不了◎新緑乍生時◯孤村路猶記(二)那時(三)曾到◎餘情渺渺◎茂林觴詠如今悄◎前度劉郎歸去後◯溪上碧桃多少◎

又 百二字，另格，平八韻。 魯逸仲(四)

風悲畫角◯聽單于三弄落譙門◎投宿駸駸征騎◯飛雪滿孤村◎酒市漸闌(五)燈火◯正敲窗亂葉舞紛紛◎送數聲驚雁◯乍(六)離煙水◯嘹唳度寒雲◎ 好在半朧淡月◯到如今

(一)「漁船」，《欽定詞譜》、《全宋詞》均作「扁舟」。
(二)「記」，《欽定詞譜》、《全宋詞》均作「憶」。
(三)「時」，《欽定詞譜》、《全宋詞》均作「回」。
(四)《全宋詞》作者孔夷，魯逸仲乃孔夷之隱名。
(五)「闌」，《全宋詞》作「閒」。
(六)「乍」，《全宋詞》作「下」。

無處不銷魂◎故國㈠梅花飛㈡夢○愁損緑羅裙◎爲問暗香閒豔○也相思萬點付啼痕◎算翠屏應是○兩眉餘恨倚黄昏◎

花發沁園春 百五字，平八韻。 王詵

帝里春歸○早先妝點○皇家池館園林◎雛鶯未遷○燕子乍歸○時節戲弄晴陰◎瓊樓珠閣○恰正在柳曲花心◎翠袖豔妝㈢○憑闌干○慣聞絃管新音◎ 此際相攜宴賞○縱行樂隨處○芳樹遥岑◎桃腮杏臉○嫩英細㈣葉○千枝緑淺紅深◎輕風煦㈤日○泛暗香長滿衣襟◎洞户醉歸○放㈥笙歌○晚來雲海沈沈◎

㈠「國」，《欽定詞譜》作「園」。
㈡「飛」，《詞律》、《欽定詞譜》、《全宋詞》均作「歸」。
㈢「妝」，《欽定詞譜》、《詞律拾遺》作「依」，《全宋詞》作「衣」。
㈣「細」，《欽定詞譜》、《詞律拾遺》、《全宋詞》均作「萬」。
㈤「煦」，《欽定詞譜》、《全宋詞》均作「終」。
㈥「放」，《全宋詞》作「訪」。

句。

【按】前後段末三句，《欽定詞譜》作三四六，茲譜作四三六，《詞律拾遺》併三句作二句，作七六二句。以宋詞別首校之，《欽定詞譜》、《詞律拾遺》可從。本譜作四三六值得商榷。

又 百五字，仄十一韻。 劉子寰

換譜伊涼○選歌燕趙○一番樂事重起◎花迎(一)笑靨○柳軟纖腰○濟(二)楚眾芳圍裏◎年年佳會◎長是傍清明天氣◎正魏紫衣染天香○蜀紅妝(三)破春睡◎ 一簇猩紅鳳翠◎遍東園西城○點檢芳字(四)◎鈴齋吏散○晝館人稀○幾闋管絃清脆◎人生適意◎流轉共風光遊戲◎到遇景取次成歡○怎教良夜休醉◎

憶瑤姬 百五字，平十二韻，「憶」又作「別」。 蔡伸

微雨初晴◎洗瑤空萬里○月掛冰輪◎廣寒宮闕迥(五)○望素娥縹緲○丹桂亭亭◎金盤露

(一)「迎」，《欽定詞譜》、《全宋詞》均作「新」。
(二)「濟」，《欽定詞譜》作「齊」。
(三)「紅妝」，《全宋詞》作「妝紅」。
(四)「字」，《全宋詞》作「事」。
(五)「迥」，《詞律》作「□」，《全宋詞》作「近」。

冷○玉樹風輕◎倍(一)覺秋思清◎念去年曾共吹簫侶○同賞蓬瀛◎　奈此夜旅泊江城◎謾花光眩目○緑酒如澠◎幽懷終有恨○恨綺窻清影○虛照娉婷◎藍橋路(二)杳○楚館雲深◎擬憑歸夢尋(三)◎强就枕○無奈孤衾夢易驚◎

又

百九字，平九韻。　　史達祖

嬌月籠煙○下楚嶺春(四)分兩朵湘雲◎花房時漸密(五)○弄杏箋初會○歌袖(六)殷勤◎沈沈夜久西窗○屢隔蘭燈幔影昏◎自彩鸞飛入芳巢○繡屏羅薦粉光新◎　十年未始輕分◎念此飛花○可憐柔脆銷春◎空餘雙淚眼○到舊家時節(七)○謾染愁巾◎神仙(八)説道淩

(一)「倍」，《詞律》作「□」。
(二)「路」，《詞律》無，《全宋詞》作「□」。
(三)「尋」，《欽定詞譜》作「輕」，《詞律》、《全宋詞》作「去」。
(四)「春」，《詞律》、《欽定詞譜》、《全宋詞》均作「香」。
(五)「時漸密」，《詞律》、《全宋詞》均作「漸密時」。
(六)「袖」，《詞律》、《欽定詞譜》、《全宋詞》均作「裡」。
(七)「節」，《詞律》、《全宋詞》均作「郎」。
(八)「神仙」，《詞律》、《全宋詞》均作「袖止」。

虛◯一夜相思玉樣人◎但起來梅發窻前◯哽咽疑是君◎

夢橫塘　百五字，仄八韻。　劉一止

浪痕經雨◯林(一)影吹寒◯曉來無限蕭瑟◎野色分橋◯翦不斷前溪(二)風物◎船繫朱藤◯路迷煙寺◯遠鷗浮没◎聽疏鐘斷鼓◯似近還遥◯驚心事◯傷羈客◎新醅旋壓鵝黄◯拚清愁在眼◯酒病縈骨◎繡閣嬌慵◯爭解説短書(三)傳憶◎念誰伴塗妝綰髻(四)◯嚼蕊吹花弄秋色◎恨對南雲◯此時淒斷◯有何人知得◎

秋霽　百五字，仄十韻，即《春霽》。　胡浩然(五)

虹影侵階◯乍雨歇長空◯萬里凝碧◎孤鶩高飛◯落霞相映◯遠狀水鄉秋色◎黯然望極◎

(一)「林」，《詞律》、《全宋詞》均作「髩」。
(二)「前溪」，《全宋詞》作「溪山」。
(三)「書」，《欽定詞譜》、《全宋詞》均作「封」。
(四)「髻」，《全宋詞》作「結」。
(五)《全宋詞》作者佚名。

動人無限愁如織◎又聽得雲外數聲新雁正嘹嚦◎　當此暗想○繡(一)閣輕拋○杳然殊無○些個消息◎漏聲稀銀屏冷落○那堪殘月照窗白◎衣帶頓寬猶阻隔◎算此情苦○除非宋玉風流○共懷傷感○有誰知得◎

陽春(二)　百五字，仄十韻。

史達祖

杏花煙○梨花月○誰與暈開春色◎坊巷曉愔愔○東風斷○舊火銷處近寒食◎少年蹤跡◎愁暗隔水南山北◎還是寶絡雕鞍◎被鶯聲喚來香陌◎　記飛蓋西園○寒猶凝結(三)◎驚醉耳誰家夜笛◎燈前重簾不掛○殢華裾粉淚曾拭◎如今故里信息◎賴海燕年時相識◎奈芳草正鎖江南夢○春衫怨碧◎

(一)「繡」，《全宋詞》作「畫」。
(二)《全宋詞》調名《陽春曲》。
(三)「結」，《欽定詞譜》無。

解連環 百六字，仄十韻，又名《望梅》。 周邦彦

怨懷無(一)托◎嗟情人斷絶○信音遼邈◎縱妙手能解連環○似風散雨收○霧輕雲薄◎燕子樓空○暗塵鎖一床絃索◎想移根換葉○盡是舊時○手種紅藥◎ 汀洲漸生杜若◎料舟依岸曲○人在天角◎謾記得當日音書○把閑語閑言○待總燒却◎水驛春回○望寄我江南梅萼◎拚從今(二)對花對酒○爲伊淚落◎

夜飛鵲 百六字，平九韻。 周邦彦

河橋送人處○良(三)夜何其◎斜月遠墜(四)餘輝◎銅盤燭淚已流盡○霏霏涼露沾衣◎相將散離會(五)○探風前津鼓○樹杪參旗◎花驄會意○縱揚鞭亦自行遲◎ 迢遞路回清

(一)「無」，《詞律拾遺》作「誰」。
(二)「從今」，《欽定詞譜》、《詞律拾遺》、《全宋詞》均作「今生」。
(三)「良」，《欽定詞譜》作「涼」。
(四)「墜」，《詞律》、《欽定詞譜》、《全宋詞》均作「墮」。
(五)「會」後，《詞律》有一「處」字。

野○人語漸無聞○空帶愁歸◎何意重經前（一）地○遺鈿不見○芳（二）逕都（三）迷◎兔葵燕麥○向斜（四）陽影（五）與人齊◎但徘徊班草○欷歔酹酒○極望天西◎

泛清波摘遍　百六字，仄十一韻。　晏幾道

催花雨小○著柳風柔○都（六）似去年時候好◎露紅煙緑○盡有狂情鬭春早◎長安道◎秋千影裏○絲管聲中○誰放豔陽輕過了◎倦客登臨○暗惜光陰恨多少◎　楚天渺◎歸思正如亂雲○短夢未成春（七）草◎空把吳霜點（八）鬢華○自悲清曉◎帝城杳◎雙鳳舊約漸虛○孤鴻後期難到◎且趁朝花夜月○翠尊頻倒◎

（一）「經前」，《全宋詞》作「紅滿」。
（二）「芳」，《詞律》、《欽定詞譜》、《全宋詞》均作「斜」。
（三）「都」，《欽定詞譜》作「迷」。
（四）「斜」，《欽定詞譜》作「殘」。
（五）「影」，《全宋詞》作「欲」。
（六）「都」，《詞律》作「多」。
（七）「春」，《詞律》、《欽定詞譜》、《全宋詞》均作「芳」。
（八）「點」，《詞律》、《全宋詞》均無。

望海潮　百七字，平十一韻。　柳永

東南形勝○江湖[一]都會○錢塘自古繁華◎煙柳畫橋○風簾翠幕○參差十萬人家◎雲樹繞堤沙◎怒濤卷霜雪○天塹無涯◎市列珠璣○户盈羅綺競豪奢◎　重湖疊嶂[二]清佳◎有三秋桂子○十里荷花◎羌管弄晴○菱歌泛夜○嬉嬉釣叟蓮娃◎千騎擁高牙◎乘醉聽簫鼓○吟賞煙霞◎異日圖將好景○歸去鳳池誇◎

【按】詞調説明「平十一韻」，實標十二韻，「市列珠璣」標韻，誤，改標句。

望湘人　百七字，仄十一韻。　賀鑄

厭鶯聲到枕○花氣動簾○醉魂愁夢相半◎被惜餘薰○帶驚剩眼○幾許傷春春晚◎淚竹痕鮮○佩蘭香老○湘天濃暖◎記小江風月佳時○屢約非煙遊伴◎　須信鸞弦易斷◎奈雲

[一]「江湖」，《全宋詞》作「三吴」。

[二]「嶂」，《欽定詞譜》、《全宋詞》均作「巘」。

和再鼓◯曲終人遠◎認羅襪無蹤◯舊處弄波清淺◎青翰棹◯艤白蘋洲畔◎盡目臨皋(一)飛觀◎不解寄 一字相思◯幸有歸來雙燕◎

飛雪滿群山 百七字，平八韻。 蔡伸

冰結金壺◯寒生羅幕◯夜闌霜月侵門◎翠筠敲韻(二)◯疏梅弄影◯數聲雁過南雲◎酒醒欹粲枕◯愴猶有殘妝淚痕◎繡衾孤擁◯餘香未減◯猶是那時熏◎ 長記得扁舟尋舊約◯聽小窗風雨◯燈火昏昏◎錦裀才展◯瓊籤報曙◯寶釵又是輕分◎黯然攜手處◯倚朱箔愁凝黛顰◎夢回雲散◯山遙水遠空斷魂◎

角招 百七字，仄十七韻。 趙以夫

曉寒(三)薄◎苔枝上翦成萬點冰萼◎暗香無處著◎立馬斷魂◯晴雪籬落◎橫溪(四)略彴◎

(一)「皋」，《詞律》作「高」。
(二)「韻」，《詞律》、《全宋詞》均作「竹」。
(三)「寒」，《欽定詞譜》、《全宋詞》均作「風」。
(四)「橫溪」，《詞律》無「橫」字，《欽定詞譜》作「溪橫」。

恨寄驛音書遼邈◎夢遶揚州東閣◎風流舊日何郎○想依然林壑◎　離索◎引杯自酌◎相看冷淡○一笑人如削◎水雲寒漠漠◎十萬(一)群仙○同驂(二)霜鶴◎幾多幽(三)約。正月滿瑶臺珠箔◎夢斷(四)闌干寂寞◎盡分付許多愁○城頭角◎

一寸金　百八字，仄八韻。

柳永

井絡天開○劍嶺横雲(五)控西夏◎地勝異○錦里風光(六)○蠶市繁華○簇簇歌臺舞榭◎雅俗多遊賞○輕裘俊靚妝豔冶◎當春晝摸石池(七)邊○浣花溪上景如畫◎　夢應三刀○

(一)「十萬」，《詞律》、《欽定詞譜》、《全宋詞》均作「底處」。
(二)「同驂」，《詞律》、《欽定詞譜》、《全宋詞》均作「飛來」。
(三)「幾多幽」，《欽定詞譜》、《全宋詞》均作「芳姿綽」。
(四)「夢斷」，《詞律》、《欽定詞譜》、《全宋詞》均作「徙倚」。
(五)「横雲」，《全宋詞》作「雲横」。
(六)「光」，《全宋詞》作「流」。
(七)「池」，《全宋詞》作「江」。

橋名萬里○中和政多暇◎仗漢節○攬轡澄清○高掩武侯勳業○文翁雅[一]化◎台鼎思[二]賢久○方鎮靜又還[三]命駕◎空遺愛兩蜀三川○異日成佳話◎

又 百八字，仄八韻。 周邦彦

州夾蒼崖○下枕江山是城郭◎望海霞接日○紅翻水面○晴風吹草○青摇山脚◎波暖鳧鷖泳◎沙痕退夜潮正落◎疏林外一點炊煙○渡口參差正寥廓◎　自歎勞生○經年何事○京華信漂泊◎念渚蒲汀柳○空歸閑夢○風輪雨楫◎終辜前約◎情景牽心眼○流連處利名易薄◎回頭謝冶葉倡條○便入漁釣樂◎

[一]「雅」，《欽定詞譜》、《全宋詞》均作「風」。
[二]「思」，《全宋詞》作「須」。
[三]「還」，《全宋詞》作「思」。

折紅梅　百八字，仄十韻。　杜安世(一)

喜輕(二)澌初泮(三)○微和漸入○郊原(四)時節◎春消息○夜來陡(五)覺紅梅○數枝爭發◎玉溪仙館○不似(六)個尋常標格◎化工別與○一種風情○似匀點胭脂○染成香雪◎　重吟細閱◎比繁杏夭桃○品流終(七)別◎只愁共(八)彩雲易散○冷落謝池風月◎憑誰向說◎三弄處龍吟休咽◎大家留取○時倚闌干○聞(九)有花堪折○勸君須折◎

【按】詞調説明「仄十韻」，實標十一韻。「春消息」標韻，誤。《詞律》、《欽定詞譜》均作句。茲徑改。

(一)《全宋詞》作者吴感。
(二)「輕」，《欽定詞譜》、《全宋詞》均作「冰」。
(三)「泮」，《詞律》作「綻」。
(四)「郊原」，《全宋詞》作「東郊」。
(五)「陡」，《全宋詞》作「頓」。
(六)「似」，《全宋詞》作「是」。
(七)「流終」，《全宋詞》作「格真」。
(八)「只愁共」，《詞律》作「可惜」。
(九)「聞」，《詞律》作「間」。

又　百八字，仄十二韻。

吳　應[一]

睹南翔征雁◎疏林敗葉○凋霜零亂◎獨紅梅自守歲寒○天教最後開綻◎盈盈水畔◎疏影蘸橫斜清淺◎化工似[二]把○深色燕支○怪姑射冰姿○剩與紅間◎　誰人寵眷◎待金鎖不開○憑闌先看◎曾飛落壽陽粉額○妝成漢宮傳遍◎江南風暖◎春信喜一枝清遠◎對酒便好○折取奇葩[三]○撚清香重嗅○舉杯重勸◎

薄倖　百八字，仄十韻。

賀　鑄

淡妝[四]多態◎更的的頻回眄睞◎便認得琴心先許○與綰合歡[五]雙帶◎記畫堂風[六]月逢

(一)《詞律》作者吳應，《欽定詞譜》作者杜安世，《全宋詞》作者佚名。
(二)「似」，《詞律》作「自」。
(三)「葩」，《全宋詞》作「苞」。
(四)「淡妝」，《全宋詞》作「艷真」。
(五)「與綰合歡」，《全宋詞》作「與寫宜男」。
(六)「風」，《全宋詞》作「斜」。

迎〇輕顰淺(一)笑嬌無奈◎待翡翠屏開〇芙蓉帳掩(二)〇羞(三)把香羅偷解◎　自過了燒燈夜(四)〇都不見踏青挑菜◎幾回憑雙燕〇丁寧深意〇往來翻恨重簾礙◎約何時再◎正春濃酒暖(五)〇人閒晝永無聊賴◎厭厭睡起〇猶有花梢日在◎

惜黃花慢

百八字，仄十三韻。　趙以夫

眾芳凋謝◎堪愛處老圃寒花幽野◎照眼如畫◎爛然滿地金錢〇買斷金天(六)無價◎古香逸韻似幽(七)人〇更野服黃冠瀟灑◎向霜夜◎冷笑暖春〇桃李夭冶◎　心(八)期問與誰同〇記往昔獨自徘徊籬下◎采采盈把◎此時一段風流〇賴得白衣陶寫〇而今爲米負初

(一)「淺」，《全宋詞》作「微」。

(二)「待翡翠屏開，芙蓉帳掩」，《欽定詞譜》、《全宋詞》均作「向睡鴨爐邊，翔鴛屏裡」。

(三)「羞」，《全宋詞》作「與」。

(四)「燒燈夜」，《欽定詞譜》、《全宋詞》均作「收燈後」。

(五)「暖」，《全宋詞》作「困」。

(六)「天」，《全宋詞》作「錢」。

(七)「幽」，《詞律》、《欽定詞譜》、《全宋詞》均作「高」。

(八)「心」，《詞律》、《欽定詞譜》、《全宋詞》均作「襟」。

心◎且細摘輕浮三雅◎沈醉也◎夢落故園茆舍◎

又　百八字，平十二韻。　吳文英

送客吳皋◎正試霜夜冷○楓落長橋◎望天不盡○背城漸杳○離亭黯黯○恨水迢迢◎翠香零落紅衣老○暮愁鎖殘柳眉梢◎念瘦腰◎沈郎舊日○曾繫蘭橈◎　仙人鳳咽瓊簫◎悵斷魂送遠○九辯難招◎醉鬟留盼○小窗翦燭○歌雲載恨○飛上銀霄◎素秋不解隨塵(一)去○敗紅趁一葉寒濤◎夢翠翹◎怨紅(二)料過南譙◎

一萼紅　百八字，平九韻。　姜夔

古城陰◎有官梅幾許○紅萼未宜簪◎池面冰膠○牆腰雪老○雲意還又沈沈◎翠藤共閒穿逕竹○漸笑語驚起臥沙禽◎野老林泉○故王臺榭○呼喚登臨◎　南去北來何事○蕩湘雲楚水○目極傷心◎朱户黏雞○金盤簇燕○空歎時序侵尋◎記曾共西樓雅集○想垂楊還

(一)「塵」，《全宋詞》作「船」。

(二)「鴻」，《全宋詞》作「紅」。

裊萬絲金◎待得歸鞍到時○只怕春深◎

奪錦標　百八字，仄九韻。　張埜

涼月橫舟○銀潢(一)浸練○萬里秋容如拭◎冉冉鸞驂鶴馭○橋倚高寒○鵲飛空碧◎問懽情何(二)許○早收拾新愁重織◎恨人間會少離多○萬古千秋今夕◎　誰念文園病客◎夜色沈沈○獨抱一天岑寂◎忍記穿鍼臺(三)榭○金鴨香寒○玉徽塵積◎憑新涼半枕○又依稀行雲消息◎聽窗前淚雨浪浪(四)○夢裏簷聲猶滴◎

杜韋娘　百九字，仄九韻。　杜安世

暮春天氣○鶯兒燕子忙如織◎間嫩葉枝亞青(五)梅小○乍遍水新萍圓碧◎初牡丹謝了○

(一)「潢」，《全金元詞》、《全元詞》均作「橫」。

(二)「何」，《詞律》、《欽定詞譜》、《全金元詞》、《全元詞》均作「幾」。

(三)「臺」，《詞律》、《欽定詞譜》、《全金元詞》、《全元詞》均作「亭」。

(四)「浪浪」，《全金元詞》、《全元詞》均作「瀟瀟」。

(五)「枝亞青」，《詞律》、《全宋詞》均作「題詩哨」。

秋千搭起○垂楊暗鎖深深陌◎暖風輕○盡日閒把榆錢亂擲◎　恨寂寂◎芳容衰減○頓欹玳枕困無力◎爲少年狂蕩恩情薄○尚未有歸來消息◎想當初鳳侶鴛儔○喚作平生○更不輕離坼◎倚朱扉淚眼○滴損紅綃數尺◎

【按】前後段末二句共十一字，《詞律》、《欽定詞譜》前後段作三四四三句。兹譜前段末作三八兩句，後段末作五六二句。三者相較，《詞律》、《欽定詞譜》爲勝。

又　百九字，仄十一韻。　闕名

華堂深院○霜籠月彩生寒暈◎度翠幄風觸梅香噴◎漸歲晚春光將近◎惹離恨萬種○多情易感○歡難聚少愁成陣◎擁紅爐○鳳枕慵攲○銀燈挑盡◎　當此際爭忍◎前期後約○度歲無憑準◎對好景空積相思恨◎但自覺懨懨方寸◎擬蠻箋象管○丹青妙(一)手○寫出寄與伊教信◎盡千工萬巧○唯有心期難問◎

(一)「妙」，《欽定詞譜》、《全宋詞》均作「好」。

過秦樓　百九字，平九韻。　李甲

賣酒壚邊○尋芳原上○亂花飛絮悠悠◎已蝶飛(一)鶯散○便擬把長繩○繫日無由◎謾道草(二)忘憂◎也徒將酒解閒愁◎正江南春盡○行人千里○蘋滿汀洲◎有翠紅徑裏盈盈侶(三)○簇芳茵禊飲○宜笑宜謳(四)◎當暖風遲景○任相將永日○爛熳狂遊◎誰料(五)盛狂中○有離情忽到心頭◎向尊前擬問○雙燕來時○曾過秦樓◎

江城子慢　百九字，仄十四韻。　蔡松年

紫雲點楓葉◎巖樹小婆娑歲寒節◎占高潔◎纖苞暖○釀出梅魂蘭魄◎照濃碧◎茗碗添春花氣重○芸窻晚○濛濛浮霽月◎小眠鼻觀先通○廬山夢○舊清絕◎蕭閒平生淡泊◎

(一)「飛」，《詞律》、《欽定詞譜》、《全宋詞》均作「稀」。

(二)「草」，《欽定詞譜》作「莫」。

(三)「侶」，《全宋詞》作「似」。

(四)二「宜」字，《詞律》、《欽定詞譜》、《全宋詞》作二「時」字。

(五)「料」，《詞律》、《欽定詞譜》、《全宋詞》均作「信」。

獨芳温一念○猶未衰歇◎總(一)陳跡◎而今老○但覓茶酒禪榻◎寄閒寂◎風外天花無夢也○鴛鴦債從渠千萬劫◎夜寒回○施幽香○與愁客◎

八寶妝　百十字，仄九韻。

李　甲(二)

門掩黃昏○畫堂人寂○暮雨乍收殘暑◎簾卷疏星庭(三)户悄○隱隱嚴城鐘鼓◎空階(四)煙暝半開○斜月朦朧○銀河澄淡風悽楚◎還是鳳樓人遠○桃源無路◎　惆悵夜久星繁○碧雲(五)望斷○玉簫聲在何處◎念誰伴茜裙翠袖○共攜手瑤臺歸去◎對修竹森森院宇◎曲屏香暖凝沈炷◎問對酒當歌○情懷記得劉郎否◎

(一)「總」，《欽定詞譜》作「種種」。
(二)《全宋詞》作者劉燾。
(三)「庭」，《全宋詞》作「門」。
(四)「階」，《全宋詞》作「街」。
(五)「雲」，《全宋詞》作「空」。

又　百十字仄十二韻，又名《八犯玉交枝》。　仇遠

滄島雲連○綠瀛秋入○暮景欲[一]沈洲嶼◎無浪無風天地白○聽得潮生人語◎擎空孤柱◎翠倚高閣凌虛○中流蒼碧迷煙霧◎惟是廣寒門外○青無重數◎　不知是水是山○不知是樹◎漫漫知是何處[二]◎倩誰問凌波輕步◎謾凝睇乘鸞秦女◎想庭曲霓裳正舞◎莫須長笛吹愁去◎怕喚起魚龍○三更噴作前山雨◎

疏影　百十字，仄九韻，又名《綠意》、《解佩環》。　姜夔

苔枝綴玉◎有翠禽小小○枝上同宿◎客裏相逢○籬角黃昏○無言自倚修竹◎昭君不慣胡沙遠○但暗憶江南江北◎想佩環月夜歸來○化作此花幽獨◎　猶記深宮舊事○那人正睡裏○飛近蛾綠◎莫似春風○不管盈盈○早與安排金屋◎還教一片隨波去○又卻怨玉龍哀曲◎等恁時重覓幽香○已入小窻橫幅◎

[一]「欲」，《欽定詞譜》作「卻」。

[二]「不知是水是山，不知是樹。漫漫知是何處。」《全宋詞》作：「遥想貝闕珠宫，瓊林玉樹。不知還是何處。」

大聖樂　百十字，平八韻。　康與之[一]

千朵奇峰〇半軒微雨〇曉來初過◎漸燕子引教雛飛〇菡萏暗薰芳草〇池面涼多◎淺斟瓊卮浮綠蟻〇展湘簟雙紋生細波◎輕紈舉〇動團圓素月〇仙桂婆娑◎　臨風對月恣樂〇便好把千金邀豔娥◎幸太平無事〇擊壤鼓腹〇攜酒高歌◎富貴安居〇功名天賦〇爭奈皆由時命何[二]◎休眉鎖〇問朱顏去了〇還更來麼◎蔣捷詞起韻用仄叶。

又　百十字，仄十一韻。　張　炎

隱市山林〇傍家池館〇頓成佳趣◎是幾番臨水看雲〇就樹攬香〇詩滿闌干橫處◎翠徑小車行花影〇聽一片春聲人笑語◎深庭[三]宇◎對清晝漸長〇閒教鸚鵡◎　芳情綏尋細

[一]《全宋詞》作者佚名。
[二]「何」，《欽定詞譜》、《全宋詞》均作「呵」。
[三]「庭」，《欽定詞譜》作「亭」。

數◎愛碧草如(一)煙花自(二)語(三)◎任燕來鶯往(四)○香凝翠暖○歌酒清時鐘鼓◎二十四簾冰壺裏○有誰在簫臺猶醉舞◎吹笙侶◎倚高寒半天風露◎

高山流水　百十字，平十二韻。　吴文英

素弦一一起秋風◎寫柔情多(五)在春蔥◎徽外斷腸聲○霜霄暗落驚鴻◎低顰處翦緑裁紅◎仙郎伴○新製還賡舊曲○映月簾櫳◎似名花並蒂○日日醉春濃◎　吴中◎空傳有西子○應不解換徵移宮◎蘭蕙滿襟懷○唾碧總噴花茸◎後堂深想費春工◎客愁重○時聽蕉寒雨碎○淚濕瓊鐘◎恁風流也稱○金屋貯嬌慵◎

(一)「如」，《詞律拾遺》、《全宋詞》均作「平」。
(二)「花自」，《詞律拾遺》作「紅日」，《全宋詞》作「紅自」。
(三)「語」，《欽定詞譜》作「雨」。
(四)「往」，《欽定詞譜》、《詞律拾遺》、《全宋詞》均作「去」。
(五)「多」，《全宋詞》作「都」。

擊梧桐　百十字，仄十韻。　李甲

杳杳春江闊◎收細雨○風蹙波聲無歇◎雁去汀洲暖○平(一)蕪靜○翠染遥山一抹◎群鷗聚散○征帆(二)來去○隔水相望吴(三)越◎對此凝情久○念往歲上國嬉遊時節◎　鬬草園林○賣花巷陌○觸處風光奇絶◎正恁濃歡裏○悄不意○頓有天涯離别◎看即(四)梅生翠實○柳飄狂絮○没個人共折◎把而今愁煩滋味○教向誰説◎

慢捲紬　百十一字，仄十韻。　李甲

絶羽沈鱗○埋花葬玉○杳杳悲前事◎對一盞寒燈○數點流螢○悄悄畫屏○巫山十二◎蕣臉星眸○蕙情蘭性○一旦成流水◎便縱有甘泉妙手○鴻都方士何濟◎　香閨寶砌◎臨妝處迤邐苔痕翠◎更不忍看伊○繡殘鴛履(五)◎而今尚有○啼痕粉漬◎好夢不來○斷雲

(一)「平」，《欽定詞譜》、《全宋詞》均作「岸」。

(二)「帆」，《欽定詞譜》、《全宋詞》均作「航」。

(三)「吴」，《全宋詞》作「楚」。

(四)「即」，《全宋詞》作「那」。

(五)「履」，《欽定詞譜》、《全宋詞》均作「侶」。

飛去○黯黯情無際◎謾飲盡香醪○奈向愁腸○消遣無計◎

長壽樂　百十一字，仄十韻。　柳　永

繁紅嫩翠◎豔陽景妝點神州明媚◎是處樓臺○朱門院落○絃管新聲騰沸◎恣遊人無限○馳驟嬌馬如流水◎競尋芳選勝○歸來向晚○起通衢遠近(一)○香塵細細◎　太平世◎少年時○忍把韶光輕棄◎況有紅妝楚豔(二)○一笑千金何啻◎向尊前舞袖飄雪○歌響行雲止◎願長繩且把○飛烏繫住(三)○好從容痛飲○誰能惜醉◎

選冠子(四)　百十一字仄八韻，「冠」又作「官」，又名《惜餘春慢》。　周邦彥

水浴清蟾○葉喧涼吹○巷陌馬(五)聲初斷◎閒依露井○笑撲流螢○惹破畫羅輕扇◎人靜

(一)「遠近」，《欽定詞譜》、《詞律拾遺》、《全宋詞》均作「近遠」。

(二)「楚艷」，《欽定詞譜》作「吳娃楚艷」，《全宋詞》作「楚腰越艷」。

(三)「住」，《全宋詞》作「任」。

(四)《詞律》、《全宋詞》調名作《過秦樓》，《欽定詞譜》作《選冠子》。

(五)「馬」，《欽定詞譜》作「雨」。

夜久憑闌◯愁不歸眠◯立殘更箭◎歎年華一瞬◯人今千里◯夢沈書遠◎　空見説鬢怯
瓊梳◯容銷金鏡◯漸懶趁時匀染◎梅風地溽◯虹雨苔滋◯一架舞紅都變◎誰信無聊爲
伊◯才減江淹◯情傷荀倩◎但明河影下◯還看疏[一]星數點◎

又[二]　百十一字，仄八韻。　　蔡　伸

雁落平沙◯煙籠寒水◯古壘鳴笳聲斷◎青山隱隱◯敗葉蕭蕭◯天際暝鴉零亂◎樓上黄
昏◯片帆千里歸程◯年華將晚◎望碧雲空暮◯佳人何處◯夢魂俱遠◎　憶舊遊邃館朱
扉◯小園芳[三]徑◯尚想桃花人面◎書盈錦軸◯恨滿金徽◯難寫寸心幽怨◎兩地離愁◯
一尊芳酒淒涼◯危闌倚遍◎儘遲留◯憑仗西風◯吹乾淚眼◎

[一]「疏」，《全宋詞》作「稀」。
[二]《全宋詞》調名《蘇武慢》。
[三]「芳」，《欽定詞譜》、《全宋詞》均作「香」。

又　百十三字，仄八韻，又名《蘇武慢》。　魯逸仲㈠

弄月餘花○團風輕絮○露滴㈡池塘春草◎鶯鶯戀友○燕燕將雛○惆悵睡殘清曉◎還是㈢初相見時○攜手旗亭○酒香梅小◎向登臨長是○傷春滋味○淚彈多少◎　因甚卻輕許風流○終非長久○又說分飛煩惱◎羅衣瘦損○繡被香消○那更亂紅如掃◎門外無窮路岐○天若有情○和天須老◎念高唐歸夢○淒涼何處○水流雲遶◎

又㈣　百十三字，仄八韻。　陸　游

淡靄空濛○輕陰清潤○綺陌細塵初靜◎平橋繫馬○畫閣移舟○湖水倒空如鏡◎掠岸飛花○傍簷新燕○都是㈤學人無定◎歎連年戎帳○經春邊壘○暗凋顏鬢◎　空記憶杜

㈠ 魯逸仲乃孔夷之隱名。
㈡ 「滴」，《欽定詞譜》、《全宋詞》均作「濕」。
㈢ 「是」，《全宋詞》作「似」。
㈣ 《全宋詞》調名《蘇武慢》。
㈤ 「是」，《全宋詞》作「似」。

曲池臺○新豐歌管○怎得故人音信◎羈懷易感○老伴無多○談麈久閒犀柄◎惟有翛然○筆床茶竈○自適筍輿煙艇◎待緑荷遮岸○紅蕖浮水○更乘幽興◎

霜葉飛　百十一字，仄十一韻。　周邦彦

露迷衰草◎疏星掛○涼蟾低下林表◎素娥青女鬬嬋娟○正倍添淒悄◎漸颯颯丹楓撼曉◎橫天雲浪魚鱗小◎見皓月(一)相看○又透入清輝半餉○特地留照◎　迢遞望極關山○波穿千里○度日如歲難到◎鳳樓今夜聽西(二)風○奈五更懷(三)抱◎想玉匣哀絃閉了◎無心重理相思調◎念故人(四)牽離恨○屏掩孤顰○淚流多少◎

又　百十一字，仄十韻。　沈唐

霜林凋晚○危樓迴○登臨無限秋思◎望中閒想○洞庭波面○亂紅初墜◎更蕭索風吹渭

(一)「見皓月」，《全宋詞》作「似故人」。
(二)「西」，《全宋詞》作「秋」。
(三)「懷」，《全宋詞》作「愁」。
(四)「念故人」，《全宋詞》作「見皓月」。

水◎長安飛舞千門裏◎變景摧芳謝[一]○唯有蘭衰暮叢○菊殘餘蕊◎　回念花滿華堂○美人一去○鎮掩香閨經歲◎又觀珠露○碎點蒼苔○敗梧飄砌◎謾贏得相思淚眼◎東君早作歸來計◎便莫惜丹青手○重與芳菲○萬紅千翠◎

五綵結同心

百十一字，仄八韻。　趙彥端

人間塵斷○雨外風回○涼波自泛仙槎◎非郭還非埜○閒鶯燕時傍笑語清佳◎銅壺花漏長如線○金鋪碎香暖簷牙◎誰知道東園五畝○種成國豔天葩◎　主人漢家龍種○正翩翩迴立○雪紵烏紗◎歌舞承平舊○園紅袖詩興自寫春華◎未知五[二]斗朝天去○定何似鴻寶丹砂◎且一醉朱顏相慶○共看玉井浮花◎

[一]「謝」，《欽定詞譜》作「榭」。

[二]「五」，《詞律》、《欽定詞譜》、《全宋詞》均作「三」。

又 百十一字，仄十一韻。 闕名(一)

珠簾垂户◎金索懸窻○家接浣沙溪路◎相見桐陰下○一鉤月恰在鳳凰棲處◎素瓊碾就宫腰小○花枝裊盈盈嬌步◎新妝淺○滿腮紅雪○綽約片雲欲度◎ 塵寰豈能留住◎惟只愁化作○彩雲飛去◎蟬翼衫兒薄○冰肌瑩輕罩一團香霧◎彩箋巧綴相思苦◎脈脈動憐才心緒◎好作個秦樓活計○要待吹簫伴侣◎

【按】《五綵結同心》趙彦端詞例，末二句作七六。兹詞前段末作三四六字三句，後段作七六字二句。《五綵結同心》、《詞律》以趙彦端詞爲例，前後段末作三四六字三句，《欽定詞譜》亦以以上二詞爲例，前後段末句均作三四六三句，《詞律拾遺》亦如是。兹宜從《詞律》、《欽定詞譜》、《詞律拾遺》。

透碧宵 百十二字，平十一韻。 柳 永

月華邊◎萬年芳樹起祥煙◎帝居壯麗○皇家熙盛○景(二)運當千◎端門清晝○觚棱照

(一)《詞律拾遺》作者袁裪，《全宋詞》作者無名氏。

(二)「景」，《詞律》、《欽定詞譜》、《全宋詞》均作「寶」。

日○雙闕中天◎太平時朝野多歡◎遍錦街香陌○鈞天歌吹○閬苑神仙◎ 昔觀光得意○狂遊風景○再睹更精妍◎傍柳陰○尋花逕○空恁彈轡垂鞭◎樂游雅戲○平康豔質○應也依然◎仗何人多謝嬋娟◎道宦途蹤跡○歌酒情懷○不似當年◎

玉山枕 百十三字，仄十韻。 柳永

驟雨新霽◎蕩原野○清如洗◎斷霞散彩○殘陽倒影○天外雲峰○數朵相倚◎露莎㈠煙芰滿池塘○見次第幾番紅紫㈡◎當是時河朔飛觴○避炎蒸○想風流堪繼◎ 晚來高樹清風起◎動簾幕○生秋氣◎畫樓晝寂○蘭堂夜靜○舞豔歌姝○漸任羅綺◎訟閑時泰足風情○便爭奈雅懽㈢都廢◎省教成幾闋新歌○盡新聲○好尊前重理◎

㈠「莎」，《欽定詞譜》作「荷」。
㈡「紫」，《詞律》、《欽定詞譜》、《全宋詞》均作「翠」。
㈢「懽」，《欽定詞譜》、《全宋詞》均作「歌」。

八歸　百十三字，平十韻。　　高賓王

楚峰翠冷○吳波煙遠○吹袂萬里西風◎關河迴隔新愁外○遥憐倦客音塵○未見征鴻◎雨帽風巾歸夢杳○想吟思吹入飛蓬◎料恨滿幽苑離宫◎正愁黯文通◎　秋濃◎新霜初試○重陽催近○醉紅偷染江楓◎瘦筇相伴○舊遊回首○吹帽知與誰同◎想萸囊酒盞○暫時冷落菊花叢◎兩凝佇○壯懷無奈[一]○立盡微雲斜照中◎

又　百十五字，仄八韻。　　姜夔

芳蓮墜粉○疏桐吹緑○庭院暗雨乍歇◎無端抱影銷魂處○還見篠牆螢暗○蘚階蛩切◎送客重尋西去路○問水面琵琶誰撥◎最可惜一片江山○總付與啼鴂◎　長恨相從未欵○而今何事○又對西風離别◎渚寒煙淡○棹移人遠○飄渺行舟如葉◎想文君望久○倚竹愁生步羅襪◎歸來後○翠尊雙飲○下了珠簾○玲瓏閒看月◎

[一]「無奈」，《詞律》、《全宋詞》均無。

輪臺子　百十四字，仄十韻。　柳永

一枕清宵好夢○可惜被鄰雞喚覺◎匆匆策馬登途○滿目淡煙衰草◎前驅風觸鳴珂○過霜林漸覺驚棲鳥◎冒征塵遠況○自古淒涼長安道◎　行行又歷孤村○楚天闊望中未曉◎念勞生○惜芳年壯歲○離多歡少◎歎斷梗難停○暮雲漸杳◎但黯黯銷魂○寸腸憑誰表◎恁馳驅(一)何時是了◎又爭似卻返瑶京○重買千金笑◎

沁園春　百十四字，平九韻。　蘇軾

孤館燈青○野店雞號○旅枕夢殘◎漸月華收練○晨霜耿耿○雲山橫(二)錦○朝露漙漙◎世路無窮○勞生有限○似此區區長尠(三)歡◎微吟罷○憑征鞍無語○往事千端◎　當時共客長安◎似二陸初來俱少年◎有筆頭千字○胸中萬卷○致君堯舜○此事何難◎用舍由時○行藏在我○袖手何妨閒處看◎身長健○但優遊卒歲○且鬭尊前◎

(一)「馳驅」，《全宋詞》作「驅驅」。
(二)「横」，《欽定詞譜》、《全宋詞》均作「摛」。
(三)「尠」，《欽定詞譜》、《全宋詞》均作「鮮」。

又　百十四字，平十韻。　賀鑄

官㈠燭分煙○禁池開鑰○鳳城暮春◎向落花香裏○澄波影外○笙歌遲日○羅綺芳塵◎載酒追遊○聯鑣歸晚○燈火平康尋夢雲◎逢迎處○最多才自負○巧笑相親◎　離群◎客宦漳濱◎但驚見來鴻歸燕頻◎念日邊消耗○天涯悵望○樓臺清曉○簾幕黃昏◎無限悲涼○不勝憔悴○斷盡危腸銷盡魂◎方年少○恨功㈡名誤我○樂事輸人◎

又　百十五字，平八韻，又名《洞庭春色》。　秦觀

宿靄迷空○膩雲籠日○晝景漸長◎正蘭皋泥潤㈢○誰家燕喜○蜜脾香少○觸處蜂忙◎盡日無人簾幕掛○更風遞遊絲時過牆◎微雨後○有桃愁杏怨○紅淚淋浪◎　風流寸心易感○但依依佇立○回盡柔腸◎念小奩瑤鑑○重勻絳蠟○玉籠金斗○時熨沉香◎柳下相

㈠「官」，《欽定詞譜》、《全宋詞》均作「宮」。
㈡「功」，《欽定詞譜》、《全宋詞》均作「浮」。
㈢「蘭皋泥潤」，《欽定詞譜》作「蘭泥皋潤」。

將遊冶處◯便回首青樓成異鄉◎相憶事◯縱鸞(一)箋萬疊◯難寫微茫◎

丹鳳吟　百十四字，仄九韻。　周邦彦

迤邐春光無賴◯翠藻翻池◯黄蜂遊閣◎朝來風暴◯飛絮亂投簾幕◎生憎暮景◯倚牆臨岸◯杏靨夭斜◯榆錢輕薄◎晝永惟思傍枕◯睡起無憀◯殘照猶在庭角◎　況是別離氣味◯坐來便覺心緒惡◎痛飲澆愁酒◯奈愁濃如酒◯無計消鑠◎那堪昏暝◯簌簌簷花半落◎弄粉調朱柔素手◯問何時重握◎此時此意◯長怕人道著◎

紫茱萸慢　百十四字，平十一韻。　姚雲文

近重陽偏多風雨◯絶憐此日暄明◎問秋香濃未◯待攜客出西城◎正自羈懷多感◯怕荒臺高處◯更不勝情◎向尊前又憶漉酒插花人◎只座上已無老兵◎　淒清◎淺醉還醒◎愁不肯◯與詩平◎記長楸走馬◯雕弓笮柳◯前事休評◎紫萸一枝傳賜◯夢誰到漢家陵◎儘

(一)「鸞」，《全宋詞》作「蠻」。

烏紗便隨風去○要天知道○華髮如此星星◎歌罷涕零◎

宣清 百十五字，仄十韻。 柳永

殘月朦朧○小宴闌珊○歸來輕寒凜凜(一)◎背銀釭孤館乍眠○擁重衾醉魂(二)猶噤◎永漏頻傳○前歡已去○離愁一枕◎暗尋思○舊追遊○神京風物如錦◎　念擲果朋儕○絶纓宴會○當時曾痛飲◎命舞燕翩(三)翻○歌珠貫串○向玳筵前○盡是神仙流品◎至更闌疏狂轉甚◎更相將鳳幃鴛寢◎玉釵橫處(四)任◎散盡高陽○這歡娛甚時重恁◎

【按】《詞律》收《宣清》九十二字，《欽定詞譜》收一百十五字，《詞律拾遺》收一百十五字。諸本前段基本相同，《詞律》收《宣清》後段「舞燕翻翻」後少《欽定詞譜》「歌珠貫串向玳筵前盡是神仙流品至更

(一)「凜凜」，《詞律》作「森森」。
(二)「魂」，《詞律》作「魄」。
(三)「翩翻」，《詞律》作「翻翻」，《詞律拾遺》、《全宋詞》作「翩躚」。
(四)「橫處」，《詞律》作「亂橫信」，《詞律拾遺》作「亂橫」。

闌疏狂轉甚更相將鳳帷鴛寢」。字句不同，句韻自有差。

摸魚兒　百十六字，仄十四韻。　辛棄疾

更能消幾番風雨◎匆匆春又歸去◎惜春長怕花開早◯況復㈠落紅無數◎春且住◎見説道天涯芳草迷歸路◎怨春不語◎算只有殷勤◯畫簷蛛網◯盡日惹飛絮◎　長門事◯准擬佳期又誤◎蛾眉爭㈡有人妒◎千金縱買相如賦◯脈脈此情誰訴◎君莫舞◎君不見玉環飛燕皆塵土◎閒愁最苦◎休去倚危欄◯斜陽正在◯煙柳斷腸處◎起句有不叶者，換頭句有叶者。

又　百十六字，仄十七韻。　白樸

問雙星有情幾許◎消磨不盡今古◎年年此夕風流會◯香暖月窗雲户◎聽笑語◎知幾處◎彩樓瓜果祈牛女◎蛛絲暗度◎似拋擲金梭◯縈回錦字◯織就舊時句◎　愁雲暮◎漠漠

㈠「況復」，《全宋詞》作「何況」。

㈡「爭」，《全宋詞》作「曾」。

蒼煙掛樹◎人間心更誰訴◎擘釵分鈿蓬山遠○一樣絳河銀浦◎烏鵲渡◎離別苦◎啼妝灑盡新秋雨◎雲屏且住◎算猶勝姮娥○倉皇奔月○只有去時路◎

賀新郎 百十六字，仄十二韻，「郎」又作「涼」，又名《金縷曲》。 葉夢得

睡起流鶯語◎掩蒼苔房櫳向曉[一]○亂紅無數◎吹盡殘花無人問[二]○惟有垂楊自舞◎漸暖靄初回輕暑◎寶扇重尋明月影○暗塵侵上有乘鸞女◎驚舊恨○鎮如許◎ 江南夢斷蘅皋[三]渚◎浪粘天蒲桃漲綠○半空煙雨◎無限樓前滄波意○誰采蘋花寄取◎但悵望蘭舟容與◎萬里雲帆何時到○送孤鴻目斷千山阻◎誰爲我○唱金縷◎

又 百十五字，仄十六韻。 馬子嚴

客裏傷春淺◎問今年梅蕊○因甚化工不管◎陌上芳塵行處滿◎可計天涯近遠◎見説道迷

[一] 「曉」，《全宋詞》作「晚」。
[二] 「問」，《全宋詞》作「見」。
[三] 「蘅皋」，《全宋詞》作「橫江」。

樓左畔◎一似江南先得暖◎向何郎庭下都尋偏◎辜負了○看花眼◎　古來好物難爲伴◎只瓊花一種○傳來仙苑◎獨許揚州作珍産◎須[一]勝了千千萬萬◎又卻待東風吹綻◎自昔聞名今見面◎數歸期屈指家山晚◎歸去説○也希罕◎

又　百十七字，仄十四韻。　辛棄疾

柳暗凌波路◎送春歸一番新緑○猛風暴雨[二]◎千里瀟湘蒲桃漲○人解扁舟欲去◎又檣燕留人相語◎艇子飛來生塵步◎唾花寒唱我新翻句◎波似箭○催鳴櫓◎　黄陵祠下山無數◎聽湘娥泠泠曲罷○爲誰情苦◎行到東吴春已暮◎正江闊潮平穩渡◎望金雀觚棱翔舞◎前度劉郎今重到○問元都千樹花存否◎愁爲倩○么弦語[三]◎

【按】《賀新郎》前後段末二句均作三三。兹前段末作六字句，應誤，徑改。

[一]「須」，《全宋詞》作「便」。
[二]「一番新緑，猛風暴雨」，《全宋詞》作「猛風暴雨，一番新緑」。
[三]「語」，《全宋詞》作「訴」。

子夜歌　百十七字，仄九韻。

彭元遜

視春衫篋中半在〇浥浥酒痕花露◎恨桃李隨風吹(一)盡〇夢裏故人如(二)霧◎臨潁美人〇秦川公子〇晚(三)共何人語◎對誰(四)家花草(五)池臺〇回首故園咫尺〇未成歸去◎　昨宵聽危絃急管〇酒醒不知何處◎飄泊情多〇衰遲感易〇無限堪憐許◎似尊前眼底〇紅顔消幾寒暑◎年少風流〇未諳春事〇追與東風賦◎待他年君老巴山〇共君聽雨◎

金明池　百二十字，仄九韻。

秦　觀(六)

瓊苑金池〇青門紫陌〇似雪楊花滿路◎雲日淡天低晝永〇過三點兩點細雨◎好花枝半出牆頭〇似悵望芳草王孫何處◎更水遶人家〇橋通(七)門巷〇燕燕鶯鶯飛舞◎　怎得東

(一)「隨風吹」，《欽定詞譜》、《全宋詞》均作「如風過」。

(二)「如」，《全宋詞》作「成」。

(三)「晚」，《詞律》作「卻」。

(四)「誰」，《欽定詞譜》、《全宋詞》均作「人」。

(五)「草」，《詞律》、《欽定詞譜》均作「柳」。

(六)《詞律》、《欽定詞譜》作者秦觀，《全宋詞》作者佚名。

(七)「通」，《詞律》、《欽定詞譜》均作「當」。

君長爲主◎把緑鬢朱顏○一時留住◎佳人唱金衣莫惜○才子倒玉山休訴◎況春來倍覺傷心○念故國情多○新年愁苦◎縱寶馬嘶風○紅塵拂面○也只(一)尋芳歸去◎

笛家(二)　百二十一字，仄九韻。　柳永

花發西園○草薰南陌○韶光明媚○乍晴輕暖清明後◎水嬉舟動○禊飲筵開○銀塘似染○金堤如繡◎是處王孫○幾多游女(三)○往往攜纖手◎遺離人○對嘉景○觸目盡成感舊(四)◎　別久◎帝城當日○蘭堂夜燭○百萬呼盧○畫閣春風○十千沽酒◎未省宴處能忘絃管(五)○醉裏不尋花柳○豈知秦樓○玉簫聲斷○前事難重偶◎空遺恨○望仙鄉○一餉淚沾襟袖(六)◎

(一)「只」，《全宋詞》作「則」。

(二)《全宋詞》調名《笛家弄》。

(三)「女」，《詞律》、《欽定詞譜》、《全宋詞》均作「妓」。

(四)「觸目盡成感舊」，《全宋詞》作「觸目傷懷，盡成感舊」。

(五)「絃管」，《全宋詞》作「管絃」。

(六)「一餉淚沾襟袖」，《全宋詞》作「一餉消凝，淚沾襟袖」。

【按】「空遺恨」原作「空遺恨」，「遺」誤，改。

送征衣　百二十一字，平十三韻。　柳永

過昭㈠陽◎璇樞電遶○華渚虹流○運應千載會昌◎罄寰宇○薦殊祥◎吾皇◎誕彌月○瑤圖纘慶○玉葉騰芳◎並景貺三靈眷佑○挺英哲○掩前王◎遇年年嘉節清和○頌㈡率土稱觴◎　無間要荒華夏○盡萬里○走梯航◎彤庭舜張大樂○禹會群方◎鵷行◎趨㈢上國○山呼鼇抃○遙爇爐香◎競就日瞻雲獻壽○指南山○等無疆◎願巍巍寶曆鴻基○齊天地遙長◎

白苧　百二十一字，仄十三韻。　蔣捷

正春晴○又春冷○雲低欲落◎璚苞未剖○早是東風作惡◎旋安排一雙銀蒜鎮羅幕◎幽

㈠「昭」，《全宋詞》作「韶」。
㈡「頌」，《全宋詞》作「頒」。
㈢「趨」，《全宋詞》作「望」。

壑◎水生漪○皺嫩緑潛鱗初躍◎愔愔門巷○桃樹紅纔約略◎知甚時霽華烘破青青萼◎　憶昨(一)◎引蝶花邊○近來重見○身學垂楊瘦削◎問小翠眉山○爲誰攢卻◎斜陽院宇○任蛛絲罥遍○玉箏絃索◎户外惟聞○放翦刀聲○深在妝閣◎料想裁縫白苧春衫薄◎

秋思耗　百二十三字，仄十五韻。　吴文英

堆枕香鬟側◎驟夜聲○偏稱畫屏秋色◎風碎串珠○潤侵歌板○愁壓眉窄◎動羅箑清商○寸心低訴敘怨抑◎映夢窗零亂碧◎待漲緑春深○落花香泛○料有斷紅流處○暗題相憶◎　歡夕◎簷花細滴◎送故人粉黛重飾◎漏侵瓊瑟◎丁東敲斷○弄晴月白◎怕一曲霓裳未終○催去驂鳳翼◎歎謝客猶未識◎漫瘦卻東陽○燈前無夢到得◎路隔重雲南(二)北◎

(一)「憶昨」後，《全宋詞》有「□□□□」。

(二)「南」，《詞律》、《欽定詞譜》、《全宋詞》均作「雁」。

【按】詞調説明「仄十五韻」，實標十四韻，「偏稱畫屏秋色」標句，誤，改標韻。

洞仙歌慢(一)

百二十三字，仄十二韻。

柳永

乘興閒泛蘭舟○渺渺煙波東去◎淑氣散幽香○滿蕙蘭江(二)渚◎緑蕪平畹○和風輕暖○曲岸垂楊○隱隱隔桃花塢◎芳樹外○閃閃酒旗遥舉◎　羈旅◎漸入三吴風景○水村漁浦◎閒思更遶(三)神京○抛擲幽會小歡何處○不堪獨倚危樓(四)○凝情西望日邊○繁華地○歸程阻◎空自歎當時○言約無據◎傷心最苦◎佇立對碧雲將暮◎闗河遠○怎奈向此時情緒◎

【按】《詞律》、《欽定詞譜》無單列《洞仙歌慢》調。此式作《洞仙歌》諸體中之一。

(一)《全宋詞》調名《洞仙歌》。
(二)「江」，《全宋詞》作「汀」。
(三)「遶」，《全宋詞》作「遠」。
(四)「樓」，《全宋詞》作「檣」。

又　百二十六字，仄十六韻。　柳永

佳景留心慣◎况年少彼此風情非淺◎有笙歌巷陌○綺羅庭院◎傾城巧笑如花面◎恣雅態明眸回美盼◎同心綰◎算國豔仙材○翻恨相逢晚◎　繾綣◎洞房悄悄○繡被重重○夜永歡餘○共有海誓(一)山盟○記得翠雲偷翦◎和鳴彩鳳于飛燕◎向(二)柳逕花陰攜手遍◎情眷戀◎問(三)其間密約深(四)憐事何限◎忍聚散◎况已結深深願◎願天上人間(五)○暮雲朝雨長相見◎

春風嫋娜　百二十五字，平十韻。　馮艾子

被梁間雙燕○話盡春愁◎朝粉謝○午花柔◎倚紅闌故與○蝶圍蜂遶○柳綿無數○飛上搔

(一)「誓」，《欽定詞譜》、《詞律》均作「約」。
(二)「向」，《詞律》、《全宋詞》均作「間」。
(三)「問」，《詞律》、《欽定詞譜》、《全宋詞》均作「向」。
(四)「深」，《詞律》、《欽定詞譜》、《全宋詞》均作「輕」。
(五)「天上人間」，《詞律》、《欽定詞譜》、《全宋詞》均作「人間天上」。

頭◎鳳管聲圓○蠶房香暖○笑挽㈠羅衫須少留◎隔院蘭馨趁風遠○鄰牆桃影伴煙收◎　些子風情未減○眉頭眼尾○萬千事欲説還休◎薔薇露○牡丹球◎殷勤記省○前度綢繆◎夢裏飛紅○覺來無跡㈡○望中新緑○別後空稠◎相思難偶○歡無情明月○今年已是○三度如鉤◎

翠羽吟　百二十六字，平十四韻。　蔣　捷

紺露濃◎映素空◎樓觀悄㈢玲瓏◎粉凍霽英○冷光搖盪古青松◎半規黃昏淡月○梅氣山影溟濛◎有麗人步依修竹○翩㈣然態若游龍◎　綃袂微皺水溶溶◎仙莖清瀣○淨洗鉛㈤紅◎勸我浮香桂酒○環佩暗解○聲飛芳靄中◎弄春弱柳垂絲○慢按翠舞嬌童◎

㈠「挽」，《欽定詞譜》作「攬」。
㈡「跡」，《詞律》、《欽定詞譜》、《全宋詞》均作「覓」。
㈢「悄」，《詞律》、《欽定詞譜》、《全宋詞》均作「峭」。
㈣「翩」，《詞律》作「瀟」，《全宋詞》作「蕭」。
㈤「鉛」，《詞律》作「斜」。

醉不知何處○驚翦翦淒緊霜風◎夢醒尋痕訪蹤◎但留殘月掛遥穹[一]◎梅花未老○翠羽雙吟○一片曉峰◎

十二時　百三十字，仄十二韻，三疊。　柳　永

晚晴初○淡煙籠月○風透蟾光如洗◎覺翠帳涼生○秋思漸入○微寒天氣◎敗葉敲窻○西風滿院○睡不成還起◎更漏咽○滴破憂心○萬感並生○都在離人愁耳◎　天怎知○當時一句○做得十分縈繫◎夜永有時○分明枕上○覷著孜孜地◎燭暗時酒醒○元來又是夢裏◎　睡覺來披衣獨坐○萬種無憀情意◎怎得伊來○重諧連理[二]◎再整餘香被◎祝告天發願○從今永無拋棄◎

【按】《詞律》、《全宋詞》調均名《十二時》，《欽定詞譜》作《十二時慢》。

[一]「殘月掛遥穹」，《詞律》作「殘掛穹」，《全宋詞》作「殘星掛穹」。
[二]「連理」，《詞律》、《全宋詞》均作「雲雨」。

蘭陵王　百三十字，仄十八韻，三疊。　周邦彦

柳陰直◎煙縷(一)絲絲弄碧◎隋堤上曾見幾番○拂水飄綿送行色◎登臨望故國◎誰識◎京華倦客◎長亭路年去歲來○應折柔條過千尺◎　閑尋舊蹤跡◎又酒趁哀弦○燈照離席◎梨花榆火催寒食◎愁一箭風快○半篙波暖○回首(二)迢遞便數驛◎望人在天北◎　淒惻◎恨堆積◎漸別浦縈回○津堠岑寂◎斜陽冉冉春無極◎念月榭攜手○露橋聞笛◎沈思前事○似夢裏○淚暗滴◎

破陣樂　百三十三字，仄十韻。　柳永

露花倒影○煙蕪蘸碧○靈沼波暖◎金柳摇風木末(三)○繫彩舫龍舟(四)遥岸◎千步虹橋○參差雁齒○直趨水殿◎遶金堤曼衍魚龍戲○簇嬌春(五)羅綺○喧天絲管◎霽色榮光○望

(一)「縷」，《欽定詞譜》作「裡」。

(二)「首」，《欽定詞譜》作「頭」。

(三)「木末」，《詞律》作「木木」，《欽定詞譜》、《全宋詞》作「樹樹」。

(四)「舟」，《詞律》作「船」。

(五)「嬌春」，《欽定詞譜》作「春嬌」。

中似睹◯蓬萊清淺◎　時見◎鳳輦宸遊◯鸞觴禊飲◯臨翠水◯開鎬宴◎兩兩輕舠飛畫楫◯競奪錦標霞爛◎罄(一)歡娛◯歌魚藻◯徘徊宛轉◎別有盈盈遊女◯各委(二)明珠◯爭收翠羽◯相將歸去(三)◯漸覺雲海沈沈◯洞天日晚◎

大酺　百三十三字，仄十二韻。　周邦彥

對宿煙收◯春禽靜◯飛雨時鳴高屋◎牆頭青玉旆◯洗鉛霜都盡◯嫩梢相觸◎潤逼琴絲◯寒侵枕障◯蟲網吹黏簾竹◎郵亭無人處◯聽簷聲不斷◯困眠初熟◎奈愁極頓驚◯夢輕難記◯自憐幽獨◎　行人歸意速◎最先念流潦妨車轂◎怎奈何(四)蘭成憔悴◯衛玠清羸◯等閒時易傷心目◎未怪平陽客◯雙淚落笛中哀曲◎況蕭索◯青蕪國◎紅糝鋪地◯門外荊桃如菽◎夜遊共誰秉燭◎

(一)「罄」，《詞律》、《欽定詞譜》均作「聲」。
(二)「委」，《詞律》無。
(三)「去」，《全宋詞》作「遠」。
(四)「何」，《欽定詞譜》、《全宋詞》均作「向」。

瑞龍吟　百三十三字，仄十五韻，三疊。　周邦彦

章臺路◎還見褪粉梅梢○試花桃樹◎愔愔坊曲[一]人家○定巢燕子○歸來舊處◎　黯凝佇◎因念個人癡小○乍窺門户◎侵晨淺約宫黄○障風映袂[二]○盈盈笑語◎　前度劉郎重到○訪鄰尋里○同時歌舞◎唯有舊家秋娘○聲價如故◎吟箋賦筆○猶記燕臺句◎知誰伴名園露飲○東城閒步◎事與孤鴻去◎探春盡是傷離意緒◎官柳低金縷◎歸騎晚○纖纖池塘飛雨◎斷腸院落○一簾風絮◎

【按】詞調説明「仄十五韻」，實標十六韻。《欽定詞譜》同詞亦標十五韻。本譜原第三疊首句「前度」用韻，與宋詞他首《瑞龍吟》相校不合，誤，徑改。

[一]「曲」，《欽定詞譜》、《全宋詞》均作「陌」。

[二]「袂」，《欽定詞譜》、《全宋詞》均作「袖」。

浪淘沙慢　百三十三字，仄十六韻，三疊。　周邦彦

曉㈠陰重○霜凋岸草○霧隱城堞◎南陌脂車待發◎東㈡門帳飲乍闋◎正拂面垂楊堪攬結◎掩紅淚玉手親折◎念漢㈢浦離魂㈣去何許○經時信音絶◎　情切◎望中地遠天闊◎向露冷風清無人處◎耿耿寒漏咽◎嗟萬事難忘○惟是輕別◎翠尊未竭◎憑斷雲留取○西樓殘月◎　羅帶光㈤銷紋衾疊◎連環解舊香頓歇◎怨歌永瓊壺敲盡缺◎恨春去不與人期○弄夜色○空餘滿地梨花雪◎

玉女摇仙佩　百三十九字，仄十三韻。　柳永

飛瓊伴侶○偶別珠宫○未返神仙行綴◎取次妝梳㈥○尋常言語○有得許㈦多姝麗◎擬

㈠「曉」，《全宋詞》作「晝」。
㈡「東」，《欽定詞譜》作「都」。
㈢「漢」，《詞律》作「溪」。
㈣「魂」，《欽定詞譜》、《全宋詞》均作「鴻」。
㈤「光」，《欽定詞譜》作「花」。
㈥「妝梳」，《詞律》、《欽定詞譜》、《全宋詞》均作「梳妝」。
㈦「許」，《詞律》、《欽定詞譜》、《全宋詞》均作「幾」。

把名花比◎恐旁人笑我○談何容易◎細思算○奇葩豔卉○惟是深紅淺白而已◎爭如這多情○占得人間○千嬌百媚◎　須信畫堂繡閣○皓月清風○忍把光陰輕棄◎自古及今○佳人才子○少得當年雙美◎且恁相偎倚◎未消得憐我多才多藝◎但願取(一)蘭心蕙性○枕前言下○表余深意◎爲盟誓◎今生斷不孤鴛被◎

多麗　百三十九字，仄十一韻，又名《綠頭鴨》。　聶冠卿

想人生○美景良辰堪惜◎向(二)其間賞心樂事○古來(三)難是並得◎況東城鳳臺沁(四)苑○泛清波殘(五)照金碧◎露洗華桐○煙霏絲柳○綠陰搖曳蕩春(六)色◎畫堂迥○玉簪瓊佩○高會盡詞客◎清歡久○重燃絳蠟○別就瑤席◎　有翩若輕鴻體態○暮爲行雨標

(一)「但願取」，《詞律》、《全宋詞》均作「願嬭嬭」。
(二)「向」，《全宋詞》作「問」。
(三)「古來」，《全宋詞》作「就中」。
(四)「沁」，《全宋詞》作「沙」。
(五)「殘」，《詞律》、《全宋詞》均作「淺」。
(六)「春」後，《詞律》、《欽定詞譜》、《全宋詞》均有一「一」字。

格◎逞朱唇緩歌妖麗○似聽流鶯亂花隔◎慢舞縈回○嬌鬟低嚲○腰肢纖細困無力◎忍分散○彩雲歸後○何處更尋覓◎休辭醉○明月好花○莫謾輕擲◎「緑陰」句從《詞律》删一字。

又　百三十九字，平十二韻。　張翥

晚山青◎一川雲樹冥冥◎正參差煙凝紫翠○斜陽畫出南屏◎館娃歸吳臺游鹿○銅仙去漢苑飛螢◎懷古情多○憑高望極○且將尊酒慰飄零◎自湖上愛梅仙遠○鶴夢幾時醒◎空留得六橋煙[一]柳○孤嶼危亭◎　待蘇堤歌聲散盡○更須攜妓西泠◎藕花深雨涼翡翠○菰蒲軟風弄蜻蜓◎澄碧生秋○鬧紅駐景○採菱新唱最堪聽◎見[二]一片水天無際○漁火兩三星◎多情月爲人留照○未過前汀◎起句有不叶者。

[一] 「煙」，《欽定詞譜》、《全金元詞》、《全元詞》均作「疏」。
[二] 「見」，《全金元詞》、《全元詞》均作「□」。

六醜　百四十字，仄十七韻。　周邦彦

正單衣試酒○悵客裏光陰虚擲◎願春暫留○春歸如過翼◎一去無跡◎爲問花何在○夜來風雨○葬楚宫傾國◎釵鈿墜(一)處遺香澤◎亂點桃蹊○輕翻柳陌◎多情更(二)誰追惜◎但蜂媒蝶使○時叩窗隔◎　東園岑寂◎漸蒙籠暗密(三)◎靜繞珍叢底○成歎息◎長條故惹行客◎似牽衣待話○别情無極◎殘英小强簪巾幘◎終不似一朵釵頭顫裊○向人欹側◎漂流處莫趁潮汐◎恐斷紅(四)上(五)有相思字○何由見得◎

六州歌頭　百四十三字，平仄通叶，平十六，仄十八。　賀鑄

少年俠氣○交結五都雄◎肝膽洞◎毛髮聳◎立談中◎死生同◎一諾千金重◎推翹勇◎矜豪縱◎輕蓋擁◎聯飛鞚◎斗城東◎轟飲酒壚○春色浮寒甕◎吸海垂虹◎間呼鷹嗾犬○白

(一)「墜」，《欽定詞譜》、《全宋詞》均作「墮」。
(二)「更」，《欽定詞譜》同，《全宋詞》作「爲」。
(三)「密」，《欽定詞譜》、《全宋詞》均作「碧」。
(四)「紅」，《欽定詞譜》作「鴻」。
(五)「上」，《欽定詞譜》、《全宋詞》均作「尚」。

羽摘雕弓◎狡穴俄空◎樂忿忿◎　似黃粱夢◎辭丹鳳◎明月共◎漾孤蓬◎官冗從◎懷倥傯◎落塵籠◎簿書叢◎鶡弁如雲眾◎供粗用◎忽奇功◎笳鼓動◎漁陽弄◎思悲翁◎不請長纓○係取天驕種◎劍吼西風◎悵(一)登山臨水○手寄七弦桐◎目送歸鴻◎

又

百四十二字，平仄間押，平十七，五換仄，共十五。　韓元吉

東風著意◎先上小桃枝◎紅粉膩◎嬌如醉◎倚朱扉◎記年時◎隱映新妝面◎臨水岸◎春將半◎雲日暖◎斜陽(二)轉◎夾城西◎草軟莎平○驟(三)馬垂楊渡○玉勒爭嘶◎認娥眉◎凝笑臉○薄拂燕脂◎繡户曾窺◎恨依依◎　昔(四)攜手處◎香如霧◎紅隨步◎怨春遲◎消瘦損◎憑誰問◎只花知◎淚空垂◎舊日堂前燕○和煙雨○又雙飛◎人自老◎春長好◎夢佳期◎前度劉郎○幾許風流地○也(五)應悲◎但茫茫暮靄○目斷武陵溪◎往事難追◎

(一)「悵」，《欽定詞譜》、《全宋詞》均作「恨」。

(二)「陽」，《全宋詞》作「橋」。

(三)「驟」，《欽定詞譜》、《全宋詞》均作「跋」。

(四)「昔」，《全宋詞》作「共」。

(五)「也」前，《欽定詞譜》多一「到」字。

【按】詞調説明「平仄間押，平十七，五換仄，共十五」，全首總韻三十二，實標三十四。原「舊日堂前燕」、「和煙雨」標韻，《詞律》、《欽定詞譜》均標句，此二處誤標，徑改。

又　百四十三字，平十六韻。

劉克莊

維摩病起○兀坐等枯株◎清晨裏○誰來問○是文殊◎遣名姝◎奪盡群芳色○浴纔出○酲初解○千萬態○嬌無力○困相扶◎絶代佳人○不入金張室○卻訪吾廬◎對茶鐺禪榻○笑煞此翁臞◎珠髻金壺◎始消渠◎　憶承平日○繁華事○修成譜○寫成圖◎奇絶甚○歐公記○蔡公書◎古來無◎一自京華隔○問姚魏○竟何如◎多應是○彩雲散○劫灰餘◎野鹿銜將花去○休回首河洛丘墟◎漫傷春吊古○夢遶漢唐都◎歌罷欷歔◎

夜半樂　百四十四字，仄十四韻，三疊。

柳　永

凍雲黯淡天氣○扁舟一葉○乘興離江渚◎渡萬壑千巖○越溪深處◎怒濤漸息○樵風乍起○更聞商旅相呼○片帆高舉◎泛畫鷁翩翩過南浦◎　望中酒旆閃閃○一簇煙村○數

行霜樹◎殘日下○漁人鳴榔歸去◎敗荷零落○衰楊掩映○岸邊兩兩三三○浣沙遊女◎避行客含羞笑相語◎　到此因念繡閣輕抛○浪萍難駐◎歎後約丁寧竟何據◎慘離懷○空恨歲晚歸期阻◎凝淚眼杳杳神京路◎斷鴻聲遠長天暮◎

寶鼎現　百五十七字，仄十四韻，三疊。　康與之(一)

夕陽西下○暮靄紅溢(二)○香風羅綺◎乘夜(三)景華燈爭放○濃焰燒空連錦砌◎覩皓月浸嚴城如畫(四)○花影寒籠絳蕊◎漸掩映芙蕖(五)萬頃○迤邐齊開秋水◎　太守無限行歌意◎擁麾幢光動金(六)翠◎傾萬井歌臺舞榭○瞻望朱輪駢鼓吹◎控寶馬耀貔貅千騎◎銀

(一)《詞律》、《欽定詞譜》作者康與之，《全宋詞》作者范周。
(二)「溢」，《詞律》、《全宋詞》均作「隘」。
(三)「夜」，《詞律》、《全宋詞》均作「麗」。
(四)「畫」，《全宋詞》作「晝」。
(五)「蕖」，《全宋詞》作「蓉」。
(六)「金」，《詞律》、《全宋詞》均作「珠」。

燭交光數里◎似亂簇寒星萬點○擁(一)入蓬壺影裏◎　來伴(二)宴閣多才○環豔粉瑤簪珠履◎恐看看丹詔○催奉(三)宸游燕侍◎便趁早占通宵醉◎莫放笙歌起(四)◎任畫角吹徹(五)寒梅○月落西樓十二◎

又　　劉辰翁

百五十八字，仄十九韻。

紅妝春騎◎踏月花(六)影○牙(七)旗穿市◎望不盡(八)瓊樓(九)歌舞○習習香塵蓮步底◎簫聲斷約彩鸞歸去○未怕金吾呵醉◎甚輦路喧闐且止◎聽得念奴歌起◎　父老猶記宣和

(一)「擁」，《欽定詞譜》作「引」。
(二)「來伴」，《詞律》、《全宋詞》均無。
(三)「催奉」，《欽定詞譜》作「歸春」。
(四)「莫放笙歌起」，《詞律》、《全宋詞》均作「緩引笙歌妓」。
(五)「徹」，《詞律》、《全宋詞》均作「老」。
(六)「花」，《詞律》、《欽定詞譜》作「呼」，《全宋詞》無。
(七)「牙」，《詞律》、《欽定詞譜》作「千」，《全宋詞》作「竿」。
(八)「盡」，《詞律》、《欽定詞譜》均作「見」。
(九)「瓊樓」，《全宋詞》作「樓臺」。

事◎抱銅仙清淚如水◎還轉盼沙河多麗◎滉漾明光連邸第◎簾影動(一) 散紅光成綺◎月浸蒲桃十里◎看往來神仙才子◎肯把菱花撲碎◎ 腸斷竹馬兒童○空見説三千樂指◎等多時春不歸來○到春時欲睡◎又説向燈前擁髻◎暗滴鮫珠墜◎便當日親見霓裳○天上人間夢裏◎

箇儂 百五十九字，仄十四韻。 廖瑩中(二)

恨箇儂無賴○賣嬌眼春心偷擲◎沙軟芳堤○苔平蒼逕○卻印下幾弓纖跡(三)◎花不知名○香才聞氣○似月下笙篌○蔣山傾國◎半解羅襟○蕙薰微度○鎮宿粉棲香雙蝶◎語態眠情○感多時輕留(四)細閱◎休問望宋牆高○窺韓路隔◎ 尋尋覓覓◎又暮雨遥峰(五)

(一)「動」，《全宋詞》作「凍」。

(二)《填詞圖譜》以明楊慎詞作例，文本與此大同小異。《欽定詞譜》、《詞律拾遺》中《箇儂》以廖瑩中詞作例。《全宋詞》據《皺水軒詞筌》收入廖瑩中此詞。

(三)「沙軟芳堤，苔平蒼逕，卻印下幾弓纖跡」，《全宋詞》作「蒼苔花落，先印下一雙春跡」。

(四)「留」，《全宋詞》作「憐」。

(五)「遥峰」，《全宋詞》無。

凝碧◎花逕横煙○竹扉映月○儘一刻千金堪值◎卸襪熏籠○藏燈衣桁○任裹臂金斜○搔頭玉滑◎更怪（一）檀郎○惡憐深惜◎幾顫彈（二）周旋傾側◎碾（三）玉香鉤○甚（四）無端鳳珠微脱◎多少怕聽曉（五）鐘○瓊釵暗擘◎

穆護砂　百六十九字，平仄通叶，仄十四，平三。　宋　褧

底事蘭心苦◎便淒然泣下如雨◎倚金臺獨立○揾香無主◎斷腸（六）封家相妒◎亂撲簌驪珠愁有許◎向午夜銅盤傾注◎便不是（七）紅冰綴額（八）○也濕透仙人煙樹◎羅綺筵中（九）○

（一）「怪」，《全宋詞》作「恨」。
（二）「幾顫彈」，《全宋詞》作「儘顫裊」。「彈」，《欽定詞譜》作「裊」。
（三）「碾」，《全宋詞》作「軟」。
（四）「甚」，《全宋詞》作「怪」。
（五）「聽曉」，《全宋詞》作「曉聽」。
（六）「斷腸」，《全金元詞》、《全元詞》均作「腸斷」。
（七）「是」，《全金元詞》、《全元詞》均作「似」。
（八）「額」，《全金元詞》、《全元詞》均作「頰」。
（九）「中」，《全金元詞》、《全元詞》均作「前」。

海棠花下○淫淫常(一) 怕鳳脂枯◎比雒陽年少○江州司馬○多少定誰似(二)◎ 照破別離心緒◎學人生有情酸楚◎想洞房佳會○而今寥落○誰能暗收玉筯◎算只有金釵曾巧補◎輕拭了(三) 粉痕如故◎愁思減舞腰纖細○清血盡媚臉敷腴◎又恐嬌羞○絳紗籠卻○緑窗伴我檢詩書◎更休教鄰壁偷窺○幽蘭啼曉露◎

三臺　百七十一字，仄十五韻，三疊。　万俟咏

見梨花初帶淡月○海棠半含朝雨◎内苑春不禁過青門○御溝漲潛通南浦◎東風靜細柳垂金縷◎望鳳闕非煙非霧◎好時代朝野多懽○遍九陌太平簫鼓◎ 乍鶯兒百囀斷續○燕子飛來飛去◎近緑水臺榭映秋千○鬬草聚雙雙遊女◎餳香更酒冷踏青路◎會暗識夭桃朱户◎向晚驟寶馬雕鞍○醉襟惹亂花飛絮◎ 正輕寒輕暖晝(四) 永○半陰半晴雲暮◎禁

(一)「常」，《全金元詞》作「常」、《全元詞》作「嘗」。
(二)「似」，《全金元詞》、《全元詞》均作「如」。
(三)「拭了」，《全金元詞》作「濕了」、《全元詞》作「濕盡」。
(四)「晝」，《詞律》、《欽定詞譜》均作「漏」。

火天已是試新妝○歲華到三分佳處◎清明看漢宮傳蠟㈠炬◎散翠煙飛入槐府◎斂兵衛閶闔門開○住傳宣又還休務◎

哨遍　二百三字，平仄通叶，仄十二，平九。　蘇軾

爲米折腰○因酒棄家○口體交相累◎歸去來誰不遣君歸○覺從前皆非今是◎露未晞◎征夫指予歸路○門前笑語喧童稚◎嗟舊菊都荒○新松暗老○吾年今已如此◎但小窗容膝閉柴扉◎策杖看孤鴻暮雲㈡飛◎雲出無心○鳥倦知還○本非有意◎　噫◎歸去來兮◎我今忘我兼忘世◎親戚無浪語◎琴書中有真味◎步翠麓崎嶇○泛溪窈窕○涓涓暗谷流春水◎觀草木欣榮○幽人自感○吾生行且休矣◎念寓形宇內復幾時◎不自覺皇皇欲何之◎委吾心去留難㈢計◎神仙知在何處○富貴非吾志㈣◎但知登山臨水㈤嘯詠○自引壺觴

㈠「漢宮傳蠟」，《詞律》作「漢蠟傳宮」。
㈡「鴻暮雲」，《欽定詞譜》、《全宋詞》均作「雲暮鴻」。
㈢「難」，《欽定詞譜》作「誰」。
㈣「志」，《欽定詞譜》作「願」。
㈤「登山臨水」，《欽定詞譜》、《全宋詞》均作「臨水登山」。

自醉◎此生天命更何疑◎且乘流遇坎還止◎

戚氏　二百十三字，平仄通叶，平二十三，仄二，三疊。　柳永

晚秋天◎一霎微雨灑庭軒◎檻菊蕭疏○井梧零亂惹殘煙◎淒然◎望江關◎飛雲黯淡夕陽間◎當時宋玉悲感○向此臨水與登山◎遠道迢遞○行人悽楚○倦聽隴水潺湲◎正蟬鳴敗葉○蛩響衰草○相應聲[一]喧◎　孤館度日如年◎風露漸變○悄悄至更闌◎長天靜絳河清淺○皓月嬋娟◎思綿綿◎夜永對景那堪◎屈指暗想從前◎未名未祿○綺陌紅樓○往往經歲遷延◎　帝里風光好○當年少日○暮宴朝歡◎況有狂朋快[二]侶○遇當歌對酒競留連◎別來迅景如梭○舊遊似夢○煙水程何限◎念利名憔悴長縈絆◎追往事空慘愁顏◎漏箭移稍覺輕寒◎聽[三]嗚咽畫角數聲殘◎對閒窗畔○停燈待[四]曉○抱影無眠◎

[一]「聲」，《全宋詞》作「喧」。
[二]「快」，《詞律》、《欽定詞譜》、《全宋詞》均作「怪」。
[三]「聽」，《全宋詞》作「漸」。
[四]「待」，《詞律》、《全宋詞》均作「向」。

【按】詞調説明「平仄通叶，平二十三，仄二」，總韻二十五，實標二十四。

鶯啼序　二百四十字，仄十七韻，四疊。

吳文英

殘寒正欺病酒○掩沈香繡户◎燕來晚飛入西城○似説春事遲暮◎畫船載清明過卻○晴煙冉冉吳宮樹◎念羈情遊蕩○隨風化爲飛㈠絮◎　十載西湖○傍柳繫馬○趁嬌塵軟霧◎溯洄㈡漸招入仙溪○錦兒偷寄幽素◎倚銀屏春寬夢窄○斷紅濕歌紈金縷◎暝堤空○輕把斜陽○總還鷗鷺◎　幽蘭旋老○杜若還生◎水鄉尚寄旅◎別後訪六橋無信○事往花委○瘞玉埋香○幾番風雨◎長波妒盼○遥山羞黛○漁燈分影春江宿○記當時短楫桃根渡◎青樓仿佛○臨分敗壁題詩○淚墨慘澹塵土◎　危亭望極○草色天涯○歎鬢侵半苧◎暗點檢啼㈢痕歡唾○尚染鮫綃○嚲鳳迷歸○破鸞慵舞◎殷勤待寫○書中長恨○藍霞遼海沈過雁○漫相思彈入哀箏柱◎傷心千里江南○怨曲重招○斷魂在否◎

㈠「飛」，《詞律》、《欽定詞譜》均作「輕」。
㈡「洄」，《詞律》、《欽定詞譜》、《全宋詞》均作「紅」。
㈢「啼」，《詞律》、《全宋詞》均作「離」。

跋

薌前取萬紅友《詞律》，去其俳俚缺訛諸調，輯成《天籟軒詞譜》，爲詞僅七百首。庚寅旋里後，復從《欽定詞譜》、《御選歷代詩餘》暨《樂府雅詞》、《陽春白雪》、《花庵詞選》、《絶妙好辭》、《花草粹篇》各名家詞諸書，細加參校，補其缺落，訂其錯訛，仍依《詞律》原列調名，備增諸體，爲詞逾千首，其《詞律》未列之調，另輯《補遺》一卷附後，亦不忘原書之意云爾。道光辛卯嘉平小庚子跋。

天籟軒詞譜卷五目録 補遺

(一) 原作「落梅花」，正文爲「落梅風」，改。

宜男草一首　掃地舞一首　壽山曲一首　秋蕊香引一首　尋梅一首
慶靈椿一首　緱山月一首　厭金杯一首　添字漁家傲一首　鈿帶長中腔一首
拾翠羽一首　倚風嬌近一首　三登樂一首　遶池游一首　枕屏兒一首
春聲碎一首　憶黄梅一首　南州春色一首　泛蘭舟一首　踏歌一首
兀令一首　少年游慢一首　千秋引一首　傾盃近一首　受恩深一首
五福降中天一首　寰海清一首　法曲第二一首　嗚梭一首　西窻燭一首
薄媚摘遍一首　高平探芳新一首　雪寒鳷鵲夜一首　惜餘妍一首　古香慢一首
芙蓉月一首　小聖樂一首　玉梅香慢一首　轉調滿庭芳一首　熙州慢一首
秋蘭香一首　劍器近一首　望雲間一首　慶千秋一首　甘露滴喬松一首
夢芙蓉一首　孟家蟬一首　清夜游一首　暗香疏影一首　真珠髻一首
内家嬌一首　望明河一首　青門飲二首　落梅二首　楚宫春慢一首
泛清苕一首　菩薩蠻慢一首　江南春慢一首　買馬索一首　期夜月一首
瑤臺月三首　暮雲碧一首　春雪間(一)早梅一首　解紅慢一首

凡百五十四調，共詞百六十六首。

(一)「間」原作「問」，正文爲「間」，改。

天籟軒詞譜補遺（序）

補遺者，補《詞律》所遺也。是卷所列各調，皆《詞律》所遺，從各詞書輯而補之，仍因《詞律》舊例，以元爲斷，如明人之《小諸皋》、《水漫聲》諸調不録，而元人小令《天淨沙》等篇，亦從删焉。余家藏書無多，問學又淺，衹就所經見者，彙成此帙，僅得百五十餘調，其掛漏自不待言。然尚冀勤加搜輯，以待續編於他日也已。道光辛卯嘉平小庚子又識。

天籟軒詞譜卷五

梁谿孫平叔先生鑒定、閩中葉申薌編次

補遺

漁父引　十八字，平三韻。　顧況

新婦磯邊月明◎女兒浦口潮平◎沙頭鷺宿魚驚◎

漁父詞　戴復古

漁父飲○不須錢◎柳枝斜貫錦鱗鮮◎換酒卻歸船◎

柘枝引　廿四字，平三韻。　闕名

將軍奉命即須行◎塞外領强兵◎聞道烽煙動○腰間寶劍匣中鳴◎

甘露歌　廿四字，兩換韻，仄二平二，即古《祝英臺》。　王安石

折得一枝香在手◎人間應未有◎疑是經春雪未消◎今日是何朝◎

晴偏好　廿四字，仄四韻。　李霜崖

平湖千頃生芳草◎芙蓉不照紅顛倒◎東坡道◎波光瀲灧晴偏好◎

回心院　廿八字，仄五韻。　遼蕭后

掃深殿◎閉久金鋪暗◎遊絲絡網塵作堆○積歲青苔厚階面◎掃深殿◎待君宴◎

又　廿八字，平五韻。　遼蕭后

拂象床◎憑夢借高唐◎敲壞半邊知妾臥○恰當天處少輝光◎拂象床◎待君王◎

十様花　廿八字，仄四韻。　李彌遜

陌上風光濃處◎第一寒梅先吐◎待得春來也○香消減○態凝竚◎百花休漫妒◎

又　廿八字，仄五韻　李彌遜

陌上風光濃處◎紅藥一番經雨◎把酒遶芳叢○花解語◎勸春住◎莫教容易去◎

薦金蕉　廿八字，兩換韻，仄二平二。　仇遠

梅邊當日江南信◎醉語無憑准◎斜陽丹葉一簾秋◎燕去鴻來○相憶幾時休◎

醉吟商　廿九字，仄五韻。　姜夔

正[一]是春歸○細柳暗黄千縷◎暮鴉啼處◎夢逐金鞍去◎一點芳心休訴◎琵琶解語◎

飲馬歌　三十四字，兩換韻，仄六平二。　曹勛

邊城[二]春未到◎雪滿交河道◎暮沙明殘照◎塞烽雲間小◎斷鴻悲◎隴月低◎淚濕征衣

[一]「正」前，《全宋詞》有一「又」字。
[二]「城」，《詞律》、《全宋詞》均作「頭」。

悄◎歲華老◎

錦園春　四十五字，仄六韻。　張孝祥

醉痕潮玉◎乘柔英未吐○露華如簇◎絶豔矜㈠春○分流芳金谷◎　風梳雨沐◎耿空抱㈡夜闌清淑◎杜老情疏○黄州夢㈢冷○誰憐幽獨◎

睡花陰令　四十五字，仄六韻。　仇遠

愁雲歇雨○淨洗一奩秋霽◎枝上鵲欲棲還起◎曲闌人獨倚◎　持杯酌月○月未醉愁㈣人先醉◎忘醉倚木犀花睡◎滿身㈤花影碎◎

㈠「矜」，《詞律拾遺》作「驚」。
㈡「耿空抱」，《全宋詞》作「偏只欠」。
㈢「夢」，《全宋詞》作「恨」。
㈣「愁」，《全宋詞》作「笑」。
㈤「身」，《全宋詞》作「衣」。

添字浣溪紗　四十六字，平五韻。　顧夐

紅藕香殘〔一〕翠渚平◎月籠虛閣夜蛩清◎天際鴻○枕上夢○兩牽情◎寶帳玉爐殘麝冷○羅衣金縷暗塵生◎小窻涼○孤燭背○淚縱横◎

【按】顧夐此詞例，《欽定詞譜》作《浣溪沙》諸體之一。《詞律拾遺》作爲補遺，列《浣溪沙》一調，是。作《添字浣溪沙》另列一體，似有商榷之餘地。《詞律拾遺》曰：「此調衍第三七字句爲九字三句，蓋亦攤破添字之權輿也。」

落梅風　四十六字，平七韻。　張先〔二〕

宮煙如水濕芳晨◎寒梅似雪相親◎玉樓側畔一〔三〕枝春◎惹香塵◎壽陽嬌面偏憐

〔一〕「殘」，《欽定詞譜》作「寒」。
〔二〕《梅苑》、《欽定詞譜》、《全宋詞》作者佚名，《詞律補遺》作者張先。
〔三〕「一」，《欽定詞譜》作「數」。

惜○妝成一片㈠花新◎鏡中重把玉纖勻◎酒初醺◎

陽臺怨 四十六字，仄六韻。 仇遠

月明如白日◎遮逕花陰密密◎未見黄雲襯襪來○空伴花陰立◎ 疑是碧瑤臺○不放彩鸞飛出◎隱隱隔花清漏急◎一巾紅露濕◎

喜長新 四十七字，平七韻。 王益柔

秋雲㈡朔吹曉徘徊◎雪照樓臺◎梁王宴召有鄒枚◎相如獨逞英㈢才◎ 明燭薰爐香暖○深勸金杯◎庭前粉豔㈣有寒梅◎一枝昨夜先開◎

㈠「片」，《欽定詞譜》、《全宋詞》均作「面」。
㈡「雲」，《欽定詞譜》作「風」。
㈢「英」，《全宋詞》作「雄」。
㈣「粉豔」，《欽定詞譜》作「豔粉」。

謫仙怨　四十八字，平五韻。　劉長卿

晴川落日初低◎惆悵孤舟解攜◎鳥去平蕪遠近○人隨流水東西◎　白雲千里萬里○明月前溪後溪◎獨恨長江(一)謫去○江潭春草萋萋◎

添字采桑子(二)　四十八字，平八韻。　李清照

窻前誰種芭蕉樹○陰滿中庭◎陰滿中庭◎葉葉心心○舒卷有餘情◎　傷心枕上三更雨○點滴凄清(三)◎點滴凄清(四)◎愁損離(五)人○不慣起來聽◎

【按】此詞例，《欽定詞譜》作爲《采桑子》諸體之一。《詞律拾遺》單列補調《添字采桑子》，其故可

(一)「江」，《詞律拾遺》、《全唐五代詞》均作「沙」。

(二)《全宋詞》調名《添字醜奴兒》。《欽定詞譜》曰：「此詞前後段第三句即疊上句，兩結句較和凝詞各添二字，或名《添字采桑子》。」

(三)「凄清」，《全宋詞》作「霖霪」。

(四)「凄清」，《全宋詞》作「霖霪」。

(五)「離」，《全宋詞》作「北」。

參見《詞律拾遺》本調下説明。

又　五十四字，平七韻。　朱淑真

王孫去後無芳草○緑遍香階◎塵滿妝臺◎粉面羞搽淚滿腮◎教我甚情懷◎　去時梅蕊全然少○等到花開◎花已成梅◎梅子青青又帶黄○兀自未歸來◎

慶金枝　四十八字，平六韻。　闕名

莫惜金縷衣◎勸君惜○少年時◎花開堪折直須折○莫待折空枝◎　一朝杜宇纔鳴後○便從此○歇芳菲◎有花有酒且開眉◎莫待滿頭絲◎

又　五十字，平七韻。　張先

青螺添遠山◎兩嬌靨○笑時圓◎抱雲勾雪近燈看◎算何處(一)○不堪憐◎　今生但願

(一)「算何處」，《全宋詞》作「妍處」。

無離別○花月下○繡屏前◎雙蠶成繭共纏綿◎更重結(一)○後生緣◎

梅弄影 四十八字，仄八韻 邱 密

雨晴風定◎一任春寒逞◎要勒群芳未醒◎不廢梅花○晚來妝面靚◎ 曲闌斜憑◎水檻臨清鏡◎翠竹蕭騷相映◎付與詩(二)人○巡池看弄影◎

鏡中人 四十八字，仄八韻。 闕 名

柳煙濃○梅雨潤◎芳草綿綿離恨◎花塢風來幾陣◎羅袖沾香粉◎ 獨上小樓迷遠近◎不見浣溪人信◎何處笛聲飄隱隱◎吹斷相思引◎

【按】 此詞例，《欽定詞譜》作爲《相思引》調諸體之一。茲單列一調，《詞律拾遺》亦作補調，未有特別說明。參稽《欽定詞譜》所列《相思引》諸體，作爲其中之一體，宜。

(一)「更重結」，《全宋詞》作「更結」。

(二)「詩」，《钦定词谱》、《全宋詞》均作「幽」。

碧玉簫(一)　四十八字，仄六韻。　闕名

輕暖吹香○薰風漲緑◎北(二)窻添得琅玕竹(三)◎新粉微含○翠浪明如沐◎　珠淚偷彈○纖腰減束◎天涯勞我危樓目◎燕子無情○斜語闌干曲◎

雙韻子　四十九字，仄七韻。　張先

鳴鞘電過曉闈靜◎斂龍旂風定◎鳳樓遠出霏煙○聞笑語○中天迥◎　清光近◎歡聲競◎鵷鷺(四)集仙花鬭影◎更聞度曲瑶山○升瑞日○春宮永◎

【按】首十二字，兹作七五二句，《詞律拾遺》亦如之。《欽定詞譜》作四四四三句，於義亦通。無唐宋詞別首校，姑兩存之。

(一)《全宋詞》失調名。
(二)「北」，《全宋詞》作「此」。
(三)「竹」，《全宋詞》作「玉」。
(四)「鵷鷺」，《全宋詞》作「鴛鴦」。

惜春郎　四十九字，仄六韻。　柳永

玉肌瓊豔新妝飾◎好壯觀筵[一]席◎潘妃寶釧○阿嬌金屋○應也消得◎屬和新詞多俊格◎敢與[二]我勍敵◎恨少年枉費疏狂○早不與伊相識◎

雙燕兒　五十字，平五韻。　張先

榴花簾外飄紅◎藕絲罩○小屏風◎東山別後○高唐夢短○猶喜相逢◎幾時再與眠香翠○悔舊歡何事匆匆◎芳心念我○也應那裏○蹙破眉峰◎

孤館深沉　五十字，平五韻。　權無染

瓊英雪豔嶺梅秀[三]○天付與清香◎向臘後春前○解壓萬花○先占東陽◎擬待折一枝相贈○奈水遠天長◎對妝面忍聽羌笛○又還空斷人腸◎

[一]「筵」，《欽定詞譜》、《全宋詞》均作「歌」。
[二]「與」，《欽定詞譜》、《全宋詞》均作「共」。
[三]「秀」，《梅苑》、《欽定詞譜》、《全宋詞》均作「芳」。

【按】首句末「秀」字，《梅苑》、《欽定詞譜》均作「芳」，《欽定詞譜》「芳」字標韻。如本「芳」字，則首句用韻。

使牛子　五十字，仄六韻。

曹　冠

晚天雨霽橫雌霓◎簾卷一軒月色◎紋簟坐苔茵○乘興高歌飲瓊液◎　翠瓜冷浸冰壺碧◎茶罷風生兩腋◎四座沸歡聲○喜我投壺全中的◎

折丹桂　五十字，仄六韻。

王之道

風漪欲皺春江碧◎我㈠寄江城北◎子今東去赴春官○挽不住摶風翼◎　修程好近㈡天池息◎何處堪留客◎預知仙籍桂香浮○語祝史休占墨◎

㈠「我」，《全宋詞》作「予」。

㈡「好近」，《全宋詞》作「應過」。

促拍采桑子　五十字，平五韻。　朱敦儒

清露濕幽香◎想瑤臺無語淒涼◎飄然欲去○依然似夢○雲度銀潢◎又是清㈠風吹淡月○佩丁東攜手西廂◎泠泠玉磬○沈沈素瑟○舞遍霓裳◎

醉高歌　五十字，仄六韻。　姚燧

十年燕月歌聲○幾點吴霜鬢影◎西風吹起鱸魚興◎已在桑榆暮景◎榮枯枕上三生㈡○傀儡場中四並◎人生幻化如泡影◎幾個臨危自省◎

謝新恩　五十一字，仄六韻。　南唐後主

冉冉秋光留不住◎滿階紅葉暮◎又是過重陽○臺榭登臨處◎茱萸香墜紫○菊氣飄庭户◎晚煙籠細雨◎雝雝新雁咽寒聲○愁恨年年長相似◎

㈠「清」，《欽定詞譜》、《全宋詞》均作「天」。

㈡「生」，《全元詞》作「更」。

【按】《欽定詞譜》以《謝新恩》爲《臨江仙》諸體之一。然參稽《臨江仙》唐宋諸調，與《謝新恩》體式均有異，宜單列一體。徐本立《詞律拾遺》以補調列《謝新恩》，是。

慶佳節 五十一字，平八韻。 張先

莫風流◎莫風流◎風流後有閒愁◎花滿南園月滿樓◎偏使我○憶歡遊◎我憶歡游無計耐○除卻且醉金甌◎醉了醒來春復秋◎我心事○幾時休◎

又 五十一字，仄九韻。 張先

芳菲節◎芳菲節◎天意應不虛設◎對酒高歌玉壺缺◎慎莫負○狂風月◎人間萬事何時歇◎空贏得鬢成雪◎我有閒愁與君說◎且莫用○輕離別◎

鬬雞曲(一) 五十一字，仄六韻。 杜龍沙

鶯啼人起○花露真珠灑◎白苧衫○青驄馬◎繡陌相將○鬬雞寒食下◎回廊暝色愔

(一)「曲」，《詞律拾遺》、《全宋詞》均作「回」。

愔○應是待歸來也◎月漸高○門猶亞◎悶剔銀燈○漏聲初入夜◎

八寶裝　五十二字，仄六韻。　張先

錦屏羅幌初睡起◎花陰轉○重門閉◎正不寒不暖○和風細雨○困人天氣◎此時無限傷春意◎憑誰訴○厭厭地◎這淺情薄倖○千山萬水○也須來裏◎

夢仙郎　五十二字，四換韻，仄六平四。　張先

江東蘇小◎夭斜窈窕◎都不勝彩鸞嬌妙◎春豔上新妝○肌肉過(一)人香◎佳樹陰陰池院◎華燈繡幔◎花月好豈能長見◎離聚此生緣◎無計問高(二)天◎

菊花新　五十二字，仄六韻。　張先

墮髻慵妝來日暮◎家在柳橋堤下住◎衣緩絳綃單(三)○瓊樹褭一枝紅霧◎院深池靜

(一)「肌肉過」，《詞律拾遺》作「風遇著」。

(二)「高」，《全宋詞》作「天」。

(三)「單」，《欽定詞譜》、《詞律拾遺》、《全宋詞》均作「垂」。

花相妒◎粉牆低樂聲時度◎長恐舞筵空○輕化作彩雲飛去◎

又　五十二字，仄七韻。

杜安世

怎奈花殘又鶯(一)老◎檻裏青梅數枝小◎新荷長池沼◎當晴晝燕子聲鬧◎亭闌花綻顔色好◎風雨催(二)等閒開了◎酒醒暗思量○無個事恁生(三)煩惱◎

恨來遲　五十二字，平五韻。

王　灼

柳暗汀洲○最春深處○小宴初開◎似泛宅浮家○水平風靜(四)○咫尺蓬萊◎更勸君吸盡紫霞杯◎醉看鸞鳳徘徊◎正洞裏桃花○盈盈一笑○依舊憐才◎

(一)「又鶯」，《欽定詞譜》作「鶯又」。
(二)「催」後，《全宋詞》多一「催」字。
(三)「恁生」，《欽定詞譜》作「著甚」，《全宋詞》作「甚剛」。
(四)「靜」，《欽定詞譜》、《詞律拾遺》均作「軟」。

珍珠令　五十二字，仄八韻。　張　炎

桃花扇底歌聲杳◎愁多少◎便覺道花陰閒了◎因甚不歸來○甚歸來不早◎滿院飛花休要掃◎待留與薄情知道◎怕一似飛花○和春都老◎

金錯刀　五十四字，平六韻。　馮延巳

雙玉斗○百瓊壺◎佳人歡飲笑喧呼◎麒麟欲畫時難偶○鷗鷺何猜興不孤◎歌宛轉○醉模糊◎高燒銀燭臥流蘇◎只銷幾覺懵騰睡○身外功名任有無◎

鬢邊華　五十四字，仄五韻。　闕　名

小梅香細豔淺◎過楚岸尊前偶見◎愛閑淡天與精神○映青鬢開人醉眼◎如今拋擲經春○恨不見芳枝寄遠◎向心上誰解相思○賴長對妝樓粉面◎

南鄉一翦梅　五十四字，平八韻。　虞　集

南阜小亭臺◎薄有山花取次開◎寄語多情熊少府○晴也須來◎雨也須來◎隨意且銜

杯◎莫惜春衣坐緑苔◎若待明朝風雨過○人在天涯◎春在天涯◎

鷓鴣曲　五十四字，仄五韻。　馮子振

巍[一]峨峰頂移家住◎旦暮見上下[二]樵父◎爛柯時樹老無花○葉葉枝枝風雨◎　故人曾喚[三]我歸來○卻道不如休去◎指門前萬疊雲山○是不費青蚨買處◎

玉樓人　五十四字，仄六韻。　闕　名[四]

去年尋處曾持酒◎還是向南枝見後◎宜霜宜雪精神○没些兒風味減舊◎　先春似與群芳鬬◎暗度香[五]不待頻嗅◎有人笑折歸來○玉纖長盡露衫袖◎

[一]「巍」，《全金元詞》作「嵯」。
[二]「旦暮見上下」，《全金元詞》作「是箇不唧嚁」。
[三]「喚」，《詞律拾遺》作「笑」。
[四]《梅苑》、《欽定詞譜》作者無名氏，《詞律拾遺》作者晏殊。
[五]「暗度香」，《詞律拾遺》作「度暗香」。

金蓮繞鳳樓　五十五字，仄八韻。　宋徽宗

絳燭朱籠相隨映◎馳繡轂塵清香襯◎萬金光射龍軒瑩◎繞端門瑞雷輕振◎　元宵爲開勝(一)景◎嚴黼座觀燈錫慶◎帝家華宴乘春興◎搴珠簾望堯瞻舜◎

憶人人　五十五字，仄五韻。　晏　殊(二)

密傳春信○微妝曉艷(三)◎淡佇香苞欲綻◎臨風雖未吐芳心○奈暗露盈盈粉面◎　何人月下○一聲長笛○即是飛英亂◎憑闌莫惜賞芳姿○更莫待傾筐已滿◎

【按】前後段多同，唯後段第三句較前段第三句少一字。《全宋詞》後段第三句較此多一「凌」字，「即是飛英凌亂」，如此前後段結構同，則此調體式同《鵲橋仙》。

(一)「勝」，《欽定詞譜》作「盛」。
(二)《全宋詞》作者佚名。
(三)「艷」，《全宋詞》作「景」。

柳摇金　五十六字，仄七韻。　沈會宗

相將初下蕊珠殿◎似醉粉生香未遍◎愛惜嬌心春不管◎被東風賺開一半◎　中央[一]宮裏賜仙衣◯鬭淺深妝成笑面◎放出妖嬈難繫綰◎笑東君自家腸斷◎

二色宫桃　五十六字，仄六韻。　闕名

鏤玉香葩初[二]點萼◎正萬木園林蕭索◎惟有一枝雪裏開◯江南信更憑誰托◎　前年記賞登高閣◎歎年來舊歡如昨◎聽取樂天一句云◯花開處且須行樂◎

荷葉鋪水面　五十七字，平七韻。　康與之

春光豔冶◯遊人踏緑苔◎千紅萬紫競香開◎暖風拂鼻籟◯驀地暗香透滿懷◎　荼蘼似

[一]「央」，《欽定詞譜》、《全宋詞》均作「黄」。

[二]「初」，《欽定詞譜》、《全宋詞》均作「酥」。

錦裁◎嬌紅間緑(一)白○只怕迅速春回◎誤落在塵埃◎折向鬟雲間(二)○金鳳釵◎

家山好　五十七字，平七韻。

沈公述(三)

掛冠歸去舊煙蘿◎閑身健○養天和◎功名富貴非由我○莫貪他◎這歧路○足風波◎水晶宫裏家山好○物外勝遊多◎晴溪短棹○時時醉唱裏棱羅◎天公奈我何◎

恨春遲　五十八字，平仄通叶，仄二平四。

張　先

欲借紅梅薦飲◎望隴驛音信沈沈◎住在柳洲東岸○彼此相思○夢去難尋◎乳燕來時花期寢◎淡月墜將曉還陰◎爭奈多情易感○音信無憑○如何消遣得初心◎

(一)「緑」，《詞律拾遺》作「嫩」。

(二)「間」，《詞律拾遺》作「邊」。

(三)《欽定詞譜》注曰作者爲「《湘山野録》無名氏」，《全宋詞》作者劉述。

又 五十八字，平仄通叶，仄二平四。

張先

好夢才成又斷◎因(一)晚起雲䰖梳鬢◎秀臉拂輕紅○酒入嬌眉眼○薄衣減春寒◎紅柱溪橋波平岸◎畫閣外落日西山◎不分閒花並蒂○秋藕連根○何時重得雙蓮◎

宜男草 五十八字，仄六韻。

范成大

舍北煙霏舍南浪◎雨翻盆灘流微(二)漲◎問小橋別後誰過○惟有迷鳥羈雌來往◎重尋山水問無恙◎掃柴荊土花塵網◎留小桃先試光風○從此芝草琅玕日長◎

又 六十字，仄八韻。

范成大

籬菊灘蘆被霜後◎裊長風萬重高柳◎天爲誰展盡湖光○渺渺◎應爲我扁舟入手◎橘中曾醉洞庭酒◎輾雲濤掛帆南斗◎追舊游不減商山○杳杳◎猶有人能相記否◎

(一)「因」，《全宋詞》作「日」。
(二)「雨翻盆灘流微」，《全宋詞》作「雪傾籬雨荒薇」。

掃地舞　五十八字，兩換韻，仄十二。　闕名

酥點蕚◎玉碾蕚◎點時碾時香雪薄◎才折得○春力弱◎半掩朱扉垂繡幕◎怕吹落◎撚一餉◎嗅一餉◎撚時嗅時宿酒忘◎春筍上○不忍放◎待對菱花斜插向◎寶釵上◎

【按】《詞律拾遺》調作《玉碾蕚》，補調，曰：「五十八字，一名《掃地舞》」。此詞最早見宋黄大輿編《梅苑》卷七，調名《掃地舞》。此詞無唐宋詞别首可校。《詞律拾遺》以《玉碾蕚》名之，顯摘自詞文，美則美矣，然於史無徵。

壽山曲　六十字，平五韻。　馮延巳

銅壺滴漏初盡○高閣雞鳴半空◎催啓五門金鎖○猶垂三殿簾櫳◎階前御柳摇緑○仗下宫花散紅◎鴛瓦數行曉日○鸞旗百尺春風◎侍臣舞蹈重拜○聖壽南山永同◎

秋蕊香引　六十字，仄八韻。　柳　永

留不得◎光陰催促○奈芳蘭歇◎好花謝惟頃刻◎彩雲易散玻璃脆○驗前事端的◎　風

月夜○幾處前蹤舊跡◎忍思憶◎這回望斷○永作天涯(一)隔◎向仙島○歸冥(二)路○兩無消息(三)◎

尋梅 六十字，仄八韻。

沈會宗(四)

幽香淺淺渾(五)未透◎認雪底尋(六)來始有◎翦裁尚覺瓊瑶皺◎苦寒中○越恁骨清肌瘦◎東風氣象園林舊◎又去年而今時候◎急宜小摘當尊酒◎選一枝○且付玉人纖手◎

慶靈椿 六十一字，平五韻。

黄闕名

瑞溪庭○滿園秋色好○簾幕低垂◎一床簪笏人間盛○沈檀影裏○笙歌沸處○齊捧瑶

(一)「天涯」，《欽定詞譜》作「蓬山」，《全宋詞》作「終天」。
(二)「冥」，《欽定詞譜》作「雲」。
(三)「向仙島歸冥路兩無消息」，《詞律拾遺》作「向仙島歸宴兩路無消息」。
(四)《全宋詞》作者佚名。
(五)「渾」，《欽定詞譜》、《詞律拾遺》均作「濕」。
(六)「尋」，《欽定詞譜》、《詞律拾遺》、《全宋詞》均作「思」。

巵◎　習禮複明詩◎胡氏清畏人知◎壽堂已慶靈椿老○年年歲歲○重添嫩葉○頻長繁枝◎

【按】本譜與《詞律拾遺》均單列一調，後者作補調。《欽定詞譜》將其視作《攤破南鄉子》，然二者句法微異，不知孰是。

緱山月　六十四字，平七韻。　梁　寅

急雨響巖阿◎陰晴暗薜蘿◎山中春去更寒多◎縱柴門不閉○花滿徑○蒼苔潤○少人過◎　蘭舟曾記蘭汀宿○牽恨是煙波◎而今林下和樵歌◎看風風雨雨○從造物○隨時(一)變○總心和◎

厭金杯　六十六字，仄八韻，厭又作獻。　賀　鑄

風軟香遲○花深漏短◎可憐宵畫堂春半◎碧紗窗影○捲帳蠟燈紅○鴛枕畔◎密寫烏絲一

(一)「隨時」，《欽定詞譜》、《全金元詞》均作「時時」。

段◎　拾翠沙空○采蘋溪晚(一)◎儘愁倚夢雲飛觀◎木蘭艇子○幾日渡江來○心目斷◎桃葉青山隔岸◎

添字漁家傲　六十六字，仄十韻。　蔡　伸

煙鎖池塘秋欲暮◎細細荷(二)香○直到雙棲處◎並枕東窻聽夜雨○偎金縷◎雲深不見來時路◎　曉色朦朧人去住◎香覆重簾○密密聞私語◎目斷征帆歸別浦◎空凝佇◎苔痕緑映金蓮步◎

【按】本譜與《詞律拾遺》均單列一調，後者作補調。此調體式與《漁家傲》正調基本相同，宜並入本調。

鈿帶長中腔　六十七字，平十韻。　万俟咏

鈿帶長(三)◎簇真香◎似風前拆麝囊◎嫩紫輕紅○間鬬異芳◎風流富貴○自覺蘭麝(四)

(一) 後段第一、二句，《詞律拾遺》詞文内容正相反。
(二) 「荷」，《全宋詞》作「前」。
(三) 「鈿帶長」，《詞律拾遺》、《全宋詞》均無。
(四) 「麝」，《詞律拾遺》、《全宋詞》均作「蕙」。

荒◎獨佔蕊珠春光◎　繡結流蘇密緻○魂夢悠颺◎氣融液散滿洞房◎朝寒料峭○殢嬌不易當◎著意要待㈠韓郎◎

拾翠羽　六十八字，仄八韻。　張孝祥

春入園林○花信總隨遲速◎聽鳴禽稍遷喬木◎夭桃弄色○海棠芬馥◎風雨霽○芳徑草心頻緑◎　褉事纔過○相次禁煙追逐◎想千歲㈡楚人遺俗◎青旗沽酒○各家炊熟◎良夜遊○明月勝燒花燭◎

倚風嬌近　七十字，仄八韻。　周密

雲葉千重○麝塵輕染金縷◎弄嬌風軟霞綃舞◎花國選傾城○暖玉倚銀屏○綽約娉婷○淺素宮黃爭嫵◎　生怕春知○金屋藏嬌深處◎蜂蝶尋芳無據◎醉眼迷花映紅霧◎修花

㈠「待」，《詞律拾遺》、《全宋詞》均作「得」。
㈡「載」，《欽定詞譜》作「年」。

譜◎翠毫夜濕天香露◎

三登樂 七十一字，仄八韻。 范成大

一碧鱗鱗○橫萬里天垂吳楚◎四無人艫聲自語◎向浮雲西下處○水村煙樹◎何處繫船○暮濤漲浦◎ 正江南搖落後○好山無數◎儘乘流興來便去◎對青燈獨自歎○一生羈旅◎攲枕夢寒○又還夜雨◎

違池游 七十二字，仄十一韻。 闕名

漸春工巧○玉漏花深寒淺◎韶景變○融晴蕙風暖◎都門十二○三五銀蟾光滿◎瑞煙蔥蒨◎禁城閬苑◎ 棚山雉扇◎絳蠟交輝星漢◎神仙籍○梨園奏絃管◎都人遊玩◎萬井山呼歡抃◎歲歲天仗○願瞻鳳輦◎

【按】詞調説明「仄十一韻」，實標十二韻。「歲歲天仗」原標韻，誤，兹徑改。

枕屏兒　七十四字，仄八韻。　闕名

江國春來○留得(一)素英肯住◎月籠香○風弄粉○詩人盡許◎酥蕊嫩○檀心小○不禁風雨◎須東君與他做主◎　繁杏夭桃○顔色淺深難駐◎奈芳容○全不稱○冰姿伴侶◎水亭邊○山驛畔○一枝風措◎十分似那人淡佇◎

春聲碎　七十七字，仄九韻。　譚宣子

津館貯輕寒○脈脈離情如水◎東風不管○垂楊無力○總雨顰煙寐◎闌干外◎怕看燕掠文(二)疏○鼓疊春聲碎◎　劉郎易憔悴◎況是懨懨病起◎花(三)箋漫展○便寫就新詞○倩將誰寄◎當此際◎渾似夢峽啼湘○一寸相思千里◎

(一)「得」，《詞律拾遺》作「到」。
(二)「看燕掠文」，《全宋詞》作「春燕掠天」。
(三)「花」，《全宋詞》作「蠻」。

憶黄梅　七十九字，仄十二韻。　王　觀

枝上葉兒未展◎已有墜紅千片◎春意怎生防○怎不怨◎被我安排○矮牙床斗帳○和嬌豔◎移在花叢裏面◎　請君看◎惹清香○偎媚暖◎愛香愛暖金杯滿◎問春怎管◎大家拚◎便[一]做東風○總教吹[二]零亂◎猶兀自○輪我鴛鴦一半◎

【按】此調中「矮牙床斗帳」、「和嬌豔」二處原分别標韻句。《欽定詞譜》作句、韻，《詞律拾遺》作句、豆。此調無唐宋别詞可校，宜依《欽定詞譜》。

南州春色　八十二字，平七韻。　汪　莘

清溪曲○一株梅◎無人㑳保○獨立古牆隈◎莫恨東風吹不到○著意挽春回◎一任天寒地凍○南枝香動○花傍一陽開◎　更待明年首夏○酸心結子○天自栽培◎金鼎調羹○仁

[一]「拚便」，《欽定詞譜》作「便拚」。
[二]「教吹」，《欽定詞譜》、《詞律拾遺》均作「吹教」。

心猶在○還種取(一)無限根荄◎管取南州春色○都(二)自此中來◎

泛蘭舟　八十三字，仄七韻。　闕名

霜月亭亭時節○野溪開冰汋◎故人信付江南○歸也仗誰託◎寒影低横○輕香暗度○疏籬幽院○何似(三)秦樓朱閣◎　稱簾幕◎攜酒共看○新詩(四)和(五)醉更堪作◎雅淡一種天然○如雪綴煙薄◎腸斷相逢○手撚嫩枝○追思渾似○那人淺妝梳掠◎

踏歌　八十三字，仄十二韻，三疊。　朱敦儒

宴闋◎散津亭鼓吹扁舟發◎離愁(六)黯隱隱陽關徹◎更風悠(七)雨細添淒切◎　恨結◎

(一)「取」，《詞律拾遺》作「處」。
(二)「都」，《詞律拾遺》作「多」。
(三)「似」，《欽定詞譜》、《全宋詞》均作「在」。
(四)「新詩」，《全宋詞》作「依依」。
(五)「和」，《欽定詞譜》、《全宋詞》均作「承」。
(六)「愁」，《全宋詞》作「魂」。
(七)「悠」，《欽定詞譜》、《全宋詞》均作「愁」。

歎良朋難[一]聚輕離缺◎一年幾把酒對花月◎便山遥水遠分吴越◎　書倩雁○夢借蝶◎重相見再把歸期説◎只愁到那[二]時○彼此萍蹤别◎總難知[三]再會時節◎

兀令　八十四字，仄十二韻。　賀鑄

盤馬樓前風日好◎雪銷塵掃◎樓上宫妝早◎認簾幙微開○一面嫣妍笑◎攜手别院重廊○窈窕花房小◎任碧羅窻曉◎　間闊時多書問少◎鏡鸞空老◎身寄吴雲杳◎想轣轆車音○幾度青門道◎占得春色年年○隨處隨人到◎恨不如芳草◎

少年游慢　八十四字，仄十韻。　張先

春城三二月◎禁柳飄綿未歇◎仙禦生香○輕雲凝紫臨層闕◎歌掌明珠滑○酒臉紅霞發◎

[一]「難」，《欽定詞譜》、《全宋詞》均作「雅」。
[二]「那」，《欽定詞譜》、《全宋詞》均作「他」。
[三]「知」，《欽定詞譜》、《全宋詞》均作「如」。

華省名高○少年得意時節◎　晝漏(一)三題徹◎梯漢同登蟾窟◎玉殿初宣○銀袍齊脱
生仙骨◎花探都門曉○馬躍芳衢闊◎宴罷東風○鞭梢一行飛雪◎

千秋引　八十四字，仄十韻，又名《澹紅綃》。　李冠

杏花好○子細君須辨◎比早梅深○夭桃淺◎把鮫綃淡拂鮮紅綻(二)◎蠟融紫萼重重現◎
煙外俏(三)○風中笑○香滿院◎　欲綻全開俱可羨◎粹美妖嬈無處選◎除卿卿似(四)尋
常見◎倚天真豔冶輕朱粉○分明洗出燕支面◎追往事○繞芳樹○千千遍◎

【按】《欽定詞譜》將此調作爲《千秋歲引》諸體之一。《詞律拾遺》作爲補調單列。

(一)「漏」，《欽定詞譜》、《詞律拾遺》、《全宋詞》均作「刻」。
(二)「綻」，《欽定詞譜》作「色」，《全宋詞》作「面」。
(三)「俏」，《欽定詞譜》作「悄」。
(四)「似」，《欽定詞譜》作「是」。

傾杯近　八十四字，仄八韻。　袁去華

邃館金鋪半掩○簾幕參差影◎睡起槐陰轉午○鳥啼人寂靜◎殘妝褪粉○鬆髻欹雲慵不整◎儘無言○手挼裙帶繞花逕◎　酒醒時○夢回處○舊事何堪省◎共載尋春○並坐調箏何時更◎心情盡日○一似楊花飛無定◎未黄昏○又先愁夜永◎

受恩深　八十六字，仄十一韻，受又作愛。　柳　永

雅致裝庭宇◎黄花開淡濘◎細香明豔盡天與◎助秀色堪餐○向曉自有真珠露◎剛被金錢妒◎擬買斷秋天○容易獨步◎　粉蝶無情蜂已去◎要上金尊○惟有詩人曾許◎待宴賞重陽○恁時盡把芳心吐◎陶令輕回顧◎免憔悴東籬○冷煙寒雨◎

五福降中天　八十六字，平八韻。　江致和

喜元宵三五○縱馬御柳溝東◎斜日映珠簾○瞥見芳容◎秋水嬌横(一)俊眼○膩雪輕鋪素

(一)「横」，《詞律拾遺》作「嬈」。

胸◎愛把菱花○笑匀(一)粉面露春蔥◎　徘徊步懶○奈一點靈犀未通◎悵望七香車去○慢輾春風◎雲情雨態○願暫入陽臺夢中◎路隔煙霞○甚時還許到蓬宫◎

寰海清　八十七字，平九韻。　王庭珪

畫鼓轟天◎暗塵隨(二)馬○人似神仙◎天恁不教晝短○明月長圓◎天應未知道○天知道(三)○須肯放三夜如年◎　流蘇擁上香軿◎爲甚箇(四)晚妝○特地鮮妍◎花下清陰○怎(五)合曲水橋邊◎高人到此也乘興○任橫街一一須穿◎莫言無國豔○有朱門○鎮嬋娟◎

【按】此詞無別首宋詞可校。後段「怎合」，《欽定詞譜》、《詞律拾遺》均同，《全宋詞》作「乍合」。根

(一)「笑匀」，《詞律拾遺》無。
(二)「隨」後，《全宋詞》有一「寶」字。
(三)「天知道」，《全宋詞》作「天天」。
(四)「甚箇」，《全宋詞》作「箇甚」。
(五)「怎」，《全宋詞》作「乍」。

據義斷，「乍合」應上屬「花下清陰」，也即「花下清陰乍合○曲水橋邊」。

法曲第二 八十七字，仄八韻。 柳 永

青翼傳情○香徑偷期○自覺當年[一]草草◎未省同衾枕◎便輕許相將○平生歡笑◎怎生向○人間好事到頭少◎漫悔懊◎ 細追思○恨從前容易○致得恩愛成煩惱◎心下事○千種盡憑音耗◎似此縈牽○等伊來自家向道◎待[二]相見◎喜懽存問○又還忘了◎

鳴梭 八十八字，平十二韻。 譚宣子

織綃機上度鳴梭◎年光容易過◎縈縈情緒○似水煙山霧兩相和◎謾道當時何事○流盼動層波◎巫影嵯峨◎翠屏牽薜蘿◎ 不須微醉自顏酡◎如今難恁麼◎燭花銷豔○但替人垂淚滿銅荷◎賦罷西城殘夢○猶問夜如何◎星耿斜河◎候蟲聲更多◎

[一]「年」，《全宋詞》作「初」。
[二]「待」，《全宋詞》作「洎」。

西窻燭　八十九字，仄七韻。　譚宣子

春江驟漲○曉陌微乾○斷魂(一)如夢相逐◎料應怪我頻來去○似千里迢遥○傷心極目◎爲楚腰慣舞東風○芳草萋萋襯緑◎　燕飛獨◎知是誰家○簫聲多事○吹咽尋常怨曲◎儘教襟袖香泥涴○君不見揚州○三生杜牧◎待淚華暗落銅盤○甚夜西窗剪燭◎

薄媚摘遍　九十二字，仄七韻。　趙以夫

桂香消○梧影瘦○黄菊迷深院◎倚西風○看落日◎長江東去如練◎先生底事○有賦飄然○剛道爲田園○獨醒何爲○持杯自勸未能免◎　休把茱萸吟玩◎但管年年健○千古事○幾憑闌○吾生(二)九十强半◎歡娛終日○富貴何時○一笑醉鄉寬○倒載歸來○回廊月又滿◎

【按】本調「落日」標韻、「田園」標句、「年年健」標句、「醉鄉寬」標句，與《欽定詞譜》異，宜依後者。

(一)「魂」，《全宋詞》作「雲」。

(二)「生」後，《全宋詞》有一「早」字。

高平探芳新　九十三字，仄九韻。　吴文英

九街頭○正軟塵酥潤○雪銷殘溜◎禊賞秪園○花豔雲英(一)籠晝◎層梯峭○空麝散○擁淩波○縈翠袖◎歎年端連環轉○爛漫遊人如繡◎　腸斷回廊佇久◎便寫意濺波○傳愁蹙岫◎漸没飄紅(二)○空惹閒情春瘦◎椒杯香○朝(三)醉醒○怕西窗○人散後◎暮寒深○遲回處自攀庭柳◎

雪明鳷鵲夜　九十四字，仄八韻。　宋徽宗(四)

望五雲多處○探春(五)開閬苑○别就瑶(六)島◎正梅雪韻清○桂月光皎◎鳳帳龍簾縈嫩風○御座深翠金間繞◎半天中○香泛千花○燈掛百寶◎　聖時觀風重臘○有簫鼓沸

(一)「英」，《欽定詞譜》、《全宋詞》均作「陰」。

(二)「紅」，《全宋詞》作「鴻」。

(三)「朝」，《欽定詞譜》、《全宋詞》均作「乾」。

(四)《欽定詞譜》、《詞律補遺》作者宋徽宗，《全宋詞》作者万俟咏。

(五)「探春」，《詞律拾遺》作「春深」，《全宋詞》無。

(六)「瑶」，《全宋詞》作「蓬」。

空○錦繡匝道◎競呼盧氣貫調歡笑◎袖(一)裏金錢擲下○來侍宴歌太平睿藻◎願年年此際○迎春不老◎

【按】此調原作「雪寒鳷鵲夜」,《欽定詞譜》、《詞律拾遺》、《全宋詞》均作「雪明鳷鵲夜」,兹應誤,徑改。《詞律拾遺》因「探春」二字作「春深」,故前段首作「望五雲多處春深句開閬苑別就蓬島韻」。

惜餘妍

九十四字,仄八韻。　曹　遵

同根異色○看鏤玉雕檀○芳豔如簇◎秀葉玲瓏○嫩條下垂修緑◎禁苑深鎖清妍○香滿架風梳露浴◎輕盈便似覺酴醾○格調粗俗◎　蜂黄間塗蝶粉○疑舊日二喬○各樣妝束◎費卻春工○鬬合靚芳穠馥◎翠華臨檻清賞○飛鳳斝休辭醉玉◎晴晝鎮貯春○瑶臺金屋◎

【按】《惜餘妍》,《詞律拾遺》未單列一調,作爲補體《露華憶》之一體。亦以此詞作例,詞調説明

(一)「袖」,《欽定詞譜》作「暗」。

曰：「九十四字，一名《惜餘妍》」。

古香慢　九十四字，仄九韻。　吴文英

怨蛾墜柳○離佩搖葓○霜訊南浦◎漫惜(一)佳人(二)○倚竹袖寒日暮◎還問月中游○夢飛過金風翠羽◎把殘雲剩水萬頃○暗熏冷麝淒苦◎　漸浩渺淩山高處◎秋澹無光○殘照誰主◎露粟侵肌○夜約羽林輕誤◎翦碎惜秋心○更腸斷珠塵蘚露(三)◎怕重陽○又催近滿城風(四)雨◎

【按】「佳人」處原標韻，非，徑改。「翠羽」處原不標韻，非，徑改。

(一)「惜」，《欽定詞譜》作「憶」。
(二)「惜佳人」，《欽定詞譜》作「憶佳人」，《詞律拾遺》作「掩橋扉」，《全宋詞》作「憶橋扉」。
(三)「露」，《全宋詞》作「路」。
(四)「風」，《全宋詞》作「細」。

芙蓉月　九十四字，仄十韻。　趙以夫

黄葉舞碧空○臨水處照眼紅葩(一)齊吐◎柔情媚態○佇立西風如訴◎遥想仙家城闕○十萬緑衣童女◎雲縹緲○玉娉婷○隱隱彩鸞飛舞◎　樽前更風度◎記天香國色○曾占春暮◎依然好在○還伴清霜涼露◎一曲闌干敲遍○悄無語◎空相顧◎殘月淡○酒闌時○滿城鐘鼓◎

小聖樂　九十五字，平八韻。　元好問

緑葉陰濃○遍池亭水閣○偏趁涼多◎海榴初綻○朵朵蹙紅羅◎乳燕雛鶯弄語○對高柳鳴蟬相和◎驟雨過○似瓊珠亂撒○打遍新荷◎　人生百年有幾○念良辰美景○休放虛過◎富貧(二)前定○何用苦張羅(三)◎命友邀賓宴賞○飲芳醑淺酌低歌◎且酩酊○任教二輪○來往如梭◎

(一)「葩」，《詞律拾遺》作「色」，《全宋詞》作「苞」。
(二)「貧」，《詞律拾遺》作「貴」。
(三)「張羅」，《欽定詞譜》作「奔波」。

【按】《欽定詞譜》以之爲北曲，循舊譜例收入。《全金元詞》以其爲北曲，未收元好問作。

玉梅香慢　九十五字，仄十韻。　闕名

寒色猶高○春力尚怯◎微律先催梅坼◎曉日輕烘○清風煩觸○疑(一)散疏林(二)殘雪◎嫩英妒粉○嗟素豔有蜂蝶◎全似人人○向我依然○頓成離缺◎　徘徊寸腸萬結◎又因花暗成凝咽◎撚蕊憐香○不禁恨深難絶◎若是芳心解語○應共把此情細細説◎淚滿闌干○無言强折◎

轉調滿庭芳　九十六字，仄八韻。　劉燾

風急霜濃○天低雲淡○過來孤雁聲切◎雁兒且住○略聽自家説◎你是離群到此○我共箇人人纔別(三)◎松江岸○黄蘆影裏○天更待飛雪◎　聲聲腸欲斷○和我也淚珠點點成

(一)「疑」，《全宋詞》作「凝」。
(二)「疏林」，《全宋詞》作「數枝」。
(三)「箇人人纔別」，《全宋詞》作「那人纔相別」。

血◎這一江流水○流也嗚咽◎告你高飛遠舉○前程事永没磨折◎須知道○飄零聚散○終有見時節◎

【按】此調此詞例，《欽定詞譜》作《滿庭芳》諸體之一，《詞律拾遺》單列作補調。

熙州慢 九十六字，平仄通叶，仄九平一。 張先

武林鄉○占第一湖山○詠畫爭巧◎鷲石飛來○倚翠樓煙靄○清猿啼曉◎況值禁垣師帥○惠政流入歡謡◎朝暮萬景○寒潮弄月○亂峰回照◎ 天使尋春不早◎並行樂○免有花愁花笑◎持酒更聽○紅兒肉聲長調◎瀟湘故人未歸○但目送遊雲孤鳥◎際天杪◎離情盡寄芳草◎

【按】詞調説明「仄九平一」共十韻，實標十二韻。《欽定詞譜》、《詞律拾遺》均十韻，對勘發現本調原多「師帥」、「弄月」二韻，實誤，徑改。

秋蘭香　九十六字，平十韻。

陳　亮

未老金莖◯些子正氣◯東籬淡佇齊芳◎分頭添樣白◯同局幾般黄◎向閒處須一一排行◎淺深饒問新妝◎那陶令漉他誰酒◯趁醒消詳◎　況是此花開後◯便蝶亂無花◯管甚蜂忙◎你從今采卻蜜成房◎秋英誠商量◎多少爲誰◯甜得清涼◎待説破長生真訣◯要飽風霜◎

劍器近　九十六字，仄十五韻。

袁去華

夜來雨◎賴[一]倩得東風吹住◎海棠正妖嬈處◎且留取◎悄庭户◎試細聽鶯啼燕語◎分明共人愁緒◎怕春去◎　佳樹◎翠陰初轉午◎重簾未捲◯乍睡起◯寂寞看風絮◎偷彈清淚寄煙波◯見江頭故人◯爲言憔悴如許◎彩箋無數◎去卻寒暄◯到了渾無定據◎斷腸落日千山暮◎

[一]「賴」，《詞律拾遺》作「願」。

望雲間 九十六字，平八韻。 趙可

雲朔南陲○全趙寶符〔一〕○河山襟帶名藩◎有朱樓縹緲○千雉迴旋◎雲度飛狐絶險○天圍紫塞高寒◎吊興亡遺跡○咫尺西陵○煙樹蒼然◎　時移事改○極目傷〔二〕心○不堪獨倚危闌◎惟是年年飛雁○霜雪知還◎樓上四時長好○人生一世誰閒◎故人有酒○一尊高興○不減東山◎

慶千秋 九十六字，平八韻。 歐慶嗣〔三〕

點檢蓂蓂○自元宵過了○兩莢初飛◎蔥蔥郁鬱佳氣○喜溢庭闈◎誰知降月裏姮娥○欣對良時◎但見婺星騰瑞彩○年年輝映南箕◎　好是庭階蘭玉○伴一枝丹桂○戲舞萊衣◎椒觴迭將捧獻○歌曲吟詩◎如王母欵對群仙○同宴瑶池◎葽草茂○長春不老○百千祝壽無期◎

〔一〕「寶符」，《全金元詞》作「幕府」。
〔二〕「傷」，《欽定詞譜》、《詞律拾遺》均作「春」。
〔三〕《欽定詞譜》、《全宋詞》作者佚名。

甘露滴喬松　九十六字，平仄通叶，仄八平二。

闕　名

沙堤路(一)近○喜五年相遇○朱顔依舊◎盡道名世半千○公望三九◎是今日富民侯◎早生聚考堂户口◎誰歟兼致○文章燕許○歌詞蘇柳◎　更饒萬卷圖書○把藤笈芸編○遍題青鏤◎一經傳得○舊事韋平先後◎試袞袞數英遊◎問好事如今能否◎麴車正滿○自酌太和春酒◎

夢芙蓉　九十七字，仄十二韻。

吴文英

西風摇步綺◎記長堤驟過○紫騮十里◎斷橋南岸○人在(二)晚霞外◎錦温花共醉◎當時曾共秋被◎自别霓裳○想(三)紅銷翠冷○霜枕正慵起◎　慘澹西湖柳底◎摇盪秋魂○夜月歸環佩◎畫圖重展○驚認舊梳洗◎去來雙翡翠◎難傳眼(四)恨眉意◎夢斷瓊仙(五)○

(一)「路」，《全宋詞》作「露」。
(二)「在」，《詞律拾遺》作「去」。
(三)「想」，《詞律拾遺》、《全宋詞》均作「應」。
(四)「眼」，《詞律拾遺》作「臉」。
(五)「仙」，《詞律拾遺》、《全宋詞》均作「娘」。

悵(一)雲深路杳○城影照(二)流水◎

孟家蟬　九十七字，平十一韻。　潘元質

向賣花擔上○落絮橋邊○春思難禁◎正暖日温風裏○鬭採遍香心◎夜夜穩棲芳草○還處處先躲(三)春禽◎滿園林◎夢覺南華○直到如今◎　情深◎記那人小扇○撲得歸來○繡在羅襟◎芳意贈誰○應費萬線千針◎謾道滕王畫就○枉謝客多少清吟◎影沈沈◎舞入梨花○何處相尋◎

清夜游　九十七字，仄十一韻。　周彥良

西園昨夜○又一番闌風伏雨◎清晨按行處◎有新緑照人○亂紅迷路◎歸吟窻底○但瓶几留連春住◎窺晴小蝶翩翩○等閒飛來似相妒◎　遲暮◎家山信杳○奈錦字難憑○清夢

(一)「悵」，《詞律拾遺》作「但」，《全宋詞》作「仙」。

(二)「照」，《詞律拾遺》、《全宋詞》均作「醮」。

(三)「躲」，《全宋詞》作「軃」。

無據◎春盡江頭○啼鵑最淒苦◎薔薇幾度花開誤◎風前翠樽誰舉◎也應念○留滯周南○思歸未賦◎

憶東坡 九十八字，仄八韻。 王之道

雪霽柳舒容○日薄梅摇影◎新歲換符來天上○初見頒桃梗◎試問我酬君唱○何如博塞歡娱○百萬呼盧勝◎投珠報玉○須放騷人遣春興◎ 詩成談笑○寫出無窮景◎不妨時作顛草馳騁張芝聖◎誰念杜陵野老○心同流水西東○與物初無競◎公侯應有種哉○傾否由天命◎

黄河清慢 九十八字，仄九韻。 晁端禮

晴景初升風細細◎雲收天淡如洗◎望外鳳凰城(一)闕○葱葱佳氣◎朝罷香煙滿袖○侍臣

(一)「城」，《全宋詞》作「雙」。

報天顏有喜◎夜來連得封章○奏大河徹底清泚◎　君王壽與天齊○馨香動上穹○頻降祥㈠瑞◎大晟奏功○六樂初調角㈡徵◎合殿春風乍轉○萬花覆千官盡醉◎内家傳詔㈢○重開宴未央宮裏◎

舞楊花　九十八字，平十韻。　康與之

牡丹半坼初經雨○雕檻翠幕朝陽◎嬌困倚風㈣○臺榭遶㈤群芳◎洗煙凝露向清曉○步瑤池㈥月裏㈦霓裳◎輕笑淡拂宮黃◎淺擬飛燕新妝◎　楊柳啼鴉晝永○正秋千庭館○風絮池塘◎三十六宮○簪豔粉濃香◎慈寧玉殿慶清賞○占東君誰比花王◎良夜萬燭

㈠「祥」，《全宋詞》作「嘉」。
㈡「角」，《詞律拾遺》作「宫」，《全宋詞》作「清」。
㈢「詔」，《全宋詞》作「勅」。
㈣「嬌困倚風」，《欽定詞譜》作「困倚東風」，《全宋詞》作「嬌困倚東」。
㈤「臺榭遶」，《欽定詞譜》、《全宋詞》均作「羞謝了」。
㈥「池」，《欽定詞譜》、《全宋詞》均作「臺」。
㈦「裏」，《欽定詞譜》作「底」。

熒煌◎影裏留住年光◎

碧牡丹慢　九十八字，仄八韻。　李致遠

破鏡重圓○分釵合鈿○重尋繡户珠箔◎説與從前○不是我情薄◎都緣利役名牽○飄蓬無定○翻成輕諾◎別後情懷○有萬千牢落◎　經時最苦分攜○都爲伊甘心寂寞◎縱滿眼閑花媚柳○終是强歡不樂◎待憑鱗羽○欲寄㈠相思○水遠天長又難託◎而今幸已再逢○把輕離斷卻◎

福壽千春　九十八字，仄十韻。　闕　名㈡

柳暗三眠○蓂翻七莢◎稟昴蕭生時叶◎信道鳳毛池上種○卻勝河東鸑鷟◎篤志典墳○經旨素得歐陽學◎妙文章○赴飛黄○姓名即登雁塔◎　要成發軔勳業◎便先教濟川○整

㈠「欲寄」，《全宋詞》作「説與」。

㈡《詞律拾遺》、《全宋詞》作者無名氏，《欽定詞譜》作者盧摯。

頓舟楫◎兆朕於今○須從此超遷○榮膺異渥◎他日趣裝事○待還鄉歡洽◎頌椒觴○祝遐算○壽同龜鶴◎

夏日宴黌堂　九十八字，平十韻。　闕名

日初長◎正園林換葉○瓜李飄香◎簾前(一)雨過○送一霎微涼◎平(二)蕪逕曲凝珠顆○襯汀莎細簇蜂房◎被晚風輕颭○圓荷翻水○潑(三)覺鴛鴦◎　此景最難忘◎稱芳樽泛蟻○篘簟鋪湘◎蘭舟棹穩○倚何處垂楊◎豈能文字成狂飲○便(四)紅裙閑也何妨◎任醉歸明月○蝦鬚簾捲(五)○幾線餘霜◎

(一)「前」，《全宋詞》作「外」。
(二)「平」，《全宋詞》作「萍」。
(三)「潑」，《詞律拾遺》作「滿」。
(四)「便」，《全宋詞》作「更」。
(五)「捲」，《全宋詞》作「篩」。

水晶簾(一)　九十八字，仄十韻。

闕名東軒

誰道秋期遠◎計句浹雙星相見◎雨足西簾○正玉井蓮開○几(二)筵初展◎麈尾呼風(三)袪(四)暑淨○那更著綸巾羽扇◎殢清歌不記杯行○任深任淺◎　湖邊小池苑◎漸苔痕草色○青青如染◎辦橘中荷屋○晩芳自占◎蝸角虛名身外事○付骰子紛紛戲選◎喜時平公道開明○話頭正轉◎

聒龍謠　九十九字，仄九韻。

朱敦儒

憑月攜簫○溯空秉羽◎夢踏絳霄(五)仙去◎花冷街榆○悄中天風露◎並真官蕊佩芬芳○望帝所紫雲容與◎享鈞天九奏傳觴○聽龍嘯○看鸞舞◎　驚塵世○悔平生○歎萬感千

(一)《全宋詞》調名《南鄉子》。
(二)「几」，《全宋詞》作「壽」。
(三)「風」，《詞律拾遺》作「名」。
(四)「袪」，《欽定詞譜》、《全宋詞》均作「袢」。
(五)「霄」，《欽定詞譜》作「綃」。

恨○誰憐深素◎群仙念我好○人間難住◎勸阿母偏與金桃○教酒星剩斟瓊醑◎醉歸時○手授丹經○指長仙(一)路◎

飛龍宴　九十九字，仄十三韻。　蘇姬

炎炎暑氣時○流光閃爍○閑扃深院◎水閣涼亭○半開簾幕遥見(二)◎灼灼榴花吐豔◎細雨灑小荷香淺◎樹陰(三)竹影(四)○清涼瀟灑○枕簟摇紈扇◎　堪歎◎浮世忙如箭◎對良辰歡樂○莫辭頻勸◎遇酒逢歌○恣情遂意迷戀◎須信人生聚散◎奈區區利牽名絆◎少年未倦◎良天皓月金尊滿◎

(一)「仙」，《全宋詞》作「生」。
(二)「見」，《欽定詞譜》作「看」，《全宋詞》作「觀」。
(三)「陰」，《全宋詞》作「影」。
(四)「影」，《欽定詞譜》作「裏」。

臘梅香 百字，仄八韻。 吴師孟

錦里陽和○看萬木凋時○早梅獨秀◎珍館瓊樓畔○正絳跗初吐○穠華將茂◎國豔天葩○真澹佇雪肌清瘦◎似廣寒宫○鉛華未御○自然妝就◎ 凝睇倚朱闌○噴清香暗度○昜襲襟袖◎好與花爲主○宜秉燭頻觀泛湘酎◎莫待南枝○隨樂府新聲吹後◎對賞心人○良辰美(一)景○須信難偶◎

又 百一字，平十二韻。 喻陟(二)

愛日初長◎正園林才見○萬木凋黄◎檻外朝來○已見數枝○複欲掩映回廊◎賜與東皇◎付芳信妝點江鄉◎想玉樓中○誰家豔質○試學新妝◎ 桃杏苦尋芳◎縱成蹊豈能似恁清香◎素豔妖嬈○應是晝(三)夜○曾與明月風(四)光◎瑞雪濃(五)霜◎渾疑是粉蝶輕狂◎待

(一)「美」，《全宋詞》作「好」。
(二)《欽定詞譜》遵《梅苑》作者無名氏，《词律拾遺》作者喻陟，《全宋詞》作者佚名。《全宋詞》收喻陟同調詞。
(三)「晝」，《全宋詞》作「盡」。
(四)「風」，《全宋詞》作「添」。
(五)「濃」，《全宋詞》作「冰」。

拚吟賞○休聽畫樓○橫管悲傷◎

采綠吟　百字平仄通叶，平六仄三。　周　密

采綠鴛鴦浦○放[一]畫舸水北雲西◎槐薰入扇○柳陰浮槳○花露侵詩◎點塵飛不到冰壺裏◎紺霞淺壓玻璃◎想明璫淩波遠○依依心事誰寄[二]◎　移棹艤空明○蘋風度○瓊絲霜管清脆◎咫尺挹幽香○悵隔院[三]紅衣◎對滄洲心與鷗閑○吟情渺蓬萊[四]共分題◎停杯久○涼月漸生○煙合翠微◎

折桂令　百字，平九韻。　白无咎

敝裘塵土壓征鞍○鞭絲倦裊蘆花◎弓劍蕭蕭○一徑入煙霞◎動羈懷西風木葉○秋水蒹

[一]「放」，《全宋詞》無。
[二]「誰寄」，《全宋詞》作「寄誰」。
[三]「隔院」，《欽定詞譜》作「隔岸」，《全宋詞》作「岸隔」。
[四]「蓬萊」，《全宋詞》作「蓮葉」。

葭◎千點萬點○老樹昏鴉◎三行兩行寫長空○啞啞雁落平沙◎　曲岸西邊近水灣○漁網綸竿釣槎◎斷橋東壁傍溪山○竹籬茆舍人家◎滿山滿谷○紅葉黄花◎正是凄涼時候○離人又在天涯◎

惜寒梅　百字，仄十一韻。　闕　名

看盡千花○喜[一]寒梅卻[二]與雪期霜約◎雅態香肌○迥有天然澹泊◎五侯園囿姿遊樂◎憑闌處重開繡幕◎秦娥妝罷○自遠相從[三]○豔過京洛◎　天涯再見素萼◎似凝愁向人○玉容寂寞◎江上飄零○怎把芳心付託◎那堪風雨夜來惡◎便減動一分瘦削◎直須沉醉○尤香殢雪○莫待吹[四]落◎

[一]「喜」，《全宋詞》作「愛」。
[二]「卻」，《全宋詞》作「暗」。
[三]「自遠相從」，《全宋詞》作「遥相縱」。
[四]「吹」，《全宋詞》作「改」。

燕歸慢　百字，平十一韻。　梁　寅

花徑蕭條◎恰桃霞已盡○梨雪初飄◎雲霾嗔麗景○風雨妒佳朝(一)◎山中行樂本寥寥◎那更值年荒酒價高◎諸生共高詠○只閒靜○勝嬉遊◎　千峯暝○故人遠○濘妨馬○水平橋◎象筵寶瑟何由見○與誰共羽觴浮◎蘭亭遺跡長蓬蒿◎怎能勾山陰棹小舟◎對景度新曲○獨堪向○故人求◎

【按】詞調説明「平十一韻」，實標十二韻。「恰桃霞已盡」，原標韻，誤，徑改。

雪夜漁舟　百字，仄十二韻。　張虛靖

晚風歇◎謾自棹扁舟○順流觀雪◎山聳瑶岑(二)○林森玉樹○高下盡無分別◎襟懷(三)澄

(一)「朝」，《全金元詞》作「期」。
(二)「岑」，《全宋詞》作「峰」。
(三)「襟懷」，《全宋詞》作「性情」。

澈◎更没個故人堪説◎恍然塵(一)世○如居天上○水晶宫闕◎　萬塵聲影絶◎瑩虚(二)空無外○水天相接◎一葉身輕○三花頂聚(三)○永夜不愁寒冽◎漫憐薄(四)劣◎但只解附炎趨熱(五)◎停橈失笑○知心都付○野梅江月◎

【按】《欽定詞譜》單列《雪夜漁舟》一調。《詞律拾遺》作《繡停針》補體，曰「一名《雪夜漁舟》」，「此調原題《雪夜漁舟》，實即《繡停針》調」。原詞調説明曰「仄十三韻」，實標十二韻。《欽定詞譜》、《詞律拾遺》均作十二韻。曰十三韻，誤，徑改。

長壽仙　百字，平仄通叶，平七仄六。　趙孟頫

瑞日當天◎對絳闕蓬萊非霧非煙◎翠光飛(六)禁苑◎正淑景芳妍◎彩仗和風細轉◎御香飄

(一)「塵」，《全宋詞》作「身」。
(二)「瑩虚」，《全宋詞》作「透塵」。
(三)「一葉身輕，三花頂聚」，《全宋詞》作「浩氣沖盈，真宫深厚」。
(四)「漫憐薄」，《全宋詞》作「愧憐鄙」。
(五)「但只解附炎趨熱」，《全宋詞》作「只解道赴炎趨熱」。
(六)「飛」，《全金元詞》作「覆」。

滿黃金殿◎萬國會朝○喜(一)千官拜舞○億兆同歡◎　福祉如山如川◎應玉渚流虹○璇樞飛電◎八音奏舜韶○慶玉燭調元◎歲歲龍輿鳳輦◎九重春醉蟠桃宴◎天下太平○祝吾皇○壽與天地齊年◎

馬家春慢　百一字，仄九韻。　賀鑄(二)

珠箔風輕○繡簾浪捲○乍入人間蓬島◎鬬玉闌干○漸庭館房櫳(三)春曉◎天許奇葩貴品○異繁杏夭桃輕巧◎命化工傾國風流○與一枝纖妙(四)◎　樽前五陵年少◎縱丹青異格○難仿顏貌◎惹露凝煙○困紅嬌額○微顰低笑◎須信濃香易歇○更莫惜醉攀吟遶◎待舞蝶遊蜂○細把芳心都告◎

(一)「喜」，《全金元詞》在「萬國會朝」前。
(二)《全宋詞》作者佚名。
(三)「房櫳」，《詞律拾遺》作「玲瓏」。「房」，《欽定詞譜》、《全宋詞》均作「簾」。
(四)「妙」，《詞律拾遺》作「巧」。

早梅香慢　百一字，仄九韻。　賀　鑄(一)

高閣寒輕○映萬朵芳梅○亂堆香雪◎未待江南信(二)○冠百花先占○一陽佳節(三)◎翦綠(四)凝酥○無處學天然奇絶◎便壽陽妝○工夫費盡○豔姿終別◎　風裏弄輕盈○掩珠英明瑩○麝(五)臘飄烈◎莫放芳菲歇◎剩芳宵(六)歡賞○酒酣吟折◎倒玉何妨○且聽取樽前新闋◎怕笛聲長○行雲散盡○謾悲風月◎

【按】《欽定詞譜》、《詞律拾遺》調均作《梅香慢》。

(一)《欽定詞譜》、《詞律拾遺》作者賀鑄，《全宋詞》作者佚名。
(二)「信」，《詞律拾遺》作「早」。
(三)「未待江南信，冠百花先占，一陽佳節」，《全宋詞》作「未待江南，早冠百花，先占一陽佳節」。
(四)「綠」，《詞律拾遺》、《全宋詞》均作「綵」。
(五)「麝」，《全宋詞》作「待」。
(六)「芳」，《欽定詞譜》、《全宋詞》均作「永」。「芳宵」，《詞律拾遺》作「夜永」。

映山紅慢　百一字，仄十韻。　元絳

穀雨風前○占淑景名花獨秀◎露國色仙姿○品流第一○春工成就◎羅幃護日金泥皺◎映霞腮動檀痕溜◎長記得天上瑤池○閬苑曾有◎　千匝遶紅玉闌干○愁只恐朝雲難久◎須欵折繡囊剩帶○細把蜂鬚頻嗅◎佳人再拜擡嬌面○斂紅巾捧金杯酒◎獻(一)千千壽◎願長恁天香滿袖◎

宴瑤池　百一字，仄九韻。　奚淢

紫鸞飛舞○又東華宴罷○歸步凝碧◎縹緲天風吹送處○泠泠佩聲清逸◎青童兩兩○爭笑撚琪花半折◎羽衣寒露香披○翠幢珠輅去雲疾◎　西真還又傳帝敕◎霞城檢校○問學仙消息◎玉府高寒○有不老丹容○自然瓊液◎人間塵夢○應誤認煙痕霧跡◎洞雲依約開時○丹華飛素白◎

(一)「獻」，《詞律拾遺》作「願」。

舜韶新　百一字，仄八韻。　郭子正

香滿西風○催歲晚東籬○黃花爭吐◎嫩英細蕊○金豔繁妝點高秋偏富◎寒地花媒少○算自結多情煙雨◎每年年妝面○謝他拒霜相顧◎　寶馬王孫○休笑孤芳○陶令因誰○便思歸去◎負春何事○此恨惟才子登高能賦◎千古風流在○占定泛重陽芳醑◎堪吟看醉賞○何須杏園深處◎

秋色橫空　百一字，平十二韻。　白樸

搖落秋(一)冬◎愛南枝迥絕○暖氣潛通◎含章睡起宮妝褪○新妝淡淡丰容◎冰蕤瘦○蠟蒂融◎便自有翛然林下風◎肯羨蜂喧蝶鬧○豔此(二)妖紅◎　何處對花興濃◎向藏春池館○透月簾櫳◎一枝鄭重天涯信○腸斷驛使相逢◎關山路○幾萬重◎記昨夜筠筒和淚封◎料馬首幽香○先到夢中◎

(一)「秋」，《全金元詞》作「初」。

(二)「此」，《欽定詞譜》、《全金元詞》均作「紫」。

花發狀元紅慢　百二字，仄十韻。　劉　几

三春向暮○萬卉成陰○有嘉豔方坼◎嬌姿嫩質◎冠群品共賞傾城傾國◎上苑晴晝暄○千素萬紅尤奇特◎綺筵開○會詠歌才子○壓倒元白◎　別有芳幽苞小○步障華絲○綺軒油壁◎與紫鴛鴦○素蛺蝶◎自清旦往往連夕◎巧鶯喧翠管○嬌燕語雕梁留客◎武陵人○念夢役意濃○堪遣情溺◎

戀芳春慢　百二字，平八韻。　万俟咏

蜂蕊分香○燕泥破潤○暫寒天氣清新◎帝里繁華○昨夜細雨初勻◎萬品花藏四苑○望一帶柳接重津◎寒食近○蹴踘秋千○又是無限遊人◎　紅妝趁戲○綺羅夾道○青簾賣酒○臺榭侵雲◎處處笙歌○不負治世良辰◎共見西城路好○翠華定將出嚴宸◎誰知道○仁主祈祥爲民○非事行春◎

望春回　百二字，仄九韻。

李甲

霽霞散曉○射水村漸明○漁火方滅(一)◎灘露夜潮痕○注凍瀨淒咽◎征鴻來時應有信(二)○見疏柳還(三)憶伊同折◎異鄉憔悴○那堪更值(四)○歲窮時節◎　東風暗回暖律◎算坼遍江梅○消盡巖雪◎唯有這愁腸○恁(五)依舊千結◎私言竊語曾(六)誓約○更(七)眠思夢想無休歇◎這些離恨○除非對著○說似明月◎

月中仙　百二字，平仄通叶，平六仄六。

趙孟頫

春滿皇州◎見祥煙擁日○初照龍樓◎宮花苑柳◎映仙仗雲移○金鼎香浮◎寶光生玉斧○

(一)「滅」，《詞律拾遺》、《全宋詞》均作「絶」。

(二)「有信」，《詞律拾遺》作「附書」，《全宋詞》作「負書」。

(三)「還」，《欽定詞譜》、《詞律拾遺》、《全宋詞》均作「更」。

(四)「值」，《詞律拾遺》、《全宋詞》均作「逢」。

(五)「恁」，《詞律拾遺》、《全宋詞》均作「也」。

(六)「曾」，《詞律拾遺》、《全宋詞》均作「些」。

(七)「更」，《欽定詞譜》、《詞律拾遺》、《全宋詞》均作「便」。

聽鳴鳳簫韶九〔一〕奏◎德與和氣遊◎天生聖人○千載稀有◎　祥瑞電繞虹流◎有雲成五色○芝生三秀◎四海太平○致民物雍熙○朝野歌謳◎千官齊拜舞○玉杯進長生春酒◎願皇慶萬年天子○與天同〔二〕壽◎

【按】《月中仙》,《欽定詞譜》作《月中桂》諸體之一;《詞律拾遺》補調《月中仙》,曰:「一百二字,即《月中桂》之平仄通叶體。」

古陽關　百三字,平五韻,三疊韻,間押四仄韻。　闕名

渭城朝雨○一霎裛輕塵◎更灑遍客舍青青◎弄柔凝◎千縷柳色新◎更灑遍客舍青青◎千縷柳色新◎　休煩惱◎勸君更進一杯酒○人生會少◎自古富貴功名有定分◎莫遣容儀瘦損◎休煩惱○勸君更進一杯酒○只恐怕西出陽關○舊遊如夢○眼前無故人◎只恐怕西

〔一〕「九」,《欽定詞譜》、《詞律拾遺》、《全宋詞》均作「樂」。
〔二〕「同」,《欽定詞譜》、《全宋詞》均作「齊」。

出陽關○眼前無故人◎

【按】《欽定詞譜》曰《陽關引》：「此調始自宋寇準詞，本檃括王維《陽關曲》而作，故名。晁補之詞名《古陽關》。」《詞律拾遺》補調《古陽關》，曰：「一百三字，與《陽關引》不同。」參考宋代寇準、晁補之以及此無名氏詞，《詞律拾遺》是。

安平樂慢 百三字，平九韻。 万俟咏

瑞日初遲○緒風乍暖○千花百草爭香◎瑤池路穩○閬苑春深○雲樹水殿相望◎柳曲沙平○看塵隨青蓋○絮惹紅妝◎賣酒綠陰傍◎無人不醉春光◎　有十里笙歌○萬家羅綺○身世疑在仙鄉◎行樂知無禁○五侯半隱少年場◎舞妙歌妍○空妒得鶯嬌燕忙◎念芳菲都來幾日○不堪風雨疏狂◎

望南雲慢　百三字，平九韻。　沈公述

木葉輕飛○乍雨歇亭皋○簾捲秋光◎欄隈砌角○綻拒霜幾處○深(一)淺紅芳◎應恨開時晚○伴翠菊風前並香◎曉來寒(二)露○嫩臉(三)低凝○似帶啼妝◎　堪傷◎記得佳人○當時怨別○盈腮淚粉行行◎而今最苦○奈千里身心○兩處淒涼◎感物成消黯○念舊歡空勞寸腸◎月斜殘漏○夢斷孤幃○一枕思量◎

昇平樂　百三字，平八韻。　吳奕

水閣層臺○竹(四)亭深院○依稀萬木籠陰◎飛暑無涯○行雲有勢○晚來細雨回(五)晴◎庭槐轉影○近(六)紗廚兩兩蟬鳴◎幽夢斷○把(七)金猊旋熱○蘭炷微薰◎　堪命俊才儔

(一)「深」前，《詞律拾遺》多一「蓓」字。
(二)「寒」，《欽定詞譜》作「清」。
(三)「臉」，《欽定詞譜》作「面」。
(四)「竹」，《詞律拾遺》、《全宋詞》均作「短」。
(五)「回」，《詞律拾遺》作「還」。
(六)「近」，《詞律拾遺》作「向」，《全宋詞》無。
(七)「把」，《欽定詞譜》、《全宋詞》均作「枕」。

侶○對華筵坐列○珠[一]履紅裙◎檀板輕敲○金樽滿泛○從教[二]畏日西沉◎金絲玉管○間歌喉時奏清音◎唐虞世[三]○儘陶陶沈醉○且樂昇平◎

青房並蒂蓮 百三字，平九韻。 王沂孫

醉凝眸◎是楚天秋曉○湘岸雲收◎草緑蘭紅○淺淺小汀洲◎芰荷香裏鴛鴦浦○恨菱歌驚起眠鷗◎望去帆一片孤光○棹聲伊軋櫓聲柔◎　愁窺汴堤翠柳○曾舞送當時○錦纜龍舟◎擁傾國纖腰皓齒○笑倚迷樓◎空令五湖夜月○也羞照三十六宮秋◎正朗吟不覺回橈○水花風葉兩悠悠◎

愛月夜眠遲 百三字，平九韻。 仇遠

小市收鐙○漸柝聲隱隱○人語沈沈◎月華如水○香街塵冷○闌干瑣碎花陰◎羅幃不隔嬋

[一]「珠」，《欽定詞譜》作「朱」。

[二]「從教」，《全宋詞》作「縱交」。

[三]「世」，《全宋詞》作「景」。

娟◯多情伴人◯孤枕最分明◎見屏山翠疊◯遮斷行雲◎　因記欵曲西廂趁淩波步影◯笑拾遺簪◎元宵相次近也◯沙河簫鼓◯恰是如今◎行行舞袖歌裙◎歸還不管更深◎黯無言◯新愁舊月◯空照黄昏◎

宴瓊林　百四字，仄九韻。　黄裳

紅紫趁春闌◯獨萬簇瓊英◯猶未開罷◎問誰共緑幄宴群真◯皓雪肌膚相亞◎華堂路◯小橋邊◯向晴陰一架◎爲香清把作寒梅看◯喜風來偏惹◎　莫笑因緣◯見影跨春空◯榮稱亭榭◎助巧笑曉妝如畫◎有花鈿堪借◎新醅泛寒冰幾點◯拚今日醉猶飛斝◎翠羅幃中◯臥蟾光碎(一)◯何須待還客(二)◎

【按】 詞調説明「仄九韻」，實標十韻。《欽定詞譜》、《詞律拾遺》均九韻。「小橋邊」，原標韻，誤，兹徑改。

(一)「碎」，《詞律拾遺》作「醉」。

(二)「客」，《欽定詞譜》、《全宋詞》均作「舍」。

遶池游慢　百四字，平八韻。

韓　淲

荷花好處○是紅酣落照○翠靄餘涼◎繞廓(一)從前無此樂○空浮動山影林篁◎幾度薰風晚○留望眼立盡濠梁◎誰知好事○初移畫舫○特地相將◎　驚起雙飛屬玉○縈小楫衝(二)岸○猶帶生香◎莫問西湖西畔路(三)○但(四)九里松下侯王◎且舉觴寄興○看閒人來伴吟章◎寸折柄(五)枝○蓬分蓮實○徒繫柔腸◎

玉連環　百四字，仄八韻。

馮艾子

謫仙往矣○問當年飲中儔侶○於今誰在◎歡沈香醉夢○華清夜(六)月○流浪錦袍宮帶◎

(一)「廓」，《欽定詞譜》作「郭」。
(二)「衝」，《詞律拾遺》作「蘅」。
(三)「路」，《詞律拾遺》無，《全宋詞》作「□」。
(四)「但」，《詞律拾遺》無，《全宋詞》作「□」。
(五)「柄」，《詞律拾遺》、《全宋詞》均作「柏」。
(六)「華清夜」，《欽定詞譜》作「邊塵日」，《全宋詞》作「胡塵日」。

高吟三峽動○舞劍九州隘◎玉皇歸覲○半空遺下○酒囊詩佩(一)◎　雲月仰挹清芬○攬虬鬚尚友○風流(二)千載◎算晉宋頽波○羲皇淳俗(三)○都付尊前一慨◎待相將共躡○向(四)龍肩鯨背◎蒼茫極目(五)○海山何處○五雲靉靉◎

春歸怨　百四字，仄八韻。　周彦良

問春爲誰來○爲誰去○匆匆太速◎流水落花○夕陽芳草○此恨年年相觸◎細履名園○閑看嘉樹○靄翠陰成簇◎爭知也被韶華○換卻詩人鬢邊緑◎　小花深院靜○旋引清尊○自歌新曲◎燕子不歸來○風絮亂吹簾竹◎誤文君凝望久○心事想勞頻卜◎但門掩黄昏○數聲啼鴂○又喚起相思一掬◎

(一)「酒囊詩佩」，《欽定詞譜》、《詞律拾遺》、《全宋詞》均作「詩囊酒佩」。
(二)「風流」，《全宋詞》無。
(三)「淳俗」，《全宋詞》作「春夢」。
(四)「向」，《全宋詞》無。
(五)「蒼茫極目」，《全宋詞》無。

早梅芳慢　百五字，仄七韻。　柳　永

海霞紅○山煙翠◎故都風景繁華地◎譙門畫戟○下臨萬井○金碧樓臺相倚◎芰荷浦溆○楊柳汀洲○映虹橋倒影○蘭舟飛棹○遊人聚散○一片湖光裏◎　漢元侯自從破虜(一)征蠻○峻陟樞庭貴◎籌帷厭久○盛年晝錦歸來○吾鄉我里◎鈴(二)齋少訟○宴館多歡○未周星○便恐皇家圖任勳賢○又作登庸計◎

賞南枝　百五字，平十二韻。　曾　鞏

暮冬天地閉○正柔木凍折○瑞雪飄飛◎對景見南山(三)○嶺梅露幾點○清雅容姿◎丹染萼○玉綴枝◎又豈是一陽有私◎大抵化工獨許○使占卻先時◎　霜威◎莫苦淩(四)持◎此花根性○想群卉爭知◎貴用在和羹○三春裏不管綠是紅非◎攀賞處○宜酒巵◎醉

(一)「虜」，《欽定詞譜》作「敵」。
(二)「鈴」，《欽定詞譜》作「黔」。
(三)「山」，《詞律拾遺》無。
(四)「淩」，《詞律拾遺》作「禁」。

撚嗅幽香更奇◎倚闌(一)付何人去○囑羌管休吹◎

【按】此爲曾鞏自度曲，無別首唐宋詞可校。《欽定詞譜》作十一韻，兹譜與《詞律拾遺》均作十二韻。不同之處在後段首句「霜威」是否用韻。姑兩存之。

西吴曲　百五字，仄九韻。　劉過

說襄陽舊事重省◎記銅鞮(二)巷陌醉還醒◎笑鶯花別後○劉郎憔悴萍梗◎倦客天涯○還買箇西風輕艇◎便欲訪騎馬山翁○問峴首那時(三)風景◎

楚(四)王城裏○知幾度經過○摩挲故宮柳癭◎漫吊影◎冷煙衰草淒迷○傷心興廢○賴有陽春古郢◎乾坤誰望○六百里路中原○空老盡英雄○腸斷(五)劍鋒冷◎

(一)「闌」後，《全宋詞》有一「干」字。
(二)「鞮」，《全宋詞》作「駝」。
(三)「時」，《詞律拾遺》作「回」。
(四)「楚」，《詞律拾遺》作「襄」。
(五)「腸斷」，《詞律拾遺》作「斷腸」。

清風八詠樓　百五字，仄十韻。　王　行

遠興引遊蹤○漫遍踏天涯○萋萋芳草◎偏愛雙溪好◎有隱侯舊跡○層樓雲表◎碧崖丹嶂○看縹緲憑闌吟嘯◎遇佳偶[一]留搗元霜○歲星旋又周了◎。歸期誰道無據○幾回首興懷○故園[二]猿鳥◎擬待春空杳◎與鴛儔鴻侶○共還池島◎川途迢遞○縱南翔仍訴幽抱◎莫輕負今日相看○但得翠尊同倒◎

暗香疏影　百五字，仄九韻。　張　肯

冰肌瑩潔◎更暗香零亂○淡籠晴雪◎清瘦輕盈○悄悄嫩寒猶自怯◎一枕羅浮夢醒○閒縱步風搖瓊玦◎尚[三]記得此際相逢○臨水半痕月◎　妖豔不同桃李○淩寒又不與眾芳同歇◎古驛人遥○東閣吟殘○忍與何郎輕別◎粉痕輕點宮妝巧○怕葉底青圓時節◎問誰人黃鶴樓頭○玉笛莫教吹徹◎

[一]「遇佳偶」，《詞律補遺》作「偶佳遇」。
[二]「園」，《欽定詞譜》、《詞律補遺》均作「林」。
[三]「尚」，《欽定詞譜》作「向」。

【按】詞調説明「仄九韻」，實標十韻。「宮妝巧」，《欽定詞譜》、《詞律拾遺》均不用韻，茲原用韻，誤，徑改。

真珠髻　百五字，仄九韻。　闕名

重重山外○苒苒流光○又是殘冬時節◎小園幽徑○池邊樓畔○翠木嫩條春別◎纖蕊輕苞○粉萼染猩猩紅(一)血◎乍幾日好景和風○次第一齊催發◎　天然香豔殊絶◎比雙成皎皎○倍增芳潔◎去年因遇○東歸驛(二)使○贈遠憶(三)曾攀折◎豈謂浮雲○終不放滿枝明月◎但歎息時飲金鍾○更遶叢叢繁雪◎

内家嬌　百六字，仄十一韻。　柳永

煦景朝升○煙光晝斂○疏雨夜來新霽◎垂楊豔杏○絲軟霞輕○繡出芳郊明媚◎處處踏青

(一)「紅」，《全宋詞》作「鮮」。
(二)「驛」，《全宋詞》無。
(三)「贈遠憶」，《全宋詞》作「指遠恨意」。

鬬草○人人偎紅倚翠(一)◎奈少年自有新愁舊恨○消遣無計◎　帝里◎風光當此際◎正好恁攜佳麗◎阻歸程迢遞◎奈何(二)好景難留○舊歡頓棄◎早是傷春情緒○那堪困人天氣◎但贏得獨立高原○斷腸(三)一餉凝睇◎

望明河　百六字，仄九韻。　劉一止

華旌耀日○報天上使星○初辭金闕◎許國精忠○試此日傅巖○濟川舟楫◎向來雞林外○況傳詠篇章誇(四)雄絶◎問人地真是唐朝第一○未論勳業◎　鯨波霽雲千疊◎望仙馭縹緲○神山(五)明滅◎萬里勤勞○也等是壯年○繡衣持節◎丈夫功名事○未肯向尊前傷輕別◎看飛棹歸侍宸遊○宴賞太平風月◎

(一)「偎紅倚翠」，《全宋詞》作「睠紅偎翠」。
(二)「何」，《全宋詞》無。
(三)「腸」，《全宋詞》作「魂」。
(四)「誇」，《詞律拾遺》、《全宋詞》均無。
(五)「山」，《詞律拾遺》作「仙」。

青門飲　百六字，仄八韻。　曹組

山靜煙沈○岸空潮落(一)○晴天萬里○飛鴻南渡◎冉冉黄花○翠翹金鈿○還是倚風凝露◎歲歲青門飲○盡龍山高陽儔侶◎舊賞成空○回首舊遊○人在何處◎　此際誰憐萍泛○空自感光陰○暗傷羈旅◎醉裏悲歌○夜深驚夢○無奈覺來情緒◎孤館昏還曉○厭時聞南樓鐘鼓◎但(二)淚眼臨風○腸斷望中歸路◎

又　百七字，仄九韻。　秦觀

風起雲間○雁横天末○嚴城畫角○梅花三奏◎塞草西風○凍雲籠月○窗外曉寒輕透◎人去香猶在○擁孤衾(三)長閑餘繡◎恨與宵長○一夜薰爐○添盡香獸◎　前事空勞回首◎雖夢斷春歸○相思依舊◎湘瑟聲沈○庾梅信斷○誰念畫眉人瘦◎一句難忘處○怎忍辜耳邊輕咒◎任人攀折○可憐又學○章臺楊柳◎

(一)「落」，《欽定詞譜》作「去」。
(二)「但」，《欽定詞譜》、《全宋詞》均無。
(三)「擁孤衾」，《欽定詞譜》作「孤衾擁」，《詞律拾遺》、《全宋詞》無「擁」字。

落梅(一)　百七字，仄九韻。　王詵

壽陽妝晚○慵匀素臉○經宵醉痕堪惜◎前村雪裏○幾枝初綻○正(二)冰姿仙格◎免(三)被東風○亂飄滿地○殘英堆積◎可堪江上起離愁○憑誰説寄○腸斷未歸客◎　流恨聲傳羌笛◎感行人水亭山驛◎越溪信阻○仙鄉路杳○但風流塵跡◎香豔濃時○未多(四)吟賞○已成輕擲◎願身長健且憑闌○明年還放春消息◎

又(五)　百六字，仄九韻。　闕名

帶煙和雪○繁枝澹佇○誰將粉融酥滴◎疏枝冷蕊○厭群芳○年年常占春色◎江路溪橋謾倒○嫋嫋風中無力◎暗香浮動○冰姿明月裏○想無花比高格◎　爭奈光陰瞬息◎動幽怨潛生羌笛◎新花鬬巧○有天然閑態○倚闌堪惜◎零亂殘英片片○飛上舞筵歌席◎斷腸

(一)《全宋詞》調名《落梅花》。

(二)「正」，《詞律拾遺》無，《全宋詞》作「□」。

(三)「免」，《欽定詞譜》、《詞律拾遺》、《全宋詞》均作「忍」。

(四)「未多」，《全宋詞》作「東君」。

(五)《全宋詞》調名《落梅慢》。

忍淚○念前期經歲○還有芳容隔◎

【按】詞調説明「仄十韻」，實標九韻。《欽定詞譜》、《詞律拾遺》均作九韻。十韻，誤，兹徑改。

楚宮春慢(一)

百八字，仄十韻。　周密

香迎曉日(二)○看煙佩霞綃○弄妝金谷◎倦倚畫闌無語○情深嬌足◎雲擁瑶房翠暖○繡幕(三)捲東風傾國◎半捻愁紅○念舊遊凝佇蘭翹○瑞鸞低舞庭緑◎　猶想沈香亭北◎人醉裏芳箏曾題新曲◎自翦(四)露痕○移取春歸華屋◎絲(五)障銀屏靜掩○悄未許鶯窺燕(六)宿◎絳蠟良宵○酒半闌重遶鴛機○醉靨爭妍紅玉◎

(一)《全宋詞》調名《楚宫春》。
(二)「日」，《全宋詞》作「白」。
(三)「幕」，《全宋詞》作「帳」。
(四)「自剪」，《欽定詞譜》作「輕浥」。
(五)「絲」，《欽定詞譜》作「緑」。
(六)「燕」，《欽定詞譜》、《全宋詞》均作「蝶」。

泛清苕 百八字，平十韻。 張先

緑淨無痕◎過曉霽○清苕鏡裏遊人◎紅柱巧○畫(一)船穩○當筵主秘館詞臣◎吳娃勸飲韓娥唱○競豔容左右皆春◎學爲行雨○傍畫槳從教○水濺羅裙◎　溪煙混月黃昏◎漸樓臺上下○火影星分◎飛檻倚○斗牛近○響簫鼓遠破重雲◎歸軒未至千家待○掩半妝翠箔朱門◎衣香拂面○扶醉卸簪花○滿袖餘氳◎

菩薩鬘慢(二) 百八字，仄十韻。 羅志仁

曉鶯催起◎問當年秀色○爲誰料理◎悵別後屏掩吳山○便樓燕月寒○鬢蟬雲委◎錦字無憑○付銀燭盡燒千紙◎對寒泓淨碧○又把去鴻往恨都洗◎　桃花自貪結子◎道東風有意○吹送流水◎謾記憶(三)當年○心嫁卿卿○是日暮天寒○翠袖堪倚◎扇月乘鸞○儘夢隔嬋娟千里◎到嗔人○從今不信○畫簷鵲喜◎

(一)「畫」，《全宋詞》、《詞律拾遺》均作「綵」。
(二)《全宋詞》調名《菩薩蠻》。
(三)「憶」，《全宋詞》作「得」。

江南春慢　百九字，仄十一韻。　吳文英

風響牙籤○雲閒(一)古硯○芳銘猶在堂(二)笏◎秋堂(三)聽雨○妙謝庭春草吟筆◎城市喧鳴轍◎清溪上小山秀潔◎便從(四)此搜松訪石○葺屋營花○紅塵遠避風月◎瞿塘路○隨漢節◎記羽扇綸巾○氣淩諸葛◎青天萬里○料漫憶蓴絲鱸雪◎車馬從休歇◎榮華夢(五)醉歌耳熱◎真箇是(六)天與此翁○芳芷嘉名○紉蘭佩兮瓊玦◎

罥馬索　百九字，仄九韻。　闕名

曉窻明○庭外寒梅向殘月◎吳溪庾嶺○一枝偷把陽和泄◎冰姿素豔○自然天賦○品格真香殊常別◎奈北人不識南枝○喚作臘前杏先發◎　奇絕◎照溪臨水○素禽飛下○玉羽

(一)「閒」，《欽定詞譜》、《全宋詞》均作「寒」。
(二)「堂」，《欽定詞譜》、《全宋詞》均作「棠」。
(三)「堂」，《欽定詞譜》、《全宋詞》均作「牀」。
(四)「從」，《全宋詞》作「向」。
(五)「夢」，《全宋詞》作「事」。
(六)「真箇是」，《全宋詞》無。

瓊芳鬬清潔◎懊恨春來何晚○傷心鄰婦爭先折◎多情立馬○待得黃昏○疏影橫(一)斜微酸結◎恨馬融一聲長笛○起處紛紛落如雪◎

期夜月 百十三字，仄十四韻。 劉濬

金鉤花綬繫雙月◎腰肢軟低折◎揎皓腕○縈繡結◎輕盈宛轉○妙若鳳鸞飛越◎無別◎香檀急叩轉清(二)切◎翻妙(三)手飄瞥◎催畫鼓○追脆管○鏘洋雅奏○尚與衆音爲節◎當時妙選舞袖○慧性雅質○各(四)爲殊絶◎滿座傾心注目○不甚窺回雪◎纖怯◎逡巡一曲霓裳徹◎汗透鮫綃濕(五)◎教人與(六)傅香粉○媚容秀發○宛降蕊珠宮闕◎

(一)「横」,《欽定詞譜》作「斜」。
(二)「清」,《詞律拾遺》作「親」。
(三)「妙」,《詞律拾遺》、《全宋詞》均作「纖」。
(四)「各」,《欽定詞譜》作「名」。
(五)「濕」,《全宋詞》作「肌潤」。
(六)「與」,《全宋詞》無。

瑤臺月　百十四字，仄十三韻。　闕名

嚴(一)風凜冽○萬木凍○園林蕭(二)靜如洗◎寒梅占早爭先○暗吐香蕊◎逞(三)素容探暖欺寒○遍裝點亭臺佳致◎通一氣○超群卉◎值臘後○雪清麗◎開筵共賞○南枝宴會◎好折贈東風(四)驛使◎把嶺(五)頭信息遠寄◎遇詩朋酒侶○尊前吟綴◎且優遊對景歡娛○更莫厭陶陶沈醉◎羌管怨○瓊花墜◎結子用○調鼎餌(六)◎將軍止渴○思得此味◎

又(七)　百十八字，仄十六韻。　闕名(八)

扁舟寓興◎江湖上○無人知道名姓◎忘機對景○咫尺群鷗相認◎煙雨急一片篷

(一)「嚴」，《欽定詞譜》作「巖」。
(二)「蕭」，《全宋詞》作「肅」。
(三)「逞」，《詞律拾遺》作「還」。
(四)「風」，《欽定詞譜》作「君」。
(五)「嶺」，《詞律拾遺》作「隴」。
(六)「餌」前，《詞律拾遺》有一「堪」字。
(七)《全宋詞》調名《瑤池月》。
(八)《全宋詞》作者黃裳。

聲◯倚[一]醉眼看山還醒◎晴雲斷◯狂風信◎寒潭倒◯遠峯[二]影◎誰聽◎橫琴數曲◯瑶池夜冷◎　這些子名利休問◎況是物都歸幻境◎須臾百年夢◯去來無定◎向嬋娟留住青春◯笑世上風流多病◎蒹葭渚◯芙蓉徑◎放侯印◯趁漁艇◎爭甚◎須知九鼎◯金砂如瑩[三]◎

又　百二十字，仄十五韻。　葛長庚

煙霄凝碧◎問紫府清都◯今夕何夕◎桐陰下◯幽情遠與秋無極◎念陳跡虎殿虯宮◯記往事龍簫鳳笛◎露華冷◯蟾光白◎雲影靜◯天籟息◎知得◎是蓬萊不遠◯身無羽翼◎廣寒宮舞徹霓裳◯白玉臺歌罷瑶席◎爭不思下界◯有人岑寂◎羨博望兩泛仙槎◯與曼倩三偷蟠[四]實◎把丹鼎◯暗融液◎乘雲氣◯醉揮斥◎嗟惜◎但城南老樹◯人誰我識◎

[一]「倚」，《全宋詞》作「碎」。
[二]「峯」，《全宋詞》作「山」。
[三]「瑩」，《全宋詞》作「聖」。
[四]「蟠」，《欽定詞譜》、《詞律拾遺》均作「桃」。

暮雲碧(一)

百十九字，仄十三韻，又名《吊嚴陵》。　李甲

蕙蘭香泛○孤嶼潮平○驚鷗散雪◎迤邐點破○澄江秋色◎暝靄向斂○疏雨乍收○染出藍峰千尺◎漁舍孤煙鎖寒磧◎畫鷁翠帆旋解○輕艤晴霞岸側◎正念往悲傷(二)○懷鄉慘切◎何處引羌笛◎　追惜◎當時富春佳地○嚴陵(三)釣址空遺跡◎華星沈後○扁舟泛去○瀟灑閒名圖籍◎離觴吊古(四)寓目◎意斷(五)魂消淚滴◎漸洞天曉○回首暮雲千里(六)碧◎

【按】詞調説明「仄十三韻」，實標十一韻。《欽定詞譜》亦標十三韻，校此多「懷鄉慘切」、「離觴吊古寓目」二韻。茲依《欽定詞譜》改。

(一)《欽定詞譜》調名作《弔嚴陵》，《詞律拾遺》補調《暮雲碧》，曰「一名《弔嚴陵》」。
(二)「傷」，《詞律拾遺》、《全宋詞》均作「酸」。
(三)「陵」，《欽定詞譜》、《詞律拾遺》均作「光」。
(四)「古」，《詞律拾遺》、《全宋詞》均作「終」。
(五)「斷」，《詞律拾遺》作「闌」。
(六)「里」，《欽定詞譜》、《全宋詞》均作「古」。

春雪間早梅　百二十二字，平十一韻。　闕名

梅將雪共春◎彩豔灼灼不相因◎逐吹霏霏爭能密○排枝碎碎巧妒(一)新◎誰令香來(二)滿座○獨使淨斂無塵◎芳意饒呈瑞○寒光助照人◎玲瓏次第開已遍○點綴坐來頻◎那是俱懷疑似○須知造化○兩各逼天真◎熒煌(三)初亂眼○浩蕩逸氣忽迷神◎未許瓊花(四)並○從將(五)玉樹相親◎先期迎獻歲○更同歌酒占茲辰◎六華蠟蒂相輝映○輕盈敢自珍◎

解紅慢(六)　百六十字，平仄通叶，仄十三，平五。　闕名

杖藜徐步◎過小橋○逍遙游南浦◎韶華暗改○俄然又翠密(七)紅疏◎東郊雨霽○何處綿

(一)「妒」，《欽定詞譜》、《全宋詞》均作「妝」。
(二)「來」，《欽定詞譜》作「生」。
(三)「煌」後，《欽定詞譜》、《全宋詞》均有「清影」二字。
(四)「花」後，《欽定詞譜》、《全宋詞》均有一「比」字。
(五)「從將」，《全宋詞》作「將從」。
(六)《全宋詞》調名《解紅》。
(七)「密」，《全宋詞》無。

鸞黄鸝語◎見雲山掩映○煙溪外○斜陽暮◎晚凉趁○竹風清○荷[一]香度◎這閒裏光陰向誰訴◎塵寰百歲能幾許◎似浮漚出没○迷者難悟◎　歸去來○恐田園荒蕪◎東籬畔○坦蕩笑傲詩[二]書◎青松影裏茅簷下○保養殘軀◎一任世間○物態翻騰催今古◎爭如我○懶散生涯貧與素◎興時歌○困時眠○狂時舞◎把萬事紛紛總不顧◎從他人笑真愚魯◎伴清風皓月○幽隱蓬壺◎

【按】詞調説明「仄十三，平五」，共十八韻，實標十九韻。《欽定詞譜》於《解紅慢》曰：「雙調一百六十字，前段十七句八仄韻、一叶韻，後段十八句五仄韻、四叶韻。」亦十八韻。本譜「歸去來」原標韻，《欽定詞譜》非韻，兹據後者改。

[一]「荷」，《全宋詞》無。
[二]「詩」，《全宋詞》作「琴」。

詞人姓名爵里

唐

唐明皇，諱隆基，睿宗第三子，在位四十四年。

唐昭宗，諱敏，懿宗第七子，在位十二年。

李白，字太白，涼武昭王後，明皇時供奉翰林，坐永王事流夜郎。赦還，代宗以拾遺召，適卒。

張志和，字子同，金華人。初名龜齡，以明經待詔翰林，坐貶，不仕。自稱煙波釣徒，又號元真子。

劉長卿，字文房，河間人，開元進士，歷官鄂岳觀察使，坐誣貶，終隨州刺史。

王建，字仲初，潁川人，大曆進士，歷秘書丞侍御史，終陝州司馬。

顧況，字逋翁，海鹽人。初爲韓滉節度判官，後以校書徵遷著作郎。

劉禹錫，字夢得，中山人。貞元進士。初官屯田郎，坐貶，歷知連、夔、和、蘇四州，終太子賓客。

白居易，字樂天，下邽人。貞元進士。元和翰林學士，坐誣貶，起知忠州、尹河南，以刑部尚書致仕。

李德裕，字文饒，贊皇人，吉甫子，由御史中丞觀察浙西，歷相文宗、武宗。大中初，貶崖州。

杜牧，字牧之，京兆人。太和進士，淮南書記擢御史分司遷司勳，出爲湖州刺史，終考功郎。

温庭筠，字飛卿，太原人，初名岐。大中初，官方山尉。詞有專集者，始自飛卿，有《握蘭》、《金荃》集。

皇甫松，字子奇，睦州人。

司空圖，字表聖，河中人，咸通進士，歷知制誥、中書舍人。棄官歸隱，累徵不起。自稱耐辱居士。

韓偓，字致堯，萬年人。龍紀進士。歷翰林學士，進承旨，坐貶不仕，絜家居閩，有《香匲集》。

五代

後唐莊宗，名存勗，克用長子，滅梁後改元同光，在位四年。

和凝，字成績，鄆州人。唐進士，歷仕後唐、晉、漢，封魯國公。周顯德中卒。詞名《紅葉稿》。

南唐中主，名璟，字伯玉，憲宗第八子，建王恪後。初冒徐姓，即位復李姓，在位二十年。

南唐後主，名煜，字重光，璟第六子，在位十二年。降宋封違命侯，進隴西郡公，卒贈吴王。

馮延巳，字正中，廣陵人，仕南唐爲平章，有《陽春録》。

張泌，字子澄，淮南人。仕南唐爲内史舍人，歸宋仍直史館。

前蜀王衍，字化源，嗣父建位，僭號於蜀，降後唐，封順正公。

韋莊，字端己，杜陵人。唐乾寧進士，入蜀爲王建所留，仕至判中書門下事，有《浣花集》。

牛嶠，字松卿，隴西人。唐乾符進士，仕前蜀爲給事中。

牛希濟，嶠侄，仕前蜀爲翰林學士，降後唐爲雍州節度副使。

毛文錫，字平珪，南陽人。唐進士，仕前蜀爲司徒，降後唐供奉内庭。

薛昭藴，仕前蜀爲侍郎。

魏承班，前蜀駙馬都尉，官至太尉。

尹鶚，成都人，仕前蜀爲翰林校書，官至參卿。

李珣，字德潤。其先波斯人，家於梓州。蜀秀才。其妹舜絃，王衍納爲昭儀，有《瓊瑶集》。

後蜀孟昶，字保元，嗣父知祥位，僭號於蜀，改元廣政。降宋封秦國公，卒贈楚王。

歐陽炯，益州人，仕前蜀爲中書舍人。後蜀爲翰林學士，進平章，歸宋授散騎常侍。

顧敻，前蜀刺史，後蜀累官太尉。

鹿虔扆，後蜀永泰軍節度使，加太保。

毛熙震，後蜀秘書監。

閻選，蜀布衣，時稱閻處士。

孫光憲，字孟文，陵州人。仕南平御史中丞，歸宋授黄州刺史，自號葆光子。

宋

宋徽宗，諱佶，神宗第十一子，在位二十六年。

陶穀，字秀實，新平人。本姓唐，避石晉嫌名，改仕周爲翰林承旨，歸宋仍舊官。

徐昌圖，莆田人。陳洪進歸宋，昌圖奉表來汴，留爲國子博士，進殿中丞。

潘閬，字逍遥，大名人。太宗時賜進士，授四門博士，坐事遁，尋出自首，授滁州參軍，有《逍遥集》。

寇準，字平仲，下邽人。太平興國進士，初爲巴東令。景德中進平章、萊國公。坐誣貶雷州。謚忠愍。

晏殊，字同叔，臨川人。景德初舉神童，賜同進士，仁宗朝拜平章事，謚元獻。有《珠玉詞》。

林逋，字君復，錢塘人。結廬孤山。二十年不入城市。卒賜謚和靖先生。

李遵勗，字公武，崇矩孫，第進士，尚荊國大長公主，授鎮國軍節度使，知許州，謚和，文有《閒宴集》。

張昪，字杲卿，韓城人。祥符進士，累官參知政事，兼樞密使，出判許州，改河陽，致仕。謚康節。

范仲淹，字希文，吴縣人。祥符進士，授司諫，以直言貶，起知慶州，安撫陝西，進參知政事。謚文正。

聶冠卿，字長孺，新安人。第進士。慶曆中翰林學士，判昭文館，有《蘄春集》。
葉清臣，字道卿，長洲人。天聖進士，歷翰林學士，知河陽。
宋祁，字子京，安陸人。天聖進士，累官翰林承旨。謚景文。
吴應，字感之。天聖中省試第一，仕至殿中丞。
韓縝，字玉汝，雍邱人，億子。第進士，累官同知樞密院事，拜僕射兼中書侍郎。謚莊敏。
謝絳，字希深，富陵人。第進士，知汝陰縣，擢秘閣校理，知制誥，出知鄧州。
歐陽修，字永叔，盧陵人。第進士，景祐中翰林學士，進參知政事，出知蔡州，致仕。謚文忠。有《六一詞》。
晏幾道，字叔原，殊幼子，有《小山詞》。
劉几，字伯壽。素知音律，熙寧中預定大樂，以秘監致仕，居汴。
張先，字子野，吴興人。歷官都官郎中，有《子野詞》。
柳永，字耆卿，崇安人。初名三變，景祐進士，歷官屯田員外郎。有《樂章集》。
司馬光，字君實，夏縣人。寶元進士，知諫院，遷翰林學士，出知永興。哲宗立，拜門下侍郎。謚文正。
王安石，字介甫，臨川人。慶曆進士，神宗立，召爲翰林學士，尋參政、進平章，罷而復相，出判江寧。

王益柔，字勝之，曙子。慶曆中集賢校理，以作傲歌被劾，謫監復州酒稅。

蘇軾，字子瞻，眉山人。嘉祐進士，歷翰林學士。紹聖初安置惠州，徙昌化。元符北還，有《東坡詞》。

曾鞏，字子固，南豐人。嘉祐進士，歷集賢校理，直龍圖閣，知福州。終中書舍人。

黄庭堅，字魯直，分寧人。第進士，元祐初擢起居舍人。紹聖貶黔州，再貶宜州，卒貶所。有《山谷詞》。

秦觀，字少游，高郵人。第進士，以薦擢國史院編修，坐黨籍南遷。元符北還，道卒。有《淮海詞》。

晁補之，字无咎，鉅野人。元祐進士，以秘閣校理倅揚州，召爲著作郎。坐黨籍徙。大觀末，知泗州。

張耒，字文潛，淮陰人。第進士，以龍圖知潤州，坐黨籍謫官，晚監南岳廟，有《宛邱集》。

李之儀，字端叔，無棣人。第進士，歷樞密院編修，提舉河東、常平，坐事編管太平州，有《姑溪詞》。

賀鑄，字方回，衛州人。初爲武弁。元祐中歷倅泗州、太平州，致仕。詞名《東山寓聲樂府》。

舒亶，字信道，慈谿人。第進士，累官御史中丞，以罪斥。

毛滂，字澤民，江山人。初爲杭州法曹，歷知武康縣、秀州，有《東堂詞》。

元絳，字厚之，錢塘人。第進士，歷翰林學士。熙寧中參知政事。

王詵，字晉卿，開封人。尚魏國大長公主，歷定州觀察使。

趙令畤，字德麟，宗室。初爲潁州簽判，遷洪州觀察使，襲封安定郡王，有《聊復集》。

王安禮，字和甫，安石弟。累官尚書左丞。

蒲師孟，字傳正。元豐中，累官尚書左丞。

晁沖之，字叔用，鉅野人。第進士，坐黨籍，廢居具茨山下，有《具茨集》。

晁端禮，字次膺，鉅野人。熙寧進士，兩爲縣令，以薦授大晟府協律，有《閑適集》。

黄裳，字冕仲，南平人。元豐進士，累官翰林學士，有《演山詞》。

王觀，字通叟，如皋人。元祐進士，官翰林學士，以應製詞坐謫，自號逐客，有《冠柳詞》。

劉燾，字無言。元祐進士，有《見南山集》。

劉涇，字巨濟，簡州人。第進士，官職方郎中。

劉弇，字偉明，廬陵人。第進士，官秘書省正字，有《龍雲集》。

謝逸，字無逸，臨川人。第進士，有《溪堂詞》。

周紫芝，字少隱，宣城人。歷樞密院編修，知興國軍，致仕居廬山。有《竹坡詞》。

周邦彦，字美成，錢塘人。以獻賦授官，歷大晟府提舉，終徽猷閣待制，有《清真詞》。

万俟咏，字雅言，崇寧中充大晟府製撰，有《大聲集》。

徐伸，字幹臣，衢州人。政和中以知音律爲太常典樂，出知常州，詞名《青山樂府》。

曹組，字元寵，潁川人。第進士，换武階，兼閤職，仍給事殿中。有《箕潁集》。

曹勛，字公顯，陽翟人。官閤門宣贊舍人。靖康隨徽宗北遷，至燕山奉手書南還。

李持正，字季秉。第進士，歷知南劍、德慶、潮陽三州。

王安中，字履道，曲陽人。第進士，累官翰林學士，尚書左丞。有《初寮詞》。

葉夢得，字少藴，吴縣人。紹聖進士，累官翰林學士，知建康府，進户部尚書，致仕。有《石林詞》。

趙鼎，字元鎮，聞喜人。崇寧進士，紹興初御史中丞，進左僕射平章事，謚忠簡，有《得全居士詞》。

李邴，字漢老，任城人。崇寧進士，紹興初參知政事，有《雲龕草堂集》。

李彌遜，字似之，長樂人。大觀進士，累官徽猷閣待制，歷知端州、漳州，以爭和議乞歸。有《筠溪詞》。

王庭珪，字民瞻，廬陵人。政和進士，授茶陵丞，不就，坐送胡銓詩流夜郎，召還，直敷文閣。有《盧溪集》。

蔡伸，字仲道，仙游人。襄孫。政和進士，歷倅徐、楚、饒、真四州，有《友古詞》。

王之道，字彦猷，濡須人。宣和進士，歷官樞密使，有《相山詞》。

劉一止，字行簡，歸安人。宣和進士，仕至給事中，有《苕溪詞》。

吕渭老，字聖求，秀州人。宣和進士。

汪存，字公澤，婺源人。元祐間授西京文學，因上書不報，棄官歸養。政和授原官，不赴。
王灼，字晦叔，遂寧人，有《頤堂詞》。
杜安世，字壽域，京兆人。
李冠，字世英。山東人。
李甲，字景元，華亭人。
程垓，字正伯，眉山人。
喻陟，字明仲。
解昉，字方叔。
沈會宗，字文伯。
潘元質，金華人。
沈子山，宿州獄掾。沈，或作波，誤。
李元膺，南京教官。
向子諲，字伯恭，臨江人。以后族補官，歷徽猷閣學士，知平江府，罷歸，自號薌林居士，有《酒邊詞》。
曾覿，字純甫，汴人。初爲建王知客，孝宗立，以潛邸恩除知閤門事，終武泰軍節度使，有《海野詞》。
張元幹，字仲宗，長樂人。太學上舍，紹興中坐送胡銓詞除名，有《蘆川詞》。

朱敦儒，字希真，洛陽人。紹興進士，歷秘書省正字、浙東提刑、鴻臚少卿。詞名《樵歌》。

康與之，字伯可，福寧人，初名執權，以樂府受知高宗，歷官侍郎。詞名《順庵樂府》。

左譽，字與言，天台人。第進士，授錢塘幕職，紹興中棄官爲浮屠。詞名《筠翁長短句》。

陳與義，字去非，葉縣人。紹興中參知政事，自號簡齋。有《無住詞》。

楊无咎，字補之，清江人。紹興中累徵不起，自號清夷長者，有《逃禪詞》。

趙師俠，宗室，字介之，第進士，有《坦庵詞》。

趙長卿，南豐宗室，自號仙源居士，有《惜香樂府》。

侯寘，字彦周，東武人。紹興中知建康府，有《嬾窟詞》。

朱雍，紹興中試賢良，有《梅詞》二卷。

韓元吉，字无咎，許昌人。累官吏部尚書，自號南澗居士，有《焦尾詞》。

辛棄疾，字幼安，歷城人。累官浙東安撫使，龍圖閣待制，有《稼軒詞》。

范成大，字致能，吴縣人。紹興進士，累官參知政事，以資政殿大學士致仕。有《石湖詞》。

張孝祥，字安國，歷陽人。紹興進士，歷官建康留守、兩湖安撫使，以顯謨閣學士致仕。有《于湖詞》。

黄公度，字思憲，莆田人。紹興進士，除秘書省正字，忤秦檜罷歸。有《知稼翁詞》。

京鏜，字仲遠，豫章人。紹興進士，慶元初拜左丞相。謚莊定，有《竹坡詞》。

葛立方，字常之，丹陽人。紹興進士，歷官侍郎，有《歸愚詞》。

袁去華，字宣卿，奉新人。紹興進士，知石首縣。有《適齋詞》。

林外，字豈塵，晉江人。紹興進士，知興化縣，有《孏窩類稿》。

趙汝愚，字子直，餘干人。宗室。隆興進士，相寧宗，坐誣貶。謚忠定。

陸游，字務觀，山陰人。隆興進士，久居蜀幕爲參議官，嘉泰預修國史，遷寶章閣待制，有《放翁詞》。

邱崈，字宗卿，江陰人。隆興進士，累官同知樞密院。謚文定。

陳亮，字同甫，永康人。隆興進士，除建康簽判，未至官，卒。有《龍川詞》。

劉過，字改之，襄陽人。自號龍洲居士，有《龍洲詞》。

陸淞，字子逸，游從弟。嘗官辰州。

李石，字知幾，資陽人。乾道進士，以薦授太學博士，倅成都，終都官郎中。有《方舟詞》。

張震，字東甫，益寧人。孝宗朝中書舍人。自號無隱居士。

岳珂，字肅之，飛孫。歷官嘉興府、户部侍郎、淮東制置使，自號倦翁。

吴淵，字道文，寧國人。嘉定進士，歷端明學士，知建康府，進參知政事。

趙以夫，字用甫，長樂人，宗室。嘉定進士，歷知漳州、邵武、建康，進同知樞密院、吏部尚書。有《虚齋詞》。

劉子寰，字圻夫，建安人。嘉定進士。自號篁嵲翁，有《麻沙集》。
劉克莊，字潛夫，莆田人。初以蔭補官。淳熙中賜進士，累官龍圖閣直學士，致仕。詞名《後村別調》。
趙彥端，字德莊，宗室。淳熙中知建寧府。有《介庵詞》。
俞國寶，臨川人。淳熙中太學上舍。有《醒庵遺珠集》。
易祓，字彥常，長沙人。慶元進士，累官禮部尚書。有《山齋集》。
盧祖皋，字申之，永嘉人。慶元進士，初授軍器少監。嘉定中遷直學士，有《蒲江詞》。
劉鎮，字叔安，南海人。嘉泰進士，自號隨如子。有《隨如百詠》。
姜夔，字堯章，鄱陽人。寓居吴興，自號白石道人。有《白石詞》。
高賓王，號竹屋，山陰人。詞名《竹屋癡語》。
史達祖，字邦卿，汴人。有《梅溪詞》。
韓淲，字仲止，元吉子。有《澗泉詩餘》。
汪莘，字叔耕，休寧人。自號方壺居士。有《方壺詞》。
黄機，字幾叔，東陽人。有《竹齋詩餘》。
吴禮之，字子和，錢塘人。有《順受老人詞》。
戴復古，字式之，天台人。有《石屏詞》。

楊纘，字繼翁，嚴陵人。次山孫。其女度宗納爲淑妃。自號守齋，又號紫霞翁。

吴文英，字君特，四明人。自號夢窻。有《夢窻甲乙丙丁稿》。

潘希白，字懷古，永嘉人。寶祐進士。德祐初，以史館召不赴，自號漁莊。

鍾過，字改之，廬陵人。寶祐鄉薦。自號梅心。

周密，字公謹，吴興人。寶祐間知義烏縣，自號草窻。詞名《蘋洲漁笛譜》。選南宋詞題曰《絶妙好辭》。

蔣捷，字勝欲，義興人。德祐進士，入元不仕。有《竹山詞》。

劉辰翁，字會孟，廬陵人。第進士，值宋亂不仕。有《須溪詞》。

張炎，字叔夏，錢塘人，自號玉田，又號樂笑翁。有《山中白雲詞》。

王沂孫，字聖與，會稽人，自號碧山，又號中仙，有《花外集》。

陳允平，字君衡，明州人，自號西麓。詞名《日湖漁唱》。

孫惟信，字季蕃，開封人。棄官不仕。有《花翁詞》。

曹邍，字擇可，御前應制，自號松山。

洪瑹，字叔璵，自號空同詞客，有《空同詞》。

趙汝茪，字參晦，宗室，自號霞山。

馬子嚴，字莊甫，建陽人。自號古洲居士。

張矩，字方叔，潤州人。有《芸窻詞》。

趙與鄉，字慶御，宗室，自號崑崙。

趙與仁，字元甫，宗室，自號學舟。

譚宣子，字明之，自號在庵。

馮艾子，字偉壽，建安人，自號雲月。

沈端節，字約之，吴興人，有《克齋詞》。

施岳，字仲山，吴縣人，自號梅川。

王奕，字伯敬，玉山人。宋亡，自號至元遺民。

石孝友，字次仲，詞名《金谷遺音》。

黄孝邁，字德文，自號雪舟。

奚淢，字倬然，自號秋崖。

蘇茂一，字才叔，自號竹里。

盧炳，字叔陽。有《哄堂詞》。

曹冠，字宗臣，東陽人。秦檜門客，與檜孫埙同登甲科。檜敗除名，易名復應廷試，仕至知郴州。

廖瑩中，字羣玉，邵武人。賈似道門客，似道敗，服冰腦自戕。

沈唐，見《樂府雅詞》。

周彦良

杜龍沙　以上見《陽春白雪》。

胡浩然

魯逸仲

沈公述

趙耆孫

俞克成

馬天驥

江緯

李霜崖

權無染

江致和

歐慶嗣

詞人姓名爵里

李致遠

張肯

吴奕

郭子正

吴師孟

劉濬　以上見《花草粋編》。

葛長庚，字瓊琯，閩清人，初名白玉蟾，嘉定中賜號紫虚明道真人，館太乙宫，忽逸去。有《海瓊詞》。

金

完顔璹，字仲寶，世宗孫，越王永功子，封密國公，自號樗軒居士，有《知庵小集》。

吴激，字彦高，建州人。使金爲所留，仕至翰林待制，知深州。有《東山詞》。

蔡松年，字伯堅，真定人，仕至右丞相，封衛國公，謚文簡，自號蕭閒老人。有《蕭閒詞》。

党懷英，字世傑，泰安人。大定進士。歷官翰林學士，太定軍節度使，謚文獻。有《竹谿集》。

趙可，字獻之，高平人。仕至翰林學士，有《玉峰散人集》。

韓玉，字温甫，北平人。明昌進士，翰林應奉文字，泰和中授陝東轉運使，有《東浦詞》。
王特起，字正之，崞縣人。泰和進士，知沁源令，終司竹監使。
段成己，字誠之，河東人，與兄克己齊名。正大進士，金亡不仕，有《菊軒樂府》。
元好問，字裕之，太原人。天興初，翰林知制誥，金亡不仕。選金人詞，題曰《中州樂府》。

元

劉因，字夢吉，容城人。至元中徵爲贊善，母疾乞歸。復以集賢學士召，不赴。有《樵庵詞》。
趙孟頫，字子昂，湖州人，宋宗室。延祐中累遷翰林承旨，謚文敏。有《松雪詞》。
仇遠，字仁近，錢塘人。入元爲溧陽教授，以杭州知事致仕。詞名《無絃琴譜》。
姚雲文，字聖瑞，高安人。宋進士，入元爲儒學提舉。有《江村遺稿》。
詹玉，字可大，郢人。入元爲翰林學士，自號天游。
白樸，有《天籟詞》。
彭元遜，字巽吾，廬陵人。
羅志仁，號壺秋，涂川人。
吴元可，字山庭，吉安人。

姚燧，字端甫，河南人。仕至翰林承旨、集賢大學士，有《牧庵集》。
虞集，字伯生，崇仁人。歷官國子祭酒、侍讀學士。謚文。
馮子振，字海粟，攸州人。仕至集賢待制，自號瀛洲客。
宋褧，字顯夫，宛平人。嘉定進士，累遷國子司業、翰林學士，謚文清。
張翥，字仲舉，晉寧人。累遷翰林承旨，有《蜕巖詞》。
張埜，字埜夫，邯鄲人。有《古山樂府》。
梁寅，字孟敬，新喻人。元末集慶路訓導。明初召修禮書，書成辭疾乞歸。
王行，字止仲，長洲人。有《半軒詞》。
白无咎，見《詞綜》。
張虛靖，賜號虛靖真人，有《虛靖詞》。

閨媛

魏氏，曾布妻，封魯國夫人。
李氏，趙明誠妻，名清照，字易安。
唐氏，陸游妻，改適趙士程。

朱氏，名淑真，錢塘人。有《斷腸集》。

范仲允妻

蘇氏，吴七郡王姬。

遼蕭后，小字觀音，天祐帝封爲懿德皇后，後被誣賜死。

妓女

陳鳳儀，成都官妓。

蜀妓